SIMONE MALACRIDA

"Sette storie disperse – Un secolo passato"

INDICE ANALITICO

NOTA DELL'AUTORE:

Nel libro sono presenti riferimenti storici ben precisi a fatti, avvenimenti e persone. Tali eventi e tali personaggi sono realmente accaduti ed esistiti.

D'altra parte, i protagonisti principali sono frutto della pura fantasia dell'autore e non corrispondono a individui reali, così come le loro azioni non sono effettivamente successe. Va da sé che, per questi personaggi, ogni riferimento a persone o cose è puramente casuale.

"We don't need no education.
We don't need no thought control.
No dark sarcasm in the classroom
Teacher, leave them kids alone."

LIBERTA'

"I look inside myself.
And see my heart is black.
I see my red door.
I must have it painted black."

I

"May you always do for others,
And let others do for you."

L'inconfondibile bianco del fiore di asfodelo ricopriva la spianata prospiciente il dolce pendio sul quale Franco stava conducendo il gregge.

Sapeva che, a valle, i fiori erano sbocciati nei mesi precedenti, tra gli inizi di marzo e la metà di aprile, ma nella zona del Supramonte tutto appariva rallentato, come si addiceva alla sua indole.

Riflessivo e pacato.

Poco loquace ed incline all'azione.

La prima metà di maggio risultava ideale, con la campagna non ancora riarsa dalla siccità estiva, la quale produceva, persino in altura, una certa secchezza del terreno e dell'erba.

Le sue pecore non avrebbero potuto assaporare i germogli dell'erba fresca, leggermente bagnata dall'umidità notturna.

Un semplice richiamo, di quelli codificati da generazioni, bastava a convocare i suoi figli.

Pietro, il maggiore, svettava già sopra gli animali in modo evidente, con la folgorazione dei suoi dieci anni, mentre Massimo, di due anni più piccolo, aveva ancora i lineamenti del bambino.

Come per tutti, era normale che i figli, specie se maschi, ricalcassero le orme dei padri nel lavoro e si dessero da fare.

Non per questo, però, Franco aveva dimenticato di quanto fosse stato importante per lui e per i suoi fratelli disporre di una certa cultura.

A differenza di quasi tutti i pastori che conosceva, nella sua famiglia non vi erano analfabeti.

Suo padre Ettore si era premurato di farli studiare dal giovane parroco arrivato dal Piemonte, lo stesso che ora, quasi anziano, insegnava le medesime cose ai suoi figli.

Oltre a saper leggere e scrivere, qualche rudimento di conti matematici e qualche nozione di geografia, in particolar modo del Regno di Sardegna.

Se vi era una cosa, però, che Franco doveva a Don Francesco era la dizione.

Non gli era stato insegnato ad esprimersi in alcun dialetto, men che meno l'incomprensibile piemontese.

"Parleremo in italiano e imparerai in italiano".

Cosa fosse l'italiano quando Franco aveva dieci anni, nel 1831, era un mistero per tutti.

Cosa fosse l'Italia, qualcuno lo aveva chiaro.

Una zona geografica, più o meno delimitata a nord dalle Alpi e a sud, est e ovest dai vari mari.

Un retaggio storico comune.

E una cultura di base abbastanza simile.

A livello politico, non si sapeva, visto che vi erano almeno una quindicina di staterelli più o meno governati da altre potenze.

Ma l'italiano come persona e come lingua non si poteva definire.

Ognuno parlava un proprio idioma.

All'interno della stessa Sardegna, un barbaricino si differenziava da un ogliastrino o da un gallurese.

Anzi, si poteva addirittura comprendere, dopo poche battute chi venisse da Fonni o Gavoi e non fosse di Orgosolo, o qualcuno proveniente dalla città più vicina, ossia Nuoro.

In ogni caso, Franco aveva imparato a parlare in questa strana lingua, quella che usavano i signori e i notabili, in particolar modo tutti coloro che avevano a che fare con i piemontesi e gli stessi piemontesi che si inurbavano in Sardegna.

Sapendo di possedere una facoltà di questo tipo, non si era minimamente posto il problema sui suoi figli.

Avrebbe rinunciato a parte del loro aiuto, specie nel pomeriggio, per mandarli da Don Francesco, almeno fino all'età di quattordici anni o quindici anni, quando il loro fisico si sarebbe ingrossato e il loro aiuto sarebbe stato determinante.

Per ora, Franco si sentiva nel pieno delle forze e non avvertiva la stanchezza.

Sarebbe arrivato il tempo nel quale i figli lo avrebbero dovuto sostenere e poi mettere da parte nel lavoro all'aperto, così come egli aveva fatto con Ettore.

Suo padre ormai si occupava di faccende casalinghe, predisponendo tutto quanto necessario per l'accoglimento e l'accrescimento del gregge. D'altronde, ad Ettore non rimaneva che Franco.

Eleonora, la figlia minore, si era maritata con un altro pastore del luogo, il cui gregge pascolava nella zona nord di Orgosolo, verso i monti che sovrastavano Nuoro, mentre Franco era solito andare verso sud.

La figlia aveva assunto il perfetto ruolo di moglie, come concepito nel codice barbaricino, un misto di regole che regolamentavano la vita comune in Barbagia.

Per tale motivo, la vedeva poco e non era frequente che si immischiasse nelle sue faccende.

Il genero, Giuseppe, era molto tradizionalista e completamente differente da Franco.

Tra i due non correva buon sangue, specie per l'impostazione verso le tradizioni e verso i piemontesi.

L'altro figlio, Carlo, era morto anni prima.

Aveva seguito Franco alle lezioni con Don Francesco e, di nascosto, impartiva quanto aveva appreso alla sorella Eleonora, sfidando apertamente la consuetudine che le donne non dovessero accedere ad alcuna forma di istruzione.

Carlo si sentiva portato ad altri compiti e non legato alla propria terra di origine.

Nonostante gli insegnamenti di Don Francesco e della famiglia di Ettore fossero sempre stati improntati ad un profondo sentimento religioso, Carlo aveva altro per la testa.

Era informato più di tutti di quanto succedeva al di fuori.

Ma non al di fuori di Orgosolo, ma al di fuori della Sardegna.

Non vedeva confini naturali, politici e culturali.

Pensava all'Italia.

Così, alla fine del 1848, un anno che ad Orgosolo era trascorso identicamente a molti altri, annunciò la propria partenza.

"Vado a Roma".

Disse ad un attonito Ettore e ad un altrettanto sconcertato Franco, il quale era già sposato e con due figli neonati.

Carlo non aveva mai voluto sottostare alle regole.

Non si era cercato moglie e non voleva una famiglia.

Partì con una sacca semi-vuota.

La medesima sacca fu l'unico oggetto a ritornare da Roma.

Pochi mesi dopo, durante la fine della primavera e l'inizio dell'estate 1849, Carlo Monni fu uno dei tanti caduti per la difesa della Repubblica Romana.

Da allora, in famiglia si parlava poco di lui.

Non si voleva dare un dispiacere ad Ettore, il quale non fu più lo stesso dopo la dipartita del figlio.

Pietro fu il primo ad arrivare dal padre.

Sapeva già cosa fare.

Non servivano inutili parole, il fiato andava conservato per condurre il gregge.

Una decina di pecore si erano distaccate e occorreva riportarle in seno alle altre.

Bastavano leggeri sconfinamenti per creare dissapori e un inizio di eventi che poi sarebbero divenuti incontrollabili.

Così nascevano i principi della *disamistade*.

Era difficile spiegare ciò ad una persona non del luogo.

Soprattutto il fatto che si tramandava da generazione in generazione e andava crescendo nelle parole e nei fatti.

"Qui non è come in Gallura", era solito dire Franco, anche se in fondo non credeva troppo alle parole dette.

Bastavano più persone come suo cognato Giuseppe per rendere la Barbagia una terra di scontri come lo era la Gallura.

E allora tutti si sarebbero dimenticati dei Vasa e dei Mamia, nomi sulla bocca di tutti, sebbene nessuno ne parlasse apertamente.

Vigeva una specie di silenzio su certi avvenimenti.

Non se ne doveva parlare.

Lo stesso era per i piemontesi.

C'erano ed era un dato di fatto.

Prenderli di petto andando contro le loro leggi sarebbe stato considerato banditismo.

Collaborare con loro sarebbe stato considerato tradimento verso le origini.

Quindi la maggioranza si limitava ad ignorarli.

A non farli entrare nelle vite quotidiane.

Reciproca diffidenza.

Pietro comprese il compito a lui assegnato.

Si mise a camminare a passi lunghi a fianco del gregge.

La corsa era bandita, in tal modo si sarebbero spaventate le pecore.

Iniziò a sentire il cuore rieccheggiare nelle orecchie e il fiato a farsi corto, con respiro affannoso.

Non di meno, non si tirò indietro.

Era inconcepibile per il giovane non corrispondere alle disposizioni di suo padre.

Come avrebbe fatto a guardarlo negli occhi?

E poi si sentiva di dover dare l'esempio verso suo fratello Massimo, il quale da sempre lo considerava un termine di paragone.

Ciò che faceva Pietro, era imitato da Massimo, il quale non si era mai chiesto se vi fosse qualcosa di realmente suo o se tutta la sua breve vita fosse stata votata all'esercizio dell'imitazione.

"Su forza".

Iniziò ad alzare la voce.

Le prime pecore che si erano disperse si misero a trotterellare, quasi consce di ciò che avevano combinato.

Rinfrancato dal parziale risultato, Pietro non si arrestò.

"Tornate al vostro posto."

Meglio di un cane da guardia, con modi più gentili e senza fare spaventare il gregge, in pochi minuti il problema rientrò.

Sapeva che il gregge costituiva tutta la loro vita.

Tutto quello che potevano o non potevano avere dipendeva dalla gestione del gregge.

Innanzitutto, il latte serviva per il sostentamento diretto e per la produzione del formaggio.

A sua volta, il formaggio veniva consumato in famiglia, ma soprattutto rivenduto.

Dalle pecore poi si ricavava la lana, anch'essa cardata e utilizzata dalle donne per gli indumenti e l'eccedenza rivenduta.

E infine la carne.

In poche occasioni, quasi tutte di origine religiosa, si sgozzava una pecora o un agnello per i banchetti.

Qualche animale non più altamente produttivo per il latte veniva venduto per essere macellato.

Tutto quanto procedeva secondo antiche usanze e secondo l'alternarsi delle stagioni.

Gli anni secchi riducevano la produzione ma aumentavano la qualità del formaggio, il quale poteva così essere stagionato di meno, con un risparmio di tempo tra la lavorazione e l'introito.

In questo quadro, vi erano delle cose che potevano andare male.

Suo padre Franco, faro costante per entrambi i fratelli, aveva sintetizzato tutto ciò in poche e semplici parole:

"Carestie, malattie e guerre."

Tre cose da evitare.

La carestia poteva portare ad una decimazione del gregge, così come le malattie.

Per via diretta o indiretta ciò si sarebbe riversato sugli uomini e quindi sulla loro famiglia.

La vita risultava così fragile e così poco prevedibile.

Era come se ogni minimo sentore naturale fosse filtrato dal gregge prima di ricadere su di loro ed era per questo che bisognava prendersi cura degli animali.

Per evitare che la famiglia andasse in rovina.

"Ma dei tre, il peggiore è la guerra."

Pietro non aveva ben compreso cosa volesse dire guerra.

Almeno, circoscriveva tutto ciò nel contesto a lui noto, ossia quello di Orgosolo.

Guerra era l'inimicizia tra le famiglie e i relativi delitti che sarebbero conseguiti.

Non aveva intuito che dietro all'espressione di suo padre, si celava tutto il malcontento e la disperazione di un uomo che aveva visto perire il proprio fratello per un ideale astruso.

"Per i potenti e i padroni", così aveva sentenziato.

Per tale motivo, Franco aveva prestabilito di vivere in modo tranquillo.

Senza dare fastidio a nessuno.

E, per questo, parlava poco.

"Le parole sono pericolose. Se male interpretate, sono l'inizio di ogni conflitto.

Se fuori luogo, sono l'inizio di ogni incomprensione."

Pietro aveva compreso, a differenza di Massimo, che ciò era un'opinione singola.

Di Franco Monni e non qualcosa di universale.

Vi erano altre persone che la vedevano in modo opposto.

Uno di essi era suo zio Giuseppe.

Aveva imposto un modo di vita diverso da quanto i due ragazzi avevano sperimentato.

Innanzitutto, nessuno dei cugini di Pietro si era mai visto da Don Francesco.

Zio Giuseppe, non sapendo leggere e scrivere, non avrebbe mai sopportato che i suoi figli fossero più capaci di lui.

Domande retoriche, solo per introdurre nuove spiegazioni, giacché chi aveva di fronte non era di certo in grado di rispondere ma solo di assimilare quanto diceva il prete senza alcuno spirito critico.

Né Franco né Grazia avrebbero mai potuto sperare di meglio per i loro figli che l'educazione primaria di Don Francesco.

Rispetto a tutti gli altri bambini erano sicuramente più avvantaggiati, in particolar modo rispetto ai figli di Giuseppe ed Eleonora.

Il fatto di essere in due e di andare sempre in giro in coppia era un vantaggio.

Da quelle parti, l'unione familiare era tutto.

Nessuno avrebbe sfidato dei fratelli, se uniti.

Gli screzi e le faide nascevano o in seno alle varie famiglie o tra diverse fazioni proprio perché vi erano delle divisioni.

Questo era quanto si diceva della Gallura e che stava penetrando, pian piano nella mentalità barbaricina.

Un lento incedere che dalla pianura risaliva i monti con testimoni di eccezione, come appunto Giuseppe.

Franco non aveva molto a che fare con lui.

Era il marito di sua sorella.

Fine della storia.

Quando si recava da loro era per andare a trovare Eleonora, visto che per una donna sposata era molto più difficile decidere di spostarsi in autonomia attraversando il paese.

Vi erano convenzioni non scritte e rigidamente codificate che uno come Giuseppe riteneva eterne e valide in assoluto.

Per tale motivo, Franco non si spostava mai da solo, ma di solito con i suoi figli e a volte pure con Grazia o con suo padre.

Una visita di famiglia non poteva essere negata.

"Rientriamo".

Era il segnale convenuto.

Pietro e Massimo si misero ai fianchi del gregge per indirizzarlo verso la parte scoscesa del pendio.

Sarebbe stato un cammino costante, senza alcuna sosta.

Franco fece sfilare le pecore controllandole una a una con lo sguardo.

Se vi fosse stato qualcosa di insolito, avrebbe dovuto notarlo subito.

Un qualche incidente o malattia andavano presi per tempo.

Ogni problema, se non controllato, anche se minimale si sarebbe ingigantito.

Si mise in coda per essere certo che nulla sfuggisse.

Toccava a Pietro tracciare la strada.

Suo figlio maggiore ormai si sapeva orientare, almeno rimanendo nelle vicinanze di Orgosolo.

I pendii erano facilmente riconoscibili ad un occhio allenato, anche se di giovane fanciullo.

Diverso sarebbe stato il caso se avesse dovuto organizzare un trasferimento fino al lago Olai o una transumanza oltre il Supramonte.

In tal caso, avrebbe preso la testa e diretto le operazioni.

Trasse un sorso dalla borraccia.

L'acqua era un bene primario e prezioso sia per gli uomini sia per gli animali.

Era sempre necessario tenere a mente l'ubicazione di fonti naturali e di abbeveratoi artificiali.

Massimo si pose sul lato sinistro, lasciando il lato destro non custodito visto che era delimitato dal prospiciente bosco.

Per quanto indisciplinate per natura, le pecore non si sarebbero addentrate in un groviglio di piante avendo a disposizione campi erbosi e prati incolti di fronte.

Era nella loro indole non essere coraggiose.

Senza dire nulla, la comitiva scavallò il primo pendio.

Dalla cima di esso si vedeva distintamente il borgo arroccato di Orgosolo e un occhio attento avrebbe già potuto scorgere l'ubicazione della casa di Franco e Grazia, proprio per via dell'isolamento voluto e ricercato.

Nella mente dei figli non vi erano pensieri circa il futuro con le relative preoccupazioni, ma solo due richieste del tutto comprensibili.

Il cibo.

E il pomeriggio.

Il primo sarebbe stato pronto non appena avessero varcato la soglia di casa.

Pane, formaggio e verdura non mancavano mai.

Era il segno distintivo di vivere in campagna e di essere dei pastori.

Nessun privilegio cittadino, nessuna prelibatezza che manco avrebbero potuto immaginare, ma semplicità allo stato puro.

E poi, una volta divorato il pasto, via a piedi verso la parrocchia di Don Francesco, mentre Franco avrebbe continuato le mansioni di custodia del gregge e di lavorazione del latte munto la mattina presto.

Un giro nelle cantine per controllare la stagionatura dei formaggi e poi ancora all'aperto, fino al calare del Sole.

Sfruttare le ore di luce era indispensabile visto che di sera e di notte risultava impossibile svolgere qualsiasi attività, nonostante ci fosse il chiarore del camino e del focolare, principalmente durante la rigida stagione invernale.

"Ora affretto il passo", si disse Pietro.

Sentiva già i morsi della fame attanagliarli lo stomaco.

Fosse stato per il suo volere, avrebbe svuotato la dispensa in pochi giorni, ma le dosi erano disposte da Grazia, la quale sapeva come fare durare le scorte per l'inverno senza per questo disperdere i notevoli accumuli estivi.

Stava a lei dettare i tempi della casa.

Franco si accorse del cambio di ritmo, ma non disse nulla.

Conosceva a menadito i propri figli e si ricordava di quando era al loro posto e della voracità da ragazzino.

Su questo, non aveva mai fatto alcuna osservazione verso di loro.

Non si sentiva autoritario, benché godesse di autorità.

Nessuno si sarebbe lamentato di quel cambio, né lui né Massimo né tanto meno le pecore che avrebbe continuato a seguire chi le precedeva.

Il Sole era già alto e rischiarava l'intera piana e i monti.

Al cospetto dello splendore della luce, tutti i colori apparivano sbiaditi.

Per meglio godere della Natura bisognava attendere le ore tarde o svegliarsi presto.

In quei momenti si potevano notare tutti i riflessi.

Del verde e del blu.

Del marrone e del rosso.

Del giallo e persino del bianco.

Rocce e prati.

Fiori e pianti.

Tutto parlava al cuore di chi sapeva recepire simili segnali.

Non poeti e non letterati, ma pastori.

D'altronde Nostro Signore non era nato tra i pastori?

E non era stata rivelata la buona novella proprio ai posteri?

Le Sacre Scritture, così dense di significati, riecheggiavano nella casa di Franco e Grazia a ritmo incessante, ben oltre i riti e le tradizioni del popolo.

Per tale motivo, Don Francesco non aveva rifiutato di istruire prima Franco e poi i suoi figli.

Famiglie timorate di Dio, senza grilli per la testa.

Nessun rivoluzionario, nessun liberale o socialista e nemmeno nessun bandito.

Semplice popolo.

Mansueto come lo erano le pecore.

E ammaestrabile grazie a singoli pastori, come lo erano i parroci inviati in zone così impervie e inaccessibili.

Altrove sarebbe stato differente.

In città o in continente.

Senza parlare di Roma, il centro della cristianità.

Una città-stato governata con mano autocratica e semi-dittatoriale, inconsapevole e inconscia del destino prossimo venturo.

Arrivarono in vista della casa e ogni rito assunse il proprio significato.

Lavarsi le mani e scuotersi la polvere di dosso.

Avventarsi sul cibo.

Ringraziare il Signore.

Scambiarsi sguardi senza parlare.

Ritrovarsi uniti, tutti assieme, in famiglia.

Poco bastava per animi semplici.

Da quel momento, ognuno avrebbe preso diversi cammini.

Pietro e Massimo furono i primi a dipartire.

Tutti sapevano dei loro impegni e della loro esuberanza e nessuno ci fece caso.

Sarebbe venuto anche per loro il tempo delle fatiche, ma non era quello.

Lasciandosi la casa alle spalle, dopo un doveroso saluto a Grazia, la quale non aveva occhi che per i propri gioielli, sciogliendosi in uno dei suoi affettuosi abbracci materni, i due fratelli andavano incontro alla consueta lezione.

Di cosa avrebbero parlato in quella prima metà di maggio?

Della Storia?

Della lingua?

Della geografia?

Di qualche operazione di conto?

Oltre a ciò, non era dato sapere.

Ignoravano completamente gran parte del sapere.

Le scienze fisiche e chimiche, la filosofia, la teologia, le lingue straniere e antiche, la biologia e la medicina.

Tutto questo non sarebbe servito e, anzi, avrebbe istillato dubbi e domande.

Serviva una generale infarinatura, niente più.

Nessun accenno al presente.

Né ai Re né alle Rivoluzioni.

Un mondo di per sé immutabile veniva loro presentato.

Ignari di simili sotterfugi, si consideravano già fortunati.

E lo erano, in fondo.

Viventi in un presente altrove, quasi oscurando un passato glorioso e fosco, senza alcun futuro di fronte.

Un mestiere già deciso.

Un cammino identicamente uguale a se stesso.

Prima che i raggi del Sole avessero finito di illuminare il terreno, Don Francesco avrebbe finito la propria lezione e sarebbero tornati a casa.

Nelle sicure braccia della terra che li aveva generati.

Nel grande e molle ventre del Supramonte barbaricino.

Una dimora rifugio di anime semplici, sopite sotto una cenere millenaria di tradizioni tramandate.

Gente onesta e schietta, dura e vera, come lo era il loro padre.

Franco Monni, uno degli uomini che, forse a sua insaputa, si poteva reputare realmente libero.

"Now your pictures that you left behind.
Are just memories of a different life."

II

Orgosolo, primavera - autunno 1860

"Hello darkness, my old friend,
I've come to talk with you again."

La notizia, seppure mediata e in ritardo rispetto a quanto era realmente accaduto, arrivò fino nella casa di Franco Monni.

Diffusasi capillarmente, dapprima nelle grandi città, poi lentamente attraverso i villaggi e i borghi, si era incuneata tra le valli e i pendii, risalendoli di bocca in bocca.

I pochi che sapevano leggere avevano declamato ciò che vi era trascritto sui giornali e gli altri si limitavano a riferire.

Arrivata alle porte di Orgosolo si poteva dire che non vi era luogo che non ne fosse a conoscenza.

Franco lo venne a sapere da suo padre Ettore, il quale era più avvezzo, per questioni di tempo a disposizione, a frequentare il paese.

Non da suo cognato Giuseppe, il quale era stato uno dei primi a venirne a conoscenza nelle vicinanze e non da Don Francesco, il quale non parlava mai di queste cose né con i giovani alunni del pomeriggio né con i sacrestani e i fedeli della sua comunità.

E non certo dalle guardie piemontesi, alle quali una possibile baraonda non sarebbe andata a genio.

Da qualche parte, riecheggiava una parola strana se pronunciata in Barbagia.

Rivoluzione.

Le poche volte che una simile parola era stata diffusa, gli anziani tramandavano di guerre, specie per quanto concerneva la fine del secolo precedente, con gli attacchi francesi al Nord e al Sud della Sardegna, i primi dei quali condotti da un giovane capitano che poi sarebbe divenuto Imperatore.

Franco aveva sentito quella parola solamente in un'altra occasione.

19

Detta da suo fratello Carlo nel 1848.

E associava tutto ciò alla sua morte.

Non valeva la pena rischiare nulla per la rivoluzione.

D'altra parte, i pastori e i contadini più conservatori, quelli più vicini alle idee di suo cognato Giuseppe non avrebbero mai parlato apertamente di rivoluzione, quanto di rivolta, anzi di liberazione.

Dai piemontesi e dai Savoia, ovviamente.

Dalle loro assurde leggi che avevano cancellato ogni autonomia e ogni peculiarità della Sardegna.

"Cosa credi che sono qui a fare gli sgherri e le guardie?" così il cognato aveva più volte chiuso la bocca a Franco con un'espressione siffatta.

Ma ora le cose sembravano diverse.

Vi era un nome che, da solo, accendeva i cuori e le fantasie.

Giuseppe Garibaldi.

Sì, proprio lui.

Uno straniero, in fondo.

Uno che si diceva fosse nato altrove, cresciuto in un altro continente, sposato una donna diversa e che poi era tornato in Italia per fare la rivoluzione.

Quella del 1848 a Roma, miseramente fallita.

Per tale motivo, Franco non nutriva sentimenti amichevoli nei suoi confronti, pur non avendolo mai conosciuto e incontrato.

E pur costatando quello che si diceva da qualche anno.

Era divenuto sardo.

Intendendo con ciò che non aveva semplicemente comprato un pezzo di terra per divenire un padrone o un conquistatore.

Dalla Gallura, assieme alle notizie della guerra tra i Vasa i Mamia e della repressione piemontese, erano giunti anche racconti, forse leggende.

Si diceva che Garibaldi avesse chiesto il parere e l'aiuto dei contadini e dei pastori di Caprera.

Che lavorasse con loro.

Che mangiasse con loro.

Come uno di loro e non come un generale altezzoso.

Forse dal Continente era l'unico a non essere uno sgherro.

A comprendere realmente il popolo sardo e le sue esigenze.

Ora però quell'uomo stava mettendo a soqquadro tutto il panorama politico e sociale non perché avesse preso a cuore la sorte dei sardi, liberandoli dai piemontesi, ma perché si era messo alla testa di un gruppo di volontari ed era sbarcato in Sicilia, l'altra grande isola, così diversa dalla Sardegna in termini di storia, cultura, dominazione e impostazione mentale.

"Finirà che consegnerà tutto ai Savoia rendendoli ancora più potenti", si era lamentato Giuseppe, il quale era sì ammirato da tanto ardore e coraggio, ma avrebbe preferito che tutto ciò si fosse concretizzato con una marcia dall'isola di Caprera su Tempio Pausania e poi su Olbia e Nuoro e poi, seguendo il corso del Tirso, fino ad Oristano, tagliando in due la Sardegna.

Dai monti sarebbero scesi in Ogliastra, prendendo la costa est, mentre ad ovest si sarebbero diretti, risalendo la costa, verso Alghero e Sassari.

Infine, la manovra di convergenza su Cagliari.

Lo avrebbero nominato dittatore pro-tempore e avrebbero instaurato una Repubblica.

Libera ed indipendente.

Con una propria lingua e bandiera.

E con le proprie leggi.

Mai più sgherri e guardie, mai più soprusi e dominazioni.

Invece tutto ciò non era accaduto.

La notizia che tutti avevano in bocca era che Garibaldi e le sue camicie rosse stavano sfidando il Regno delle Due Sicilie.

Per fare cosa?

L'Italia, si diceva.

Franco ci pensò a lungo, come era solito fare.

Durante le lunghe mattinate tra i monti a condurre il gregge, in compagnia dei suoi figli.

Ormai Pietro era divenuto possente.

Si iniziavano a intravedere in lui i segni dell'uomo che sarebbe stato.

Una corporatura tozza ma robusta, con forti gambe e tronco resistente.

Una peluria nera ed ispida.

Sarebbe stato un ottimo camminatore.

Franco era orgoglioso di lui e si comprendeva ad ogni sguardo, sebbene non dicesse nulla a riguardo.

Massimo, invece, era ancora in un'età di trasformazione.

Pareva più delicato nei lineamenti, doveva aver preso da sua madre.

Ciononodimeno era animato da un forte spirito di volontà, concependo una totale emulazione verso il fratello.

Se Pietro faceva venti passi di corsa, anch'egli ne doveva fare altrettanti.

Era come se, agli occhi di quel giovine, la differenza di età non contava, visto che si sentiva investito da un'identica missione.

Essere dei pastori.

L'impresa temeraria di Garibaldi, non poteva che rimandare al ricordo di Carlo.

"Mio fratello sarebbe stato là, tra loro".

Franco ne era certo.

Carlo avrebbe indossato la camicia rossa, andando a combattere per un ideale non conosciuto, forse per rafforzare la medesima monarchia che aveva combattuto a Roma e che soverchiava la sua terra da secoli.

Incoerenza?

Sicuramente, ma la voglia di azione sarebbe stata predominante.

Quando già le truppe di Garibaldi stavano per entrare a Palermo, Franco era rimasto ancora alle notizie iniziali dello sbarco e si chiedeva se tutto ciò avesse potuto avere un successo militare.

Ci volevano settimane prima che la notizia arrivasse fin lassù, ma sarebbe arrivata.

Come ogni cosa importante, il tempo di latenza era secondario, se misurato con l'orologio della vita agricola.

Cosa sono poche settimane?

Forse che l'anno precedente o successivo, non sarebbe arrivato l'inverno?

O non vi sarebbero stati nuovi agnellini o una vendita di latte e formaggi?

Tutto sarebbe continuato in modo identico, quasi senza cambiamento.

Solo astraendo sull'ottica decennale o generazionale si sarebbero potute notare variazioni e differenze.

Era un modo come un altro di possedere certezze.

Sulla propria vita e sulla propria famiglia.

In casa, Franco non parlava di tutto ciò.

Sua moglie Grazia non faceva domande e a suo padre Ettore bastava ciò che veniva a sapere in paese.

Dei suoi figli, solo Pietro avrebbe potuto comprendere.

E forse, di lì a poco, il ragazzo avrebbe sentito le gesta del generale che abitava in Sardegna.

Lo avrebbe mitizzato?

O avrebbe preso il tutto con una scrollata di spalle come si apprendono i casi della vita a noi lontani?

Di certo, l'indole repubblicana e in parte socialista allarmava i notabili e persino i preti.

Don Francesco, tra la piccola cerchia di fidati conoscenti ai quali poteva dire ogni cosa, lo appellava sempre come:

"Il diavolo rosso".

E tutta la parte di burocrazia sarda che vedeva nel Piemonte un'occasione di affari, non poteva che approvare.

Così, mentre altrove si andava costruendo un'idea di rivoluzione che a molti dava fastidio, altri si adoperavano per non fare mutare nulla.

Non solo in terra siciliana, ma persino in Sardegna, isola nella quale forse sarebbe stato possibile un esperimento inaudito.

"Nonno, ci potete raccontare di zio Carlo?"

Era stato Pietro a prendere in disparte Ettore, in un giorno di metà giugno.

Le imprese di Garibaldi si stavano ingigantendo e Pietro era curioso di notizie.

Non avrebbe mai rivolto una domanda del genere a suo padre.

Sapeva che era di poche parole e che vi erano argomenti vietati, non condivisi con nessuno.

Ettore, si alzò il cappello che copriva costantemente il suo capo.

Si mise a sedere come se un pugno lo avesse raggiunto all'imboccatura dello stomaco.

Era tanto tempo che non rivolgeva un pensiero al suo figlio scomparso.

Non aveva mai visto nemmeno il cadavere e nessuno si era recato al cimitero a Roma dove erano stati sepolti i caduti di quel conflitto.

L'ultima immagine che possedeva di Carlo era quella di un giovane baldanzoso con una sacca a tracolla.

Cosa volevano ora i suoi nipoti?

Perché quella domanda?

Cosa interessava loro sapere?

Fissò un punto di fronte a sé, in basso.

Un'insignificante area di terra battuta, identica alle altre.

Le lezioni di Pietro e Massimo erano terminate, ma la luce del Sole irraggiava ancora abbondantemente l'esterno dell'abitazione.

Si era nella parte dell'anno più luminosa e ciò aveva dei vantaggi evidenti, ma in quel frangente Ettore avrebbe voluto che le oscurità calassero repentinamente, come accade a novembre.

La sua tortura avrebbe avuto fine, in quel caso.

Invece no.

I suoi nipoti se ne stavano di fronte a lui, in piedi e in attesa.

Si fosse trattato di un loro coetaneo, lo avrebbero già spintonato e tirato per la manica per ridestarlo, ma di un anziano si doveva aver rispetto.

Specie di uno di famiglia.

Non si doveva mai interromperlo o parlare prima che egli avesse iniziato.

Le domande erano lecite, ma le risposte erano a discrezione degli adulti e, a quel punto, non vi erano più rimostranze da fare.

Un adulto poteva rispondere o no e ciò doveva essere accettato, solamente con un gioco di sguardi.

Ettore levò lo sguardo e iniziò.

Doveva farlo.

Lo aveva sempre saputo che, prima o poi, sarebbe arrivato qualcuno a rivangare il passato.

Si era immaginato fosse Franco, ma col tempo comprese come suo figlio avesse già maturato un rapporto con Carlo nel corso degli anni e non era di certo necessario ricordargli come fosse fatto suo fratello.

"Sapete, quando vostro zio è nato..."

Ettore aveva iniziato a sviscerare il proprio ricordo.

Teneva le braccia distese lungo i fianchi, a penzoloni sui lati della sedia, quasi in segno di resa.

"...noi abitavamo in paese, nella casa che vi ho indicato più volte.

Capii subito che era diverso da vostro padre.

Non era coperto da folti capelli scuri, ma solo da quattro peli.

Crescendo, le diversità sono aumentate.

Tanto vostro padre è legato a questa terra e al suo respiro, quanto Carlo viveva altrove.

Lo vedevamo spesso affacciarsi su una collina più alta delle vicine e guardare l'orizzonte.

Verso valle, verso Nuoro, verso l'interno.

Un giorno prese la bisaccia, una borraccia e un pezzo di pane e formaggio e si mise a camminare.

Ci accorgemmo della sua assenza dopo qualche ora, doveva essere partito di notte.

Non tornò che quattro giorni dopo.

Aveva dormito all'aperto per quattro notti ed era arrivato così in alto che aveva potuto vedere il mare.

Io non lo ho mai visto e nemmeno vostro padre.

E voi?"

Pietro e Massimo scossero il capo.

In pochi ad Orgosolo avevano visto il mare.

Ettore continuò:

"Non si era accontentato però di vederlo dall'alto. Era sceso dalla montagna e si era avvicinato alla costa, fino a quando, sempre da un'altura, non lo poteva dominare con lo sguardo.

Non so cosa avesse visto, ma da quel giorno cambiò.

Una volta rientrato a casa, i suoi discorsi mutarono.

Parlava sempre meno del paese e sempre più di cose lontane.

Andava a piedi fino a Nuoro solo per avere notizie di prima mano, non riportate e senza dover aspettare il solito tempo.

Era giudicato strano, sapete."

Pietro aveva ben in mente cosa volesse dire suo nonno.

Bastava poco per risultare strano.

Un gesto o un'espressione, un modo di fare o di pensare.

E, per quanto stava sentendo, zio Carlo era veramente strano, forse l'unica persona diversa da tutte quelle che aveva conosciuto finora.

Massimo, pur non comprendendo fino in fondo il significato di ciò che stava udendo, non si perdeva una parola.

Ettore si fermò.

Inspirò a pieni polmoni la calda aria pomeridiana mista a polvere sollevata dal vento.

Sentì i classici odori della sua terra.

Miscela di qualcosa di indescrivibile e che nessun piemontese aveva mai potuto catturare.

Doveva concludere, a questo punto.

"Per tre anni andò avanti in questo modo.

Nessuno sapeva cosa gli interessasse e cosa avesse per la testa, fino a che un giorno iniziò a parlare di Italia.

Di quello che stava accadendo in varie città, sconosciute a tutti noi.

Lasciò passare la primavera e l'estate, poi in autunno sentimmo un nome noto.

Roma.

Ecco dove sarebbe andato.

Se ne andò con poche cose, ma ricordo il sorriso.

Un sorriso mai visto qui.

Nessuno lo ha mai avuto, nemmeno i signori e i ricchi, nemmeno gli sposi nel giorno del matrimonio.

Un sorriso spensierato di un mondo diverso.

Questa è l'immagine che ho di vostro zio.

Poi ci furono le lettere che leggeva vostro padre a tutti noi.

Lettere che ha ancora, penso nascoste nel baule in camera."

Pietro e Massimo sapevano a cosa il nonno facesse riferimento.

In camera dei loro genitori era presente un baule di legno, costantemente chiuso a chiave.

Là vi erano le cose preziose.

La collana della nonna, ormai defunta da tempo.

I soldi risparmiati.

I certificati di proprietà della casa e delle terre.

Le lettere di zio Carlo.

Né Pietro né Massimo avevano mai letto quegli scritti né qualcuno aveva trovato il tempo per parlare con loro, né giudicato necessario farlo.

Il racconto poteva dirsi finito, ma Ettore ci tenne ad aggiungere dell'altro.

"Non so se sia giusto vivere come vostro zio Carlo o come facciamo noi.

Se vale la pena spezzarsi la schiena per la terra e per gli animali o farsi ammazzare per delle idee.

Chi sono io per giudicare?

Non sono né un prete né uno sgherro.

So solo che, se fosse vivo, vostro zio oggi sarebbe con Garibaldi.

Lo so che questo nome a molti fa paura, ma a Carlo no.

Carlo sarebbe stato là, a farsi infilzare di nuovo, per difendere città e liberare villaggi del tutto sconosciuti a noi cafoni e ignoranti."

Ettore sembrava svuotato.

Come se gli avessero cavato dieci anni di vita dal petto.

Pietro comprese la situazione e si avvicinò al nonno.

Avrebbe voluto abbracciarlo, ma ciò non era in linea con il comportamento da tenere.

Allora abbracciò Massimo.

"Grazie nonno."

Fu l'unica cosa che gli venne in mente di dire.

Dopo quell'episodio, non vi furono cambiamenti evidenti nella normale giornata familiare.

Tutto proseguiva come sempre.

In particolar modo, Grazia supervisionava la crescita dei suoi figli.

Presto, molto prima di quello che suo marito avrebbe immaginato, sia Pietro sia Massimo se ne sarebbero andati di casa.

In poco tempo sarebbero definitivamente cresciuti per formare una famiglia e almeno uno di loro avrebbe preso dimora altrove.

Sembrava passato poco tempo dal loro matrimonio, ma non era così.

Le fatiche e il sudore avevano segnato i volti di Grazia e Franco, non più freschi e riposati come un tempo.

Si trattava di adempiere ad un compito, lo stesso per il quale siamo venuti al mondo e che ci è stato tramandato.

Il caldo iniziava ad essere insopportabile.

Era così difficile trovare un giusto equilibrio tra il rigido inverno e la torrida estate.

Tutto cambia, nulla rimane fisso.

Quando si comprende della sopraggiunta mutazione?

Non da subito.

Le membra e i sensi ci mettono del tempo ad adattarsi, opponendo una costante inerzia, sempre presente in tutti.

Solo con l'incedere dell'abitudine che essa si piega.

E quando pensiamo di avere trovato una nuova dimensione e di dirci completamente a nostro agio, quasi senza un minimo sentore, ecco lì, ancora di nuovo, sempre lui.

Il cambiamento.

Basta un colpo di vento o un temporale.

Così poco, ma è il segnale.

L'estate va a scemare.

Non rapidamente e non con un colpo netto, ma con un'infinita gradazione di sfumature.

Occhio e orecchio, naso e bocca non possono dire quando termina, ed ecco perché si ricorre al calendario.

Questo modo tutto umano di fissare lo scorrere del tempo.

Una vita misurata.

Quella di tutti.

Franco non faceva eccezione alla regola, come non lo facevano i suoi figli.

Vi era però una diversa prospettiva.

Per questi ultimi, il mondo era di fronte.

Le scoperte e la crescita.

L'amore e la famiglia.

Il lavoro e le idee.

Per Franco invece sembrava ormai tutto definito.

Si era ritagliato un ruolo, il suo, quello che aveva scelto più o meno consapevolmente.

Entro un anno, avrebbe compiuto quarant'anni.

Il pieno della maturità.

Addirittura, qualcuno avrebbe potuto iniziare a prenderlo come punto di riferimento.

Non tanto della comunità.

Il suo volersi isolare da tutto, dal paese e dal codice, dalla tradizione e dai piemontesi, era una strada nuova, battuta da pochi.

"Vigliacchi", così li apostrofava Giuseppe, dividendoli dalle altre due categorie.

I traditori e i giusti, dei quali si sentiva di fare parte.

Ad occhi stranieri, invece, quella terra pareva immutata da generazioni, con una potenza di intervento umano veramente limitata.

Sì, certo le case e i villaggi, le poche strade tracciate in terra battuta e gli steccati.

Ma non era come altrove.

"Ancora per poco, però", aveva sottolineato Giuseppe.

Ben sapeva dell'avidità del conquistatore, di chi vuole depredare una terra.

Boschi e legname era quello a cui pensava primariamente.

A ragione, senza comprendere a pieno le conseguenze di quanto Garibaldi stava per compiere.

Nemmeno quell'uomo così volitivamente sardo avrebbe però potuto immaginare il futuro, per mancanza di mezzi e di nozioni.

Era ignoto a tutti.

E forse era un bene.

Ognuno deve vivere nel proprio tempo.

Con la fine della stagione estiva, risalivano verso i monti le notizie delle vittorie delle camicie rosse.

Il Regno delle Due Sicilie si stava sgretolando.

"Finirà che quel rivoluzionario farà il gioco del Re."

Giuseppe sputò a terra per il ribrezzo.

Come si poteva andare contro un Re d'Italia?

Perché quello si stava delineando.

Chi lo avrebbe fermato?

Come potevano dei pastori, anche se organizzati, mettersi contro gli sgherri di una monarchia nazionale?

Battaglia persa.

Franco non pensò oltre.

Erano le pecore la ragione primaria di sopravvivenza e sussistenza.

Non si accorse nemmeno del cambiamento di Pietro.

Se solo avesse guardato negli occhi suo figlio, vi avrebbe intravisto un vortice a lui conosciuto e familiare.

Quello di suo fratello Carlo.

Non mancava giorno che, durante il trasferimento a piedi dalla loro dimora alla parrocchia di Don Francesco, Pietro non mettesse in scena, inventandosi tutto di sana pianta grazie alla propria fantasia, le gesta di Garibaldi.

I cattivi erano i borbonici.

"Chissà se quando finirà tutto, tornerà qui da noi".

Si era messo in testa di camminare fino a Caprera.

Non sapeva bene le distanze, ma una volta aveva visionato in modo dettagliato la cartina presente da Don Francesco, il quale non faceva mistero circa la geografia dell'isola.

A suo avviso, era una delle basi dell'istruzione di un ragazzo sardo.

Conoscere i nomi e i luoghi della propria terra.

Con un po' di fatica e facendosi aiutare da Massimo, aveva fatto qualche conto, considerando un massimo di sei ore possibili di cammino al giorno.

La strada era tanta, una settimana almeno per arrivare in Gallura.

"E poi come ci si arriva su un'isola?"

Massimo aveva posto subito quella domanda, ma a Pietro non interessava.

Si era immaginato che, una volta arrivato in riva al mare, ci fossero volontari pronti a traghettarli sull'isola.

In più, vi era un ulteriore incentivo.

Vedere il mare.

Dopo le parole di suo nonno Ettore, l'idea continuava a frullargli nella testa.

Era come un grande lago?

O di più?

Non fece cenno con nessuno di quel progetto.

Tanto Garibaldi si trovava ancora a Napoli, sebbene loro lo credessero in Calabria per via del ritardo con cui le notizie arrivavano alle loro orecchie.

Viceversa, Massimo non ne voleva sapere.

Reputava non giusto allontanarsi dal paese, per di più senza consenso.

Nessuno avrebbe mai dato l'assenso a quel viaggio.

La loro presenza e il loro lavoro servivano alla famiglia, prima di tutto a Franco.

Il futuro del gregge e dell'allevamento era nelle loro mani.

Cionondimeno, non disse mai nulla a nessuno.

Aveva imparato da tempo a tenersi le cose per sé.

Non rivelò ad anima viva delle idee di suo fratello Pietro né gli disse apertamente della sua non partecipazione al piano.

"Sono solo fantasie", si disse.

Un gioco, come lo erano molti altri.

"Domenica andiamo a trovare Eleonora".

Così Franco aveva messo al corrente la famiglia.

Si sarebbero mossi tutti, onde evitare una rimostranza di Giuseppe.

In prima fila Ettore, il padre, colui il quale nell'ottica della tradizione possedeva ancora l'autorità e la saggezza.

Poi Franco, il fratello maggiore, chi avrebbe dovuto essere pari grado del marito della sorella.

Vicini di età e di posizione.

Poi Grazia e i figli, la parte della famiglia più legata agli affetti e ai sentimenti ossia lo strato morbido di lana che avrebbe dovuto attutire eventuali screzi.

Era molto difficile, con una simile composizione, andare incontro a possibili contrasti.

Il piccolo corteo avrebbe attraversato il paese, sotto gli occhi di tutti, anche se celati dietro le pareti delle case.

La comunità era chiamata ad essere testimone.

Pur consapevole di essersi messo ai margini, Franco non ignorava le leggi non scritte e l'importanza delle stesse tra i suoi conterranei.

E ciò era anche un modo per rendere la sua posizione inattaccabile.

Già alcune foglie dei boschi, di quella parte non sempreverde della Barbagia, stavano per cambiare colore.

Era il segnale del tempo.

Il giallo e il rosso avrebbe lasciato spazio alla caduta e all'arrivo dell'inverno.

Giuseppe li attendeva nello spiazzo antistante la loro dimora.

Una casa molto simile nella volumetria e nella disposizione, d'altronde le esigenze erano le medesime.

Toccava a lui dare il benvenuto.

Porse il saluto ad Ettore e allungò la mano a Franco.

I convenevoli erano stati rispettati.

L'ospite era sacro e doveva essere trattato con tutti i riguardi, offrendo quanto di meglio la casa potesse annoverare.

E gli ospiti portavano il rispetto, sotto segni materiali e intangibili.

Un dono, di solito confezionato dalle sapienti mani femminili, o un agnellino per la festa.

Soprattutto, il fatto di non sopraffare il padrone di casa, di parlare sempre dopo lui e solo con l'assenso dello stesso.

Prassi da rispettare per il quieto vivere che, se non seguite alla lettera, davano inizio alla disamistade.

Perse nella notte dei tempi, le famiglie si guardavano in cagnesco quasi sempre per un dissidio originario di tal fatta.

Eleonora fu estremamente colpita dalla visita.

Le faceva piacere tornare alla mente di quando erano piccoli e vi era anche Carlo tra di loro, il cui spirito aleggiava sopra quella tavola imbandita.

Non mancava il pane, cotto nei forni di quasi ogni casa, il formaggio e, per l'occasione, uno stufato di pecora.

Un vino rosso e intenso riempiva i bicchieri, di una grezza ceramica e non di certo in vetro come era solito nelle case dei signori.

Era stato predisposto del lardo di cinghiale da strofinare sul pane, una volta tagliato a pezzi con il coltello in dotazione e leggermente riscaldato avvicinandolo al focolare.

Inizialmente tutto si svolse secondo arcani riti familiari nei quali la vista di nipoti e di zii era il miglior viatico per aggiornamenti e reciproci scambi.

Si notava una ruga in più o un'acconciatura diversa nelle donne, un cappello differente o un modo diverso di portare i baffi negli uomini e la crescita poderosa della generazione successive.

Ogni fanciullo veniva trovato più alto e più slanciato.

Agli occhi di tutti, Pietro fu quello che era cambiato maggiormente.

Entro poco tempo, avrebbe seduto alla tavola degli uomini, laddove si parlava di argomenti vitali, sebbene avrebbe dovuto stare in silenzio per i primi anni o, al massimo, rispondere solo a domanda diretta.

Non si poteva celare nulla degli affari quando ci si trovava al cospetto della famiglia.

Giuseppe, da padrone di casa, iniziò a descrivere come era andato la stagione e come si sarebbe preparato all'inverno.

Il 1860 sembra essere stato benevolo.

"Ci siamo ripresi da quanto è stato fatto contro di noi", concluse.

Non mancava mai un accenno polemico al Piemonte e ai Savoia.

Tutti sapevano come la pensasse in merito e tutti avevano compreso a cosa si riferisse.

L'editto delle chiudende, emesso nel 1820 e che nelle sue conclusioni finali arrivò ad influenzare la società agricola sarda fino al 1846, aveva segnato un'epoca dalla quale erano nate le recriminazioni maggiori, quelle portate avanti in Gallura e che avevano trovato proseliti in Barbagia.

Sembrava che, dopo le nefaste conseguenze, ora tutto era tornato alla normalità.

Di certo, le sofferenze e le carestie del passato non erano state compensate, ma almeno non si registravano episodi del genere nel presente.

Franco non condivideva completamente l'analisi di suo cognato, ma non per questo si sentiva in dovere di farglielo rimarcare.

Era meglio starsene zitti.

Attività che a lui riusciva congeniale.

Ettore, dall'alto della sua maggiore età, era chiamato a controbattere.

Lasciò scivolare le note polemiche del genero e analizzò con la sua estrema schiettezza la situazione.

"Il mercato del formaggio va bene e anche quello della lana."

Franco si intromise snocciolando i dati del gregge.

Era chiaro che entrambe le famiglie si aspettavano un anno seguente migliore, al netto di problemi non prevedibili, come le malattie.

"E cosa si dice in paese?"

Franco poteva tranquillamente porre una domanda del genere, visto il suo isolamento voluto e il fatto che, così, avrebbe messo il padrone di casa nella posizione di esprimersi.

Giuseppe non si tirò indietro.

"Nuove lotte non ci sono.

Qualcosa di antico che ci portiamo dietro, rimane.

Ma si risolverà.

Sgherri e soldati si sono visti meno, rispetto ad altri anni.

Hanno altri pensieri…"

E sorrise, prima di sorseggiare del vino, portandosi nel contempo alla bocca un pezzo di pane col formaggio.

Erano arrivati al momento del pranzo in cui le donne e i fanciulli venivano congedati dalle loro tavole, mentre gli uomini rimanevano nel posto a loro predisposto per andare più a fondo su alcuni argomenti.

Con semplici sguardi di intesa, Ettore e Franco intuirono ciò a cui si riferiva Giuseppe.

I piemontesi erano preoccupati per le vicende di Garibaldi.

Di sicuro, in quel consesso, Giuseppe era il più informato e gli altri due stavano aspettando una sua aggiunta.

L'uomo, consapevole di ciò, ne trasse compiacimento.

"I piemontesi si preoccupano per niente, ma non lo sanno.

Garibaldi non farà la rivoluzione, non glielo permettono.

Sarebbe stato fermato sulla prima altura in Sicilia.

Finirà che faranno un regalo enorme a questo Re.

Tutto il Regno delle Due Sicilie.

Ora è a Napoli.

Non so se toccherà Roma."

Come faceva un pastore analfabeta a mettere in fila simili pensieri?

Qualcuno glieli suggeriva, era evidente.

Qualcuno dei circoli che frequentava e che volevano la liberazione della Sardegna.

Ettore pensò immediatamente a suo figlio Carlo.

Avrebbe anch'egli combattuto per un ideale che poi avrebbe scaturito un esito opposto?

Franco non si crucciò più di tanto.

Quale ripercussione avrebbe avuto una situazione del genere sulla sua vita familiare e sul suo gregge?

Nessuna.

Quindi, tanto valeva non farsi strani pensieri.

L'inverno sarebbe arrivato comunque, seguito da un'intrepida primavera.

Pietro aveva teso l'orecchio e aveva compreso ciò che lo zio avesse voluto fare intendere.

A suo avviso, non sarebbe accaduto nulla del genere.

Anzi, vi sarebbero stati nuovi moti per la libertà.

E se Garibaldi si fosse di nuovo recato a Caprera, era pronto per andarlo ad incontrare.

Per diventare uno di loro.

Uno di quelli che facevano l'Italia.

Suo fratello Massimo lo prese per il braccio.

Bisognava uscire, a godere delle ultime ore di tepore giornaliero, prima della lunga pausa nella quale il camino avrebbe riscaldato le loro giovani membra.

Pietro volse il capo e fissò la combriccola dei cugini.

Sarebbe andato con loro, forse per l'ultima volta.

La libertà si declina in miriadi di modalità.

Una è quella dei bambini, una è quella degli adulti.

E Pietro non sapeva ancora che, quando si perde l'innocenza della prima età, nessuno in fondo è più libero.

Ancorato alle proprie scelte di vita.

Un monolite al quale essere fedeli per sempre.

Correva spensierato verso i campi, mentre sullo sfondo immutato si stagliava, silente, l'abitato di Orgosolo.

L'unico ammasso di case che aveva mai visto fino a quel momento.

*"Try to say it to you,
when I feel blue."*

III

Orgosolo, primavera-autunno 1861

"I hope someday you'll join us.
and the world will be as one."

Scrutando l'orizzonte in cerca di qualche segno, Franco non notò nulla di insolito.
Avrebbe potuto descrivere o dipingere il paesaggio senza nemmeno fissarlo, se solo avesse posseduto il dono della creatività artistica e fosse stato in grado di esprimere ciò che sentiva dentro di sé.
Essendo conscio dei suoi limiti, si accontentava di meditare in silenzio.
L'inverno era passato senza alcuna difficoltà, con le solite problematiche ma in fondo in modo ottimale.
Nessuna malattia o mancanza di cibo.
Nessuna mala novità.
Ogni tanto si fermava a fissare i suoi figli per comprendere la loro crescita.
Pietro diveniva sempre più un ragazzo e avrebbe già potuto delineare il futuro uomo.
Grazia aveva diversi occhi.
Per una madre, i figli rimangono sempre dei bambini, quei piccoli così fragili e che trovavano in un abbraccio il caldo sapore della famiglia.
Anche lì in Barbagia, pur dovendo crescere presto, il legame materno era molto più marcato.
Però, in fondo, qualcosa era cambiato.
Non esisteva più il Regno di Sardegna.
Ora si chiamava Regno d'Italia.
Le previsioni di Giuseppe si erano avverate.
Garibaldi e le sue camicie rosse avevano consegnato un territorio vastissimo proprio ai Savoia e Vittorio Emanuele era divenuto Re d'Italia.

Viva Verdi si sarebbe potuto dire liberamente, senza più il rischio di essere arrestati, sebbene in Barbagia poco si sapesse del compositore emiliano e meno ancora del suo repertorio.

A Nuoro e a Sassari era tutto diverso.

Là sventolavano già i tricolori.

Don Francesco si era allineato ai dettami del Papa e, in qualche modo, si trovava in una posizione ambigua.

Da un lato il sollievo nel vedere scongiurata una rivoluzione di plebei socialisti e sovversivi, con una normale amministrazione monarchica e restauratrice.

Fuori i Borbone, dentro i Savoia, la nobiltà e l'alta borghesia non di certo esautorate.

Però vi era l'aggressione allo Stato Pontificio.

Il Papa ormai regnava solo su Roma.

Assurdo.

In qualche modo, eretico.

E quel Garibaldi ora avrebbe voluto certamente prendere Roma, per farne la capitale d'Italia.

Lo aveva già tentato nel 1848 ed era stato fermato dai francesi.

Vi era poco da stare allegri.

Di tutto questo, parlava solamente a pochi accoliti, a quelli che non erano molto amici dei Savoia ma che, nemmeno, avrebbero imbracciato i fucili contro di essi.

Di fronte a quella novità, in molti rimasero in attesa.

Presto sarebbe giunta la notizia di quanto Garibaldi aveva pronunciato a metà aprile, un mese dopo la proclamazione del Regno d'Italia.

A Torino, aveva perorato sia la causa dei suoi volontari, proponendo una guardia nazionale mobile, una specie di inquadramento regolare di formazioni fino a quel momento irregolari dal punto di vista della strategia militare sia la causa del brigantaggio.

Proprio lui che aveva combattuto i Borbone, era conscio che il troppo veloce scioglimento di quell'esercito aveva creato un vuoto di potere e di controllo, lasciando mano libera ad una giustizia autonoma.

Gli amici di Giuseppe, il cognato di Franco, avrebbero apprezzato il sostegno di Garibaldi alle cause del brigantaggio.

"Finalmente uno che capisce i problemi sociali del popolo…"

Forse sarebbe stato possibile mandare una missiva al generale, il quale sarebbe tornato certamente a Caprera.

Sondare le sue volontà per fare partire, dalla Sardegna, un moto popolare che avrebbe innescato un sovvertimento generale delle regole.

Cambiare tutto per cambiare niente?

No grazie.

Giuseppe però non si sentiva adeguato.

Sapeva di essere ignorante e analfabeta.

Ci voleva qualcuno che credesse nella causa e fosse pieno di ideali, magari manipolabile e comunque in grado di apparire più di un semplice pastore.

Con simili intenti, cercò di trovare una soluzione, invano.

Passavano i giorni e le settimane.

Il mese di maggio andò via in un attimo, partendo da infiorescenze varie fino all'esplosione della stagione calda.

Parimenti, ad Orgosolo, tutto pareva identico a se stesso.

Riti ancestrali tramandati da nonni a nipoti, movimenti di falci e di coltelli, animali che incrociavano la strada con gli esseri umani, cappelli che si sollevavano in segno di saluto e intesa.

"E se non riusciamo a metterci in contatto con lui?"

Più membri del circolo di Giuseppe fremevano per un'azione diretta.

Si conoscevano i volti, gli alloggi e i percorsi che le guardie e gli sgherri svolgevano nei dintorni di Orgosolo.

A sud fino a Fonni, a nord fino a Nuoro.

Non vi era palmo di terreno che non fosse conosciuto da qualcuno del luogo e che non fosse adatto per un'imboscata.

Erano pronti per un lento logorio.

Addirittura, per lo stato di assedio.

La differenza fondamentale era che i piemontesi in servizio prima o poi sarebbero tornati a casa, mentre per i sardi quella era casa.

Non se ne sarebbero mai andati.

In ogni caso, non vi era accordo e ogni altra decisione fu rimandata.

Il pastore, così come l'agricoltore, sa aspettare.

Giudica e valuta con i tempi della Natura, così diversi da quegli degli uomini.

E la Natura, alla fine vince sempre.

"Mai mettersi contro la montagna o contro le stagioni" era una frase ricorrente e scolpita nella mente di tutti.

In seno alla famiglia di Franco e Grazia, era stato stabilito che Pietro terminasse le lezioni da Don Francesco proprio all'inizio di quell'estate.

Ormai, per un ragazzo che avrebbe dovuto fare il pastore, possedeva una cultura ben oltre la media e il suo aiuto nei campi sarebbe stato sempre maggiore.

Poteva sobbarcarsi un lavoro da uomo per l'intera giornata e non solo per le prime ore fino al pranzo.

Massimo si sarebbe recato dal parroco ancora per due anni, da solo e senza godere della compagnia del fratello.

Vissuti in simbiosi fino a quel momento, i due si sarebbero via via distaccati, per andare a costruire il loro futuro e le loro famiglie.

In realtà, se ne doleva più Pietro.

Sapeva che, nonostante sapesse leggere, scrivere, fare di conto e conoscesse l'ubicazione della mappa sarda e delle principali città italiane, vi era un mondo molto più ampio.

In città, i figli dei signori imparavano tutto ciò in pochi anni e un bambino di classe agiata a otto o nove anni aveva già un bagaglio maggiore di quanto Pietro avrebbe mai potuto immaginare.

Questa consapevolezza rendeva Pietro malinconico.

Celava tutto questo dietro la maschera dell'esuberanza adolescenziale, nella quale il lavoro degli ormoni ha un posto preminente.

In cuor suo, però, fremeva.

Cosa gli avrebbe riservato il futuro?

Una vita tranquilla come quella di suo padre?

Da un lato, anelava a ciò.

Nessun problema, nessun pensiero, nessuna preoccupazione se non quella del gregge e della famiglia.

Suo padre era una persona ben vista da tutti, seppure non considerata.

Nessuno aveva conti da regolare con lui e ciò voleva dire non avere nemici, un grande vantaggio da quelle parti.

Ma non era nemmeno preso a riferimento.

Viveva isolato, lontano da chi pretendeva libertà per la terra sarda o da chi aveva compreso che, prima i piemontesi e ora gli italiani, avrebbero sempre più fatto parte della vita quotidiana.

Forse suo padre era veramente libero.

L'unico essere umano libero di fare ciò che voleva senza vincoli.

Tutto questo rendeva felice Pietro, almeno di giorno.

Di sera, però, prima di coricarsi, i suoi pensieri andavano lontano e si ritrovava sempre più spesso a riflettere su zio Carlo.

Perché aveva abbandonato tutto?

Cosa vi era nella sua testa?

E perché le sue lettere erano chiuse nel baule in camera e nessuno le aveva mai lette?

Non aveva risposte definitive, ma sognava sempre più spesso di poter leggere quelle lettere.

Forse zio Carlo era stato un eroe che non aveva fatto in tempo a vedere il suo sogno di un'Italia unita, anche se mancava ancora Roma e i Savoia erano divenuti Re di un'intera nazione e non di poche regioni.

Un giorno di fine giugno, Pietro trovò il coraggio.

Più volte era entrato in camera dei suoi genitori e aveva visto il baule, senza peraltro fare nulla.

Da poco, invece, aveva scoperto l'ubicazione della chiave.

L'idea gli balenò in un attimo, quel giorno.

Le lezioni da Don Francesco sarebbero finite l'indomani e, in seguito, non avrebbe più avuto tempo.

Prese la chiave, la infilò nel baule e sentì un rumore metallico di serratura.

La aprì.

Non vi era tempo per rovistare tutto quanto e fare una catalogazione.

Allungò la mano, cercando di non mettere in disordine.

Dopo tre tentativi a vuoto, trovò un plico.

Vi pose lo sguardo dentro e vi erano dei fogli scritti a mano.

Erano le lettere di zio Carlo, o almeno sembrava qualcosa del genere.

Avrebbe avuto un giorno per guardarle e poi le avrebbe rimesse al loro posto.

Nessuno si sarebbe accorto di nulla.

Si mise il plico sotto la camicia ingiallita di cotone pesante, sgualcita e non di certo adatta né per il lavoro nei campi né per apparire un figlio di signori.

Durante il tragitto verso la parrocchia, prese in disparte suo fratello Massimo.

"Devi dire a Don Francesco che oggi non ho potuto. Andrò domani per l'ultima lezione.

E se ti chiede il motivo, non dire nulla. Fai finta di niente."

Aggiunse questa frase come ulteriore cautela, anche se era a conoscenza che non ci sarebbe stata alcuna domanda.

Le lezioni erano su base volontaria e le famiglie potevano disporre dei figli come meglio credessero.

Per di più, Pietro avrebbe terminato l'indomani e quindi nessuno avrebbe fatto caso alla sua assenza.

Il ragazzo, si diresse, senza essere visto, in un luogo appartato e nascosto, laddove nessuno lo avrebbe potuto scorgere.

Trasse il plico ed iniziò a leggere.

Sapeva di non possedere una grande cultura e che la sua lettura non era di certo fluida come quella del parroco.

La prima lettera era datata novembre 1848 con città Olbia.

Carlo descriveva come aveva trovato un passaggio di fortuna verso Roma, una nave di commercianti che facevano la spola con il Continente e che aveva barattato il tragitto con mansioni di pulizia.

Seguiva una pausa di oltre due settimane.

Verso Natale del 1848, si trovava già a Roma.

Poche righe per informare la famiglia.

A febbraio del 1849, lo zio scriveva di momenti esaltanti.

Di libertà e progetti.

Di idee e di cose nuove.

Lo stesso a marzo.

Ad aprile, irruppe l'azione al comando di Garibaldi.

Il pastore senza esperienza era stato addestrato al tiro e ora possedeva un fucile e una divisa.

Soldato semplice, ma tanto bastava per riempirlo d'orgoglio.

Poi seguivano una serie di descrizioni di luoghi e usanze.

Doveva proprio essere tutto diverso sul Continente e Roma doveva essere la città più bella del mondo.

Pietro notò che zio Carlo non nutriva una buona opinione dei preti, del Papa e della Chiesa.

Ciò lo indusse a pensare.

Da quando era nato, sia suo padre sia sua madre non avevano mai messo in contestazione alcun precetto o alcuna parola della Chiesa.

La famiglia era credente e tutti assistevano alla Messa e ai riti tradizionali.

Ciò che invece descriveva lo zio era una Chiesa diversa.

Dedita al potere e ai soprusi verso il popolo.

Che opprimeva e uccideva.

E al cui cospetto, Garibaldi era un liberatore.

Di uomini e di idee.

Si accennava anche ad altri nomi, dei quali però Pietro non poteva dire nulla.

Nessuno gli aveva mai parlato di Mazzini o di Orsini.

Passando la metà del plico, i toni divennero più cupi e foschi.

Vi era una minaccia, quella dei francesi.

Così vicini alla Sardegna da essere quasi confinanti, almeno per la parte dell'isola della Corsica, ma in fondo così distanti.

Sempre nemici.

Ma come era possibile che fossero sia nemici dei Savoia sia di Garibaldi sia del popolo?

E poi magari divenivano amici dei Savoia per qualche tempo.

"I potenti non si fidano dei popoli", questa era una frase che aveva carpito da suo zio Giuseppe, il quale forse aveva molta più ragione di quanto non avessero Franco e Grazia.

Come ci si poteva isolare in quei momenti?

Come farlo se un fratello era morto per realizzare gli ideali di libertà?

La risposta stava nelle ultime lettere, forse.

Pietro si decise a proseguire oltre.

"Grande vittoria ieri, caro fratello. I francesi sono stati respinti.
Devi vedere cosa vuol dire essere degli italiani uniti per un unico ideale di libertà."

Sembrava mettersi bene.

Il mese di maggio portò l'incanto dei fiori e le lettere di zio Carlo erano piene di lodi e di amore.

Forse aveva trovato una donna.

O almeno era quello che Pietro aveva compreso leggendo un frammento.

"Che siano maledetti i francesi, ci hanno tradito e fatto perdere tempo.
L'Italia trionferà, ora o tra qualche tempo."

Invece il mese di giugno non portò nulla di buono.

"Siamo circondati e periremo", fu l'inizio dell'ultima lettera.

"Ma il nostro cuore è pieno di speranza per il futuro.
Caro fratello, abbraccia papà e i tuoi figli per me.
Resta fedele alla tua terra, perché è parte dell'Italia e non pensare più a me e alla mia vita che giudichi buttata.
Ho vissuto al meglio di quello che credevo.
E se in molti faranno come me, non tarderemo a fare l'Italia.
Una, unita e repubblicana.
Ti saluto."

Gli occhi di Pietro si erano ricoperti di un lucido velo di lacrime.

Le lettere erano state recapitate tutte assieme, alla fine del conflitto.

Un volontario, amico di Carlo, sopravvissuto alla caduta di Roma e alla conseguente fuga, si era preso la briga di sbarcare in Sardegna un paio di anni dopo, di recarsi a piedi, da straniero, fino ad Orgosolo e consegnare il tutto nelle mani di Franco, per poi ritornare da dove era venuto.

Disperso in qualche landa del Continente, senza un nome e con un futuro ignoto.

Forse era stato uno di quelli che aveva partecipato alla spedizione di Garibaldi o forse era andato in esilio o forse si era ritirato a vita privata, avendo perduto la speranza degli anni giovanili.

Ecco perché non vi erano mai state risposte.

Suo padre, per tre anni, non aveva più saputo nulla di zio Carlo e poi si vide recapitare quel plico.

E risultava anche spiegato il perché fosse nel baule e nessuno ne volesse parlare.

Oltre al carattere taciturno di Franco, che forse, in gioventù, non era stato tale.

Pietro ripose tutto al proprio posto nel plico e se lo infilò sotto la camicia allo stesso modo di come aveva fatto in precedenza.

Avrebbe dovuto mantenere il segreto con tutti, anche con suo fratello Massimo, il quale non si era posto molte domande.

La cosa più plausibile che gli era venuta in mente era che Pietro fosse andato a vedere una ragazza, da lontano, come si addice alla tradizione del luogo.

Una che aveva notato all'insaputa di tutti.

E che voleva vedere prima che le fatiche della pastorizia prendessero il sopravvento per l'intera giornata.

Pietro si ricompose e aspettò il fratello nel medesimo posto in cui si erano lasciati.

Lo vide arrivare in perfetto orario.

Non si dissero nulla.

Nessuna domanda né su cosa avesse fatto Pietro né su cosa, eventualmente, avesse chiesto Don Francesco.

Bastò uno sguardo di assenso ed entrambi furono soddisfatti.

Giunti a casa, Pietro, con un rapido gesto, ripose il plico sotto il proprio letto.

L'indomani mattina lo avrebbe nascosto in un altro luogo, aspettando sempre il rientro per pranzo per posizionarlo di nuovo nel baule.

In tal modo, nessuno sarebbe stato a conoscenza del segreto svelato.

Fece fatica a prendere sonno quella sera.

Meno stanco del solito per via della mancata lezione presso Don Francesco, che comportava anche un minore tragitto a piedi per andata e ritorno, iniziò a fantasticare circa le avventure di suo zio e l'ambiente di Roma.

Veramente esistono persone che vivono in questo modo?

Che non sono legate alla terra e ad un paese ma che si muovono liberamente incontrando altre persone sconosciute?

42

Gli pareva di essere incatenato in un luogo solo, mentre fuori la vita scorreva.

Poteva farne parte anch'egli?

Un giovane che mai si era spinto fino a Nuoro pensare di andare in Continente e anche oltre?

Come avrebbe fatto con la sua famiglia?

Con suo padre, suo fratello, sua madre e l'attività da portare avanti?

Si sentì in colpa per avere letto quelle lettere.

Se non avesse saputo, allora sarebbe stato meglio.

Persino se non avesse frequentato le lezioni di Don Francesco.

Forse stavano meglio gli analfabeti, per il quale il mondo iniziava e finiva nei confini del loro vagare quotidiano attorno ad un punto fisso detto casa o famiglia.

Chi non sa, è più felice.

Nella notte silenziosa, già calda e preannunciatrice di quella stagione insopportabile, non vi era rumore alcuno in casa.

Tutti dormivano, sopraffatti dalle fatiche antecedenti.

Solo Pietro non riusciva a calmarsi.

Pensò che dovesse appisolarsi, visto che l'indomani avrebbe subito le conseguenze di una notte insonne.

Senza alcuna volontà propria, le membra iniziarono ad intorpidirsi e il sonno prese il sopravvento.

Non avrebbe saputo dire l'istante esatto.

Un lento spegnimento e poi il buio.

Dopo poche ore, le luci dell'alba facevano capolino.

Era il periodo dell'anno più chiaro e indelebile.

Pietro si alzò di malavoglia, preso solo dal pensiero di trovare un nascondiglio provvisorio alle lettere.

Il resto della giornata proseguì normalmente, senza alcuna deviazione rispetto al solito canovaccio, se non la sistemazione, nel luogo consono, di quanto aveva testimoniato zio Carlo.

I giorni che passavano fugaci, ormai completamente assorbiti dai nuovi impegni di Pietro, lo avevano distolto man mano dai pensieri di quella notte.

Nessuno si era accorto di nulla.

Non suo fratello, non sua madre.

Nemmeno suo padre.

Franco si era compiaciuto di poter finalmente avere a disposizione un aiuto per l'intera giornata.

Di lì a qualche anno, si sarebbe aggiunto anche Massimo e allora ci sarebbe stato spazio per pensare ad un'espansione dell'attività.

Più pecore, più produzione.

Un recinto più grande.

Magari un pezzo di casa da aggiungere per ricavare altri due locali.

I suoi figli, crescendo, avrebbero preso moglie e avrebbero vissuto uno accanto all'altro, mandando avanti l'attività.

Ecco il futuro in pochi pensieri.

Non disse nulla ad anima viva, come era nella sua indole.

L'entrata a pieno regime di Pietro nella vita da pastore meritava una festa in famiglia.

Fu Grazia a convincere Ettore, il quale non trovò alcun ostacolo in Franco.

Sarebbero stati invitati pochi commensali, Eleonora e Giuseppe con i loro figli, qualcuno del paese e Don Francesco.

Pietro non si sentiva troppo a proprio agio.

Gli sembrava di essere non il festeggiato ma l'agnello sacrificale.

Per l'occasione, era stato finalmente ammesso al tavolo degli adulti.

Era il primo segno di rispetto verso chi era stato considerato un bambino e ora non lo era più.

Da quel momento, in modo sempre più evidente, gli uomini avrebbero iniziato ad alzarsi il cappello in segno di rispetto quando Pietro avrebbe incrociato la loro strada.

Un vantaggio nello stare al tavolo degli adulti era la possibilità di ascoltare i loro discorsi, mentre lo svantaggio risiedeva che il tempo per i giochi con suo fratello sarebbero stati sempre minori e compressi in spazi laddove nessuno poteva scorgerli.

A Pietro non interessavano tanto le disquisizioni sul bestiame, ma sulla situazione dell'Italia e sapeva che suo zio Giuseppe era molto più informato.

L'uomo, nel rispetto delle tradizioni locali, non parlò se non interrogato.

Franco, a conoscenza delle idee del cognato, pur non condividendole, le rispettava e era conscio del fatto che fosse più preparato, nonostante l'analfabetismo.

Fu il padrone di casa ad introdurre l'argomento.

"Giuseppe, cosa ne faranno di questa Italia?"

Il cognato si sentì investito di una grande responsabilità.

Sbuffò come a sottolineare il disappunto.

"Non sappiamo cosa hanno in testa i piemontesi, ma con un territorio così vasto penseranno ancora a sfruttare.

Qui ci sono tanti boschi e legname.

Dicono che serve per costruire i binari dei treni.

Prima ci hanno tolto la possibilità di nomadismo e di pascolo senza confini, ora ci vorranno togliere i nostri alberi?

E poi ancora cosa?"

Gli altri lo guardarono con un misto di stupore e di indignazione.

Come era possibile che i piemontesi si comportassero in tal modo e che chiunque osasse contrastarli fosse considerato un bandito?

Vi erano delle leggi locali radicate nelle famiglie e che nessuno aveva mai considerato a Torino, laddove si decideva tutto.

"Poi c'è la questione di Roma".

Rincarò Giuseppe, ben conscio del fatto che i padroni di casa erano molto cattolici e al tavolo sedeva un prete.

Per tale motivo, non andò oltre esponendo ciò che realmente pensava andasse fatto.

Ossia Roma andava sottratta dalle mani del Papa per divenire la capitale d'Italia, così forse ci sarebbe stato un equilibrio tra le genti italiane, ridimensionando le velleità dei piemontesi.

Quantomeno poteva introdurre un argomento polemico, ma in modo tangenziale, senza uno scontro diretto con la Chiesa.

"L'unica speranza per noi è Garibaldi.

Intendo per il popolo.

È l'unico che ha a cuore le sorti di tutti noi, anche dei sardi.

Ora è Caprera, andrebbe contattato."

Don Francesco fece una smorfia di disapprovazione.

Il diavolo rosso era quanto di peggio si potesse immaginare, addirittura peggio dei Savoia che, seppur sfruttatori e dominatori, regnavano pur sempre per mandato divino.

Ciononondimeno, il prete non osò contraddire o interrompere Giuseppe.

Viveva e predicava ad Orgosolo e sapeva bene quanto Roma fosse lontana, mentre i coltelli dei pastori molto vicini.

Pietro si destò.

Allora vi era qualcuno che la pensava come lui?

Vi erano pastori che vedevano in Garibaldi la speranza?

E uno di essi era suo zio Giuseppe?

Avrebbe dovuto parlare con lui.

Ma quando?

Come trovare una possibilità di dialogo senza dare nell'occhio?

Solo in quel giorno sarebbe stato possibile.

Prima che gli ospiti se ne fossero andati, Pietro avrebbe dovuto trovare il modo di appartarsi con suo zio Giuseppe anche solo per uno scambio di battute.

Il momento del riconoscimento, ecco cosa.

Quando i maschi adulti, alla fine della festa, si avvicinavano uno ad uno al festeggiato per riconoscerlo come facente parte della loro comunità.

Pietro iniziò a scrutare ogni minimo dettaglio con trepidazione.

Non poteva perdere l'occasione, forse unica.

Ripassò mentalmente ciò che avrebbe voluto dire.

Poi pensò al tempo a disposizione.

E decise di andare dritto al punto, per non sprecare nulla.

La sua mente vagava all'impazzata senza che si rendesse conto del fluire del tempo.

Era un bene che fosse ancora considerato non degno di prendere parola, visto che, in caso contrario, avrebbe dato l'impressione di essersi estraniato, cosa non accettata dai commensali.

Chi sedeva al tavolo e aveva diritto di parola, aveva il dovere di non distrarsi e di non farsi distogliere dal resto.

Ciò che contava era quello che si discuteva attorno al tavolo e non il resto del mondo.

Il momento atteso arrivò in meno di quanto Pietro pensasse.

Lo zio si avvicinò per tendergli la mano e per avvicinarlo a sé ed era uso che si dicesse qualcosa all'orecchio cosicché nessuno potesse ascoltare.

Erano i consigli degli uomini che dovevano rimanere segreti.

Un segreto custodito a due.

Pietro non fece parlare lo zio e lo anticipò.

"Zio, io potrei contattare Garibaldi.

Ho studiato la strada e ho le idee giuste per lui.

La prego di considerare la mia proposta."

Giuseppe rimase attonito e non comprese subito il significato.

Tornando a casa, con il lento incedere dei passi attraverso la campagna e il paese, le parole del nipote gli risuonavano in testa.

Così Pietro, che fino a ieri era un bambino, sarebbe stato disposto ad andare fino a Caprera per portare un messaggio a Garibaldi?

E per dirgli cosa?

Di liberare la Sardegna o di prendere Roma?

Di fare una repubblica o di dare altro territorio ai Savoia?

Quella sera, l'uomo non prese sonno.

La mossa andava oltremodo ponderata, soprattutto per le conseguenze che ciò avrebbe avuto con Franco.

Portare via un figlio in quel modo era passibile di inizio di una disamistade.

E ciò Giuseppe non lo voleva.

Rivelare a Franco il piano, avrebbe sicuramente portato ad una cancellazione dello stesso giacché tutti erano a conoscenza delle idee del cognato, né con i Savoia né contro, ma solamente rivolto al proprio gregge.

Ignorare la proposta di Pietro avrebbe significato gettare al vento l'unica opportunità reale, visto che, al di là delle parole, nessuno si era fatto avanti per portare a compimento un simile gesto.

Il tutto andava pesato e riflettuto.

Niente colpi di testa. Niente avventatezze.

Il tempo avrebbe portato consiglio.

Lasciò passare il gran caldo.

Una stagione che sulle alture della Barbagia poteva passare indenne agli incendi boschivi o alle conseguenze della siccità, ma pur sempre fastidiosa, specie per l'operosità richiesta.

Il caldo è nemico della voglia di lavorare.

Ogni passo diventa più faticoso, ogni respiro più pesante.

Le ore effettivamente utilizzabili erano poche, per lo più lontano da quelle centrali durante le quali ci si ritirava al fresco delle spesse mura delle case.

All'ombra e seduti, senza muovere un dito, rimirando l'aria che sembrava bruciare all'orizzonte e al contatto con il suolo.

Dopo lunghe settimane di attesa, Giuseppe prese una decisione.

Se proprio bisognava rischiare, avrebbe scelto il male minore.

"Andrò a parlare con Franco."

Lo fece al primo vero temporale di agosto.

Nubi cariche di pioggia e di vento si erano affacciate da nord, risalendo le vallate e andando a circondare l'intero paese.

Il cielo scuro aveva fatto ripiombare, per qualche ora, le tenebre di carattere invernale.

Acqua incessante e scrosciante.

Rivoli discendenti, sempre più misti a terra e fango.

Così come era arrivato, se ne andò.

Lasciando un blu terso e splendente e riflessi di acqua illuminata sparsi ovunque.

Si mise in cammino e, a lunghi passi, giunse presto dal cognato, il quale fu sorpreso di vederlo.

Giuseppe andò dritto al punto.

Sapeva che a Franco non piacevano i preamboli.

"Tuo figlio si è offerto di aiutarci."

Di fronte all'espressione stupita, proseguì:

"Vuole andare a Caprera a incontrare Garibaldi per portare il messaggio che tutti noi vogliamo consegnarli."

A quel punto, Franco strabuzzò gli occhi.

Come era possibile?

Si stava parlando della stessa persona?

Di suo figlio Pietro che fino a qualche anno prima era ancora un fanciullo informe?

E che, solo da qualche mese, si era messo a servizio completo della famiglia?

Andare a Caprera a piedi?

Tra andata e ritorno quanto tempo?

Un mese?

E poi?

E come se la sarebbe cavata da solo?

Giuseppe gli pose una mano sulla spalla, comprendendo il turbine di emozioni del cognato.

"Calmati, ci pensiamo noi. Offriremo alloggio e ospitalità nelle varie tappe.

Tuo figlio conosce la Sardegna, l'ha studiata, ha visto le strade da Don Francesco, sa leggere e scrivere.

E ha voglia di fare."

Franco fece per sedersi.

Doveva sicuramente riflettere e parlare con Pietro, prima di dare una qualunque risposta a Giuseppe.

Si congedarono con una stretta di mano.

Ormai il gioco era stato svelato e si trattava solo di attendere.

Ettore, al cui occhio non sfuggiva nulla, chiese delucidazioni al figlio.

Franco era ritroso a dire tutto, ma infine si aprì.

All'uomo anziano venne subito in mente l'altro figlio, Carlo.

Da un lato non avrebbe mai voluto infliggere una punizione del genere a Franco, ma dall'altro era conscio che, di fronte agli ideali di una persona, poco vale mettersi di traverso.

"Dobbiamo parlarne" e indicò la casa.

Franco comprese come bisognasse informare sua moglie.

Grazia non trovò nulla di strano.

Era più abituata del marito all'idea di perdere il figlio, nel senso che sia Pietro sia Massimo avrebbero costruito una propria vita lontano da loro, con altre persone e altri riferimenti.

Non restava che convocare Pietro.

Il ragazzo si trovò di fronte al consesso della propria famiglia, circa una settimana dopo la visita di Giuseppe.

Volevano sondare cosa vi fosse nel suo animo.

Pietro all'inizio mostrò ritrosia.

Non sapeva bene dove il discorso sarebbe andato a parare.

"Pietro, con noi puoi dire tutto".

La frase di sua madre gli aprì il cuore e raccontò di come si era immaginato Garibaldi liberare l'Italia e poi delle lettere di zio Carlo.

Benché le avesse lette una volta sola, le recitava quasi a memoria.

A Franco, con un guizzo mentale, si balenò la realtà.

Nelle fattezze di Pietro intravedeva i lineamenti di suo fratello.

Cosa avrebbe fatto?

Avrebbe accettato di perdere un figlio dopo aver perso un fratello?

O avrebbe impedito con tutte le sue forze le aspirazioni di quel giovane?

"Ci prendiamo del tempo."

Così concluse la sessione.

Pietro si sentì rinfrancato.

Ora tutti sapevano e non doveva più celare il segreto.

Lo disse apertamente anche a Massimo, il quale comprese solo parzialmente.

Dopo i vari consulti, la decisione finale spettava a Franco, il quale volle informarsi ulteriormente da Giuseppe.

Voleva essere certo delle tappe e dei nomi.

Garanzie, in qualche modo.

Il cognato non si fece scrupolo a dare ogni minimo dettaglio, vista l'importanza della posta in gioco.

In capo ad una settimana, Franco comunicò la decisione a suo figlio.

"Sia come vuoi tu, se questa è la tua decisione.

Sappi che noi ti aspetteremo qui, per il tuo ritorno e che, in futuro, potrai contare su di noi, in ogni caso.

In qualche modo, ci arrangeremo per il gregge.

Segui la tua strada, figlio mio."

Pietro fu estremamente felice e non vedeva l'ora di incamminarsi.

Il primo giorno di autunno, dopo aver preparato la bisaccia con il cibo e aver studiato il percorso a memoria, partì, con prima tappa la città di Nuoro.

Si sentiva libero in tutto.

Libero di fare ciò che voleva e di prendere in mano il proprio futuro e quello dell'Italia.

E doveva tutto ad un solo uomo.

Suo padre Franco, colui il quale, in nome della libertà, aveva dato una scelta anche a chi non condivideva il suo ideale di uomo libero: stare nei campi a pascolare un gregge, pensando alla propria famiglia e al suo avvenire.

"There's another one burned
so you tell me
how it's gonna be this time."

VOLONTA'

"The stars are bright tonight.
And I am walking nowhere.
I guess I will be alright.
Desire gets you nowhere."

IV

"I'm worse at what I do best
and for this gift I feel blessed.
Our little group it's always been
and always will until the end"

"E' confermato."
Al comando centrale dei Carabinieri Reali di Tortolì, la notizia fu accolta con un tripudio giubilante.
Due giorni prima, i bersaglieri erano entrati a Roma e ora pareva che l'annessione della città eterna fosse qualcosa di certo.
L'Italia avrebbe avuto la sua degna capitale, quella di un tempo.
Vittorio, giovane appuntato di ventuno anni, sbarcato in terra sarda da non più di un mese sentì luccicare i propri occhi.
Un velo di lacrime di commozione e di gioia lo stava per avvolgere.
Proveniente dalla zona del Monferrato, figlio di contadini e, per tale motivo, senza molto futuro vista la numerosità della famiglia, si era deciso a farsi militare.
Tre anni di servizio, laddove in pochi volevano essere dislocati.
Sebbene la Sardegna facesse parte dei domini dei Savoia da molto più tempo rispetto alla parte meridionale dell'Italia, annessa da poco meno di dieci anni, quasi nessuno avrebbe scelto quel luogo.
Ostilità e diffidenza.
Banditi e territorio aspro.
Nuove sfide per mantenere l'ordine pubblico, specie dopo la campagna di sfoltimento dei boschi per la costruzione delle ferrovie in tutta Italia.
Però era il luogo dove vi erano maggiori possibilità di fare carriera, nel senso che veniva riconosciuto il disagio del luogo e dello spostamento e quindi ciò garantiva un più facile avanzamento.
E questo era quanto serviva a Vittorio.

53

Soldi da mandare a casa.

Il suo compito era quello, principalmente, non tanto essere una guardia del Regno.

"Oggi doppia razione, ci pensa lei Vittorio?"

Il ragazzo scattò sull'attenti ed eseguì.

Sapeva quale fosse il compito predeterminato.

Niente di che, nulla che richiedesse una scorta o un compagno per essere più sicuri.

Non si trattava né di fare pattuglia né di interrogare o arrestare.

Semplicemente avrebbe dovuto uscire dal comando e dirigersi verso il centro del paese, in direzione dei fornai Melis, il cui negozio si trovava in un angolo appartato, noto solo a chi conosceva bene il luogo.

I fornai rifornivano costantemente il comando di pane, focacce e ogni sorta di prodotto, ivi compresi i dolci, ammessi solamente la domenica o durante le festività.

Per quel giorno, era stato stabilito di fare festa.

L'annessione di Roma ben valeva una doppia razione.

Vittorio aveva ricevuto il compito di recarsi dai fornai e di impartire le istruzioni.

Sapeva che, forse, non avrebbero avuto tutto pronto e avrebbe atteso.

Il Sole scaldava il corpo sotto la divisa di ordinanza molto più di quanto il ragazzo era stato abituato.

Entrando nel negozio, notò che, al solito, era presente Greta, la figlia dei fornai.

La ragazza, che si sarebbe detta coetanea o di solo qualche anno inferiore a Vittorio, mostrava lineamenti definiti e, se messa accanto alla madre, ne tratteggiava le fattezze in età giovanile.

Parlava poco, ma i suoi occhi erano un vocabolario a sé.

L'espressività dello sguardo era stata la prima cosa ad impressionare Vittorio, il quale si trovava spesso in imbarazzo quando Greta lo fissava.

Rimanendo lì fermo ed immobile, senza parlare, la situazione stava peggiorando.

Greta non gli avrebbe rivolto la parola per prima.

Ciò era contro l'usanza e il buon costume, non solo perché si trattava di un cliente e di un uomo, ma perché di fronte vi era un carabiniere, una guardia dei piemontesi.

Non uno di loro, almeno non nel modo in cui le era stato insegnato fosse corretto considerare un sardo, specie se ogliastrino, come facente parte del suo mondo, mentre gli altri ne sarebbero rimasti inevitabilmente esclusi.

La situazione stava divenendo surreale.

Da un lato timore reverenziale e rispetto delle tradizioni, dall'altro paura di essere visto dentro da quegli occhi magnetici.

Il tutto conduceva all'incomunicabilità.

Si poteva risolvere in due modi soltanto: o Greta distoglieva lo sguardo così da permettere a Vittorio di parlare o la ragazza avrebbe dovuto fare il primo passo.

Spinta da un'onda emotiva, fu lei a rompere gli indugi.

"Desidera? Il solito?"

Vittorio cercò di ricomporsi.

"No, oggi doppia razione."

Greta rispose prontamente:

"Dovrà aspettare un po', vado a vedere quando sarà possibile soddisfare la sua richiesta."

Con un gesto fulmineo si fiondò nella parte retrostante, laddove vi era il forno e gli impasti e laddove lavoravano i suoi genitori, Emanuele e Gioia.

Nel vederla, sua madre si fermò.

Fece un cenno, come ad invitarla a parlare.

"Doppia razione per i carabinieri."

Gioia lanciò un'occhiata a suo marito, il quale comprese immediatamente.

"Mezz'ora circa."

Con poche parole e un tempo relativamente breve, aveva ricavato le informazioni utili al suo scopo.

Quattro passi la riportarono al bancone, dopo aver superato la porta di separazione tra i due locali.

"Deve attendere mezz'ora."

Vittorio era rimasto fermo e immobile nella medesima posizione di pochi istanti prima.

Pareva inchiodato a terra.

Fece un cenno di assenso con il capo.

Cosa avrebbe fatto in mezz'ora?

Un giro all'esterno?

Sentì che avrebbe dovuto andarsene da lì.

"Grazie, ritornerò."

Greta lo seguì con lo sguardo mentre il militare se ne uscì con passo mesto.

Si vedeva che non aveva voglia di andare via e che non avrebbe avuto niente da fare.

Si chiese, dentro di sé, come superare in modo utile questo momento di reciproca diffidenza.

Vi era posto ai piedi del bancone, la cesta da consegnare al parroco.

"Mi scusi, ma quale giro pensa di fare?"

Le parole le uscirono in modo spontaneo e repentino, tanto che Vittorio si voltò con stupore.

"Non lo so, sono qui da poco."

Camminando verso il negozio, qualche minuto prima aveva scorto il campanile e un'idea gli balenò in testa:

"Andrò a visitare la chiesa."

Greta non perse l'occasione.

"Allora, se non le è disturbo, potrebbe consegnare questa cesta a padre Daniele?"

Vittorio fece due passi verso la ragazza e prese la cesta, con segno di compiacenza, mentre Greta sorrise di gratitudine:

"Grazie."

I denti bianchi, perfettamente allineati, divennero un contrasto evidente con i suoi capelli e i suoi occhi.

A distanza ravvicinata, Vittorio aveva potuto notare molto più della sua figura, mentre Greta si era accorta della statura del ragazzo, sicuramente messa in risalto dalla divisa.

Come se dovesse eseguire un ordine militare, Vittorio inforcò la porta di ingresso del negozio e si ritrovò all'esterno.

La chiesa era ben visibile quasi da ogni angolo del paese.

Bastava farsi orientare dal campanile.

Senza conoscere molto la topografia di Tortolì, girò a zonzo, sbagliando un paio di volte, ma infine si ritrovò al cospetto di padre Daniele, il quale fu ben lieto di ricevere la sua cesta.

"Che Dio la benedica e ringrazi Greta da parte mia."

Espletato questo compito, l'appuntato ritornò sui propri passi e, ben presto si ritrovò ancora al negozio, con un buon anticipo.

Nel frattempo, Greta era intenta a servire altre persone del luogo, con le quali comunicava in un idioma del tutto incomprensibile alle orecchie di Vittorio.

I loro sguardi si incrociarono brevemente.

La ragazza comprese che Vittorio avesse espletato il proprio compito, mentre l'appuntato continuava a scrutarla di soppiatto.

Dal retrobottega giunse la notizia sperata.

"E' tutto pronto, venga a prenderlo direttamente qui."

Vittorio fu invitato a passare dietro il bancone e a superare la porta divisoria.

Si ritrovò al cospetto dei genitori di Greta, i quali lo scrutarono in modo interrogativo.

Non lo avevano mai visto prima, doveva essere una nuova guardia venuta dal Continente.

Emanuele ritornò subito al proprio compito, mentre Gioia invitò sua figlia a dare una mano.

Greta non si tirò indietro e scortò l'appuntato fino all'uscita del negozio, continuandolo a seguire con lo sguardo fino a che non scomparve dopo la prima svolta a sinistra.

La giornata era appena agli inizi e vi erano di fronte diverse ore di fatiche.

Solo a sera, quando ormai il buio calava sul paese, ci si poteva ritirare.

Come molti altri negozianti, l'abitazione era posta esattamente al piano superiore, cosicché non si dovevano fare molti sforzi.

A Greta era riservata la parte relativa alla clientela e alla rendicontazione, mentre i suoi genitori si occupavano della vera e propria produzione.

Non avendo potuto avere altri figli, Emanuele e Gioia si erano convinti a coinvolgere Greta fin dai primi anni, insegnandole giusto quel poco di alfabetizzazione e di conteggi.

Ora, a diciannove anni, era venuto il momento di trovare marito.

Qualcuno di fidato e di vicino, soprattutto qualcuno che portasse avanti l'attività.

Con l'andare del tempo, sarebbe servita la forza fisica e la resistenza di un uomo, per rimpiazzare le facoltà di Emanuele, al momento ancora complete, ma che avrebbero preso la via del declino in meno di dieci anni.

In cuor suo, Greta non si era mai posta il problema.

Stava bene con se stessa, da sola, senza bisogno di fantasticare sugli uomini.

Di tempo a disposizione per conoscerne non ne aveva avuto.

Il forno richiedeva una costante dedizione, fin dalla più tenera età.

Inoltre, la consuetudine era ancora quella di un accordo tra le famiglie, ma per ora nulla era stato deciso.

La dote che Emanuele poteva garantire era alquanto modesta.

Non possedevano terreni né animali, né preziosi, né immobili.

Vivevano di quel lavoro e solo quello avevano costruito nella loro esistenza.

Semmai, ciò che Emanuele poteva garantire era un modo di tirare avanti senza dipendere dalla mera sussistenza.

Anche in periodi di carestia, nessuno, in casa loro, avrebbe sofferto la fame.

Gioia aveva cercato più volte di sondare il cuore di sua figlia, ma senza successo.

"Non ci penso a queste cose", aveva sottolineato Greta, lasciando interdetta la madre, per la quale il matrimonio doveva essere il compimento maggiore nella vita di una donna.

Dal matrimonio sarebbe scaturita la famiglia e il rispetto della comunità, mentre una donna sola contava meno di niente.

Quel poco tempo a disposizione di Greta veniva trascorso a passeggiare lungo lo stagno fino alla fine di esso e all'imbocco marittimo.

Le rocce rosse erano il punto preferito da Greta, almeno nelle vicinanze.

Sentiva che, rimirando il mare, si poteva pensare ad una vita diversa e altrove.

Viaggiare con la fantasia e con il vento.

Pensarsi in altri luoghi, sconosciuti e ignoti.

Tutto questo per pochi istanti, ma se li faceva bastare.

Soprattutto perché aveva ripreso quell'abitudine che aveva fin da piccola solo da metà della primavera del 1870.

L'anno precedente, vi era stata un'epidemia di vaiolo che aveva fatto parecchi morti in paese e in tutto il circondario.

Per mesi, tutti erano rimasti chiusi nelle loro case con piccole dipartite per il cibo e così Emanuele aveva ideato il modo di consegnare porta a porta con le ceste, pur di non chiudere l'attività.

Era morto il parroco, recentemente sostituito da padre Daniele e molti altri che conoscevano la famiglia di Greta.

Ecco perché trovare marito era ancora più pressante.

Gli uomini rimasti liberi erano pochi.

Nelle settimane successive, Vittorio fece ritorno sempre più spesso al negozio.

Ormai aveva preso l'abitudine di camminare fino al forno dei Melis e poi di rientrare al comando.

In tal modo, ebbe modo di scambiare qualche battuta con Greta e persino con i suoi genitori.

La ragazza iniziava a pensare in modo progressivamente maggiore al momento dell'incontro con l'appuntato, senza peraltro avvertire alcun accenno di trepidazione.

Era curiosa.

Curiosa di capire cosa spingesse un piemontese fin lì, oltre ai soldi.

Di come si fa ad abbandonare la propria terra e la propria famiglia per fare la guardia, magari dovendo arrestare o uccidere delle persone.

Non sembrava cattivo quel ragazzo, di cui non conosceva nemmeno il nome e, tanto meno, egli conosceva il suo.

Perché fare il carabiniere?

Non sapeva che tutti lo avrebbero sempre considerato un pericolo?

E che la divisa serviva sì per proteggerlo, ma era anche un marchio di infame identificazione?

Avrebbe voluto chiederglielo direttamente, ma ciò non si conveniva ad una ragazza sarda in generale, figurarsi nei confronti di un piemontese, per di più con quel ruolo.

Forse sarebbe venuto il momento in cui l'appuntato avrebbe parlato spontaneamente di certe cose, ma subito dopo Greta ricacciava indietro questo pensiero, riflettendo su quanto accaduto durante il loro primo incontro.

Il carabiniere risultava essere più ritroso del già suo carattere schivo e quindi avrebbe forse atteso una vita intera prima di sondare alcuni argomenti.

Veramente a Greta importava tutto ciò?

O non era più una sua fantasia e un suo cruccio?

L'autunno stava per entrare nella sua piena fase.

Settembre è ancora un mese di transizione e, per un abitante del Monferrato, il settembre sardo si sarebbe detto molto più simile all'estate, anche verso la fine dello stesso.

Ma a metà ottobre, l'aria aveva definitivamente cambiato sentore.

Nelle poche giornate di diversità dai soliti compiti di routine, Vittorio era stato adibito, assieme ad un altro suo commilitone, a tenere i contatti con i vicini presidi.

Così erano risaliti a nord, passando Lotzorai e Santa Maria Navarrese, fino all'abitato di Baunei.

La terra si inerpicava in modo progressivo, lasciando spazio a vedute interne sempre più selvagge e ad una prima disamina dall'alto della pianura ogliastrina.

Qualcosa di ancestrale e di non ritrovabile altrove e che diveniva sempre più presente.

Chissà cosa vi era oltre, sull'altopiano retrostante Baunei e come doveva essere la costa vista dall'alto.

I colori sardi erano secondi solo agli odori.

Mai prima di allora, Vittorio aveva sperimentato nulla di simile e dubitava ancora della reale esistenza di quel posto.

Avrebbe voluto chiedere ai sardi cosa ne pensassero o come facessero a vivere in quel mondo senza stupirsi ogni giorno, ma poi si ricordava che non ne conosceva realmente nemmeno uno.

"Sono qui da oltre un anno e quasi nessuna parola.

La divisa è un deterrente alla conoscenza", gli aveva confessato un suo collega a Baunei.

Sconsolato di fronte a ciò, se ne sarebbe stato buono.

Tre anni sono lunghi se si inizia a fremere dopo meno di due mesi.

Di tutto quanto pensato in Continente, nulla era come immaginato.

La terra e il paesaggio molto migliori.

L'isolamento e la solitudine molto peggiori.

Due estremi inconciliabili.

Per di più, Vittorio non era né da caccia né da pesca né da altre attività dei signori e dei nobili.

Sapeva anche poco dei campi o almeno qualcosa che qui non si poteva applicare.

D'altra parte, era a conoscenza della fortuna di poter vedere nuovi posti. Nessuno della sua famiglia aveva mai visto nulla di simile e, in fondo, anche molti sardi non si era mai spinti fin lì.

Spostarsi era un privilegio di chi non deve sbarcare il lunario, legandosi necessariamente ad un luogo predeterminato.

Nel frattempo, Greta si era preoccupata non vedendo arrivare il solito carabiniere.

Ormai era oltre una settimana che il ragazzo non si faceva vivo e aveva perso le speranze.

Si guardò allo specchio e si scrollò di dosso la farina:

"Cosa mi ero messa in testa?"

Sorrise di fronte alla propria ingenuità e si giudicò sciocca.

Passarono altri due giorni e Vittorio si ripresentò di nuovo al negozio.

Questa volta, gli occhi di Greta non poterono trattenere lo stupore e la ragazza si meravigliò della propria reazione.

Cosa voleva dire tutto ciò?

Non conosceva il nome né altro di quel carabiniere?

Lo aveva visto una ventina di volte e, al massimo, si erano scambiati poche battute.

Fu il carabiniere a rompere gli indugi.

Vittorio sentiva, in qualche modo, di doversi giustificare.

"Sono stato a nord, verso Baunei. Lei conosce la zona a nord e la costa?"

Greta scosse la testa.

Non si era mossa molto e sentiva di conoscere poco anche la sua terra, però era certa che un qualunque continentale non potesse comprendere lo spirito sardo fino in fondo.

Le rocce e il terreno non potevano entrare in profondità in chi non era nato lì e, per di più, vi risiedeva solo da poco.

"E' un peccato. Sembra di stare in un altro luogo rispetto a qui anche se si tratta di un giorno di cammino."

Per quel giorno, lo scambio di battute si fermò.

Dal punto di vista della famiglia di Greta, se avessero saputo di tutto ciò, lo avrebbero trovato disdicevole, opinione che sarebbe stata condivisa dalla totalità delle famiglie di Tortolì e del circondario.

Con i piemontesi bisognava avere a che fare il meno possibile, su questo erano tutti in accordo e, se proprio, dovevano essere gli uomini a intrattenere dei rapporti.

Una donna, per di più non sposata, non avrebbe mai dovuto rivolgere la parola ad uno di loro.

Il negozio e il ruolo di Greta, gioco forza, avevano già infranto una regola del genere, ma nessuno si sarebbe aspettato che perdurasse per così tanto tempo.

Greta ne era conscia e cercava di cancellare tali attimi e reprimere il pensiero dell'appuntamento quotidiano con il carabiniere.

Non sapeva cosa le stesse accadendo.

L'autunno volgeva a compimento e la costa est della Sardegna aveva la peculiarità di anticipare le ore di buio del tramonto, visto che il Sole si andava a coricare alle spalle del mare, laddove i monti avrebbero oscurato gli ultimi minuti del suo percorso.

In modo opposto, le mattine risultavano sempre più chiare con l'alba proveniente sempre dal mare.

Una palla di fuoco che si ergeva, dapprima timida e poi sempre più potente, nell'arco celeste.

Tutti ne avevano tratto delle abitudini, ormai ancorate nel passato e nella notte dei tempi.

Le giornate erano scandite da ciò e poco valeva la consuetudine umana dell'orologio.

Contava ancora di più il ritmo naturale.

"Quando fa buio" era un'espressione tipica, molto più di "ci vediamo alle sei."

Il lavoro di Vittorio proseguiva in una calma apparente.

"Ma è solo un artificio", soleva dire chi era di stanza più a lungo.

"Noi non lo sappiamo, ma ci sono sicuramente dei preparativi di bardane, da qualche parte."

A Vittorio avevano spiegato il significato di bardana.

Una rapina predeterminata a carico di ricchi possidenti perpetrata da uomini a cavallo che si radunavano, di notte e in piccoli gruppi, presso la proprietà in questione, provenendo dalle parti più disparate.

La bardana era codificata in modo maniacale, incomprensibile agli occhi di un continentale.

Mai di venerdì, sempre di notte.

Con dei capi e un appello e il divieto di saccheggiare villaggi o case circostanti.

L'obiettivo era uno soltanto ed era eseguito con ogni mezzo, ivi compreso l'omicidio se qualcuno si fosse opposto al tentativo di rapina.

Il fatto è che nessun carabiniere aveva mai sventato una bardana in anticipo.

Il compito era, semmai, quello di assicurare alla giustizia i malviventi dopo che avessero commesso il reato.

"Ed è qui la cosa sconcertante, non troverai mai nessuno disposto a darti una mano."

Vittorio aveva compreso esserci un codice di onore che impediva ai sardi di denunciarsi a vicenda.

In fondo, dal loro punto di vista, chi era sottoposto a bardana se lo era meritato, o perché i proventi accumulati venivano da commerci o traffici ritenuti immorali, come depauperare la Sardegna a beneficio prima del Piemonte e ora dell'Italia, o perché la vittima si era macchiata di maldicenze o male parole.

"Per questo non dobbiamo mai dare confidenza a loro."

Così si concludevano i discorsi al comando centrale ed erano i medesimi che Vittorio aveva sentito a Baunei.

Se però nessun carabiniere avesse mai teso la mano e se nessun sardo avesse mai collaborato, ci sarebbe stata questa eterna antitesi e scontro per generazioni?

Non sarebbe mai stato possibile l'unità d'Italia, non in senso politico, ma a livello sociale.

Come potevano non vedere questo assurdo?

Ci volevano persone in grado di abbattere le barriere.

Se ne stette zitto.

"Certe cose meglio tenerle per me", si era detto.

Lo stesso pensiero, seppure sfumato, vi era nella testa di Greta.

La ragazza non si capacitava di come si potesse chiudere a priori verso chi era lì solo per fare rispettare la legge.

Certo, vi erano carabinieri e guardie perfide e malvagie, che consideravano i sardi come persone inferiori, ma non tutti erano fatti in quel modo.

Almeno, lo sperava.

Ed era quello che aveva intravisto negli occhi e nelle parole dell'appuntato.

"Dovrò chiedergli il nome."

Non dormì per una notte intera tanto fremeva in attesa dell'incontro del giorno successivo.

Si ricordò che sarebbe stata domenica.

E alla domenica, il comando si concedeva i dolci, oltre al pane.

Voleva dire una scusa in più per parlare.

Vittorio si presentò puntuale, come al solito.

Greta fece finta di non vederlo e, quando diede l'impressione di accorgersi di lui, fece uno sguardo di stupore, come se si fosse dimenticata di quel compito.

Non vi era nulla presente sul bancone per l'appuntato e ciò era voluto.

"Chi devo annunciare?"

Vittorio non comprese.

Annunciare per cosa?

Non era mai accaduto nulla di simile in precedenza.

Greta aveva studiato un perfetto piano.

"Le ceste sono nel locale retrostante e non le ho accatastate io.

Solo mio padre sa l'ordine e quindi devo dirgli di chi è la cesta per poterla trovare."

Si trattava di una scusa.

La ragazza era perfettamente a conoscenza di dove fosse la cesta per il carabiniere.

"Vittorio Martinotti, appuntato dei Carabinieri Reali di stanza al comando centrale di Tortolì."

Greta sorrise.

Aveva carpito il nome.

Vittorio.

Le pareva adatto alla persona.

Andò nel retrobottega e indugiò un attimo, per restituire il senso di attesa a fronte di una richiesta.

Indi, prese la cesta e si diresse verso il bancone.

La porse a Vittorio.

"Greta Melis", gli disse.

Gli occhi si abbassarono un attimo per poi tornare a fissarlo.

Il cuore le sembrò schizzare fuori dal petto, mentre Vittorio pareva completamente a suo agio, come se non fosse accaduto nulla.

Il carabiniere si voltò per andarsene, ma poco prima dell'uscita si girò, levandosi il cappello in segno di saluto:

"Piacere di averla conosciuta, Greta."

Ritornò al comando centrale con lo spirito leggiadro, una piuma volteggiante sopra le strade impolverate e in attesa di una benefica pioggia.

La domenica era un giorno particolare per il negozio.

Dopo le prime consegne mattutine, la serranda veniva abbassata per assistere alla Messa.

L'intera famiglia Melis non mancava mai.

Si riprendeva a lavorare solamente nel tardo pomeriggio, per qualche ora.

Il giorno di riposo era, in qualche modo, consentito persino a loro.

Greta era solita prendersi il pomeriggio per passeggiare verso il mare o per accompagnare i genitori in visita a parenti e conoscenti.

Quella domenica, non vi era nulla in programma.

La giornata pareva ancora carica di Sole e luce, prima delle piogge.

Forse era il caso di approfittare di questa grazia, prima della pausa invernale, quando il vento sferzava la costa e diveniva difficoltoso camminare.

Comunicò la decisione a sua madre, la quale non vi trovò nulla di strano.

Gioia conosceva bene sua figlia.

Era particolare, con un carattere introverso, più di quanto era d'uso da quelle parti.

Non era mai stata esuberante, nemmeno da bambina.

Posata ed educata, sin troppo.

Cosa covasse nell'animo era un mistero.

Troppo semplice per il mondo oppure troppo profonda?

Emanuele non si era ancora capacitato della sua crescita.

Se la ricordava ancora in fasce o che iniziava a camminare e invece ora avrebbe dovuto trovare marito.

Anzi, secondo alcune tradizioni era già in ritardo.

Non vi era ancora alcuna promessa, alcun periodo di attesa e alcuna data.

Un paio di anni ancora, ma muovendosi subito.

L'attività da fornaio, d'altra parte, non dava molto tempo ad Emanuele per andare in cerca di un marito per la figlia e l'epidemia di vaiolo dell'anno precedente aveva fermato ogni possibile contatto.

Si disse che, entro la successiva primavera, qualcosa andava concluso.

Vi erano alcuni possibili pretendenti, ma nessuna famiglia si era mai palesata e nessun particolare interesse era stato mostrato da Greta.

La ragazza si avviò verso lo stagno, uno specchio d'acqua sicuro e riparato anche nelle giornate di vento.

Da lì, proseguiva costeggiandolo con meta finale il mare.

Era solita camminare sempre con il medesimo passo, senza accelerazioni o soste.

Una cadenza ritmica ondulante, come a fare proprie le proprietà del mare.

Si sentiva appartenere alla terra, ma era enormemente attratta dall'acqua, sebbene ne avesse timore.

Un timore primordiale, come si rispettano gli antenati.

Si trovava sempre sola durante quei tragitti e se avesse incrociato qualcuno non avrebbe mancato di salutare, fermandosi però raramente e solo in presenza di altre ragazze più o meno sue coetanee.

Ragazze beninteso senza marito, quindi o non sposate o donne sposate in giro a coppie.

Mai e poi mai avrebbe rivolto la parola ad un uomo, non tanto perché non se la sentiva, quanto per le usanze.

Così le era stato insegnato.

E così aveva sempre fatto.

Senza alcun pensiero e indugio, si ritrovò in un attimo vicino alle sue amate rocce.

Aveva un punto prescelto, un luogo tutto suo, o almeno questo era quanto voleva credere.

Un piccolo spuntone che apparteneva solo a lei.

Da lì avrebbe lanciato il suo solito sguardo panoramico a tuttotondo.

Verso il mare aperto, quel braccio abbastanza largo da separare la storia e la cultura sarda rispetto al resto d'Italia e poi verso la costa, fino a voltarsi indietro per ammirare il suo paese natale e le montagne dell'entroterra.

Conosceva a memoria questo scorcio, eppure ogni volta era sempre diverso.

Un colore e una tonalità.

Un suono o un odore.

Tutto così identico, tutto così diverso.

Infine, sarebbe ritornata al mare aperto, questa volta in contemplazione per un tempo consono.

Il tempo della pacificazione del suo animo, quando gli occhi avrebbero guardato dentro di lei, alla ricerca della sua anima.

Era il momento preferito della settimana, da sempre.

Solo ultimamente vi era qualcosa che poteva tenervi testa, ma tutto era così confuso ancora nella mente di Greta, inesperta e non abituata ad avere a che fare con gli altri e con l'altro.

Iniziò la sua scansione.

Non appena si voltò verso l'interno, qualcosa la turbò.

Vi era una variazione imprevista.

Una figura umana in avvicinamento.

Chi osava penetrare in tal modo nel suo mondo?

A chi si doveva la violazione?

Non di certo ai suoi genitori, i quali approfittavano della domenica pomeriggio per il meritato riposo.

Non era nemmeno padre Daniele.

E nessuno dei parenti di Greta.

Non suo cugino Gabriele Melis, diciassettenne indomito e senza paura.

Era un uomo ben conosciuto, sebbene estraneo.

Estraneo alla Sardegna e alla sua famiglia.

Si trattava di Vittorio.

La sua divisa era facilmente riconoscibile a distanza, il suo passo scandito da addestramento da caserma.

Il cappello piantato in testa.

Non era diretto altrove, puntava proprio nella direzione di Greta.

La ragazza ebbe un sussulto, quasi a doversi giustificare di essere lì e pensò di fuggire via.

Avrebbero potuto vederli, alla luce del Sole e non al chiuso del negozio.

E non vi era alcuna giustificazione di quell'incontro.

Che fare?

Una forza interiore la bloccò.

Si sentì i muscoli atrofizzati e inermi.

Nessuna volontà superiore avrebbe potuto muoverla, nemmeno con poderose folate di vento capaci di scoperchiare le case.

Quando fu a distanza ravvicinata per essere facilmente riconosciuto in ogni suo minimo gesto, Vittorio salutò.

Greta fece altrettanto.

Sarebbe stato scortese non ricambiare.

"Buongiorno, viene spesso qui, Greta?"

Era stato Vittorio a rompere gli indugi.

Greta annuì senza parlare.

"Cosa ci vede?"

Ora avrebbe dovuto emettere qualche parola.

"Il mio mondo", disse la ragazza in modo energico e deciso.

Vittorio si fermò a riflettere.

In poche parole, Greta aveva tratteggiato un confine.

Ciò che fosse suo e, quindi, non evidentemente di Vittorio o di altri.

"Non è come pensavo a casa".

La frase del carabiniere era, di per sé, enigmatica.

Non aveva affermato che fosse meglio o peggio, ma solo diverso.

"Mi spiace se l'abbiamo delusa", controbatté Greta senza nemmeno sapere da dove venissero tali parole e quasi scusandosi subito dopo con un gesto di imbarazzo, cercando di lisciarsi i capelli con la mano destra.

Vittorio fissò negli occhi la ragazza.

"Al contrario.

Questa terra, per poco che la conosco in questi tre mesi, mi è entrato dentro in modo maniacale.

Mi ha cambiato come penso mai avrei potuto immaginare.

Sento di appartenerci, di essere simile al suo spirito selvaggio e indomito."

Greta trovava che fossero concetti profondi, non comuni.

Non aveva mai sentito alcuna persona mettere in fila pensieri simili, anche se nel suo intimo molte volte aveva afferrato un concetto analogo.

Dopo aver evitato il suo sguardo fino a quel momento, Greta lo incrociò.

Vi era malinconia e tristezza, ma anche sorpresa e stupore.

Un misto di sensazioni antitetiche e conviventi.

Si sarebbe potuta intrattenere a lungo con Vittorio, fino al calare del Sole, dimenticando i propri compiti e il proprio ruolo.

Si sarebbe volentieri persa lì in quel luogo, il suo mondo, ormai divenuto non più di proprietà esclusiva.

Il vento l'avrebbe trasportata verso nuovi lidi.

Il mare sarebbe stato testimone di tutto ciò.

Con un impeto di volontà estrema, forzando i propri stessi desideri, si rese conto che il momento poteva diventare eterno solo se posto di fronte alla propria limitatezza.

"Devo andare, Vittorio."

Il carabiniere prese commiato.

"Naturalmente, Greta."

Le rocce rosse, identiche da secoli, rimasero immobili assistendo allo spettacolo di quel giorno.

*"You love bands when they're playing hard.
You want more and you want it fast."*

V

Tortolì, estate-inverno 1871

"Now I'm not looking for absolution,
forgiveness for the things I do."

"Devo essere io a parlare, altrimenti non capiranno."
Greta prese coscienza della propria risolutezza.
Non sarebbe stato possibile in altro modo.
Benché donna, era pur sempre sarda e nella scala gerarchica dei valori tradizionali, l'origine contava più del sesso.
La parola di un continentale era sempre vista con diffidenza e circospezione, come se nascondesse qualche malcelata volontà di inganno e di privazione.
D'altronde, i fatti non potevano che dare ragione ad un simile atteggiamento.
Per secoli, la Sardegna era stata vista come terra di conquista.
Nulla su cui investire o puntare.
Un'appendice stile colonia.
E ora toccava al legname.
Affaristi e faccendieri del Continente arrivavano in massa per tagliare e distruggere.
Stavano rapidamente sparendo interi panorami noti a generazioni.
"Ci vorranno almeno quarant'anni per ridarci certi scorci", così dicevano i più informati, quelli che tenevano i contatti con la vicina Barbagia e anche con la costa ovest, dalle parti di Sassari o più a sud verso Cagliari.
Ma di tutto ciò, poco importava a Greta.
Non si sentiva troppo partecipe del destino della sua terra.
Essendo sempre stata abituata a vivere in quelle quattro mura, con al massimo qualche passeggiata e un paio di visite all'anno fuori da Tortolì, ma mai troppo distante.

Chi l'aveva condotta più lontano da casa non era stato un parente né altri di sua conoscenza, ma Vittorio.

Gli appuntamenti con il carabiniere si erano via via infittiti nel corso della primavera e dell'estate del 1871, sempre rimanendo all'interno degli incontri fugaci, senza dare sospetto ad alcuno.

Nessuno li aveva visti, nemmeno tramite quegli edifici che paiono silenti ed inermi, ma che invece celano occhi e orecchie.

Ciò era già di per sé un miracolo, non credibile a Greta, ma fu stupefatta di quando si recarono alle pendici dei monti che ospitavano Baunei.

Con una scusa plausibile, la visita ad una cugina residente a Lotzorai, Greta era riuscita a prendersi una giornata di libertà.

Dopo qualche ora trascorsa dalla cugina, Vittorio l'aspettò a cavallo fuori dal paese.

Presero una strada secondaria e poco battuta.

Il carabiniere spronò il cavallo a tutta velocità, nonostante la presenza di due persone in sella.

Quando la pianura iniziò a cedere il passo al pendio, si fermarono.

"Prima o poi arriveremo lassù", disse il carabiniere indicando Baunei.

Qualche settimana prima era tornato da quel paese, dove vi aveva trascorso dieci giorni.

Guidato dai carabinieri del posto, si era inerpicato fino all'altopiano retrostante, detto del Golgo, e da lì, tramite un sentiero che si snodava tra colline e pietraie, seguì una via in discesa che lo condusse in un luogo magico e incantato.

Pareva un angolo di paradiso.

Una baia protetta e leggermente arcuata, dominata dall'alto dalle rocce che si elevavano poco all'interno della costa e caratterizzata da colori strabilianti.

Azzurri e turchesi, trasparenze e riflessi.

Odore di mare e di miele.

Vittorio ne era rimasto ammaliato.

Rapito in estasi da una mano divina.

Esistevano altri posti così al mondo?

E in Sardegna?

Cosa vi era oltre l'arco posto a sud, in mare, che sembrava invitare ad una naturale parata di stupore?

E cosa a nord oltre le intrepide rocce?

Durante il tragitto, aveva ascoltato racconti di persone del luogo tramite le parole dei suoi colleghi.

Forse leggende o forse tradizioni tramandate.

Un tratto inesplorato di terra, conosciuto solo da chi sapeva come ricavare cibo e sostentamento da un paesaggio in apparenza inospitale.

"Dobbiamo tornare", così gli dissero.

Il carabiniere non sentì la fatica, nonostante il cammino ascendente fosse faticoso, sotto i cocenti raggi del Sole e con un fiato che andava via via smorzandosi.

La sua mente era rimasta là, in quel luogo.

Avrebbe voluto mostrare a Greta le bellezze della sua terra e ciò gli era rimasto come idea fissa per tutto il tempo.

Sapeva però delle difficoltà a cui sarebbe andato incontro.

Per molto meno, carabinieri e continentali erano stati accoltellati e una sorte non dissimile capitava alle ragazze che intrattenevano con loro rapporti di qualunque tipo.

E proprio per questo, si fermò qualche settimana dopo alle pendici dei monti antistanti Baunei.

Andare oltre avrebbe voluto dire rischiare troppo.

Già ora lo stavano facendo.

Fu in quel momento che Vittorio si prese coraggio.

In mezzo al nulla, con solo la natura aspra e selvaggia come testimone, trasportato da una scossa che lo aveva avvolto in modo completo, si avvicinò a Greta e la baciò.

La ragazza, forse, non stava aspettando altro, ma rimase stupita della reazione del suo corpo.

Non repulsione e non un primo rifiuto, come avrebbe dovuto fare, ma totale condivisione.

Mai si era sentita così.

Mai, in presenza di nessuno.

Chi era quel carabiniere del Piemonte?

Perché proprio a lei?

Il cervello sembrò spegnersi e i sensi ottenebrarsi.

Non avrebbe saputo dire se fosse passato un anno o solo pochi secondi.

Alla fine, i suoi occhi rimasero fissi in quelli dell'appuntato.

Due specchi neri, lucidi e riflettenti, domandavano pace e sicurezza, tranquillità e amore, in un mondo che, là fuori, sembrava porre solamente ostacoli.

Ovunque avesse provato a girarsi, steccati inviolabili dividevano i loro destini e le loro vite.

In quel momento, però, nessuno dei due volle pensarci.

Greta, non paga, si slanciò verso di lui e questa volta fu lei a baciarlo.

In modo aggressivo e brutale, stupendosi della sua stessa veemenza.

Chi aveva dentro di sé la carica militare di un intero esercito?

Non di certo Vittorio, contadino e carabiniere quasi per caso, il quale andava in estasi per un paesaggio.

Greta, senza saperlo (o forse lo aveva sempre intuito, pur avendone paura), aveva in sé lo spirito della guerriera.

Discendente da antichi popoli dediti alla conquista e poi alla difesa, che avevano eretto castelli e torri di avvistamento contro gli invasori, strenui oppositori ai cambiamenti delle loro tradizioni, la ragazza aveva istillato i geni della combattività nella sua indole.

Serviva solo un pretesto per riportarli alla luce.

E il suo pretesto, la sua grande causa, non era la sua terra e le tradizioni, ma ciò che provava nel cuore.

Di ragazza, forse ingenua, ma pura.

Sentimenti inviolabili e non trattabili.

Fu Vittorio a dover cadenzare il ritorno.

Sapeva del rischio e del tempo a disposizione limitato.

Una volta rientrati a Lotzorai, le loro strade si divisero.

Greta proseguì a piedi, con passo spedito e senza fermarsi.

Aveva in sé una carica emotiva che l'avrebbe sostenuta per decine di chilometri senza sentire la fatica.

Pur non essendo pienamente a conoscenza di quanto le era accaduto, nel suo spirito era ormai presente in modo evidente la forza dell'amore.

Non diede alcun segnale a casa.

Riuscì a celare tutto, riportando qualche notizia della cugina e della sua famiglia.

Di notte, però, sola nella sua stanza, faticò a prendere sonno.

Troppe emozioni, troppa adrenalina in circolo.

Nella sua vita, i cui giorni scorrevano identici ai precedenti e ai successivi, quel momento era stato lo spartiacque.

Passarono le settimane con i soliti appuntamenti presso le rocce rosse, a cui né lei né Vittorio mancavano mai.

I discorsi vagavano su di loro, sulla loro esistenza e sul loro futuro.

Si erano baciati solo altre due volte, troppo rischio vi era farlo spesso e in luoghi non sicuri.

Quando per entrambi fu chiaro che la reciproca comprensione e conoscenza era ormai sfociata in qualcosa di grande e definitivo, iniziarono a prendere in considerazione l'idea di parlare alla famiglia di Greta.

Vittorio, però, ignorava tutti gli ostacoli e le implicazioni.

Da continentale, non comprendeva fino in fondo.

Toccava dunque a Greta assumersi la responsabilità.

"Sicura che lo vuoi?" fu la domanda di Vittorio, il quale si paventava qualche problema, ma nulla legato all'onore e al buon nome della famiglia, concetti ormai scomparsi nella civiltà contadina del Monferrato.

Non che giudicasse retrogradi simili atteggiamenti, ma solamente diversi.

Forse era questa la vera peculiarità per cui Greta lo trovava differente da tutti gli altri continentali.

Il non voler giudicare, il non voler mettersi su un piedistallo o su uno scranno dal quale emettere sentenze.

Rapportare tutto all'esperienza contingente, dando un senso e un quadro.

Cosa già difficile di suo, per di più se richiesta a un uomo in divisa.

Greta non era mai stata certa di qualcosa in vita sua se non di quanto provava per l'appuntato arrivato da oltre un anno a Tortolì.

Se le avessero chiesto di barattare i suoi diciannove anni precedenti con quello appena trascorso, non avrebbe avuto dubbi.

Per tale motivo, si sentiva in dovere di difendere la propria scelta e di assumersi le responsabilità conseguenti, persino se ciò avesse significato il distacco definitivo dalla sua famiglia.

Nulla avrebbe impedito ciò che aveva scelto in piena coscienza e libertà.

Avrebbe dovuto trovare il momento propizio.

Non di certo nel pieno degli affari, quando la quotidianità prendeva il sopravvento per un mero fine di sopravvivenza.

Ecco, una domenica.

Quello sarebbe stato il momento ideale.

Subito dopo la messa officiata da padre Daniele, a pranzo assieme alla sua famiglia.

In quel luogo di convivio, vissuto diversamente nel sacro giorno della settimana, avrebbe esposto le sue idee.

E se ciò avesse voluto dire poter esprimere la propria opinione in dissenso, poco male.

Doveva correre il rischio per la posta in gioco, ossia il suo futuro da donna libera di scegliere la persona da amare e da mettere al suo fianco.

Rimandò il proposito di settimana in settimana, fino a fine novembre del 1871.

Era una di quelle domeniche nuvolose, nelle quali il tempo ci invita a rimanere al chiuso di un focolare.

Poche a dire il vero, rispetto a quanto Vittorio aveva sperimentato nel Monferrato.

In Sardegna non era lo stesso, ma in fondo un sardo non poteva saperlo.

Per ogni ragazza che non fosse mai uscita dal proprio circondario e che non avesse conoscenza né della letteratura né della geografia, quei pochi giorni di grigio equivalevano ad un'intera stagione autunnale e invernale.

Era il momento propizio, il clima adatto.

Il problema sarebbe stata l'introduzione, il principio.

Dove trovare il coraggio di esprimersi e prendere la parola?

Sua madre aveva preparato il pane e la pasta per la domenica.

Qualche verdura di accompagnamento bastavano per il pranzo, e infine un dolce.

Ciò che i signori si concedevano la domenica, potevano farlo pure loro in termini di produzione casalinga.

Era l'unico lusso che potevano permettersi, mentre carne e pesce erano molto più rari.

Non possedendo né campi né allevamenti, era tutto frutto del commercio e della spesa, entrambi basati sul denaro, entità quantomai scarsa e mai abbondante.

Solo il forno poteva ridare loro una certezza di sazietà.

Greta fissò il proprio piatto, inspirò una buona quantità di aria e cercò di dare fiato ai propri pensieri.

Mentalmente, il discorso era stato ripetuto migliaia di volte, ma sempre in solitudine e senza alcun reale interlocutore.

"Padre, ho da dirvi qualcosa."

Il discorso andava rivolto a suo padre.

Nel caso in cui Vittorio si fosse presentato a casa, era al padre che avrebbe chiesto il consenso.

Emanuele, per un attimo, non fece caso alle parole.

Non era abituato a sentire la voce di sua figlia, soprattutto non era d'uso che Greta parlasse per prima, se non interrogata o portata a dire la sua.

Dopo qualche attimo, ripose il coltello con in quale aveva smezzato il pane e si mise in ascolto.

Tutto il suo corpo denotava un duplice atteggiamento.

Apertura al dialogo, ma possibile timore delle parole.

Rilassatezza e tensione, unite nella stessa persona.

Nervi saldi, ma così deboli.

La cosa che stupiva maggiormente era la novità, in quanto non ci sarebbe stato nulla di strano in tale frase, se prima Greta avesse abituato la sua famiglia a simili esternazioni.

"Parla pure."

Solo dopo l'assenso di Emanuele, Greta trovò la forza di proseguire.

Già quello che stava per dire avrebbe scosso le fondamenta del loro vivere quotidiano, e quindi non voleva dare adito ad altri possibili screzi.

"Vi devo parlare di una persona che ho conosciuto."

Come era possibile che Greta avesse conosciuto qualcuno?

Quando era capitato?

Stava sempre al negozio e non vi erano tempi morti.

Domande legittime e spontanee che nacquero immediatamente nella testa di Emanuele e Gioia.

In più, entrambi focalizzarono nel termine "persona" la parola "uomo" intesa come maschio.

Nel giro di poche frazioni di secondo, i genitori di Greta avevano già compreso come loro figlia stesse comunicando l'identità del probabile e futuro marito.

A volte, i non detti sono più potenti delle medesime parole.

Quella tensione nel volto e quel leggero tremolio della voce non erano segnali anticipatori di quanto avrebbe detto loro?

Si capiva fin dal principio lo scopo di tutto, ma, come in una commedia teatrale, ognuno doveva recitare il proprio ruolo.

In un continuo gioco delle maschere, ogni commensale a quella tavola aveva una parte.

E nessuno si sarebbe sottratto ad essa.

"Si tratta di un uomo. Ci siamo parlati spesso."

Ecco materializzati i pensieri di tutti.

In poche sillabe.

Senza alcun preambolo o fronzolo.

Le domande continuavano a frullare nella testa dei genitori.

Dove, come, quando, cosa?

Soprattutto, chi?

Chi era quest'uomo?

E di cosa parlavano?

E avevano solo parlato?

Emanuele immaginò miriadi di scene probabili, tra le quali anche quella dell'uso immediato del suo coltello per ristabilire l'onore della famiglia.

Gioia si focalizzò su aspetti più pratici.

Bisognava, al più presto, parlare con la famiglia di quest'uomo, per sistemare le cose.

Non si poteva lasciare il tutto in mano ai ragazzi, i quali sono inesperti delle cose della vita e non sanno trovare né accordi né accomodamenti.

"Chi è?"

Chiese in modo secco Emanuele.

"Uno che mi vuole bene e a cui io voglio bene."

La risposta di Greta fu talmente pronta da lasciare interdetti tutti quanti.

Non si era ancora svelata l'identità, ma i loro sentimenti.

Agli occhi della società locale, ciò era secondario.

I matrimoni poco avevano a che fare con il volersi bene.

Il bene sarebbe potuto scemare o anche sopravvenire, ma gli accordi tra famiglie erano eterni e immutabili.

"La sua famiglia lo sa? Sa chi siamo?"

Greta doveva riprendere in mano la situazione, non avrebbe sopportato che il suo discorso si tramutasse in un interrogatorio.

Non aveva fatto nulla di male, né lo avrebbe mai fatto.

"Prima abbiamo dovuto chiarirci tra noi e ora stiamo avvisando le famiglie.

Questo è il primo passo, padre."

In ogni caso, non era ancora stato dipanato il dubbio sull'identità dell'uomo.

Chi poteva essere?

Non erano molti i giovanotti disponibili nel circondario.

"Ci siamo incontrati più volte alle rocce rosse."

Gioia iniziò a comprendere la situazione.

Sua figlia aveva conosciuto un uomo durante le passeggiate di domenica pomeriggio.

D'altronde, era l'unico momento di libertà a lei concessa.

I coniugi si fecero l'idea di una persona a loro nota, del paese.

"Lo conoscete, lo avete visto qualche volta al negozio."

Ora la loro mente era focalizzata su tutte le possibili facce di uomo che si erano alternate nell'ultimo anno.

Nessuno dei due però riusciva a immaginarsi chi fosse.

Greta prese un pezzo di pane e se lo portò alla bocca.

Necessitavo di un diversivo per poter pronunciare il suo nome.

Era certo che, una volta detto, si sarebbero giocate le vere chances di successo.

Masticò lentamente, indi deglutì.

Si sentiva pronta.

"L'appuntato Vittorio Martinotti, il carabiniere che spesso viene a ritirare la razione di pane giornaliera."

Lo aveva detto.

Aveva trovato il coraggio nella sua ferma determinazione di portare avanti la propria scelta.

Suo padre non colse subito l'essenza del discorso, mentre sua madre fu più lesta a collegare ogni possibile sfaccettatura.

Non era un sardo.

Non era del luogo.

Non conoscevano la sua famiglia.

Forse la sua famiglia nemmeno sapeva.

A tutto questo si aggiungevano altri due ostacoli.

Era un piemontese, uno di quelli che per secoli era stato il simbolo dell'invasore.

Ed era un carabiniere, una guardia.

Uno di quelli pagati per reprimere, arrestare e persino uccidere i sardi che si consideravano liberi dal giogo di leggi non approvate né approvabili dalla logica comune del popolo.

Emanuele non rispose immediatamente.

Avrebbe dovuto soppesare le parole e i secondi di attesa furono, per Greta, interminabili come le veglie di Pasqua.

"Non è uno di noi."

Poche sillabe per tracciare una divisione.

Un solco invalicabile.

"Noi chi?"

Greta, senza usare alcun tono di sfida o di contestazione, avrebbe comunque difeso le proprie ragioni.

Non avrebbe abbassato lo sguardo.

I suoi neri occhi lucenti riflettevano ogni oggetto posto sulla tavola.

"Noi sardi di Tortolì. È un piemontese, mi sembra evidente e non contestabile."

In parte, il padre aveva ragione.

Non era qualcuno nato e cresciuto nelle vicinanze, ma cosa importavi di fronte ai sentimenti?

"E' un italiano come noi."

La nuova generazione, magari solo a parole e non ancora nei fatti, stava già iniziando a parlare di Italia e non di regionalismi.

Se si trattava in tal modo una persona proveniente dal Piemonte, il cui territorio era da secoli sotto la medesima corona di quanto accadeva in

Sardegna, allora cosa si sarebbe potuto dire di un uomo proveniente da Napoli o dalla Puglia o dalla Sicilia?

Erano passati solamente dieci anni dall'annessione e, con quel metro di giudizio, non sarebbero bastati secoli per fare l'Italia, o come avrebbe detto qualcuno totalmente ignoto ai commensali di quella domenica a Tortolì "per fare gli italiani."

Invece, Greta sentiva di aver abbattuto certe barriere geografiche e culturali.

I sentimenti potevano fare ciò.

L'amore, su tutti.

In quanto la ragazza era convinta di quello che provava internamente e anche di quello che batteva nel petto di Vittorio.

Emanuele lasciò passare un buon minuto.

Era inutile prendere di petto la questione.

Ormai le carte erano state scoperte e vi era una variabile che avrebbe giocato a suo favore. Il tempo.

Per quanto tempo un carabiniere piemontese sarebbe stato in servizio in Sardegna?

Tre anni, ed era passato quasi un anno e mezzo dallo sbarco dell'appuntato.

Circa metà percorso.

E se lo avessero trasferito altrove in territorio sardo?

Via da Tortolì, la loro frequentazione sarebbe scemata.

Inoltre, non reputava così importanti i sentimenti.

Tutti sanno che vanno e vengono come le onde del mare o come il vento.

A volte sembrano impetuosi e altre volte si smorzano, cambiando persino direzione.

I sentimenti non avrebbero mai potuto condurre una vita umana per intero.

Chi si faceva soggiogare da essi, avrebbe navigato a vista, senza alcuna certezza.

Invece, vi erano delle certezze.

L'origine e la provenienza.

Il censo e le proprietà.

Soprattutto, i valori.

E un piemontese, per di più carabiniere, non aveva certamente lo stesso sistema di giudizio di chi apparteneva al popolo dell'Ogliastra.

Nel silenzio spettrale, Greta comprese la posizione della sua famiglia.

Rifiuto.

Ma non argomentato, bensì monolitico.

Di roccia che non si fa scalfire.

Di muro invalicabile e imbattibile.

"E poi, è una guardia."

Finale pietra tombale di Emanuele.

Greta preferì non proseguire oltre.

Si era esposta e questo era già un termine di paragone del suo carattere.

Ora che si poteva prospettare per il futuro?

Avrebbero boicottato i suoi incontri con Vittorio, sapendo che il carabiniere era solito arrivare ogni giorno alla medesima ora presso il loro negozio ed essendo a conoscenza dei loro ritrovi di domenica pomeriggio?

Se si vuole smorzare una conoscenza, non vi è modo migliore per togliere l'alimentazione di nuove esperienze.

Come il fuoco che, se non adeguatamente rifornito, si spegne per mancanza di combustibile.

Un lento logorio e una lenta decadenza contrapposta invece ad una decisione secca.

Greta avrebbe anche potuto perdere la propria libertà di andarsene in giro da sola.

Gioia, nella sua mente, scartò questa ipotesi e sperò che il marito convenisse con lei.

Vi sarebbe stato il modo di approfondire, una volta soli nella loro camera da letto, poco prima di coricarsi.

Conscia dell'indole di sua figlia, volitiva e mai mutevole, resistente e coriacea come le radici profonde del terreno, la soluzione perfetta sarebbe stata il lento oblio.

Non un rigido rifiuto.

Tanto meno, la ricerca di un altro marito.

Almeno non in quel frangente.

Prima doveva spegnersi la recente fiamma e, solo in seguito, si sarebbe potuto pensare all'accensione di un nuovo fuoco, stavolta però non sostenuto dai sentimenti, ma dalla razionalità.

Dalla logica e dalla tradizione.

Dalle regole e dall'approvazione.

E un fuoco simile, benché timido e sul punto di spegnersi in ogni primo istante, sarebbe cresciuto con il tempo.

Con l'abitudine e lo scorrere inesorabile della vita, fino a che il tempo non avrebbe vinto su tutto.

E del carabiniere non sarebbe rimasto che un vago ricordo, un sogno non reale, un simulacro del nulla.

Da parte sua, Greta aveva compreso fin troppo della situazione.

Sapeva che avrebbe dovuto comunicare a Vittorio l'esito negativo del suo discorso e che lo avrebbe dovuto convincere a desistere a venire a parlare da suo padre.

Un intervento diretto dell'appuntato non avrebbe che peggiorato la situazione.

La ragazza sperava in cuor suo di poter continuare un'esistenza simile alla precedente, senza alcun tipo di cambiamento.

Quel giorno, non uscì per la solita passeggiata domenicale.

Tirava vento e le nuvole, cariche di umidità, avevano iniziato a lasciare cadere una quantità di acqua considerevole.

In tali condizioni, nemmeno Vittorio si sarebbe mosso.

Si sarebbero visti l'indomani e sarebbe bastato uno sguardo d'intesa.

Così avvenne, non senza una notte insonne da parte di entrambi.

Greta, in quanto a conoscenza delle volontà della sua famiglia e angosciata dal futuro, Vittorio, in quanto sottoposto al dilemma e al dubbio dettato dal non sapere.

Non appena l'appuntato mise piede nel negozio dei Melis il lunedì mattina, si rese conto della situazione.

Gli bastò fissare negli occhi Greta, la quale era dietro il bancone, in attesa spasmodica già da tempo.

Quegli occhi, che a prima vista potevano apparire enigmatici e misteriosi, ormai non avevano più segreti per Vittorio.

Sapeva leggerli, come un libro aperto.

E quel giorno dicevano una cosa soltanto.

"Ho detto tutto e non è andata bene."

Greta non fece in tempo a iniziare la frase di benvenuto e sua madre uscì dalla porta retrostante per disporsi di fianco a lei sul bancone.

Vittorio si sentì sotto esame da parte della donna.

Lo stava scrutando.

Ed era certo che Gioia non vedesse oltre la divisa.

Ciò che appariva era un'uniforme di ordinanza che catalogava a priori Vittorio, rendendolo quasi senza nome e senza identità, facendo coincidere la sua descrizione con la sua professione.

Forse in abiti borghesi sarebbe stato differente, ma non in quel momento.

Seppure Gioia non disse nulla e non si intromise nel compito della figlia, rimaneva ferma come un testimone silenzioso.

Da quel momento in poi, avrebbero avuto sempre una scorta silente alle loro spalle.

Ne furono certi nei giorni seguenti e la domenica successiva.

In quel caso, a debita distanza, Greta scorse suo cugino Gaetano.

Il diciassettenne rimaneva lì fisso, immobile, senza battere ciglio, come ad aspettare il passaggio di Vittorio, il quale non ci fece caso.

Era uno tra i tanti ragazzi del luogo.

Senza alcuna peculiarità particolare da farlo risaltare.

Era la prima volta che si potevano vedere da soli e il carabiniere possedeva miriadi di interrogativi.

Prima ancora che potesse accennarne ad uno solo, Greta, con lo sguardo, gli fece capire che fossero osservati.

"E' mio cugino."

Una sentinella vigile, in grado di riportare ogni cosa.

Vittorio comprese come nemmeno i baci furtivi del passato fossero più concessi.

"Cosa ti hanno detto?"

Greta iniziò ad elencare quanto successo, in particolar modo le reazioni dei suoi genitori.

Vittorio ascoltò senza controbattere.

Pareva un canovaccio senza alcuna variazione in merito.

"Ma i nostri voleri?"

Greta fece una smorfia.

"Andrò io a parlare a tuo padre."

Il viso della ragazza si rabbuiò.

Sarebbe stata una mossa azzardata e l'appuntato avrebbe rischiato grosso, forse senza accorgersene.

Per una mancanza di rispetto, si poteva finire accoltellati durante una qualunque pattuglia, in un qualunque giorno e luogo, perfino a distanza di anni.

E nessuno avrebbe mai scoperto nulla, in quanto la popolazione avrebbe celato il tutto dietro un'omertà diffusa, giustificata dalla violazione delle loro leggi.

Sarebbe stato Vittorio a non essere rispettoso.

"Non preoccuparti, sceglierò il momento adatto.

E il luogo adatto.

E le mie parole saranno delicate e senza alcun accenno di sfida.

Ti fidi di me?"

Greta avrebbe voluto gettarsi tra le sue braccia, ma si bloccò prima di cedere alla propria volontà.

Il buio di fine autunno sopravveniva presto, tanto da dover accorciare i loro incontri.

Sarebbe stato così ancora per qualche mese, in quanto al buio sarebbero seguite giornate di vento e di freddo.

Con l'arrivo di metà febbraio del 1872 i loro incontri avrebbero ripreso la normale durata, per poi dilatarsi all'inverosimile durante la bella stagione.

Per una settimana, continuarono con la pantomima.

Nessuno parlava apertamente, ma tutti sapevano.

Arrivò la novena di Natale.

Vittorio ripensò alla propria infanzia e al freddo pungente del Monferrato.

La neve e la nebbia.

In Sardegna, di neve ve ne era solamente nelle montagne della Barbagia, mentre a Tortolì poco ricordava l'atmosfera natalizia.

Per di più, la Chiesa e la religione rammentavano a tutti lo scandire del tempo.

Ad accompagnare il tutto, la cucina.

In ogni casa, si preparavano i piatti tradizionali, in particolare i culurgiones.

Persino laddove vi era povertà non si rinunciava alla carne.

Al maiale e alle pecore, alle capre, se fortunati.

Il comando centrale di Tortolì aveva invitato i colleghi di Baunei per il Santo Natale.

Era un modo per sentirsi meno soli in una terra estranea a loro.

Le famiglie lontane, le poche lettere per casa, bastavano per il resto dell'anno, non per il giorno di Natale.

Per l'occasione, era stata chiesta una fornitura speciale al forno Melis, non solo in quantità ma anche in varietà.

Vittorio si presentò prima del solito.

Aveva in mente di porgere gli auguri e i saluti alla famiglia di Greta.

La ragazza, vedendolo, sorrise.

"Buon Natale, signorina Greta."

Gioia rimase di stucco quando il carabiniere fece il saluto ufficiale a lei e, togliendosi il cappello in segno di rispetto, le porse gli auguri.

"Signora Gioia, mi permetta di esprimerle i più sentiti auguri da parte di tutto il comando centrale."

Emanuele, fino a quel momento rimasto nel retrobottega, si sporse.

Vittorio si trovò di fronte l'uomo che avrebbe potuto cambiare il suo destino, oltre che quello di Greta.

"Gli auguri si estendono a Voi, signor Emanuele Melis.
Tutti noi abbiamo apprezzato il vostro lavoro durante quest'anno.
Se me lo permettete, Vi ringrazio anche per avermi concesso l'onore di parlare con vostra figlia."
Greta si impietrì di fronte a ciò che stava per udire.
Emanuele non fece alcun cenno di ritrosia, anzi lo invitò a dire tutto.
"Come forse saprete, io e vostra figlia nutriamo sentimenti profondi e reciproci.
Non sono di famiglia agiata, ma uno del popolo come Voi.
Uno che sa quanto il duro lavoro serva nella vita.
Non sono sardo, ma italiano e non ho intenzione di soverchiare questo popolo, in quanto è il mio medesimo.
Con il Vostro consenso, chiedo solo di poterVi conoscere meglio e di farmi conoscere.
Giudicherete Voi, col tempo, se ciò Vi aggrada per il futuro della Vostra famiglia e di Vostra figlia."
Emanuele non rispose.
Non diede alcun cenno di consenso o dissenso.
Non si aspettava qualcosa del genere.
Fissò sua figlia con tono titubante.
"Padre, è come ha detto Vittorio."
Greta si sentiva in dovere di intervenire.
Ne andava della sua vita.
"Non impediteci di frequentarci e di conoscerci, poi potrete prendere la vostra decisione come più vi aggrada."
Gioia fissò sua figlia.
Non era più una bambina e se ne accorse solo in quel momento.
Era già una donna, consapevole della sua volontà.
Tenace e convinta come lo erano sempre stati in famiglia.

*"They said they were friends of mine,
said they were passing time."*

VI

Tortolì, estate-inverno 1873

"Name of care,
fast asleep in a room somewhere."

Il fuoco, con le poche fiammelle rimaste, voleva resistere al lento consumo del tempo.

Erano due ore che nessuno lo alimentava e, ormai, il declino verso lo spegnimento era inevitabile.

La giornata di Natale era appena trascorsa, con i soliti riti e le solite tradizioni.

Nulla di nuovo.

Gli anni passavano quasi senza senso, in un'eterna riproposizione del passato, con solo rughe e acciacchi a scandire l'inesorabile freccia.

Emanuele e Gioia avevano avuto il timore di ritrovarsi soli e tale paura aveva segnato i loro volti, invecchiati anzi tempo.

Per due anni interi si erano dibattuti, senza, però, muovere di un passo le loro decisioni.

Il muro di silenzio e di indifferenza aveva permeato la loro famiglia.

Le richieste di Greta erano state semplicemente ignorate, così come le insistenze di Vittorio.

Se i due giovani avessero voluto dare retta ai loro sentimenti, avrebbero dovuto scappare.

Fuggire via.

Altrove, meglio se in continente.

Vittorio ne aveva parlato con Greta più volte, trovando sempre una netta opposizione.

"Non lascio la mia terra. Non sono nel torto, voglio la mia vita qui accanto a te."

La posizione della ragazza era stata sempre la stessa e, con l'andare del tempo, non aveva nemmeno più fatto caso alla scorta domenicale di suo cugino Graziano, ritornando a baciare Vittorio.

Sapeva che ciò avrebbe esposto entrambi a conseguenze non piacevoli.

Un possibile attacco di soppiatto contro il carabiniere e l'allontanamento da parte della comunità locale nei suoi confronti.

Una ragazza sarda che baciava pubblicamente una guardia piemontese non era ben vista e nessuno avrebbe mai chiesto la sua mano.

Nella testa di Greta non vi era alcuno screzio.

Tutto seguiva una perfetta logica.

O Vittorio o nessuno.

Emanuele prese questa posizione come un'ulteriore sfida e la sua indifferenza aumentò.

Per un anno non cambiò nulla.

Allo scoccare del 1873, Vittorio iniziò a pressare Greta.

"Sai che, finita l'estate, arriverà il mio rientro.

Penso di fare la carriera militare, ma non so dove mi destineranno.

Chiederò di tornare in Sardegna, ma forse mi assegneranno altrove e, anche se mi rimandano qui, difficilmente sarà a Tortolì.

Magari a nord, dove c'è più bisogno.

O sui monti.

O in qualche città.

Tu mi aspetterai?

Verrai da me se tornerò sull'isola ma non qui?"

Greta era titubante.

Lo avrebbe aspettato, quello sì.

Per sempre.

In quanto a trasferirsi in un altro luogo della Sardegna, non ne era certa.

Si trattava pur sempre della sua gente, che l'avrebbe giudicata allo stesso modo dei compaesani di Tortolì.

Tanto valeva rimanere al paese, dove almeno aveva un'attività avviata e conoscenze di luoghi e persone.

Ciò che escludeva a priori invece era una fuga.

Il non dire nulla e imbarcarsi con Vittorio.

Per dove?

Per il continente e per l'Italia?

E cosa avrebbe trovato altrove?

Diffidenza verso di lei?

Non era sicura di poter sopportare tutto questo, nonostante fosse certa dei loro sentimenti.

Il carabiniere era meno sicuro di tutto ciò.

Non comprendeva fino in fondo le remore di Greta né le usanze locali.

Questo atteggiamento di non curanza e di poche parole lo mandava in bestia.

Era ben vero che anche nella sua famiglia non si parlava troppo, ma gli affari e i matrimoni erano spesso dibattuti, forse gli unici argomenti degni di essere trattati, al di là dell'agricoltura e del cibo.

L'estate passò in un attimo.

Come se l'orologio corresse all'impazzata senza sosta alcuna.

I tramonti iniziarono a divenire per Vittorio dei passaggi struggenti, benché sulla costa orientale non si vedeva mai il Sole coricarsi nel mare.

Viceversa, Greta era solita non perdersi le albe.

Era più semplice per lei.

La sua camera, posta al piano rialzato proprio sopra l'ingresso del negozio sottostante, era dotata di una finestra rivolta ad est.

Le bastava mettersi seduta sul letto per scorgere la prima luce salire dal mare, in quanto non vi erano ostacoli naturali o artificiali interposti.

Ciò era dovuto all'altezza della casa, maggiore di quelle vicine, visto che il soffitto del negozio risultava parecchio elevato per via dello spazio richiesto dal forno nel locale posto sul retro.

E così era come vivere al secondo piano e non al primo.

Ciò era un giovamento per la luce, un po' meno per il caldo.

D'estate non vi era il fresco che Greta aveva sperimentato altrove, ad esempio a casa della sua cugina di Lotzorai.

La ragazza amava le albe, le donavano il senso di una nuova speranza e di nuova vita.

Tutto ciò che il giorno prima poteva sembrare impossibile, con una nuova alba sarebbe potuto divenire realtà.

Proprio per tale motivo, non perse mai alcuna fiducia.

Diversamente da Vittorio, non si era messa a contare i giorni per la partenza del carabiniere.

In qualche modo, si voleva illudere della loro eternità, del loro momento assieme, senza mai vedere la naturale conclusione ossia la costituzione di una nuova famiglia.

Quando a Vittorio comunicarono la fine del suo servizio di leva obbligatoria e quando lo stesso fece intendere di voler proseguire la carriera militare, la macchina burocratica del Regno si mise in moto.

Da quel momento, sarebbe bastato un ordine scritto e recapitato al comando di Tortolì per segnare la fine della sua permanenza.

In quegli anni, si erano alternati vari commilitoni.

I più anziani erano stati ricollocati altrove, dopo un rientro in Piemonte ai loro comandi centrali.

Altri, finito il periodo di leva, erano ritornati alla vita civile, andando ad espletare mansioni disparate, per lo più legate agli affari familiari.

Nessuno si era trattenuto lì.

Vi era ben poco di sicuro per un carabiniere e ora vi erano, sicuramente, più scelte rispetto ad una quindicina di anni prima.

Si poteva finire a Roma o a Firenze o in qualche parte dell'ex Regno delle Due Sicilie.

Per sostituirli erano arrivate nuove reclute.

Vittorio era il più anziano per quanto concerneva la leva obbligatoria, ma non era il più alto in grado.

Vi era chi era uscito dall'Accademia per gli ufficiali e costoro erano, quasi sempre, i meno propensi alla commistione con i sardi.

Si sarebbe preparata la consueta festa per la dipartita di un collega, ma in Vittorio non vi era la tipica gioia di chi rientra a casa.

Erano passati tre anni e non aveva richiesto mai una licenza per starsene un po' in famiglia.

La sua famiglia, intendendo con ciò il suo futuro, era lì a Tortolì, con Greta e non avrebbe scambiato alcun giorno di assenza dalla terra sarda con una notte a casa dei suoi genitori, rivedendo loro e i suoi fratelli.

La domenica seguente, Vittorio decise di prendere in mano la situazione.

Ne parlò con Greta, innanzitutto, proprio davanti alle rocce rosse.

"A breve mi arriverà l'ordine di rientro.

Dovrò andare via, massimo tra un mese.

Sai cosa vuol dire?"

Greta non ci voleva pensare, ma il carabiniere la forzò a focalizzarsi sulla realtà.

"Che potremmo non vederci più."

Greta avrebbe voluto controbattere che non sarebbe cambiato nulla, ma non ne fu capace.

In fondo, sapeva che si trattava di una mezza verità.

Sarebbe cambiato molto, invece.

Senza la presenza di Vittorio, per cosa valeva la pena vivere?

Per cosa aspettare con trepidazione la sua visita mattutina e il loro incontro domenicale?

E, soprattutto, senza di lui, forse la sua famiglia avrebbe, prima o poi, vinto le sue resistenze, facendogli sposare uno del luogo.

Uno a lei completamente estraneo e non consono.

Una vita infelice, pensando sempre a chi invece non era più con lei.

E se invece poi Vittorio fosse tornato?

Il ragazzo lesse negli occhi di Greta la titubanza e la speranza e volle subito smorzare ogni possibile entusiasmo.

"Sai che non sarà probabile?"

Si era deciso ad agire.

La ragazza fu trasportata come da ali di gabbiano, sfiorando solamente il suolo quasi senza toccare terra coi piedi.

Chiunque li avesse visti da lontano, avrebbe scambiato la loro camminata in una leggiadra danza di farfalle volteggianti sui campi, in cerca di nettare e di fiori.

Una perfetta armonia sferica che si traslava in avanti verso una meta nota.

Greta assecondava ogni minimo movimento cosicché non si sarebbe potuto dire chi dei due avesse deciso di recarsi al negozio dei fornai Melis.

Vi era ancora un confine da superare.

L'ingresso posto a fianco.

Era sbarrato, ma Greta possedeva una copia della chiave che utilizzava ogni domenica.

La ragazza entrò in casa, seguita a poca distanza dall'appuntato.

Graziano, il cugino di Greta, si era fermato all'incrocio precedente, avendo intuito le loro intenzioni.

Se si fossero introdotti in casa quando la stessa fosse stata libera da persone, in quel poco tempo nel quale Emanuele e Gioia si recavano a compiere le poche faccende al di fuori delle mura domestiche, allora avrebbero potuto suggellare la loro unione.

Nel peccato, avrebbero pensato tutti.

Una figlia compromessa e in modo palese, pubblicamente grazie alla testimonianza di Graziano, sarebbe stata un'onta troppo grande per la famiglia che avrebbe accettato ogni richiesta da parte di Vittorio, pur di rimediare allo scandalo.

Ma i due giovani non avevano mai osato sfidare così tanto le convenzioni.

Un carabiniere sa che la legge va rispettata, persino la legge morale e locale.

Greta era troppo legata alla propria terra per poter concepire un passo così nettamente definitivo.

Una cesura totale che l'avrebbe bandita per sempre dal suo paese.

Non arrivando ad accettare la fuga, come si poteva pensare di attuare il fatto compromettente al di fuori dei sacramenti e della benedizione del popolo e di Dio?

La casa, però, non era vuota ed entrambi lo sapevano.

Non si sarebbero diretti in stanza di Greta, ma nel salone principale, chiedendo di conferire con Emanuele.

Sarebbe stato l'ultimo incontro possibile per smuovere le acque e cambiare una situazione cristallizzata da anni.

Forse troppo tardi.

Ma ora non vi erano più remore, almeno da parte di Vittorio.

Greta trovò i genitori intenti a fare l'inventario e li invitò a sistemarsi nel salone principale, un locale arredato in modo spartano, con un tavolo rettangolare e delle sedie, una succinta dispensa e il camino.

Emanuele non comprese immediatamente, mentre Gioia sapeva leggere negli occhi di sua figlia.

Occhi di donna, ormai.

Occhi determinati e pulsanti, specchio di un'anima libera e ribelle, ma nei canoni del consentito e dell'approvato.

Nulla di rivoluzionario.

Nulla di fuori posto.

La madre aveva intuito chi vi fosse nel salone e non fu stupita dal trovarvi Vittorio.

Emanuele, invece, pensava che ormai tutto fosse stato chiarito tempo addietro e che i due avessero compreso il significato del silenzio e dell'indifferenza.

Vittorio, con il cappello in mano, se ne stava perfettamente ritto come se fosse al cospetto di un ufficiale.

Doveva dare l'impressione di riverenza e rispetto.

"Scusatemi se Vi disturbo in questo santo giorno, ma devo conferirvi alcune notizie in merito alla mia permanenza a Tortolì.

Ben presto, sarò richiamato al Comando, avendo finito il periodo di leva e di assegnamento.

Ho deciso di proseguire nella vita militare, ma non so né quando mi assegneranno ad altro incarico né dove svolgerò la mia prossima missione.

È probabile che, dopo la mia partenza, non metterò più piede in terra sarda e tanto meno qui."

Era un preambolo necessario per fare comprendere il motivo di quello che stava per pronunciare.

Greta era rimasta immobile, a metà strada tra Vittorio e la sua famiglia, mentre Emanuele si stava già spazientendo.

Solamente la mano di sua moglie Gioia, che per l'occasione aveva preso con sé il palmo del marito, gli fece cambiare idea.

Avrebbe atteso la fine del discorso, per poi esporre la propria visione.

"Ora, sapete del nostro rapporto e dei nostri sentimenti.

Lo sapete da due anni."

Vittorio stava per sentirsi mancare.

Era passato così tanto tempo, ma tutto pareva ancora come se fosse fermo al giorno di Natale del 1871.

Greta si mosse di soli due passi e si mise accanto a Vittorio.

Il suo movimento indicava una precisa scelta e sua madre ebbe timore delle conclusioni.

"Per tutto questo tempo", proseguì rinfrancato il carabiniere. "non ho ricevuto alcun segnale da parte vostra, né lo avete palesato a Greta.

Ora sono a chiedervi, anzi ad implorarvi, di esprimervi.

Dovete sapere che vostra figlia non vi lascerà mai in caso di vostro diniego.

Non è disposta né a fuggire né a compromettersi.

Per rimanere fedele a voi e alla tradizione locale, è disposta a sacrificare la sua felicità e anche la mia."

Gioia rimase colpita da questo passaggio.

In qualche modo, veniva loro chiesto di lasciare libera Greta di poter decidere con il proprio cuore, senza frapporre ostacoli di natura sociale e culturale.

Non spettava a lei la decisione, ma ad Emanuele, il quale non si capacitò di come la caparbietà potesse così tanto.

Non avevano capito, allora?

Non era bastato il silenzio biennale?

Il totale disinteresse verso i loro sentimenti e la figura dell'appuntato?

Cosa vi era di non chiaro?

E poi la volontà di sua figlia non le pareva così ferrea e indissolubile.

Con l'andare del tempo, la goccia avrebbe scavato la pietra del suo cuore e, quando il futuro si sarebbe palesato in modo evidente, ossia con la concreta possibilità di rimanere sola, tutto si sarebbe sistemato nel migliore dei modi.

Passati gli anni, tutti si sarebbero dimenticati del carabiniere Vittorio Martinotti e Greta sarebbe stata libera dai fantasmi del proprio passato.

L'uomo inspirò a pieni polmoni giusto per emettere poche parole.

"Vi ringrazio carabiniere e avete espresso tutto con chiarezza.

Da parte mia, nulla è cambiato.
Come due anni fa, non vedo come si possa celebrare questa unione.
Siete troppo diversi per estrazione, cultura e origine.
Quando ve ne andrete, ce ne faremo una ragione.
Tutti quanti, compresa Greta.
E pure voi dovreste farvene una.
Vi sarà pura una ragazza del Piemonte che vi aggraderà ed è più vicina al vostro modo di vivere e pensare."
Greta si sentì svenire, ma si disse che mai avrebbe consegnato alla sua famiglia e al suo amato questa immagine.
Puntò i piedi e fece forza sulle gambe per non cadere.
Vittorio represse il proprio disappunto e non disse altro.
Si irrigidì, si mise il cappello e fece il saluto di ordinanza, indi si voltò verso Greta.
"Dobbiamo essere forti, capito?
Ora devo rientrare."
Greta lo abbracciò.
Non avrebbe mai pensato di poter agire in modo così sfrontato di fronte alla sua famiglia.
Dopo secondi interminabili lo lasciò andare.
Inforcata la porta di ingresso, il carabiniere si ritrovò nel vicolo antistante, laddove all'incrocio vi era ancora appostato Graziano.
Il ventenne lo vide distante con le lacrime agli occhi.
Lo giudicò un debole.
"Non si piange per una donna…", disse tra sé.
Vittorio si incamminò con andatura mesta, come a passo di funerale.
Quando lo sconforto lasciò il posto alla rabbia, i suoi passi divennero furiosi e arrivò al comando ansimando.
Nel frattempo, Greta non fece trapelare nulla.
Non avrebbe dato alcuna soddisfazione ad Emanuele e Gioia.
Non l'avrebbero vista piangere o implorare.
Un muro di pietra avvolse il suo cuore.
Le lacrime sarebbero state riservate solamente alle notti solitarie e tristi.
In capo a dieci giorni, l'ordine di trasferimento arrivò.
Entro un'ulteriore settimana, Vittorio si sarebbe imbarcato, esattamente a metà ottobre, facendo durare la sua leva due mesi in più, cosa poco importante visto che aveva comunicato la voglia di proseguire nella carriera presso l'Arma dei Carabinieri Reali.
Si videro maggiormente, tutti i giorni, sempre alle rocce rosse.

Ormai non vi era più nulla da celare alla famiglia di Greta e non vi erano più remore nel farsi vedere in pubblico.

Emanuele e Gioia si convinsero che non sarebbe accaduto nulla.

Se Greta avesse voluto compromettersi o fuggire, lo avrebbe già fatto, anche se vi era una minima possibilità che, all'ultimo, lasciasse i propri propositi di rispetto delle tradizioni.

"Se tu non verrai con me, farò di tutto per tornare.

Non so quando né come, ma ci riuscirò."

Quelle parole di Vittorio risuonarono come una falsa promessa, un modo ingannevole per raggirare lo strazio del cuore e per autoconvincere la mente.

In quel momento, però, entrambi vollero credere alla loro realtà.

Festeggiato a dovere al comando centrale di Tortolì, con anche la presenza dei colleghi di Baunei, ogni commilitone lasciò a Vittorio un piccolo regalo, qualcosa che potesse ricordare i tre anni di permanenza in quello sperduto lembo di terra.

Tutti erano a conoscenza della sua frequentazione con Greta, ma, per riserbo e per rispetto, nessuno aveva mai affrontato con lui il discorso.

La società e le apparenze imponevano un certo distacco.

Da parte sua, Greta aveva modellato una specie di bracciale, intrecciando una parte della stoffa del suo vestito con del legno e un pezzo di fil di ferro.

Qualcosa che ricordasse gli odori e i sapori della terra sarda, unitamente ai suoi.

Vittorio lo cinse al polso, prima di stringerla.

Il carabiniere aveva invece fatto forgiare un anello di lega metallica non pregiata, ma resistente al tempo.

Era il simbolo stesso di Greta.

Qualcosa che doveva resistere alle intemperie e allo scorrere inesorabile degli anni.

Glielo diede, al penultimo incontro presso le rocce rosse, il giorno antecedente la sua partenza.

Greta lo strinse al petto e si slanciò in un bacio voluto e infinito.

Cosa le importava di Graziano e di quello che avrebbe riferito?

In qualche modo, la vita della giovane sarebbe finita il giorno seguente, mentre un'altra, completamente diversa, sarebbe iniziata.

L'attesa.

Il ricordo.

Come se fosse una vedova, si sarebbe cinta il capo, almeno da un punto di vista figurato.

Una corazza esteriore l'avrebbe protetta, senza far trasparire nulla del suo stato interiore.

I moti del suo animo e i palpiti del suo cuore sarebbero rimasti celati a tutti quanti, lasciando intravedere solamente un gelido manto di assoluta freddezza.

Emanuele e Gioia non reputarono importanti simili aspetti.

Avrebbero avuto dalla loro parte il più grande alleato di tutti: il tempo.

Colui il quale appiattisce tutto, perfino il ricordo di un amore che si poteva considerare eterno ed immutabile.

Sarebbe arrivato il momento in cui, in preda allo sconforto e alla caducità, Greta avrebbe ceduto alla realtà della vita e, allora, il loro paziente piano sarebbe andato in porto.

La loro visione avrebbe travalicato gli eventi e gli anni.

Avrebbe lasciato sperare e disperare Greta per intere stagioni, attendendo con estrema calma l'evoluzione della normalità.

Quando Greta vide l'ultima alba, quella che avrebbe segnato la definitiva partenza di Vittorio, non poté essere felice.

Pareva che persino il Sole avesse deciso di inondare la terra con raggi tristi, obliqui e fatui, evanescenti e irrisori.

Si alzò prima del solito.

Nella sua testa, ogni compito andava svolto in anticipo, per ritagliarsi un paio di ore per Vittorio.

Ben prima delle otto di mattina, il bancone del negozio fu completamente allestito e pronto per ogni evenienza.

Tutte le ceste erano state stipate per coloro i quali avevano ordinato in anticipo.

Da quel giorno, un nuovo carabiniere si sarebbe recato da loro per il ritiro del convenuto e ciò sarebbe stata un'eterna ferita per Greta.

Ogni volta che un uomo in divisa avesse varcato la soglia del negozio, si sarebbe ricordata di Vittorio.

L'appuntato, ormai prossimo alla partenza, non si era dimenticato dell'ultima incombenza.

Aveva scortato il suo sostituto al forno dei Melis e Greta rimase pietrificata a vederlo di nuovo.

Si era immaginata la scena al porto, non di certo nel luogo a lei familiare.

Vittorio, tuttavia, non sarebbe mai partito senza prendere commiato dai genitori di Greta.

"Dimostrerò loro cosa vuol dire la parola e l'onore di un Carabiniere Reale."

Senza fare trasparire alcuna emozione, spiegò al suo collega i compiti e le consegne, indi si fece strada dietro al bancone, chiedendo il permesso a Greta per accedere alla parte retrostante.

Porse il saluto ufficiale prima a Gioia e poi ad Emanuele, senza profferire parola.

I due coniugi rimasero pietrificati, visto che non si aspettavano una visita del genere.

Quando Vittorio inforcò la porta di uscita, Greta non seppe trattenersi e gli corse appresso.

"Tra un'ora al porto", disse il carabiniere.

La ragazza lo seguì con lo sguardo.

Avrebbe resistito alla finale partenza del suo amato?

Non sarebbe scoppiata a piangere?

Non avrebbe voluto salire sull'imbarcazione lanciandosi in una folle corsa?

Veramente lo avrebbe visto sfilare via dai suoi occhi senza opporre minimamente resistenza?

Non sapeva come avrebbe reagito.

L'ignoto si spalancava di fronte a lei, senza alcuna forma di ritegno e di consolazione.

Cercò di industriarsi per quanto poteva almeno per mezz'ora.

Doveva rendere ogni minimo servigio per non fare pesare la mancanza di un paio di ore durante la fine della mattinata.

L'orologio del campanile, ben visibile, le ricordava lo scorrere del grande tiranno, di quel tempo che sembrava non bastare mai nella vita degli uomini.

Diamo veramente peso agli istanti o li gettiamo via senza accorgerci della loro importanza?

E quando arriva la fine, o una fine, una qualunque, scopriamo che avremmo voluto fare di più, amare di più, ridere di più.

E ci rammarichiamo del cosiddetto tempo perduto e vorremmo avvisare tutti con un grido di disperazione:

"State attenti, non lasciate andare così la vita!"

Tanto sappiamo che sarebbe tutto vano.

Che gli umani, gli altri, non ci darebbero mai ascolto, dato che noi stessi siamo i primi a non prestare attenzione ad un simile monito.

"Io vado".

Lapidarie parole di Greta per avvisare i suoi genitori.

Nessuno le chiese nulla.

Né dove vai né per quanto stai via.

Era palese il luogo e il tempo della dipartita.

Ed era chiaro per chi si muovesse.

La frase avrebbe anche potuto segnare la cesura definitiva.

Io vado come un lascito testamentario, vado via da voi e da questa terra.

Da questa casa e da questi ricordi.

Vado verso la mia nuova vita, con una persona che ho scelto e che non mi è stata imposta.

Vado verso il futuro, dimenticandomi del passato.

In base a ciò che Greta avesse scelto, la frase avrebbe assunto diverse connotazioni.

Nessuno la fermò, nessuno le impedì di compiere la propria volontà.

Si sentiva libera di scegliere e lo era.

Si incamminò a passo deciso verso il porto e non si fermò di fronte a nulla e a nessuno.

I suoi occhi non avrebbero visto altro quel giorno.

Arrivò in anticipo e si mise ad aspettare.

D'un tratto distinse la figura di Vittorio, in uniforme con un bagaglio appresso, lo stesso che aveva usato tre anni prima.

Sarebbe ritornato in continente, lasciando i profumi e i sapori sardi nella sua memoria.

La sua pelle li avrebbe conservati per poco, visto che l'umidità e la nebbia del Piemonte avrebbero tolto ogni traccia.

Il viaggio sarebbe stato lungo, prima fino a Genova e poi scortato nei vari reggimenti fino al Comando Centrale.

Da qui, dopo pochi giorni, il rientro in Monferrato in attesa di una nuova missione e un nuovo luogo cui essere destinato.

Nella testa dell'appuntato non vi era alcuna immagine della sua casa e della sua famiglia.

Né si immaginava di quanto fossero invecchiati i suoi genitori o cresciuti i suoi fratelli o i suoi nipoti.

Né di come era mutata la casa di famiglia o la terra natia.

Tutto ciò non interessava, né avrebbe mai avuto il predominio su quanto di imperante e di importante vi era veramente.

Greta.

La vide in attesa e si diresse verso di lei, abbracciandola.

Avrebbero avuto ancora una decina di minuti prima dell'imbarco.

Il tempo per scambiarsi due battute e per rinnovarsi la promessa di attesa.

Il tempo soprattutto di sentire ancora i respiri, di farsi immergere dall'odore dei capelli di Greta e di ascoltare i battiti del cuore pulsare sotto i vestiti.

Non si dissero nulla, si fissarono solamente negli occhi.

Il vento spirava costante, non impetuoso e senza sollevare onde poderose ma con una continua increspatura indistinta sopra la superficie del mare.

Portava con sé il salmastro e non l'umidità dell'entroterra.

La luminosità tagliente dell'autunno avvolgeva l'atmosfera come a smorzare le tonalità.

Vittorio se ne stette in piedi, ritto e fisso con lo sguardo all'orizzonte, non appena ebbe voltato le spalle a Greta per imbarcarsi.

Un bagaglio nella mano sinistra, mentre la destra era libera.

Una volta messo piede in mare si rivolse verso di lei.

La vide fiera e determinata, proprio come l'aveva notata la prima volta.

Un viso mai mutevole nella sua semplicità.

Il turbine di emozioni di Greta fu contenuto al suo interno, senza dare adito ad alcuna spettacolarizzazione.

"Non l'avranno vinta, non mi vedranno piangere."

Sapeva che, da qualche parte, si era nascosto Graziano per assistere e riportare.

Il compito del cugino sarebbe terminato di lì a poco, potendo ritornare alle proprie faccende in pianta stabile.

Gli ormeggi furono distaccati e l'imbarcazione si allontanò dalla banchina.

Un estremo gesto di saluto accompagnò i due giovani.

Greta rimase sul molo fino a che l'imbarcazione diventò una macchia e il suo occhio non fu più in grado di distinguere la figura di Vittorio, il quale era rimasto a poppa fino a che non vide il porto scomparire dietro di sé e la persona di Greta divenire una piccola macchia nera sullo sfondo.

A quel punto, non ci fu molto altro da fare.

Vittorio rientrò sottocoperta, non avendo null'altro di interessante da rimirare dei suoi tre anni di permanenza.

Greta roteò su se stessa e riprese la via di casa.

Quando arrivò nel negozio, fece come se niente fosse accaduto.

Si sistemò al solito posto dietro al bancone.

Gioia sbirciò un attimo per avere la conferma della presenza di sua figlia.

Non sapeva bene cosa augurarle.

Una parte del suo animo fu rinfrancata dall'averla ancora lì, mentre un'altra parte rimase titubante in quanto era certa che Greta avesse rinunciato alla propria felicità e al proprio futuro.

Avrebbe ceduto di fronte alla sconsolazione?

Avrebbe preso in considerazione il progetto che aveva in mente Emanuele?

Il padre non si scompose più di tanto.

Vi era stato scandalo, ma non così compromettente.

Con gli anni tutto si sarebbe aggiustato.

La prima domenica dopo la partenza di Vittorio fu struggente per Greta, non avendo alcuna compagnia durante le passeggiate pomeridiane.

Sua madre aveva concluso che la ragazza, pur di non soffrire, avrebbe rinunciato ad una simile abitudine che le avrebbe costantemente ricordato il carabiniere ormai rispedito in Piemonte.

Come affrontare una ferita aperta senza possibilità di guarigione?

Ciò che non sapeva Gioia era il modo in cui Greta affrontò la prima uscita domenicale, e da lì in poi tutte le successive.

Si trattava di un misto tra ricordo e speranza.

Se Vittorio fosse tornato, lo avrebbe fatto dal mare e le rocce rosse sarebbero state testimoni di tutto ciò.

Inoltre, il luogo avrebbe fatto riecheggiare le voci e il ricordo.

Greta vedeva proiettato di fronte a sé l'inconfondibile profilo del militare.

Diventò il suo modo di resistere e di ancorarsi alla propria determinazione.

Come alimentare uno spirito volitivo e marmoreo, almeno così avrebbe dovuto recepire chi stava vicino a lei, dai suoi genitori all'intera comunità locale.

Il primo mese passò via in un attimo e il secondo ancora più veloce.

Le giornate si stavano accorciando, lasciando spazio al buio e alla stagione più rigida.

Chissà quali paesaggi e quali persone vi erano a fianco di Vittorio.

Poco prima del Santo Natale, arrivò una lettera dal continente per Greta, la quale se la fece leggere da padre Daniele.

Nella lettera Vittorio le comunicava il proprio rientro in Monferrato e la messa a disposizione per un eventuale trasferimento, specificando che aveva espresso preferenza per la Sardegna.

Tuttavia, non si poteva sapere la decisione del comando e un militare è abituato a dover rispettare gli ordini, specie per qualcuno che non aveva alcuna parentela di riguardo.

Vittorio proseguiva nel descrivere la propria terra, così diversa dalla Sardegna.

Il freddo pungente, la nebbia e la neve.

I cibi diversi e la parlata dissimile.

Si sentiva non appartenere più a quel mondo.

"Sono diventato sardo, grazie a te", aveva scritto in un passaggio.

Padre Daniele si era volentieri prestato alla lettura e avrebbe anche redatto una risposta, non appena Greta avesse trovato le giuste parole.

Infine, Vittorio le chiedeva della sua vita.

Come era stata in quei due mesi e come avrebbe inteso proseguire.

Stringendosi al petto la lettera del carabiniere, di fronte al camino, durante la sera del Santo Natale, Greta si sentì pervasa da rinnovata felicità e gioia.

L'indomani avrebbe dettato la risposta a padre Daniele e, con l'arrivo del nuovo anno, il 1874, avrebbe rinnovato la sua volontà.

Ferma e decisa avrebbe atteso.

E nulla avrebbe scalfito i suoi propositi.

"Times are hard when things have got no meaning.
I've found a key upon the floor."

TRADIZIONE

"Oh tell me where your freedom lies
The streets are fields that never die
Deliver me from reasons why
You'd rather cry, I'd rather fly."

VII

Cabras, maggio-settembre 1880

"What it all comes down
is that everything's gonna be fine, fine, fine,
'cause I've got one hand in my pocket
and the other one is giving a high five."

Il rumore del vento giunse nitidamente alle orecchie di Antonio, il quale se ne stava coricato dopo una notte tranquilla.

Bastava un simile richiamo a destarlo, sebbene le membra, non più giovani, richiedessero sempre maggiore riposo.

Mezzo secolo, un traguardo per pochi, almeno in condizioni ottimali di salute.

Nonostante non ci fosse un granché da fare allo stagno, l'uomo non era mai stato abituato a rimanere fermo senza alcun impiego.

In fondo, si trattava solamente di buona volontà.

Una qualche attività vi era sempre.

Sistemare le reti, aggiustare i fassoni, le tipiche imbarcazioni dei pescatori della zona o semplicemente monitorare lo stagno.

I muggini, i pesci prevalenti e dei quali si nutriva l'economia locale, erano sempre presenti, sebbene la migliore stagione fosse quella della fine dell'estate e dell'inizio dell'autunno.

A settembre, i pesci divenivano sempre più grossi, grazie all'enorme cibo estivo che trovavano.

Ciò era un bene sia per la pesca diretta sia per la raccolta delle uova, le quali formavano il prodotto di punta dello stagno, ossia la bottarga, dopo opportuno trattamento, salatura e stagionatura.

Era un lavoro tramandato da generazioni, da mani esperte e da padre in figlio o da maestro e allievo.

Antonio non aveva famiglia.

Il suo carattere, ma soprattutto le sue idee, avevano tenuto lontane le possibili pretendenti, anche in ambito popolano.

Era un socialista, uno di quelli che pensava ad una società più giusta e con meno padroni.

Per tale motivo era anche inviso alla borghesia e all'aristocrazia locale, in particolare alla famiglia Carta, i proprietari dello stagno.

Avevano comprato il diritto a sfruttare quello specchio d'acqua meno di trent'anni prima, da un'altra famiglia nobiliare, quella dei duchi Vivaldi.

Questo passaggio di mano in mano che risaliva fino al casato reale spagnolo, appariva ad Antonio un'aberrazione.

Come fosse possibile che un pezzo di acqua fosse proprietà privata e non demanio reale era un mistero.

Perché i pescatori in mare potevano tranquillamente gettare le loro reti con le loro barche mentre loro dovevano essere dei dipendenti della famiglia Carta, ognuno addetto ad una specifica mansione?

E senza possibilità di ricollocarsi altrove, visto che l'intero stagno era nelle mani della famiglia di notabili, i quali non avevano alcun interesse ad introdurre migliorie.

Il lavoro di pesca e di preparazione della bottarga, considerato una tradizione immutabile, non avrebbe ricevuto alcuna spinta fino a che un nobile avesse avuto il predominio.

Serviva, a detta di Antonio, una cooperativa.

Come gli agricoltori, i pescatori avrebbero dovuto unirsi in consorzio.

Già altrove era così, non si trattava di utopia né di qualcosa di impossibile da realizzare.

Per simili questioni, Antonio era stato isolato.

Si lisciò la folta barba, ormai avente una presenza sempre maggiore di peli bianchi.

Si alzò dal letto, uno scomodo giaciglio rimasto identico da quando aveva iniziato a prendere servizio dai Carta, ossia dall'inizio del loro possesso, nel lontano 1853.

L'odore del mare non si staccava mai di dosso e questo lo qualificava istantaneamente di fronte a tutti.

Quando si recava in paese, a Cabras, o più raramente in città, nella vicina Oristano, i suoi lineamenti e la sua pelle trasudavano di pesca e di stagno, di mare e di muggine.

Prediligeva la pesca al tramonto, quando il Sole, riflettendosi nello specchio quieto e salmastro, diveniva un semplice riverbero di quanto avrebbe visto solo qualche chilometro più ad ovest, verso il mare aperto.

Trovava che vi fosse qualcosa di epico, nel riecheggiare di antichi gesti e tradizioni.

Prima di loro, svariati secoli di popoli avevano compiuto i medesimi movimenti.

I sardi dominati dai piemontesi, dagli spagnoli e dai pisani, dagli arabi e dai Romani, fino ai cartaginesi e ai fenici.

E da lì i grandi abitatori del passato di quella terra.

Di chi aveva costruito i nuraghi, in modo sapiente.

Non era certo di quando la popolazione avesse iniziato a sfruttare i muggini, non sapeva collocare temporalmente questa risorsa, ma era sicuro dell'enorme valore del loro lavoro.

Dipendenti tutti specializzati, ognuno dei quali conosceva bene cosa volesse dire sbagliare un tempo o un'osservazione.

Antonio non avrebbe mai saputo preparare il processo di salatura e stagionatura.

Si fermava alla pesca e alla prima cernita delle uova, estraendo la gonade dal pesce femmina e lavandola delicatamente con l'acqua di mare.

Altri avrebbero preso il suo posto per la successiva elaborazione.

Vi era, nell'aria di maggio, qualcosa di avvolgente e misterioso.

Odore di pollini e di nettare che sparivano in estate e non erano così carichi in inverno.

Soprattutto i colori, non ancora bruciati dall'arsura.

Il Sinis risultava strano per un sardo non del posto.

Una penisola pressoché piatta, senza alcun rilievo e con pochi alberi.

Per lo più arbusti bassi e erba.

Ambiente totalmente inadatto alla pastorizia e all'allevamento, laddove solo una parte di prodotti agricoli poteva essere coltivata.

Non rimaneva che la pesca e lo stagno era una benedizione in tal senso per via del misto tra acqua dolce e acqua salata, luogo ideale per i muggini.

E ciò bastava per garantire il fiorire di una piccola economia locale che trovava il suo completo espletamento ad Oristano, laddove si inurbava una piccola borghesia dedita anche ai commerci.

In città si trovava Rita, l'amore giovanile di Antonio, ormai sposata da decenni ad un fabbricante di mobili, il quale aveva potuto garantire sia una dote sia una posizione migliore, nonché delle idee considerate più "normali".

L'uomo non pensava più a lei da tanto tempo, preso dalla propria vita e dall'impossibilità, ormai accettata, di potersi creare una famiglia.

Uno degli ultimi colpi al cuore ricevuti fu, pochi anni dopo il suo ingresso stabile presso i Carta, la notizia del matrimonio di Rita, seguita dalla nascita del figlio e dalla scelta del nome, Antonio.

Era come se la donna avesse voluto rimarcare il suo mancato amore idealizzato, in contrapposizione alla sua realtà quotidiana fattuale.

Ora il giovane Antonio stava studiando per diventare notaio, ma ciò non destava più alcun interesse nel pescatore.

Antonio, quello ormai adulto da divenire quasi anziano, si barcamenava nella sua routine e sperava solamente di poter vedere, prima della sua morte, la nascita di una cooperativa.

Speranza che aveva dovuto mettere da parte di fronte alla fine dei sogni giovanili avvenuti con la vittoria della borghesia e delle case reali in tutti gli esperimenti attuati in quei decenni, dalla Repubblica Romana alla Comune di Parigi.

E se ciò non era bastato per modificare l'andamento sociale in grandi città, ora che la rivoluzione socialista avesse attecchito a Oristano e Cabras sarebbe passato ben più degli anni ancora a sua disposizione.

Con il bagaglio di quei pensieri, uscì di casa senza aver ingurgitato nulla, come era solito.

Non riusciva né a mangiare né a bere su terraferma, almeno di mattina.

La prima cosa che metteva sotto i denti era di solito un pezzo di pane con del formaggio o del pesce arrostito la sera precedente e lo faceva sempre stando in piedi al centro del fassone, dote che si acquisiva solo col tempo, in quanto ad equilibrismo e stabilità.

Si stiracchiò un altro po' alla fresca brezza che spirava alle sue spalle, proveniente dalla zona interna, da quelle montagne retrostanti e, a prima vista, distanti che celavano il corso del fiume Tirso.

Avrebbe dovuto ritrovare Mario, l'altro pescatore con il quale faceva spesso coppia nelle battute allo stagno.

Abitavano a poca distanza, in casupole di leggera muratura con svariati intarsi e incastri di legno, paglia e canneto.

Dimore umili, con una porta di ingresso svirgolata e ciondolante e piccole finestrelle caduche e pendenti.

Un locale interno pressoché unico, senza alcun tipo di suppellettile o comfort, specie in inverno.

Una vita non facile, ma libera.

Nessun vicino, nessun rumore, nessuna incombenza.

Si incontrava solamente chi si aveva voglia di incontrare.

Lì non sarebbe stato possibile il chiacchiericcio della città, la confusione e il turbinio di attività.

Lì era la Natura a dominare e l'uomo doveva solo sapere come non soccombere ad essa.

Come si poteva pensare di crearsi una famiglia in simili condizioni?

Chi avrebbe accettato di fare sposare una propria figlia ad un pescatore?

Vi erano, principalmente, matrimoni tra conoscenti.

Ad esempio, tra famiglie di pescatori.

O tra dipendenti dei Carta.

Ciò andava incontro almeno a due concomitanti esigenze.

Innanzitutto, la medesima appartenenza sociale e poi gli stessi ambienti e abitudini, orari e usanze.

Il tutto per non rendere troppo grama un'esistenza già di per sé difficile.

Chi non seguiva simili regole, doveva, quasi sempre, andarsene il che non significava spostarsi di centinaia di chilometri o lasciare la Sardegna.

Bastava un minimo trasferimento, magari in uno dei paesi interni, più dediti all'agricoltura.

Così vi era chi si era trasferito a Zeddiani o a San Vero Milis e chi, seguendo un percorso opposto, dall'interno si era portato verso la costa o aveva prescelto Oristano.

Piccoli cambi di paese, ma tali da poter ricostruire una vita diversa, almeno in apparenza.

La sostanza, in fondo, non cambiava e Antonio lo sapeva bene.

I poveri e i lavoratori, due categorie spesso coincidenti, restavano sempre gli sfruttati.

E gli sfruttatori erano sempre pochi.

Che fossero nobili, ricchi borghesi o possidenti terrieri, il discorso non cambiava.

Antonio non possedeva una cultura, sapendo leggere e scrivere a malapena, ma qualche testo socialista lo aveva letto o glielo avevano spiegato.

Nulla a che vedere con chi conosceva le varie posizioni all'interno del movimento, né le differenze tra Marx, Proudhon, Bakunin e gli altri.

Si era fatto bastare quel poco e ciò, in ogni caso, era stato un marchio che si era portato appresso.

Socialista.

Come a dire, non affidabile, testa calda, persona pericolosa.

Che mette in discussione tutto.

La società, la monarchia, la religione.

In conclusione, da isolare.

Non che si sentisse affine a quel tipo di società, né che la sua vita ne aveva risentito più di tanto.

Il mestiere di pescatore era già di per sé uno stare isolato.

Spingendo i "cantoni" ossia i bastoni fatti di canne che permettevano ai fassoni di muoversi, ci si ritrovava soli in mezzi allo stagno.

Circondati, a debita distanza, da pochi altri pescatori, tutti spersi su piccole zattere galleggianti, sicure solo lì, laddove tutti i venti, compreso il maestrale, divenivano smorzati e tenui.

Era un mondo particolare, possibile in pochi chilometri quadrati.

Ed era tutto quanto Antonio realmente conoscesse in vita sua.

Senza lo stagno, la sua esistenza sarebbe stata vuota e senza senso, priva di uno scopo e di una conoscenza specifica.

Viceversa, all'interno di esso, non vi erano segreti.

Sapeva dove i muggini si recavano in base alla stagione, al mese, al tempo, all'ora della giornata.

Era come se possedesse una vista e un senso che andava oltre la superficie dell'acqua.

Inoltre, Antonio aveva in sé una grande consapevolezza.

Quella dell'equilibrio.

"Prova a pensare se non ci fossimo, i muggini diverrebbero troppi e farebbero scomparire la vegetazione dello stagno, distruggendo il loro stesso ambiente.

E se fossimo trecento pescatori?

Distruggeremo tutto in pochi anni, annientando ogni possibile banco di pesce."

Così parlava ai giovani, a tutti quelli che si erano susseguiti e che, magari, avevano poi intrapreso un'altra via.

Per Antonio, invece, la pesca era l'unica ragione di vita.

Mai si sarebbe potuto pensare altrove a fare altro.

E così la sua teoria dell'equilibrio si era diffusa tra i dipendenti, dando un senso a tutto.

Sembrava che il loro lavoro fosse stato benedetto da Dio stesso, creato da secoli proprio per tenere a bada la Natura.

"Ma non ci vedi Dio in tutto questo?"

Era l'obiezione che tutti gli facevano.

E il pescatore, da bravo socialista, ripeteva che Dio è un'invenzione umana, messo lì apposta per controllarci e per spiegare ciò che invece i sapienti stavano dimostrando ossia che la vita esiste e va avanti anche senza un Dio e che era ora di liberare le catene dell'oppressione.

"Uomo libero che guarda uomo libero, senza più rapporti di potere", era una delle frasi preferite di Antonio.

Il giorno si stava dipanando secondo uno schema ormai consueto e senza alcuna variazione rispetto al vissuto.

Un controllo ispettivo dello stagno, senza peraltro pescare nulla.

Una sistemazione alle imbarcazioni, con lento lavorio di manutenzione e una sfoltita ad una parte del canneto.

Durante il pomeriggio, Antonio e Mario si recarono a Cabras per qualche commissione.

Il paese non era che un ammasso di casupole, con qualche attività commerciale e, nella zona verso l'interno, l'inizio della parte coltivata.

Si trattava del solito giro per una minima sussistenza giornaliera.

Qualche acquisto per il cibo e poco altro.

La paga, abbastanza misera, serviva giusto per la sopravvivenza.

Nulla per allevare una famiglia, se non vi fossero stati altri introiti.

La povera gente non se la passava bene e di questo tutti ne erano al corrente, persino i ricchi e i signori, seduti al caldo e al sicuro delle loro dimore cittadine.

Qualcuno di loro era realmente interessato alle condizioni dei lavoratori, ma si trattava pur sempre di una minoranza.

E poi cosa paventavano?

Salari più alti, condizioni di vita migliori.

Magari istruzione e cure mediche.

Magari case migliori.

Ma nessuno, o pochissimi, che avesse il coraggio di prendere di petto la borghesia e l'aristocrazia per cancellare i privilegi e creare una società più equa.

"Ipocriti", così li definiva Antonio.

Mario, dal canto suo, non si esprimeva.

Già era conscio che, facendo comunella con Antonio, poteva essere tacciato di socialismo e non voleva peggiorare la situazione.

Nessuno, fino a quel momento, avrebbe potuto testimoniare nulla contro di lui.

E, anche in caso estremo, si sarebbe potuto difendere adducendo l'amicizia e la solidarietà professionale.

In caso di scontro diretto, Mario non era certo da che parte si sarebbe schierato.

Tradire il suo amico Antonio per una vita sicura?

Scegliere idee che non condivideva in pieno solo per un sentimento di amicizia?

"Tanto non accadrà", si diceva sempre, quasi come a giustificarsi in anticipo.

In paese, si veniva a conoscenza di qualche novità circa gli abitanti e, al massimo, ciò che accadeva ad Oristano.

I grandi avvenimenti sociali e politici del mondo arrivavano con ritardo, filtrati e aggiustati secondo le logiche e i pensieri delle persone.

I giornali avevano un costo proibitivo per i lavoratori e ci si limitava a leggere o a sentir leggere pochi estratti di quotidiani ormai vecchi di più settimane.

Questo era il modo di rimanere in contatto con il mondo, almeno fino a quando non arrivava qualcuno di veramente importante o qualche ben informato.

Vi erano nella zona, non più di una decina di persone istruite o che vivevano in Continente.

Così, i cambiamenti si incanalavano in quei paesini in ritardo e lentamente, con una progressione infinitesimale.

Ogni singolo abitante si sarebbe stupito già di Cagliari, senza parlare di quello che avrebbe trovato a Roma, Torino, Milano o Firenze, per finire nelle grandi capitali dell'epoca, Parigi e Londra su tutti.

Se avessero potuto toccare con mano la loro epoca ne sarebbero rimasti sconvolti e perplessi, forse anche delusi dopo tanto bagliore.

Perché, in fondo, era difficile sradicare i pescatori o gli allevatori o gli agricoltori dalle loro granitiche certezze.

Si sarebbero trovati spaesati e senza anima.

Tutto questo transitava sopra le loro menti, focalizzate solamente sul contingente.

Così passavano i giorni e poi le settimane.

E i mesi erano scanditi da consuetudini civili e religiose, come a ricordare a tutti la caducità della vita.

Oggi ci siamo e domani no, che senso aveva combattere?

Questo era quanto passava la società per quietare le rimostranze ed isolare i facinorosi.

I primi di luglio portarono un caldo fuori dal comune.

Non era così frequente che non vi fosse vento, o meglio che il vento spirasse da sud e fosse caldo.

L'intera penisola del Sinis era abituata alla brezza dell'ovest che, a volte, si tramutava in poderose folate.

Non a quel caldo.

Si poteva solamente starsene al chiuso.

In casa.

Ma già da luglio, Antonio sapeva che avrebbe dovuto iniziare a pescare qualcosa.

Non tanto per la produzione della bottarga, quanto per la vendita dei muggini.

Un introito collaterale, ma pur sempre necessario per giustificare la loro presenza.

Per sfuggire alla calura del giorno, Antonio sapeva dove ci doveva rifugiare, anche se in luogo esposto e probabilmente durante il tragitto avrebbe maledetto quella sua idea.

Non vi era sabbia sollevata dal vento, almeno quello.

Sabbia che proveniva, così dicevano, dal deserto dell'Africa, ma che, stranamente, non aveva odore di paesi lontani.

Finito il proprio turno di pesca, consegnato quanto aveva portato a bordo a Mario, spinse il proprio fassone fin dall'altra parte dello stagno.

Mario conosceva il luogo dove Antonio sarebbe andato.

A lui non aggradava, mentre il suo amico e collega aveva eletto quel posto a eremo eterno.

Guardiano di una terra e di un mondo a loro consoni, ma allo stesso tempo porta verso altre epoche e altre nazioni.

Da lassù, si poteva godere di un'ottima visuale, ma la fatica per arrivarvi era estrema.

Non si trattava solamente di attraversare tutto lo stagno per poi dirigersi quanto più possibile verso sud.

Una volta giunti al punto di approdo, bisognava farsela a piedi.

Almeno un'ora di cammino.

E la parte finale in salita.

Tutto senza l'ombra di un albero.

E poi bisognava tornare.

Sicuramente vi sarebbe stata abbastanza luce per compiere l'intero percorso, ma la domanda era un'altra.

Ne valeva la pena?

Si potevano consumare le proprie esigue forze per un obiettivo così futile?

Non vi era cibo né altro lassù.

Niente per cui valesse il sacrificio e lo sforzo.

Scosse la testa e si disse che sarebbe stato meglio al fresco della sua abitazione.

Sdraiato sul letto a sonnecchiare.

Le gambe avrebbero riposato e non avrebbe avuto troppa fame a sera, non come Antonio che, dopo una simile sgambata, avrebbe dovuto riempire a dovere lo stomaco.

E ciò avrebbe significato spendere denaro che si poteva tranquillamente risparmiare per un'altra occasione.

Il tutto per uno sfizio, un capriccio della mente, una voglia dell'animo di travalicare la loro esistenza.

Non sarebbe cambiato nulla, in fin dei conti.

Antonio spinse con poderosi colpi il cantone e il proprio fassone prese velocità, vincendo la tipica inerzia superficiale delle acque.

Conosceva il migliore approdo, lo stagno non aveva segreti per lui.

Sapeva distinguere un canneto semplicemente dal suo colore e della sua densità.

Fissò il fassone a terra con un ormeggio e un paio di nodi ben assestati e poi tirò un'ulteriore fune, di modo da renderlo parallelo alla costa, senza alcuna possibilità di movimento in ogni direzione.

Avrebbe resistito per giorni, ma a lui bastavano un paio di ore.

Si mise in cammino senza forzare il passo.

Sapeva della resistenza richiesta per il percorso da compiere.

Attraversando le prime lande, il pantano alimentato dallo stagno lasciava ben presto spazio al terreno secco.

Il vantaggio di non avere una fitta vegetazione era dato dalla visibilità.

Poteva, con un solo colpo d'occhio, tenere controllata la meta e il sentiero, nonché quanto avesse alle spalle.

I suoi pensieri iniziavano a vagare nella mente, senza alcun ordine preciso.

Era questa la conseguenza di quel luogo e ciò che andava cercando.

Un'altra dimensione rispetto al suo solito mondo.

La prima parte del tragitto risultava pianeggiante, solamente alla fine si sarebbe inerpicata.

Fino alla sottile striscia di terreno che divideva due mari non si aveva una grande consapevolezza del vento che sarebbe spirato in cima, persino in una giornata come quella.

Passò di fianco a resti e ruderi di chiese antiche e la torre, meta finale di tutto, si palesò di fronte a lui.

Sul lato destro, il mare aperto.

Non gonfiato da onde come quando tirava il maestrale, ma battuto in superficie da raffiche che lo rendevano sconnesso e scabroso come il legno lavorato contro venatura.

Viceversa, la parte interna di mare, di solito placida e calma, sarebbe stata anch'essa ondulata, seppure in misura minore.

A quel punto, sarebbe iniziata la salita.

Sempre crescente in pendenza, come a saggiare le doti di chi osava sfidarla.

Vi era un piccolo sentiero tra le rocce, qualcosa di minuscolo e non più largo di un piede, a tratti del tutto irriconoscibile.

Antonio arrivò alla prima meta intermedia.

Una scelta iniziale su dove dirigersi.

Sempre dritto verso sud alla fine del lembo di terra?

Scendendo verso la baia interna, laddove vi erano le rovine dei popoli antichi, di chi si era stabilito nella baia ben prima di quando Roma divenne una potenza?

O salendo verso la torre di avvistamento?

Una scelta solo sulla carta, visto che Antonio era arrivato fin lì solo per un motivo.

La torre e la visuale.

Il vento e il mare.

L'orizzonte e le montagne interne.

Serviva un ultimo sforzo, quello maggiore.

Pendenza completamente diversa, nettamente superiore.

Da togliere il fiato.

Da non sentire il vento.

Da abbarbicarsi sul terreno.

Finalmente gli ultimi passi e la conquista del colle.

Ora Antonio avrebbe potuto sdraiarsi per godersi il cielo o stare in piedi per essere come canna al vento, arbusto che non si piega, ma si adatta.

Sentì i polmoni comprimersi come se lo spirare gli impedisse di inalare aria.

Il troppo lo avrebbe reso inerme?

Non se avesse assecondato la Natura.

Con una singola occhiata richiuse su di sé l'intera sua terra.

L'unico vero promontorio era dove ora stava il pescatore, solitario come era stato per tutta la sua vita.

Poi landa piatta e lo stagno a dominare.

Il mare, troppo poderoso, difficile da domare.

Le montagne interne a segnare il confine naturale di quel territorio incantato.

Tutto ciò aveva un nome preciso per Antonio.

Casa.

Quella era casa sua, non l'abitazione di muratura e canneto, ma il territorio.

Avrebbe vissuto anche all'aria aperta pur di rimanere lì e non avrebbe accettato nemmeno una reggia se ciò avesse voluto dire trasferirsi altrove.

Forse vi erano stagni simili, pesca di muggini e produzione di bottarga, ma i colori e gli odori sarebbero stati diversi.

Passò più di un'ora in totale estasi, ma l'acume ha in sé un senso di limitatezza.

Più in alto si sale, meno tempo si può dedicare alla contemplazione.

Riprese il cammino del ritorno senza mai voltarsi.

Era sua abitudine quella di non guardarsi mai indietro, di essere un faro per se stesso con lo sguardo al futuro.

La sua professione era il legame con il passato, non i suoi pensieri.

Unire tradizione e innovazione si poteva?

Sì, in un'unica persona.

Non sentì la fatica fino al canneto, laddove ritrovò il fassone, immobile.

Slegò gli ormeggi e vi salì.

Attraversò lo stagno in direzione opposta a quanto aveva fatto poche ore prima e si ritrovò a casa ben prima del tramonto.

Sentì di avere fame.

Fortunatamente Mario gli aveva collocato un muggine poco dentro la porta di ingresso, avvolto in un panno.

Qualche arbusto raccolto nelle vicinanze sarebbe servito per accendere un fuoco su cui abbrustolire il pesce, stando sempre attenti al vento che, unito al secco, avrebbe potuto facilmente fare divampare un incendio.

Ciò non sarebbe mai accaduto ad Antonio, in quanto amico della sua terra.

Solo a chi non nutriva rispetto e non aveva timore della Natura potevano capitare incidenti del genere.

Ai signori e a chi viveva in città.

Trasse del vino bianco, una delle ultime bottiglie rimaste in casa.

Un pezzo di pane secco che inumidì proprio con qualche goccia della bevanda alcoolica, mentre la stessa bagnò le labbra e poi la gola dell'uomo.

Il crepitio della legna segnalò ad Antonio il momento esatto per avvicinare il pesce, opportunamente infilzato su uno spiedo.

Avrebbe dovuto girarlo più volte per distribuire la cottura in modo uniforme.

Non ci volle molto per preparare la pietanza che divorò avidamente, fino all'ultimo pezzo e fino a che il pane e il vino non fossero finiti.

Nel frattempo, si stava per fare buio.

Miriadi di colori avevano avvolto il cielo e sotto quella tavolozza Antonio aveva cenato da uomo libero e indipendente, non da pescatore al soldo dei nobili.

"Cosa vuoi che capiscano i signori di tutto questo..." sorrise di gusto.

Lo stomaco pieno e satollo ritornava un senso di completa soddisfazione.

Uno dei migliori giorni della sua vita, paragonabile solamente a quando era in compagnia di Rita, decenni addietro.

La ragazza che aveva fatto palpitare il suo cuore e per la quale avrebbe rinunciato al suo futuro.

Come sarebbe stata la vita con lei?

Meno dura e più felice?

Meno libera e più legata alle abitudini borghesi?

Non lo avrebbe mai saputo, ma poteva immaginarlo.

Questo era quanto gli rimaneva a cinquant'anni, un mondo reale dato dalle sue scelte e uno fittizio al quale ancorarsi nelle lunghe nottate.

Si coricò quasi subito e cedette di fronte alle stanchezze del giorno.

Gambe e braccia riposo, ossa e muscoli che si sarebbero rilassati, mente e corpo che avrebbero ripreso vigore in vista del giorno seguente.

Da quel momento sarebbe stato un continuo crescendo di attività.

Scomparso il vento caldo, alternato a periodi di maestrale o di assenza di aria, il mese e mezzo più rovente dell'anno avrebbe fatto il proprio corso, seguendo il medesimo copione di sempre.

Natura e uomo avevano trovato il perfetto equilibrio, non restava che tradurre tutto nella società.

Liberi e uguali, tutti quanti.

Senza classi sociali.

Senza soprusi.

Sogno? Utopia?

Avvenire, avrebbe detto un socialista.

Antonio ci aveva pensato più volte e aveva dedotto che forse non avrebbe visto nulla di simile, ma qualcuno prima o poi lo avrebbe sperimentato.

Non la sua discendenza, visto che non l'avrebbe mai avuta, ma altri.

Probabilmente gli eredi di Rita, quando suo figlio Antonio avrebbe trovato moglie e messo al mondo la prole.

Ma un notaio come avrebbe visto tutto questo?

Cosa avrebbe sperato per i propri figli?

Che divenissero dei signori o degli alto borghesi?

E allora persino chi fosse provenuto dal popolo avrebbe difeso il sopruso solo perché portava privilegi alle se tasche.

Da par suo, il pescatore avrebbe solamente voluto assistere alla nascita delle cooperative.

Di quel mondo in cui i lavoratori si sarebbero presi cura l'uno dell'altro, come in una famiglia, proprio quella che non aveva mai avuto.

Orfano di madre fin dalla nascita, con un padre che se ne era andato quando aveva dieci anni e del quale non aveva più saputo nulla, nemmeno se fosse ancora vivo ora dopo quarant'anni, senza alcun sostegno economico e spirituale, Antonio si era sempre trovato da solo ad affrontare la vita.

Aveva imparato un lavoro.

Questo gli era bastato.

Prima dell'inizio della stagione di pesca più proficua, faceva sempre un passaggio presso il fabbricato dove si produceva la bottarga, laddove il prodotto finito, la baffa, veniva adornato dal tocco finale di Cabras.

Un pezzo di placenta, il cosiddetto ombelico o meglio "su biddiu", segnava l'indiscutibile provenienza.

A chi avesse chiesto il perché, in pochi avrebbero saputo rispondere senza invocare la tradizione.

Si è sempre fatto così.

E la memoria si perdeva in un tempo andato, senza più ricordarsi chi avesse introdotto una simile pratica.

Non vi erano nomi né scritti.

Inventori anonimi, rimasti celati per secoli e sconosciuti ai posteri.

Antonio rispettava tutto questo, così come un fedele ha riverenza di un rito religioso a lui vicino.

I muggini divenivano via via più grossi, carichi di uova, almeno per quanto riguardava le femmine.

Bisognava attendere il momento propizio per poi dare il via alla raccolta stagionale, il momento che tutti attendevano da tutto l'anno.

Il momento in cui Antonio e Mario avrebbero dormito poco e non avrebbero avuto il tempo dei loro soliti lavoretti, né tantomeno delle loro passeggiate in paese o altrove.

Tutto si stava preparando.

Gli uomini e la Natura.

Lo stagno e il cielo.

Gli animali e il vento.

Mentre i signori avrebbero guardato il calendario pensando che nulla sarebbe cambiato, sui fassoni si sarebbe rinnovata, come sempre, la tradizione, la quale poteva contare su fedeli custodi.

"Well, you're so pretty and I love you so.
You know I'm your biggest fan.
I saw your picture and it's the best,
the finest in the land."

VIII

Cabras, autunno 1885

"We were as close together
as a bride and groom.
We ate the food,
we drank the wine.
Everybody having a good time except you."

"Cosa resterà di noi e della nostra generazione? E cosa delle nostre lotte?"

Mario espose un simile dubbio ad Antonio, poco prima di prendere una decisione capitale per la sua vita.

Se ne sarebbe andato altrove.

Aveva trovato moglie in modo non molto ortodosso, tramite un passaparola che era partito da suo fratello Giovanni, residente ad Oristano e che, mediante conoscenze, era riuscito a mettersi in contatto con una famiglia di agricoltori di Ghilarza, paese posto in zona collinare, in una specie di altipiano che si poteva intuire lanciando lo sguardo ad oriente.

Mario non l'aveva mai vista, né Loredana, questo il suo nome, aveva potuto parlargli.

Tutto era avvenuto tramite persone interposte, con ruolo da cerimoniere principale dato proprio da Giovanni.

Mario non sapeva se essere contento o meno.

Non avrebbe voluto fare il pescatore a vita, riducendosi come Antonio, solo a cinquantacinque anni senza alcun tipo di legame.

Quando Antonio sarebbe deceduto, lo avrebbero scoperto dopo qualche giorno e sarebbero stati altri pescatori, non di certo una famiglia, che non aveva né aveva mai avuto.

D'altra parte, non si cancellano quindici anni di fatiche allo stagno in un colpo solo.

119

Gli sarebbe mancata la libertà e l'atmosfera salmastra?

Il cielo infinito sopra la sua modesta dimora e il silenzio?

Come sarebbe stato vivere coltivando la terra?

E come in un paese dove non conosceva nessuno?

L'unica cosa che sapeva Mario era il cognome della famiglia che lo avrebbe accolto come marito di Loredana.

Si trattava dei Meloni, piccoli possidenti terrieri che si barcamenavano poco sopra la soglia di sopravvivenza, sperando in un futuro migliore.

Se dovevano dare in sposa una loro figlia in quel modo significava solo due cose.

O che la sposa fosse molto brutta o che non ci fosse alcuna dote.

In effetti, Giovanni non aveva potuto richiedere alcuna garanzia di dote, visto che suo fratello Mario si sarebbe trasferito con poche cose al seguito e poco denaro, ricavato vendendo le quattro suppellettili di proprietà, visto che la casa non era effettivamente intestata a lui.

Tutto quanto vi era nella zona dello stagno era di proprietà dei Carta, ma questo impero si sarebbe forse disgregato in poco tempo.

Era sempre più prossima l'idea di vendere delle parti di stagno ad altri che avrebbero potuto pescare e produrre bottarga.

Il tutto era molto lontano dall'idea di cooperativa che sognava Antonio e, proprio per quello, il pescatore più anziano si era sentito rivolgere quella domanda.

Era stato stabilito che, fino al periodo di maggior lavoro, Mario sarebbe rimasto ad aiutare Antonio.

Con la fine del mese di ottobre, avrebbe preso commiato da tutto e si sarebbe diretto ad Oristano, laddove il fratello aveva organizzato il suo trasferimento a Ghilarza.

La settimana successiva vi sarebbe stato il matrimonio con Loredana e una nuova vita di fronte a lui.

Antonio lo fissò stranito.

Non aveva mai avuto risposte in merito, men che meno con l'avanzare dell'età.

Vedere i sogni di gioventù infrangersi contro la realtà era stato un duro colpo.

Niente repubblica in Italia, niente vittoria di Garibaldi (che, anzi, era pure morto da qualche anno), niente rivoluzione socialista.

Dai suoi contatti politici aveva saputo che persino Marx, quello che era stato considerato il più grande ideologo del socialismo, era morto poco prima.

Tutto sembrava volgere al peggio.

I Re e l'aristocrazia dominavano come cento anni prima, con la differenza che lo facevano assieme alla borghesia, la quale aveva usato il popolo per sedersi al tavolo dei potenti.

Ora contava più il capitale di un titolo nobiliare e se le due cose andavano di pari passo, meglio ancora.

In ogni caso, il popolo era soverchiato come e quanto prima e nulla erano valse le lotte portate avanti.

Scioperi e proteste a cosa erano serviti?

Per ora, a niente.

Una generazione perduta, di persone che si erano illuse e che non avrebbero mai visto il cambiamento.

Se esso fosse arrivato in futuro, nessuno si sarebbe ricordato di loro, anzi avrebbero pensato a decenni gettati al vento.

Non voleva, però, dare alcun dispiacere al suo fedele amico e collega.

Mario si era comportato sempre bene ed era divenuto molto esperto, un valido aiuto, specie per il vigore fisico di un poco più che trentenne.

Per ora i Carta non avevano pensato ad alcuna persona per rimpiazzare Mario.

Forse avrebbero dislocato qualcuno che batteva un'altra parte dello stagno, qualcuno di altrettanto esperto.

Nell'ottica del borghese capitalista sarebbe stato logico.

Meno manodopera, meno costi, più profitti a parità di produzione.

Sbuffò a mezz'aria e si fece uscire qualche parola:

"Saremo ricordati come quelli che hanno preparato il terreno.

Le rivoluzioni future ci dovranno molto.

Ora che te ne andrai nelle campagne, vedrai un altro tipo di sfruttamento, ma si tratta sempre della solita cosa.

Borghesi e nobili da un lato, il popolo dall'altro.

Non siamo vissuti invano e la nostra esperienza è servita.

Ricordati di tramandare tutto quello che sai ai tuoi figli, solo così potremo vincere."

Mario sorrise.

Chissà da dove aveva preso simili parole una persona come Antonio, quasi analfabeta e che possedeva solo due libri sul socialismo, letti e riletti nel corso degli anni con estremo sforzo.

Poche righe ogni giorno ma scolpite nella sua mente.

I figli, già, non ci aveva pensato.

Un matrimonio implicava una serie di circostanze diverse.

Sicuramente godere dei favori di una donna, ma anche non essere più da solo in un letto, vivere in una casa con altri e poi i bambini.

Le loro esigenze e la loro crescita.

E la famiglia Meloni come sarebbe stata?

Progressista e di larghe vedute o reazionaria?

Magari sarebbe finito in un covo di baciapile retrogradi attaccati alla superstizione o, peggio, in chi avrebbe voluto sopraffare il prossimo.

Tante incognite, forse troppe.

L'odore di muggine, avvinghiato sulla loro pelle, presente in ogni poro e in ogni capello se ne sarebbe andato solamente dopo qualche settimana lontano da quel luogo.

Fino a che fosse rimasto lì era un aroma indecifrabile e indistinto per i pescatori, i quali ormai non ci facevano più caso.

Forse i primi mesi si aveva un senso di rigurgito e rifiuto ma poi ci si fa l'abitudine.

Mario si alzò e prese commiato per quella serata.

Si sarebbe coricato presto, come era suo uso.

Antonio, invece, con l'andare dell'età aveva preso l'abitudine di rimanere più a lungo a rimirare il cielo e le tenebre.

Era sempre stato così, intendendo in quel luogo e in altri tempi?

Le generazioni e le popolazioni antecedenti avevano il sentore di poter essere dimenticati?

Chi si ricordava ora dei pescatori dei Vivaldi o degli spagnoli?

E chi degli abitanti di mille anni prima?

Persino chi aveva lasciato varie testimonianze storiche, dalle chiese ai resti vicino a San Giovanni di Sinis fino ai nuraghi, ora era un anonimo.

Qualcuno di indistinto.

Al massimo si conosceva il nome del popolo, ma non i nomi di chi vi era vissuto.

Non le loro storie.

Non i loro problemi.

E se, in passato, altri pescatori erano stati sfruttati e si erano ribellati, cosa rimaneva di loro oggi?

Niente.

Polvere.

Oblio e silenzio.

Era questo il destino di tutti?

Sentì un brivido risalire la schiena. Non faceva ancora così freddo da provocare una reazione del genere.

Il brivido proveniva dall'interno.

Da quanto aveva pensato in quell'istante.

Era quindi un imbroglio?

Tutta la vita lo era?

E allora perché non ce lo dicono e perché non lo diciamo agli amici?

Perché non aveva detto queste cose a Mario, al posto di inondarlo di prosopopea vanagloriosa?

Avrebbe dovuto dirgli altro, ora si sovveniva cosa.

Avrebbe dovuto metterlo in guardia.

"Amico mio, viviamo poco e per niente.

Nulla ha un senso e quello che faremo sarà ricordato solo dai nostri figli e da chi ci ha conosciuto, ma poi spariremo tutti quanti nell'anonimato.

Esseri mai esistiti.

Uomini come se non fossimo nati.

Cosa serve preoccuparsi e cosa lottare?

Per chi o cosa conviene dannarsi l'anima?

Esiste un modo certo di vivere?

Nessuno ha queste sicurezze, nemmeno i credenti."

Se gli avesse detto tutto ciò, lo avrebbe messo a terra sia per quanto concerneva il suo passato da pescatore sia per il suo futuro da agricoltore e marito.

Amare riflessioni forse dettate da malinconia e solitudine o forse provenienti dalle verità più estreme, quelle che sono allontanate di continuo da chi vive in città.

Già il giorno seguente, tutto era sparito nella mente di Antonio e in lui albergava un solo desiderio.

Andare in città a fare spesa.

Non a Cabras, in quanto paese, ma ad Oristano.

Non si recava in città più di tre volte l'anno e quello era sicuramente l'ultimo del 1885, uno dei tanti anni trascorsi identicamente uguali al precedente e, almeno in aspettativa, al successivo.

Nulla cambia, tutto cambia.

Era una frase tipica di Antonio.

La tradizione che si perpetrava in ogni gesto, ma che semplicemente mutava in quanto ognuno lo interpretava a suo modo e anche un nodo fatto dalla medesima persona non è uguale nel corso degli anni.

Non lo è la forza che si imprime per la chiusura né il gioco necessario alle funi e agli ormeggi.

Il percorso verso Oristano richiedeva una giornata intera per chi non disponesse di un mezzo diverso dalle proprie gambe.

Fortunatamente Antonio poteva contare sui colleghi che facevano la spola giornalmente tra i laboratori di lavorazione a Cabras e i magazzini ad Oristano.

Seduto sulla parte retrostante del carretto, di fianco a mobili, mercanzia e registri contabili, poteva scorgere nitidamente il paesaggio.

A piedi gli era rimasto solamente il tragitto dalla sua dimora al centro di Cabras, copribile in meno di mezz'ora.

Ai suoi occhi tutto era rimasto immutato, sebbene alcune case fossero state edificate, altre ampliate e altre abbattute, ma lo stile era il medesimo e la densità era rimasta inalterata.

Il paesaggio rurale e ambientale era ancora più immutato visto che montagne, fiumi e campagna ci mettono secoli a cambiare aspetto se non interviene la mano dell'uomo.

Non cambiava nulla per chilometri e il lento incedere dei cavalli lasciava intendere che il tragitto sarebbe stato tranquillo.

Forse al ritorno Antonio si sarebbe potuto persino appisolare.

Per ora rimirava le poche persone che incontrava alle quali porgeva un saluto.

Era conosciuto in zona, sebbene vivesse isolato.

Ormai erano decenni che la sua presenza era costante e più o meno tutti comprendevano che si trattava di un pescatore.

Dagli abiti, dall'odore e dall'aspetto del volto.

Un viso segnato da rughe e da pelle spessa, modellata dal Sole e dal mare, dall'atmosfera salmastra intrisa di salsedine.

Chi viveva in città non possedeva lineamenti così marcati.

Al chiuso degli edifici e dei palazzi, al riparo dal Sole, coperti da indumenti totalizzanti si esponeva ben poco di sé alla Natura e alle sue bizze.

Pallidi, per Antonio.

Curati, per il cittadino medio.

Giudizi discordanti e antitetici sui quali il popolo e la borghesia non sarebbero mai andati d'accordo.

Nessun compromesso possibile, come per le rivendicazioni sociali.

Salario contro capitale, socialismo contro liberalismo borghese, quasi sempre mascherato da corporativismo di casta.

E i nobili a voler rimaner attaccati a tradizioni ormai desuete, come le pompose carrozze barocche, gli abiti ridondanti di vezzi e propaggini, la servitù di casa e di campagna.

La città si denotava, fin da subito, da una maggiore densità.

Le case si facevano più vicine e ogni volta Antonio aveva la medesima sensazione.

"Mi manca il fiato", soleva ripetere.

Come vivere senza poter vedere l'intera volta celeste?

Come se il tuo vicino di casa ti può scorgere costantemente?

Come senza il libero accesso al vento?

Misteri per un pescatore considerato ormai quasi anziano.

La quantità di persone aumentava progressivamente e, nel contempo, quasi più nessuno si salutava.

Il numero aveva reso anonimi tutti quanti.

Il carretto si fermò nella zona dei magazzini, non completamente al centro della città, ma comunque la Torre di San Cristoforo si poteva intravedere molto bene.

Antonio, scendendo, si diresse a piedi nei punti prefissati.

Sarebbe dovuto ritornare in quel luogo in un tempo tra le due e le tre ore, quando il carretto sarebbe stato svuotato e riempito di altro da portare a Cabras.

Il compito del conducente sarebbe terminato quel giorno, una volta riposto il tutto presso i laboratori di produzione.

Iniziò a gironzolare per caso, andando in cerca di un po' di cibo per fare scorta.

Dell'olio, un pezzo di carne sotto sale e una forma di formaggio.

Già che c'era, del pane per la giornata e per il giorno seguente, così avrebbe evitato di recarsi a Cabras.

La città cambiava più rapidamente.

Vi era sempre qualcosa di nuovo, seppure nei dettagli e non nell'aspetto generale.

Ciò bastava ad Antonio, sebbene non fosse a conoscenza di nulla di quanto i cittadini dell'epoca considerassero moderno.

Non aveva ancora sperimentato l'acqua corrente né la luce elettrica né si era trovato al cospetto di un treno o di un telegrafo.

Tutto questo rimaneva ignoto ad Antonio, il quale, al massimo, si dilettava a passare in rassegna le barche del porto.

Barche non di pescatori, quelle le conosceva bene anche al di fuori dello stagno.

Barche per il trasporto delle persone e delle merci.

Lì aveva visto i maggiori progressi umani, almeno che potesse registrare e comprendere.

Quando si parlava il linguaggio del mare, era più semplice per un pescatore nato.

Per quel giorno non avrebbe avuto tempo di farsi un giro al porto e rimandò il proposito.

Prima volle vedere un po' i negozi di vario tipo, specie per gli arredamenti domestici.

Cose a lui proibite per il costo e per la concezione.

Intravide il negozio del marito di Rita, ma non vi passò di fronte, in quanto voleva evitare spiacevoli incontri.

Poco prima della fine del suo giro a zonzo, meditando circa le compere da effettuare, non poté rimanere indifferente ad una targa affissa in un palazzo storico.

"Notaio Antonio Spanu, riceve per appuntamento."

Conosceva benissimo chi fosse.

Era il figlio di Rita, colui il quale portava il suo medesimo nome di battesimo.

Così il ragazzo era divenuto notaio con uno studio.

In cuor suo, Antonio comprese la volontà dell'ormai defunto padre di Rita per il futuro di sua figlia.

Con lui, la donna non avrebbe goduto di una certa agiatezza e un loro figlio non avrebbe di certo potuto studiare, figurarsi aprire uno studio da notaio.

La targa luccicava al Sole e Antonio la fissò per qualche minuto, prima di proseguire oltre.

Dopo aver espletato ogni commissione, ritornò al luogo convenuto e caricò la sua bisaccia sul carretto.

Vuota all'andata, piena al ritorno.

Indi, si recò all'interno dei magazzini per costatare la vastità dei beni dei Carta.

Come si poteva pensare di contrastare una potenza del genere?

Eppure, vi erano voci di possibile vendita di una parte dello stagno per fare cassa e aprire il mercato ad altri produttori.

"Se vedessero con quanto poco può campare un uomo", disse tra sé sorridendo.

Ma i ricchi, si sa, più hanno e più pretendono.

Finalmente tutto fu pronto per il ritorno e Antonio poté sdraiarsi a rimirare il cielo.

Non gli interessava più la città o i paesi, per quel giorno aveva visto abbastanza e si sarebbe fatto durare la sensazione fino alla primavera successiva.

D'inverno, era meglio starsene al chiuso e al riparo, anche in una casa malmessa come quella che lo ospitava.

Ringraziò il conducente e si diresse verso l'abitazione con l'animo sollevato e leggero.

Avrebbe potuto spiccare il volo tanto gli pareva di condividere uno stato di grazia.

Era a conoscenza che il giorno seguente tutto sarebbe svanito e, per tale motivo, tentò di fare durare più a lungo quella sera, coricandosi ad un orario tardo.

La vita riprese il proprio corso e la propria direzione, seguendo la corrente come fanno i pesci, lasciandosi trasportare da onde e dalla deriva.

Antonio nemmeno si accorse dell'ultimo giorno di presenza di Mario, solamente al momento del saluto fatidico si ridestò dallo stato di torpore e focalizzò la situazione.

Dal giorno seguente, sarebbe rimasto ancora più solo ed isolato.

Mentre era assorbito in tali pensieri, il suo amico, e ormai ex collega, con una bisaccia e una piccola borsa contenente gli oggetti a lui cari si diresse verso Cabras, laddove era atteso da un calesse.

La prima parte del tragitto sarebbe stata identica a molte altre, almeno fino ad Oristano.

Il luogo convenuto con suo fratello Giovanni sarebbe risuonato familiare ad Antonio.

Proprio sulla strada prospiciente la targa del notaio Spanu, il figlio di Rita.

Quasi nessuno fa caso alle coincidenze, anche perché in molti casi rimangono celate.

Né Antonio avrebbe potuto conoscere il luogo dell'incontro di Mario né quest'ultimo avrebbe immaginato che la targa si riferisse al figlio della donna un tempo amata da Antonio.

Solo ad un osservatore esterno ed onnisciente si sarebbe palesata la realtà nella sua interezza, con le proprie contraddizioni e richiami, quasi beffarda e mutevole.

Quasi senza dire alcuna parola, i due fratelli si salutarono.

Uno sentiva di avere espletato il proprio dovere di primogenito e l'altro era in partenza verso una nuova vita, incognita.

Mario non si era mai spinto sulle montagne che separavano il Sinis dal resto della Sardegna.

Sarebbe stata tutta una novità ad iniziare dal percorso.

"Partiamo, arriveremo a sera inoltrata. Aiò."

Non si trattava di un calesse ma di una specie di diligenza, fatta venire apposta.

Trainata da due cavalli che, se spronati al trotto, avrebbero tranquillamente percorso almeno una decina di chilometri ogni ora.

Tra soste e rallentamenti per le salite e gli imprevisti, la marcia sarebbe stata rallentata così da metterci almeno cinque ore per coprire la distanza.

La stima conservativa della sera era certamente basata sull'esperienza di possibili intoppi ulteriori.

Mario si mise comodo e aspettò di essere uscito dalla città per poter rivolgere un ultimo sguardo in direzione del mare e dello stagno.

Dall'alba seguente, tutto gli sarebbe parso così diverso.

Ma, infine, si sarebbe abituato alla vita in campagna abiurando come estraneo quanto aveva fatto fino a quel momento?

Non lo sapeva.

Per ora, il suo pensiero andava ad Antonio più che alla sua futura moglie.

Il primo lo conosceva da tempo, la seconda non l'aveva mai vista.

Il pescatore rimasto allo stagno diede uno sguardo verso i monti.

La giornata era limpida, con un cielo terso autunnale dovuto al costante lavoro del vento.

Con un binocolo, forse, avrebbe potuto scorgere un puntino inerpicarsi verso le cime, almeno così si era detto per rassicurarsi, non avendo mai sperimentato la potenza dell'ottica e non conoscendone i limiti fisici di ingrandimento.

Gli sarebbe mancato Mario?

Sicuramente, ma non meno di quanto gli era mancata una donna al suo fianco, in particolar modo Rita.

Brutto a dirsi, ma ci si abitua a tutto.

È una caratteristica tipicamente umana, motivo del nostro grande successo planetario di adattamento, ma anche causa della maggioranza delle sofferenze e dei soprusi.

Altri animali non accetterebbero di essere rinchiusi e dominati, senza combattere o provare a scalzare il dominatore.

E vi era una successione naturale, senza alcuna discendenza diretta.

Invece tra gli uomini, i figli dei poveri rimanevano, in gran parte, poveri e i figli dei ricchi accumulavano sempre più ricchezze e se fossero caduti in disgrazia sarebbe stato, di solito, per motivi legati al gioco d'azzardo o altri passatempi rischiosi.

Insomma, per loro scelta e non per qualcosa di necessario.

Forse la vera società socialista era quella di alcuni animali, come le api o le formiche e la presunzione umana di rendersi simile ad essi era pura utopia.

Nel lungo inverno solitario, Antonio avrebbe avuto tempo per meditare, anche se la maggioranza di questi pensieri sovrastava di molto la sua capacità di analisi e comprensione.

Da un pescatore ignorante che sa più del muggine che dell'uomo cosa ci si può aspettare?

Nessun prete avrebbe mai detto diversamente, dimenticandosi che una buona parte degli apostoli, prototipi dei primi vescovi, era proprio costituita da una categoria simile.

Non borghesi e non nobili, ma popolo.

La Chiesa, però, faceva finta di nulla, anzi condannava apertamente il socialismo come sovversivo della società umana borghese, in qualche modo perfetta, sebbene poco più di un secolo prima proprio nella borghesia era stato visto il male satanico contro il bene supremo dell'aristocrazia e, chiaramente, del clero.

Era bastato allargare la base della piramide per mantenere identica la missione e la predicazione.

"Dovrò decidermi ad andare ai laboratori", si disse dopo qualche settimana di totale isolamento.

Il motivo non era tanto trovare qualcuno che lo ascoltasse, ma comprendere cosa avessero in testa i padroni, i Carta, e i loro tirapiedi amministratori.

Veramente avrebbe lasciato da solo un pescatore cinquantacinquenne a battere tutta quella parte di stagno?

Serviva una mano e da subito.

Non tanto per la pesca, quanto per la parte di insegnamento.

Un giovane va seguito ed educato.

Gli vanno impartite lezioni progressive e servono almeno tre anni per formarlo a dovere e cinque per renderlo autonomo.

E Antonio non sentiva di avere ancora cinque anni di totale vigore.

Ogni mese che passava, le ginocchia gli dolevano maggiormente così come la schiena.

Sopportava e tirava avanti, come facevano tutti.

Senza alcuna visione del futuro e di quello che sarebbe stato.

Andò dal direttore del laboratorio di produzione, un uomo paffuto e con dei baffi evidenti, per portare le proprie rimostranze.

Non era la persona che avrebbe risolto il problema o che avrebbe deciso alcunché in merito, ma era un meccanismo dell'ingranaggio della produzione del capitale.

Uno come lui avrebbe potuto informare i magazzini e la sede centrale e, da qui, un qualunque burocrate amministrativo avrebbe trascritto il tutto su un pezzo di carta che sarebbe entrato nella corrispondenza interna e nei registri contabili.

A quel punto, il pezzo di carta registrato sarebbe stato sottoposto al vaglio di un decisore, il quale avrebbe sentito altri pareri ed emesso una sentenza.

Infine, la medesima sentenza avrebbe percorso un tragitto inverso.

Riportata su carta, trascritta ed archiviata, poi enunciata a voce e quindi portata fino all'orecchio di Antonio.

Quanto tempo ci sarebbe voluto?

Dipendeva dall'urgenza.

Da qualche settimana fino ad anni.

Nessuno lo sapeva.

Era questo il bello della burocrazia, la sorpresa nei tempi al cui confronto i muggini erano molto più ordinari.

Si sapeva in anticipo in quale mese si riproducevano e in quale si spostavano nello stagno e in quale era meglio pescare.

Il pescatore rimase in attesa, armato di pazienza.

Gli uomini non si comprendevano facilmente come gli animali, specie se si pensava di entrare nella testa dei ricchi.

"Loro, i padroni, ragionano in modo diverso.

Si preoccupano di cose che, per noi, non hanno alcuna importanza e, viceversa, non danno peso alcuno a ciò che noi reputiamo fondamentale", così gli era stato detto una volta da un antico socialista, il quale lo aveva appreso da qualcuno di non definito con nome o fattezze fisiche.

Antonio non aveva mai sondato oltre.

Dei ricchi non invidiava nulla, solamente avrebbe voluto che i poveri non fossero soverchiati.

Il povero avrebbe accettato di buon grado la propria condizione sapendo di vivere in una società giusta, nella quale si sarebbe adottata ogni soluzione per il popolo.

E invece, no, non era così.

C'erano giuste recriminazioni che lasciavano il posto a supposizioni su una possibile giustizia sociale nel futuro.

Perché, senza il sopruso dei padroni, allora sì che sarebbe cambiato tutto.

Questo tutto non era definibile nella mente di Antonio, visto che non avrebbe scambiato la propria esistenza con anima viva.

Sicuramente gli sarebbe piaciuto non dover faticare per vivere, ma la sua casa e il suo spazio sarebbero sempre rimasti quelli.

Mai e poi mai avrebbe fatto come Mario.

Mollare tutto per una moglie e un pezzo di terra.

E l'odore del mare?

E il rumore del vento?

E il luogo dove poter ammirare le rovine di antiche civiltà?

Immerso in simili riflessioni, non si accorse delle giornate sempre più brevi e dell'arrivo della prima ondata di piogge torrenziali.

Capitava poco nei dintorni dello stagno, ma quando si metteva a diluviare per interi giorni, non vi era nulla da fare se non starsene chiusi in casa a leggere e riposare.

Ogni tanto un pezzo di arbusto o di legna nella stufa, bastava a rendere l'ambiente confortevole e tiepido.

Dopo quei giorni, fece un giro ispettivo ai fassoni.

Cosa ne avrebbe fatto di quello usato da Mario?

Lo stagno riverberava i colori del cielo e i movimenti del vento e tutto sembrava senza vita.

Sotto la superficie, vi era però un brulichio di lotta per la sopravvivenza da fare rabbrividire i più intrepidi generali degli eserciti.

D'un tratto ad Antonio venne in mente un pensiero lancinante.

Mario si era già sposato e non sarebbe tornato lì da loro.

La speranza di rivederlo era minima.

Come a scalzare quell'idea, arrivò la tanto agognata notizia.

La burocrazia si era messa in moto in modo molto veloce e, in capo ad un mese, la richiesta di Antonio fu accolta.

Non gli avrebbe inviato un nuovo giovane da instradare al mestiere del pescatore, ma non sarebbe più stato solo.

Gabriele era stato destinato alla parte di stagno battuta prima da Mario.

Si trattava di un pescatore trentenne con famiglia residente a Cabras.

A differenza di Antonio, non abitava in una delle casupole vicine allo stagno, ma preferiva tutti i giorni farsela a piedi dal centro abitato pur di rimanere accanto a sua moglie e a suo figlio Stefano.

Un altro bambino era in procinto di arrivare e, per questo, a Gabriele serviva un posto più vicino rispetto alla parte nord dello stagno.

Antonio accolse la notizia con animo contrastante.

Da un lato felice perché qualcuno gli avrebbe finalmente dato una mano ed era una persona già formata e nel pieno della propria produttività, ma dall'altro affranto.

Innanzitutto, non sarebbe stato un compagno completo come Mario.

Non avrebbero condiviso la cena e i pensieri notturni, ma solamente la battuta di pesca nella stagione estiva e inizio autunnale, con impegni diradati durante l'inverno e l'inizio di primavera.

Soprattutto, ciò significava che non veniva assunta alcuna persona per rimpiazzare Mario.

Nessuna nuova forza proveniente da un nuovo lavoratore.

Ciò che prima dovevano fare in sei, ora lo avrebbero dovuto fare in cinque.

Un aggravio di lavoro per tutti.

Si poteva interpretare ogni singola azione dei Carta anche in ottica più ampia e, forse, ancora più subdola e pericolosa.

Un primo tentativo di disimpegno e una voglia di vendere un pezzo dello stagno ad altri, magari non subito ma nel giro di cinque o sette anni.

Inizio di cooperativa?

Manco per sogno, ma arrivo di nuovi sfruttatori.

Avidi e attirati da possibili guadagni crescenti.

Nuovi lavoratori assoldati per poco, da mettere in concorrenza e in competizione.

Nulla di nuovo, nulla di bene.

Cosa poteva fare un uomo solo, solitario e ormai quasi anziano come Antonio di fronte a tutto ciò?

Avrebbe dovuto chinare il capo e accettare.

Perché così avevano fatto tutti prima di lui, i suoi predecessori e le generazioni passate.

Quali cambi si potevano sperare?

Una lotta generalizzata?

Difficile, i padroni avevano dalla loro i soldi e la polizia, i fucili e i bastoni, le leggi e i preti.

Con la presenza di Gabriele, quanto meno le fatiche giornaliere di Antonio si sarebbero alleviate.

Bastò uno sguardo tra i due per intendersi.

Gabriele volle visionare il fassone di Mario e lo trovò ottimo per il proprio uso.

Lo provò.

"Molto manovrabile e veloce", disse tra sé.

Pensò di aver fatto un ottimo affare ad accettare il trasferimento.

Più vicino a casa e con mezzi più efficaci.

Il tutto voleva significare meno fatica.

La stagione fredda incombeva e tra poco sarebbe stato Natale persino per i non credenti come Antonio.

Un modo come un altro di celebrare un rito e un anno, similmente al precedente.

Ecco cosa accomunava tutti loro, socialisti e non, giovani e non.

L'essere portavoci di una tradizione secolare e di un modo di vivere antico e che non avrebbe mai dovuto estinguersi.

Antonio sorrise, come era solito fare quando ripensava ai suoi giorni passati.

"I wanna hold you and say.
We can't throw this all away.
Tell me you won't go, you won't go.
You have to hear me say."

IX

"I came along.
I wrote a song for you
and all the things you do."

Gabriele si era rivelato un valido aiuto e ormai la figura di Mario era scomparsa nella mente di Antonio.

Del vecchio amico e collega rimanevano solo ricordi e nulla più.

Come era prevedibile, in quasi cinque anni, non si era mai visto allo stagno, né probabilmente vi avrebbe più messo piede.

Si era sposato e, forse, aveva già dei figli.

Una nuova famiglia e un nuovo lavoro, legato alla terra.

Così va la vita, si era più volte detto Antonio, il quale era abituato ad un simile incedere.

Viceversa, Gabriele era uno di quello che non se ne sarebbe andato mai.

Aveva moglie e figli a Cabras.

Radici difficilmente estirpabili e trapiantabili altrove.

I Carta non avevano rimpiazzato la partenza di Mario e, prima o poi, avrebbero dovuto fare i conti con la vecchiaia di Antonio, il quale ormai aveva sessant'anni e un'infinita serie di piccoli problemi di salute.

Nulla di grave, ma il tempo ne avrebbe ingigantito qualcuno portandolo alla totale incapacità di pescare.

Bastava una progressiva cedevolezza della schiena o della postura eretta per rendere traballante la sua posizione sul fassone oppure una minore velocità nel muovere gli arti o una minore forza o il minor senso dell'equilibrio.

Nessuno ci aveva ancora pensato, derubricando il compito a quando il problema si fosse palesato.

Non vi era stata alcuna vendita, almeno per ora.

Era certo che la produzione stesse calando e che si poteva sicuramente estrarre molto di più da quello stagno.

Servivano forze fresche, in principal modo per quanto concerneva i capitali e le idee.

Concorrenza la chiamavano i liberali.

Nuovi padroni era quanto pensavano i socialisti.

Vi era un aspetto, però, per cui Antonio rimpiangeva i tempi in cui a fianco a lui vi era Mario ed era quanto legato alla parte serale ed invernale.

Le lunghe nottate e i lunghi inverni trascorrevano più lievi sapendo che vi era qualcuno partecipe della tua stessa condizione.

Gabriele aveva provato a convincerlo a lasciare quella dimora nei pressi dello stagno e a stabilirsi in paese, ma Antonio si era sempre opposto.

"Sei giovane, tu.

Non pensi ai passi che dovrei fare ogni mattina e ogni sera. Qui limito le fatiche.

E poi in paese non godrei della stessa libertà.

E non ci sono benefici a compensare questi evidenti svantaggi."

Così aveva chiuso ogni possibile discussione.

L'anziano pescatore non era di certo incline a dare peso a certe comodità così ricercate dagli altri.

Si era ritagliato quasi quarant'anni in quel luogo che ormai considerava come la sua casa naturale.

Per il resto, il suo mondo non era cambiato di molto.

Qualche visita settimanale a Cabras, un paio di volte ad Oristano e una volta all'anno alla torre soprastante San Giovanni di Sinis.

Un'altra volta all'anno si prendeva del tempo per gironzolare nella penisola, ma oltre a questo nulla di più.

In totale quattro giorni diversi dalla solita routine in un anno intero.

Questo gli bastava.

Gli pareva che la città fosse mutata.

Il cosiddetto progresso era arrivato persino ad Oristano.

Nulla di eclatante, ma tanto bastava ad Antonio per costatare la fine della sua epoca, di quel mondo in cui contadini, pescatori e lavoratori avrebbero preso in mano la produzione.

Ora la borghesia pareva ingrossarsi sempre di più, almeno ai suoi occhi.

Pasciuti bambini figli di commercianti di vario tipo, amministratori e sfruttatori, cresciuti tra libri e mito del denaro.

E su tutti la Chiesa a benedire quel modo di vivere, perpetrando il proprio potere basato sul tramandare i valori sottostanti alle generazioni successive.

Persino il figlio di Rita si era sposato e aveva avuto dei figli, due per la precisione.

Il fatto che portasse il suo nome era puramente un ricordo simbolico di un tempo scomparso, perduto nei ricordi di anziani che si rivedevano giovani, ma non lo erano più.

Del socialismo e delle lotte operaie e contadine, poco sapeva Antonio e poco gli interessava.

Non avrebbe mai visto nulla, non con i suoi occhi e non avrebbe nemmeno potuto dire a qualche suo discendente di attendere fiducioso l'avvenire e il progresso delle genti.

"Dalla settimana prossima, iniziamo a pescare qualcosa per vedere lo stato di popolamento."

Così Antonio dettava i tempi a Gabriele, il quale ormai si sobbarcava gran parte del lavoro fisico di preparazione.

Vi era, in quella società e in quel lavoro, un forte rispetto per l'esperienza e per gli anziani.

Tutti avrebbero fatto la loro parte per ricevere in cambio preziosi consigli.

Per quanto Gabriele avrebbe potuto applicarsi, vi erano cose dello stagno che ancora ignorava.

Ad Antonio bastava un rapido sguardo per comprendere la direzione delle correnti e, da qui, la disposizione dei muggini sul fondo.

Era un misto di esperienza e osservazione.

Empirismo derivato da un tempo infinito di contemplazione.

Altri, non esperti del luogo, per giungere ai medesimi risultati avrebbero dovuto devastare il territorio, andando a compiere azioni di pesca tali per cui l'ambiente circostante ne sarebbe uscito totalmente distrutto.

In mano a costoro, in meno di cinque anni, lo stagno sarebbe morto, con tutta la sua vegetazione e il suo carico di muggini e uova.

L'intero comparto avrebbe smesso di esistere, forse per sempre o forse per una generazione, prima che la Natura si fosse ripresa il suo corso e il suo spazio.

Questo i pescatori lo sapevano bene.

Ed era per tale motivo che portavano rispetto a tutto, persino ad un insignificante canneto.

Le canne venivano tagliate solo nel momento del bisogno e solo quelle che ormai si sarebbe trasformate in sterpaglia.

Così facendo si rigenerava lo stagno, si recuperava materiale per le case, i fassoni e la stufa e si prevenivano eventuali incendi estivi.

Senza il loro lavoro, l'equilibrio tra uomo e ambiente non sarebbe stato possibile.

Forse era quello il vero socialismo.

Stare in pace con il Pianeta che ci ospita e ci nutre.

Non andare a cercare progresso in avanti, ma armonia all'indietro, come le genti di un tempo.

Ecco il motivo del riflettere di Antonio sulle civiltà ormai scomparse.

Di fronte alle rovine di chi una volta era potente, non poteva chiedersi che fine avessero fatti gli sfruttatori di un tempo con le loro ricchezze.

"Polvere, come tutti gli altri."

Tutti i nostri sforzi finiscono nella polvere.

Ma se qualcuno avesse distrutto tutto, non sarebbe rimasto nulla ai posteri per soddisfare i beni primari.

Ecco perché bisognava rispettare tutto.

"Non lasciare il mondo andare come va, bada bene".

Antonio si sentiva nella posizione di poter esternare simili consigli a Gabriele.

Chissà se quel poco più che trentenne avrebbe trasmesso le medesime conoscenze nel nuovo secolo, quando Antonio non ci sarebbe più stato, o perché morto o perché inadatto a proseguire la professione di pescatore.

L'anziano sperava tutto ciò in cuor suo, per il bene stesso della sua terra.

Con le dovute migliorie, tra cui la tanto agognata cooperativa, la produzione di bottarga con l'annesso equilibrio necessario avrebbe dovuto proseguire per le prossime generazioni.

Questo sarebbe stato il loro lascito.

Pazienza se i loro nomi, il loro sforzo e il loro sudore si sarebbero eclissati, obnubilati dall'anonimato che tutto avvolge e tutto inghiotte.

A chi doveva tutto ciò?

Ad un figlio mai avuto?

Ad una moglie che non c'era mai stata?

Ad un amore giovanile ormai disperso nel vento?

No.

Lo doveva a se stesso.

Al senso della sua stessa vita.

A tanto erano servite le meditazioni di decenni, nel totale isolamento e immerso solamente negli elementi naturali.

Durante la prima settimana di luglio si ripresentò il vento caldo del sud, che i marinai chiamano scirocco.

Era particolarmente insopportabile non tanto per la sensazione di essere al cospetto di un forno per la cottura del pane, quanto per la sabbia trasportata.

Invisibile a prima vista, impalpabile come consistenza, una leggera coltre composta da minuscole particelle si posava sopra ogni cosa e si infiltrava in ogni anfratto, anche il più recondito.

Il corpo veniva impastato, in particolare le mucose.

Naso e bocca con la sensazione di aver ingoiato o respirato terra finissima triturata da una potente macina.

Con simili condizioni, diveniva impossibile svolgere qualunque attività.

Antonio se ne stette chiuso in casa a riposarsi per due giorni interi e nessuno uscì a perlustrare lo stagno in cerca di possibili prede da pescare.

Anche i carretti da Cabras a Oristano si fermarono.

Non valeva la pena sfidare quel vento, soprattutto perché sarebbe durato poco.

L'attesa era la grande arma dell'uomo nei confronti delle potenze naturali, unitamente alla capacità di sopportazione.

Scrollata di dosso l'ultima parte di quella polvere sabbiosa africana, Antonio cercò di riprendere il tempo perduto andando ad esaminare ogni insenatura dello stagno a lui assegnata.

Rincasò più tardi del solito.

Qualcuno da Cabras era venuto a cercarlo, ma aveva dovuto desistere.

Sarebbe stato per il giorno successivo.

Ciò che in città è assolutamente indispensabile, ossia la costante necessità dei tempi e la velocità nelle comunicazioni, lì perdeva completamente di senso.

Un giorno equivaleva ad un altro e se non fosse stato possibile oggi, ci sarebbe sempre stato un domani.

Perfino quella notizia poteva attendere.

Tanto nulla sarebbe cambiato né l'uomo avrebbe potuto riportare le lancette dell'orologio indietro, andando a cancellare gli eventi e impedendo a certe cause di trasformarsi in effetti.

Ineluttabilità del fato, così dicevano gli antichi.

Con un nuovo Sole e una nuova alba, l'imperterrito messaggero arrivò alla porta di Antonio.

Portava una missiva, da consegnarsi nelle mani del pescatore.

Sopra vi era scritto il suo nome e quello del mittente, il notaio Antonio Spanu, il figlio di Rita.

Antonio esitò nel prenderla in mano e, per un attimo, pensò di gettarla via.

Dopo di che, la aprì.

Si trattava di un avviso di convocazione in città, presso lo studio del notaio.

Non vi era specificato altro.

Né la motivazione né una precisa data.

Che senso poteva avere tutto ciò?

Cosa aveva da spartire con un notabile di città?

Non possedeva nemmeno un vestito adatto per non sfigurare e per non dare l'idea di essere un pezzente.

Non ci pensò oltre per il resto della giornata.

Aveva incombenze maggiori, di natura lavorativa e di sussistenza.

Il notaio avrebbe aspettato il proprio turno.

In capo ad una settimana, trovò il giorno corretto, un venerdì qualunque della seconda metà di luglio.

Aveva organizzato tutto per bene.

Estratto l'unico vestito che possedeva, acquistato decenni prima e che ancora gli andava a pennello, preso accordi con il conducente del carretto che da Cabras lo avrebbe portato ad Oristano, sarebbe arrivato in città nei pressi del magazzino dei Carta e da lì avrebbe proseguito a piedi fino allo studio.

Non si era nemmeno posto la domanda se il notaio fosse presente o disponibile.

Nella testa di Antonio non esistevano possibili impegni e urgenze, in quanto non concepiva minimamente il modo di vivere dei borghesi cittadini.

Di fronte alla targa del notaio si bloccò.

Entrando nello stabile avrebbe trovato un mondo diverso ed ostile, che lo avrebbe giudicato in base ai vestiti e all'odore, derubricandolo come appartenente alle classi inferiori della società.

Fece quel passo e fu catapultato in un ambiente differente.

Odore di legno e di carta.

Chiese informazioni ad un usciere, il quale, dopo averlo squadrato, lo fece attendere in un corridoio esterno.

Il notaio doveva essere a conoscenza della sua presenza.

"Deve attendere. Ora il notaio è occupato."

Gli fu riferito.

Ciò che gli abitanti di città non erano abituati a fare, ossia attendere, per Antonio era normale.

Sarebbe rimasto lì per ore, fino alla fine della giornata, senza alcuna esitazione.

Non seppe nemmeno quantificare quanto fu l'attesa, ma gli sembrò molto corta rispetto al suo orologio interiore di chi è abituato a scandire il tempo con le giornate.

Fu introdotto nello studio.

Eleganza e lusso, così gli appariva la stanza.

Dalla scrivania alle sedie, sulle quali aveva timore a posarsi, non volendole insozzare.

Il notaio non gli prestò attenzione, quasi non lo guardò negli occhi.

"Grazie di essere venuto. Volevo informarla che vi è qualcosa nel testamento di mia madre…"

Lo stupore di Antonio fu duplice.

Da un lato il "lei", questo modo di rivolgersi che era proprio tra i signori.

Nessuno gli aveva mai dato del lei e tantomeno del voi.

Ad un pescatore non si parla così, ma si vede che il notaio era abituato a simili parole.

Ciò che invece lo colpì e lo addolorò fu la notizia della morte di Rita.

Doveva essere deceduta due settimane prima e ora si sentì in colpa di non essere stato presente fin da subito e di aver rimandato un tale appuntamento.

Se solo avesse saputo, si sarebbe precipitato al funerale.

Rita, più giovane di lui di due anni, se ne era andata ancora giovane.

Non era giusto, la vita riservava queste amare sorprese.

Si era perso cosa avesse detto il notaio, assorto nei suoi pensieri.

Chiese se potesse ripetere.

Il notaio, diligentemente e scrupolosamente, indossando i panni del professionista e non del figlio, non si fece pregare oltremodo.

"Le stavo dicendo che, essendo venuta a mancare mia madre Rita, tra le sue carte testamentarie vi è anche questa lettera a lei rivolta.

Per correttezza, gliela consegno personalmente.

Come potrà toccare con mano, la lettera non è stata né aperta né manomessa."

Antonio tese il braccio e prese la lettera.

"Grazie."

Non seppe dire altro.

Il notaio, ligio al proprio ruolo, chiese di apporre una firma per avvenuta ricezione, dopo di che congedò Antonio.

Non avrebbe prestato ulteriore attenzione ad una persona del genere, sebbene non si fosse chiesto il motivo per il quale sua madre gli avesse indirizzato una lettera.

Non era interessato a sapere.

O forse aveva intuito ma non avrebbe dato seguito ad elucubrazioni postume, tanto inutili quanto deleterie.

Antonio uscì dalla stanza e poi dallo stabile.

Catapultato di nuovo nel mondo di fuori, quello che giudicava reale e senza l'odore di carta e legno, iniziò a pensare alla vita di Rita, o almeno a quello che si era sempre immaginato.

Di certo, non l'aveva mai raffigurata come malata.

Si era sempre detto che sarebbe morto prima lui e, comunque, entrambi avevano vissuto in modo separato e con scelte opposte.

Ora, dopo tutti questi anni, una notizia del genere e la lettera minavano alla base certe sue sicurezze.

Si affrettò e, in poco tempo, si ritrovò di fronte ai magazzini dei Carta.

Tramite il consueto canovaccio, nel primo pomeriggio fu di ritorno a Cabras, senza aver mangiato o fatto provviste.

I rantoli della fame attanagliavano lo stomaco e si fermò ad acquistare del pane, del formaggio e un fiasco di vino bianco.

Consumò tutto durante il tragitto verso la propria dimora.

Si stese sul letto e si mise a riposare.

Per quel giorno non avrebbe fatto altro.

Non sarebbe uscito per monitorare lo stagno o pescare e non avrebbe visto Gabriele.

La calura si faceva sentire ed era meglio rimanere immobili, specie dopo una mattina come quella.

La lettera era ancora riposta nella tasca del vestito, ormai dismesso per i soliti stracci comodi della quotidianità.

Non l'avrebbe aperta quel giorno né lo avrebbe fatto prima di potersi recare in un luogo consono.

Conosceva a menadito quale fosse il luogo deputato, lo stesso che non vedeva da quasi quarant'anni.

Là aveva incontrato per l'ultima volta Rita, lontano dagli sguardi indiscreti e lontano anche fisicamente, al limite della percorrenza giornaliera.

Per andare fino a quella baia, doveva programmare per tempo il tragitto.

Doveva essere prima dell'arrivo di settembre, ma non troppo presto.

Una settimana forse poteva bastare per pianificare e trovare un passaggio, almeno per l'andata.

Non ce l'avrebbe fatta a piedi tra andare e tornare.

Non ora, a sessant'anni.

Non dopo la notizia della morte di Rita.

Si sentì d'improvviso più vecchio, come se un'esistenza potesse dipendere da un'unica notizia.

Non aveva mai realmente pensato al futuro.

Ogni singola stagione si ripeteva identica a se stessa e la pesca faceva parte di quel ciclo.

I muggini, ugualmente simili di anno in anno, non segnavano una freccia del tempo quanto una circolarità.

Vi era un ciclo che tornava su se stesso, proprio come un cerchio e lo stesso poteva dirsi del Sole e del vento, delle correnti e delle stelle.

Tutto quanto apparteneva al medesimo ciclo e nulla avrebbe fatto intendere ad un lento decadimento della vita.

Il socialismo, ideale per il quale il cuore di Antonio palpitava con sempre meno frequenza, aveva intravisto un lento percorso di progresso delle masse popolari verso l'autocoscienza e poi la presa di potere.

Non era più certo di ciò.

Se la vita del singolo decade e la Natura segue un ciclo, come possiamo pensare ad un progresso che, per forza di cose, ha una determinata freccia e un traguardo ben superiore alla partenza?

La settimana passò in fretta.

Il passaggio verso nord era stato garantito da una spola verso Cuglieri, paese arroccato sui monti, ma non verso la valle del Tirso quanto verso una serie di passi che conducevano altrove.

A Tresnuraghes e poi a Bosa, luoghi i cui nomi risultavano noti, ma completamente ignota era la loro conoscenza per Antonio.

Nemmeno a Cuglieri era mai stato.

Non sarebbe partito di prima mattina, in quanto il viaggio, a differenza di quello che avveniva normalmente per Oristano, era di sola andata nello spazio di un giorno.

Avrebbe avuto tempo di espletare un giro ispettivo nello stagno e ne approfittò per pescare un paio di muggini.

Sarebbero stati la sua cena e quella di Gabriele.

Lasciò l'amico e collega e si diresse a Cabras, laddove un calesse, molto simile a tutti gli altri, era pronto.

Si trattava di commercianti in prodotti agricoli e ittici.

Salendo verso i monti avrebbero recato con sé i prodotti del mare, salati a dovere per essere conservati.

Scendendo da Cuglieri avrebbero riportato i beni primari della terra, specialmente frutta e verdura che nel Sinis non si poteva trovare in abbondanza e poi qualche forma di formaggio.

Erano in due, onde evitare di essere assaltati da qualche malintenzionato.

Entrambi armati di coltelli, usati per lo più per la legna o per il cibo, quasi mai contro gli uomini e, in quel caso, sempre per difendersi.

La compagnia di Antonio andava più che bene sia perché accresceva il numero sia perché il pescatore necessitava solo di un primo passaggio e non era interessato all'intero percorso.

Prima di Santa Caterina si sarebbe fermato, prima che il sentiero si inerpicasse.

La montagna e la collina non facevano per lui.

Per il mare e per l'acqua aveva vissuto e speso una vita.

La strada verso nord sembrava identica a quella più volte battuta in direzione Oristano, ma per Antonio fu tutta una scoperta.

Non di luoghi, ma di ricordi.

Non avendo più messo piede in quei luoghi da quasi quarant'anni, li guardava come si fa con un passato ormai scomparso.

Cercava Rita in ogni crocicchio campestre e persino il se stesso da giovane.

Se si fosse rivisto, cosa avrebbe detto a quello sprovveduto Antonio?

"Non rinunciare a lei"?

Oppure:

"Non lasciarla andare via, combatti e scappate assieme"?

Non lo sapeva né mai vi sarebbe stata altra prova a riguardo.

Il calesse ci mise meno del tempo programmato.

Durante il tragitto, Antonio aveva provveduto a mangiare qualche boccone di pane con della frutta, giusto per alleggerire la bisaccia e riempire lo stomaco.

Il resto del cibo lo avrebbe consumato prima del rientro, lasciando solamente una buona quantità di acqua da bere così da agevolare sia il peso da portare appresso sia la fatica del rientro.

Era una fine di agosto ancora calda e umida, senza alcun accenno di vento fresco e di perturbazioni nuvolose che avrebbero segnato un primo cambio di stagione e un primo passo verso le fasi del primo autunno, quelle più cariche di lavoro e di impegni per un pescatore di Cabras.

Dopo aver preso commiato e ringraziato, scese dal calesse.

Si erano scambiati poche parole, ma in quel mondo funzionava così.

Gesti e sguardi contavano più di discorsi, i quali erano invece preminenti per chi viveva in città.

Là, tra i palazzi e le carte, si parlava all'infinito, forse perché non vi era il pericolo di rimanere con la gola secca per una costante mancanza di acqua o altri liquidi da ingurgitare.

Con passo lento, come di chi entra in chiesa o in un luogo sacro, Antonio si avvicinò alla baia.

Vi era un chilometro circa da percorrere.

Il mare si scorgeva fin da subito ma si trattava di una costante e frastagliata scogliera, bassa e digradante.

Non era quanto da lui cercato.

Volgendo lo sguardo a sud, si poteva vedere il primo grande arenile del Sinis e poi la penisola che si incuneava a ponente quasi senza limite fisico.

Oltre quelle terre, invisibile da quel luogo, vi era Cabras e lo stagno.

La casa e la dimora di Antonio.

Il sentiero svoltava repentinamente a nord, seguendo la costa con linea parallela.

La baia era ancora celata allo sguardo e si sarebbe palesata solo all'ultimo.

Una baia riparata e quasi scavata nel mare, con una roccia completamente diversa.

Se prima era tutto un fiorire di neri scogli, là era diverso.

Solo quando ebbe una visuale completa ad Antonio si aprì il cuore.

Non erano passati quarant'anni, ma solo pochi istanti da quando lui e Rita si erano visti per l'ultima volta

Sia per il primo sia per l'ultimo loro incontro fu scelto quel luogo e al pescatore sembrò di intravedere delle ombre di loro stessi nel passato.

Parole che risuonavano custodite dalle rocce bianche, totalmente diseguali.

E, infine, quell'unico pezzo di roccia.

Un blocco indistinto che andava tuffandosi in mare per poi ergersi all'interno come una lingua di fuoco e che si connetteva alla costa, formando un arco sotto il quale il mare scorreva.

Placido in giornate di assenza di vento, come quella.

Terribile, con onde poderose, quando soffiava il maestrale.

Una baia che racchiudeva in sé il senso stesso di quei luoghi, antitetici e cangianti in base alla variabilità delle stagioni.

Antonio si sedette proprio sulla roccia scelta anni prima, proprio di fronte all'arco che dava il nome al luogo.

S'Archittu ossia l'archetto, che poi tanto piccolo non era, almeno quattro metri di altezza, se non di più.

Antonio non amava sporgersi dalla roccia bianca per vedere il mare sottostante, mentre Rita era solita farlo.

Una volta seduto, fece chetare i palpiti del suo cuore.

Palpiti di stanchezza senile ma anche di passione giovanile che sembrava dover divampare di nuovo nel suo petto.

Prese la lettera che aveva in tasca.

Non l'aveva più guardata da quando gli era stata consegnata nello studio del notaio.

La osservò scrupolosamente.

La carta non era ingiallita né spiegazzata, segno che si trattava di qualcosa di recente.

Cercò di carpirne l'odore.

Il primo sentore fu di mare e di pesce, sicuramente dovuto alla permanenza nella casa e nelle mani di Antonio.

Cercò di andare oltre.

Di isolare quell'odore così familiare per cercare qualcosa di diverso.

Concentrandosi si poteva intuire la carta stessa e il legno di un cassetto nel quale era stata riposta per mesi.

Inspirò una boccata di aria fresca, doveva fare tabula rasa di tutto per andare dritto al punto.

Chiuse gli occhi e si immaginò Rita.

Percepì la sua fragranza, quella che si emanava dal suo collo e dal suo petto.

Minima traccia, ma qualcosa vi era.

Aprì la busta e vi trovò una lettera.

Ripeté i gesti precedenti e si accorse di una minore presenza del mare e del legno e di un maggiore rilievo di Rita.

Era stata lei a scrivere e a mettere quei pensieri in quel foglio.

Finita l'esperienza sensoriale, sarebbe passato al testo.

Vide subito la data posta in alto.

Gennaio 1890, pochi mesi prima.

Quindi non si trattava di qualcosa scritto al momento del loro distacco.

Si prese forza e iniziò a leggere, nonostante la sua istruzione non fosse così elevata da potergli permettere una fluidità di rilievo.

Ci avrebbe messo molto, anche per via dell'emozione.

Avrebbe dovuto rileggere alcuni passi più volte, ma lo aveva messo in conto.

"*Caro Antonio,*

potrà sembrarti strano che ti scrivo questa lettera dopo tutto questo tempo.

Non ci siamo più visti né sentiti dopo l'ultima volta al nostro luogo, ti ricordi quale?

Sì, certo che te ne ricordi e sono certa che, quando leggerai questi pensieri, sarai lì laddove ti penso."

Il pescatore dovette smettere la lettura.

Rita aveva già previsto tutto.

Sapeva che si sarebbe recato lì, in quel luogo.

E lo aveva immaginato, intendendo con ciò l'intera scena.

Si era palesata il momento e i pensieri.

Il vento e il mare, le lacrime salate e il Sole che le avrebbe asciugate.

"*Quando aprirai questa lettera, non ci sarò più e sarà stato mio figlio, colui il quale porta il tuo stesso nome, a consegnarti la lettera.*

Ho scoperto da poco di essere malata e dubito che vedrò la fine di questo anno 1890.

Non rattristarti per questo.

Ho vissuto una vita piena e felice, con una famiglia che mi è sempre stata vicino.

Dopo anni ho compreso che la decisione dei miei genitori è stata un bene per tutti.

Per mio figlio e per me, in quanto una vita con te non avrebbe garantito certe sicurezze.

Ma anche per te.

So che sei rimasto libero, come era il tuo spirito.

Non imprigionato in una città né in quattro mura."

Ancora una volta, Antonio dovette prendersi una pausa.

Il Sole, ancora alto in cielo si era già rivolto verso ovest.

Sarebbe iniziata la lenta discesa con colori sempre più stridenti e vermigli.

Seguendo il suo declinare, Antonio avrebbe guardato dentro di sé e si sarebbe dato proprie risposte.

Era veramente come aveva scritto Rita?

"*Quello che volevo dirti era di rimanere esattamente come sei e di non sentirti solo.*

Non lo sei, non lo sei mai stato.

In qualche modo, il tuo lavoro rimarrà come ricordo per il futuro.

147

Per gli altri che verranno dopo di te.
Il ragazzo di un tempo vive ancora in te.
Lo so e ne sono certa.
Quando avrai letto queste parole e le avrai fatte tue, ti chiedo un ultimo favore.
Gettale via, in mare.
Dal punto in cui a me piaceva molto rimirarlo."
Antonio finì di leggere.

Qualcosa gli era sfuggito del discorso e del senso e non si capacitava di come non vi fosse cenno alcuno alla loro relazione giovanile.

Se ne era dimenticata?

Dovette riprendere la lettera e la rilesse quattro volte.

A pezzi e consecutivamente, fino a quando le parole gli penetrarono in profondità.

Non se le sarebbe mai dimenticate.

Le avrebbe ripetute ogni giorno, a mattina e a sera, come i credenti recitano le litanie.

Una volta certo di questo, sentì un buco nello stomaco e pensò che avrebbe dovuto mettere qualcosa sotto i denti.

Così fece fino a sentirsi soddisfatto.

Si sdraiò con lo sguardo rivolto verso il cielo e si appisolò.

Il tepore del Sole era smorzato dalla brezza e il rumore delle leggere onde, non più alte di qualche centimetro, era come uno sciabordio cullante.

Nella sua mente si affollarono tutti gli anni vissuti in solitudine e, prima ancora, quanto discorreva con Rita in quel luogo.

Aprì gli occhi e vide il Sole già basso.

Quanto aveva dormito?

Un paio di ore o di più?

Non gli pareva vero.

Si affrettò ad attraversare la baia rimanendo sul crinale delle rocce.

Quando fu sul punto centrale dominante l'arco, diede uno sguardo verso il basso.

Il mare turchese e trasparente lasciava intravedere il fondale roccioso e la corrente entrante risultava flebile e tenue, proprio come un delicato tocco femminile.

Presa la lettera e la strappò in quattro pezzi, gettando il tutto con un gesto deciso.

La carta rimase sospesa, svolazzante e planante, per poi cadere lentamente sottoposta alla forza di gravità.

Toccò la superficie dell'acqua.

Da quel momento, il mare avrebbe svolto il suo lento lavorio, dapprima cancellando le tracce di inchiostro e poi andando a sfibrare la consistenza della materia, per ridurre tutto in minuscoli pezzetti, inconfondibili con il resto.

Caducità del tempo e della Natura.

Dopo qualche istante di adorazione totale, Antonio si destò.

Finì quanto aveva nella bisaccia alleggerendo il carico e iniziò ad incamminarsi verso la strada del ritorno.

Con passo spedito, come non era solito fare.

Sapeva di avere a disposizione solamente poco tempo di luce.

Almeno avrebbe dovuto abbandonare la scogliera e riportarsi sulla strada principale, superando il primo e unico promontorio.

Da quel punto, sarebbe stata discesa fino allo stagno.

Sarebbe arrivato col buio, sotto un cielo stellato che gli sarebbe servito da guida.

Il giorno seguente avrebbe iniziato in pieno una nuova stagione.

Nuova, ma in fondo sempre la stessa.

La tradizione del muggine e della bottarga sarebbe sopravvissuta a lui, ai Carta, a nuove proprietà private o a future cooperative.

"The beat was going strong,
playing my favorite song.
I could tell it wouldn't be long
'till he was with me"

INNOVAZIONE

"Got in a little hometown jam
So they put a rifle in my hands
Send me off to a foreign land
To go and kill the yellow man."

X

Cagliari, primavera 1906

"Good friends we have, oh,
good friends we've lost
along the way, yeah.
In this great future,
you can't forget your past
so dry your tears, I say, yeah."

"Non capisco cosa vogliano ancora..."
Mariarosa si spostò dalla piccola porta di ingresso verso l'interno della propria libreria.
Aveva appena finito di gettare uno sguardo su via Manno, la strada prospiciente, per costatare l'ennesima protesta che stava scuotendo Cagliari in quei primi mesi del 1906.
Non era mai stata avvezza e favorevole a questo genere di proteste.
Trovava che vi fosse un che di eversivo.
Un modo per ribaltare una società con violenti colpi di mano.
Nella sua vita tutto si era svolto in modo tranquillo e pacifico, senza alcun bisogno di protestare o ribellarsi.
Aveva ereditato la libreria dai genitori e aveva sposato, quasi venti anni prima, Guido Ferrero, un giovanotto cagliaritano di chiare origini piemontesi, visto che il nonno era nato nei pressi di Cuneo e si era trasferito in Sardegna tra la fine degli anni Venti e l'inizio degli anni Trenta dell'Ottocento.
Dal loro matrimonio erano nati Italo e Romano, che ora avevano quattordici e dodici anni ed avrebbero seguito il corso di studi del padre, presso il liceo classico Dettori di Cagliari.
Il futuro dei loro figli era già tracciato e avrebbero ricoperto posizioni di rilievo.

A Cagliari potevano contare sullo studio di Guido, avvocato di gran carriera, oppure si sarebbero potuti spostare in ogni parte di Italia, sfruttando le conoscenze e le economie della famiglia.

Dal punto di vista di Mariarosa, le proteste avrebbero minato alla base le certezze della società borghese e giolittiana.

Liberalismo, ma fino ad un certo punto.

Avventura coloniale, ma fino ad un certo punto.

Equilibrismo politico, come era necessario, ma senza dare spazio ai socialisti, i quali avrebbero distrutto, in poco tempo, un secolo di conquiste borghesi.

Per tale motivo, i moti del 1906, scatenati in prima battuta dall'aumento del prezzo del pane e da altri fattori contingenti, la vedevano opporsi a tutto ciò.

Come se non bastasse, si erano aggiunti operai e minatori del vicino Iglesiente.

Cagliari sembrava diventata un centro rivoluzionario, cosa inconcepibile fino a pochi anni prima.

Durante le giornate di protesta e di sciopero, Mariarosa era solita tenere chiusa la libreria, almeno fino a quando gli animi non si fossero calmati.

Nella calca e nell'eccitazione oratoria, tutto sarebbe potuto succedere.

In ogni caso, i suoi clienti principali, ossia la parte alta della borghesia o gli studenti o i docenti, non si sarebbero visti in quel frangente e avrebbero aspettato giorni di quiete per ordinare o acquistare.

Alle spalle di via Manno si ergevano le mura della città vecchia e del centro, il quartiere di Casteddu.

La libreria era posta a circa metà percorso della via, equidistante sia da piazze Yenne sia dal bastione di Saint Remy.

A valle si estendeva il quartiere di Marina che discendeva velocemente verso il mare, la cui vista però era celata dai palazzi antistanti il lato opposto di via Manno.

La loro abitazione non era molto distante, visto che si trovava nei pressi della Chiesa di Santa Restituta.

Il tragitto a piedi era di modesta entità e Mariarosa non si doveva preoccupare di vicissitudini casalinghe, visto che un paio di governanti si occupavano di pulire la casa e di cucinare.

Si era sempre dedicata ai libri, passione che aveva ereditato dalla propria famiglia.

Antiche edizioni di preziosi manoscritti del Settecento e del Seicento, unitamente a libri moderni, sia a livello didattico, saggistico e divulgativo sia per quanto concerneva la parte di racconti e romanzi.

Prediligeva la letteratura italiana, nella quale non mancavano Manzoni, Alfieri, Ariosto, Tasso e il più recente D'Annunzio.

Viceversa, si rifiutava di tenere libri considerati sovversivi o non consoni alla morale.

Nessuno scrittore socialista, tanto meno filosofi di quell'orientamento.

E se qualche suo cliente avesse chiesto di ciò, sarebbe stato squadrato in malo modo.

In linea con l'educazione ricevuta, la donna, ormai quarantenne, era stata abituata a classificare le persone in base al modo di porsi.

Il vestiario, innanzitutto.

E poi la cura della persona.

Così poteva distinguere i signori o chi aveva disponibilità economiche, da chi, invece, non possedeva molto.

I secondi vestivano sempre allo stesso modo, con abiti lisi e consunti, difficilmente intercambiabili.

Si lavavano poco e sapevano di "terra e di provincia", come era solito dire.

Si guardava bene dal riverire un simile pubblico, anche se pagante.

Lo trattava con altezzoso disprezzo.

Aveva voluto trasmettere ai suoi figli una simile impostazione.

"Non dovete fare comunella con questi individui."

Dal suo punto di vista, la scuola non era più quel luogo privilegiato dove solo le classi abbienti avrebbero attinto.

Vi erano stati programmi di scolarizzazione di massa e, addirittura, di sostegno economico a chi risultava meritevole, ma che non aveva i mezzi di sostentamento per fare studiare i figli.

"Un'aberrazione socialista", aveva detto più volte.

"Se vogliamo una classe di servi, e ci servono per alimentare la nostra economia e la nostra società, non dobbiamo di certo trattarli da padroni.

Fare capire loro come si vive da padroni, insegnare loro la cultura e il sapere è deleterio.

Si rivolteranno contro.

E chiederanno sempre di più."

Non potendo contrastare le decisioni superiori del Regno, si era limitata a impartire simili lezioni all'interno della propria famiglia e delle proprie conoscenze.

Il pericolo non sarebbe arrivato né da lei né dallo studio del marito, quanto appunto dalla scuola.

Il peggio è che vi erano dei professori che avallavano tutto ciò, il che conduceva Mariarosa ad uno scontro interiore.

Era sempre stata convinta che l'autorità di un professore fosse assoluta e indiscutibile.

Che nessuno avrebbe mai potuto e dovuto interferire con il loro lavoro, tantomeno i genitori.

Ma come porsi di fronte a professori che avrebbero fatto sedere accanto ai suoi figli altri giovani ma di famiglie proletarie?

Come con chi non vedeva che bisognava separare e dividere e non unire?

Si era detta che avrebbe affrontato una simile situazione a tempo debito che ciò non avrebbe dovuto accadere al liceo Dettori.

Né al ginnasio, né al liceo vero e proprio.

Per ora, di esperienze dirette non ne aveva vissute, ma il timore del proletario, del socialista e dell'operaio era dietro l'angolo.

Le manifestazioni del 1906 non fecero che aumentare questo senso di disagio e nulla potevano le continue rassicurazioni del marito.

"Vedrai che finisce tutto in niente.

Daranno un aumento dei salari e tutto scomparirà.

Altrimenti c'è sempre l'esercito e le armi."

Per Mariarosa si sarebbe dovuto agire da tempo.

Al primo segnale, alla prima manifestazione.

Un paio di colpi di fucile e tutto sarebbe finito.

Invece no.

Era stato dato spazio.

Persino sui giornali.

Ecco, la filosofia dei giornali, come la definiva Mariarosa, era deleteria.

"Poca censura e troppa libertà", si era detta.

Persino l'Unione Sarda, il principale quotidiano della Sardegna, aveva un direttore troppo schierato con i proletari.

"Se trionfa la miseria, per noi è la fine."

Con ciò la donna si riferiva alla società da lei conosciuta.

La fine del loro mondo, affettato e pieno di gentilezze e galanterie esteriori.

Ridondante nei modi e nelle parole.

"I poveri si esprimono male e non conoscono l'italiano."

Dovunque avrebbe visto decadenza e rovina.

Ecco perché si sentiva investita di una missione salvifica.

Tramite la sua libreria, avrebbe potuto selezionare il pubblico.

Stabilire chi poteva avere accesso all'istruzione e cosa si sarebbe tramandato.

Cosa si sarebbe disperso come il vento.

Si sentiva un baluardo, come le mura medioevali e i bastioni di Cagliari. Un muro contro il degrado della società.

Le serene giornate di aprile della sua gioventù parevano dimenticate, non tanto per il tempo atmosferico o per l'età che avanzava, ma per il clima sociale.

Sempre aprile, ma si sarebbe detto autunno.

Il vento e il cielo terso, il Sole che scaldava al punto giusto, senza asfissiare, e i colori vividi di una città sul mare, che in poco più di un chilometro passava dai commerci del porto alle istanze municipali di una parte tardorinascimentale e barocca, si smorzavano sotto le proteste, le parole e i passi di una classe che avrebbe dovuto rimanere relegata.

Isolata in miniere o in fabbriche.

Segregata in quartieri diversi o in paesi di provincia.

A lavorare la terra o altro, non di certo a studiare o pretendere.

Le pretese erano per chi sapeva astrarre e pensare la società.

"Oggi non verrà nessuno, forse solo a pomeriggio."

Si disse Mariarosa.

Pensò di chiudere la libreria ma ciò avrebbe significato uscire per le strade e non vi era un ingresso secondario diverso da quello in via Manno.

Si sentì prigioniera e assediata.

Forse per la prima volta in vita sua, ebbe la sensazione di fare parte di una minoranza.

Sapeva che i poveri erano numericamente di più, ma non era questo che contava, bensì il potere decisionale e politico.

Fortunatamente non esisteva il suffragio universale e Mariarosa trovava fosse corretto che votassero solo gli uomini.

Non comprendeva a pieno le istanze delle cosiddette suffragette.

Cosa volevano realmente?

La fine del ruolo della donna?

Donne in fabbrica o nelle scuole?

Donne come avvocati o magistrate?

Donna in politica, magari?

Che assurdità!

Le donne possedevano il grande pregio di non doversi preoccupare del sostentamento di una famiglia, ma di poter concepire una vita e un ruolo come loro desideravano.

Un buon matrimonio bastava per le esigenze economiche e chi non era stata capace di farlo, se ne sarebbe dovuto fare una ragione.

Colpa, in fondo, delle donne stesse e delle famiglie di appartenenza.

Pensò ai suoi figli durante una giornata come quella.

Per fortuna si trovavano al chiuso di una scuola, protetti e sicuri contro questi moti di ribellione.

Chi aveva molti più anni di Mariarosa e Guido, si ricordava, o per testimonianza diretta o per racconto interposto, di altre proteste nella prima metà dell'Ottocento.

"Ben peggiori, molto più violente."

Ci si dimenticava di quando era la borghesia a protestare contro i nobili.

Cento anni di spartizione totale del potere e di accesso illimitato ad ogni possibile carica, avevano trasformato la borghesia nel più grande alleato dei potenti.

Beninteso che lo Stato si era dovuto riformare.

Da monarchie assolute e aristocratiche a stato liberale.

Ma era stato il minore dei mali.

Ora invece i poveri volevano spazio e vi erano borghesi e professori, intellettuali e politici che li sostenevano.

"Traditori", li aveva additati Guido.

"Pensano che il popolo li risparmierà? Non conoscono la furia cieca dell'ignoranza".

Mariarosa si trovava in perfetto accordo con lui.

Mai aveva avuto un'opinione differente e mai vi era stato uno screzio, nemmeno sull'educazione dei figli.

Italo e Romano crescevano senza dubbi su cosa vi fosse di giusto e nobile e cosa di sbagliato e riprovevole.

E l'autorità dei genitori era rafforzata dal sistema stesso di potere, dal Re ai notabili, dal governo ai rappresentanti locali, fino alla cerchia di conoscenze e ai professori.

La donna era però conscia che sarebbe bastata una minima falla nel sistema per poter insinuare il dubbio e il crollo di tutto.

Non andava permesso nulla di ciò.

Si sedette e prese un libro che aveva iniziato il giorno precedente.

Si trattava de "*Il Misogallo*", la grande opera di Vittorio Alfieri sulla rivalutazione della figura di Luigi XVI rispetto ai moti rivoluzionari della Francia di fine Settecento.

Senza comprendere a pieno che si trattava di una difesa della nobiltà nei confronti della borghesia, Mariarosa aveva traslato la storia ai suoi giorni.

Il parallelismo era perfetto.

Da un lato, il potere precostituito.

Dall'altro i rivoluzionari.

E il compito dell'intellettuale e del poeta era di riconoscere il bello e il giusto, concetti coincidenti con il potere e non con la Rivoluzione.

Ecco, dunque, che tutti i difetti attribuiti ai borghesi francesi di oltre un secolo prima si potevano attribuire ai proletari sardi di inizio Novecento, con l'aggravante di una maggiorazione dei problemi.

"Ora è molto peggio", si diceva Mariarosa tra sé, pagina dopo pagina.

La donna, che non aveva mai messo in discussione né la propria esistenza né il proprio modo di vedere il mondo, era già giunta al punto in cui ogni azione, ogni pensiero e ogni lettura avrebbero dovuto confermare quanto aveva in testa.

Scartava, quasi inconsciamente, tutto quello che avrebbe potuto apportare una minima discrepanza e dubbio.

Assorta nella lettura, non si accorse del tempo trascorso.

Come da previsioni, nessuno era entrato in libreria.

La protesta si era conclusa e si trattava solo di un raduno interlocutorio.

I bene informati sapevano che si stava preparando qualcosa di imponente per maggio e che ora bisognava solamente non lasciare cadere la tensione.

Se vi fossero state proteste continue, i giornali ne avrebbero dovuto parlare.

E così tutti avrebbero discusso del merito della questione, tralasciando il quieto vivere e il resto.

Mariarosa era solita non mangiare nulla per pranzo.

Facendo una colazione abbondante, molto più di quello che era in uso nei salotti cagliaritani e dovendo aspettare il rientro dei figli da scuola, si era imposta certi ritmi.

D'altra parte, la cena era servita presto.

Retaggio di un certo passato nobiliare e di usi piemontesi.

A suo avviso, solamente il volgo gozzovigliava nelle tenebre e si lasciava andare ad eccessi e ubriachezze.

La società "perbene", chi doveva espletare i propri lavori con puntiglio e puntualità, chi doveva presenziare le celebrazioni religiose sempre in prima fila, non aveva tempo per la notte.

La notte era per i saltimbanchi e gli squilibrati.

Gli scuri di casa Ferrero venivano serrati sempre prima delle ore ventuno, anche in piena estate, quando il Sole illuminava fino a tardi la città di Cagliari, con colori pastello.

Il riflesso degli stagni e del mare, il cielo e la zona storica assumevano una diversa tonalità.

Di tutto ciò, la famiglia non ne era partecipe.

Non interessava l'ambiente di per sé e la Natura, ma solo ciò che l'uomo aveva costruito, specialmente in epoca recente.

La nuova sede del Comune, ad esempio, in via Roma.

All'inaugurazione era stata presente l'intera famiglia Ferrero, con Guido tra le prime file e sua moglie con i figli più indietro.

"Al solito oggi hanno protestato."

Il medesimo segno di insofferenza di Guido contraddistinse l'esordio nel colloquio con sua moglie.

A tavola o alla presenza di Italo e Romano, simili discorsi erano banditi.

Non si doveva parlare di nulla di tutto ciò di fronte a loro, come se non comprendessero e non vedessero.

In ogni caso, si sarebbero dovuti fare una propria opinione senza un confronto diretto e, se mai si fossero azzardati a chiedere o introdurre qualcosa in tal senso, sarebbero stati doverosamente ripresi.

Mariarosa fissò suo marito.

Conosceva a menadito la sua espressione imbronciata di disappunto e la condivideva.

"Non ci pensare troppo", lo rinfrancò.

"Prima o poi la smetteranno, o faranno in modo che la smettano."

Guido la guardò intensamente.

Da un lato condivideva la risolutezza di Mariarosa, dall'altro si era reso conto della quantità spropositata di socialisti e di proletari.

Una guerra, quello sarebbe servito per mandare al massacro un po' di plebaglia e per togliere dalle strade simili soggetti.

"Hanno preso troppo piede, non dobbiamo cedere".

Con quelle parole, si chiuse la loro giornata, ben sapendo che le proteste sarebbero aumentate fino ad un punto di svolta o di rottura.

Nei giorni seguenti delle nuvole portarono carichi di pioggia, tanto necessaria per le campagne, ma soprattutto, almeno a detta di Guido e Mariarosa, per la città visto che sotto il diluvio nessuno avrebbe mai protestato.

Non sarebbe durato ancora a lungo, ma era una pausa.

Un modo per staccare dopo un paio di mesi di costante tensione.

Gli affari in libreria proseguivano al solito modo, giusto per pareggiare le spese, non tanto per farci un guadagno.

Mariarosa non necessitava di un introito aggiuntivo, dato il lavoro del marito.

Il suo era, per lo più, un modo per non porre termine alla tradizione di famiglia senza chiedersi chi avrebbe proseguito.

Nella sua mente, sia Italo sia Romano erano destinati a più alti compiti.

Se avesse avuto una figlia femmina, allora l'avrebbe indirizzata alla libreria e ad un conveniente matrimonio, ma l'occasione non si era concretizzata e aveva smesso di pensare al futuro di quel locale.

Sarebbe arrivato il momento in cui Mariarosa avrebbe dovuto prendere una decisione, ma non era quello il tempo.

Non era né vecchia né si sentiva stanca o senza volontà.

Dimostrava, a volte, meno della sua età, nonostante due gravidanze e l'abbigliamento utilizzato, retaggio di una società ancora ottocentesca e vittoriana.

Niente di moderno e di troppo vistoso, nulla di quanto era "alla moda" ed esposto nelle vetrine dei negozi di alta sartoria.

Da questo punto di vista, Mariarosa ricordava le antiche dame di un tempo, sebbene con la freschezza di una quarantenne e non di una donna anziana o addirittura nonna.

Suo marito Guido si concedeva qualche vezzo lussuoso, ma anch'egli ricordava un tempo andato.

I figli erano stati adeguatamente abituati ad essere abbigliati secondo un gusto antico, come si poteva vedere una ventina di anni prima.

Nessuno in famiglia Ferrero si preoccupava di apparire fuori tempo e non al passo con la modernità.

"Della modernità poco ha un reale rilievo e utilizzo", erano soliti dire.

Soprattutto, la modernità aveva portato certe deviazioni e certe problematiche del tutto non volute.

Queste rivendicazioni del popolo si dovevano solo ad almeno due, se non tre, generazioni di pensatori che avevano istillato idee malsane.

La divisione in classi c'era e ci voleva, per il bene di tutti, specialmente di chi deteneva il potere.

I giorni passarono fugaci e lievi, almeno fino ai primi di maggio.

Il nuovo mese, di solito destinato allo sbocciare degli amori, si era aperto con foschi presagi.

"Non la smetteranno mai", disse sconsolata Mariarosa.

Anche per quel venerdì non si sarebbe visto nessuno.

Con sua somma sorpresa, le proteste continuarono durante le giornate di sabato e, addirittura, di domenica.

"Rovinare così il giorno dedicato al Signore. Sono proprio senza Dio", sentenziò Guido, mentre tirava da parte i suoi due figli.

Italo e Romano non degnarono di uno sguardo nessuno tra la folla.

Dal loro punto di vista, non erano nemmeno uomini, ma bestie.

Poco sapevano delle loro lotte.

Poco di cosa contestassero.

Il rincaro degli alimenti, le giornate di lavoro dalle tredici alle quindici ore e la cosiddetta quarta regia.

Un'odiosa tassa introdotta da poco a livello comunale pari ad un quarto dei valori della merce trattata nei mercati.

Di tutto questo, la famiglia Ferrero sapeva poco o niente.

Non avendo contatto diretto con la merce da acquistare e facendo gestire il tutto dalle governanti, non si sarebbero accorti dei rincari se non alla fine della rendicontazione annuale.

In ogni caso, tutto ciò sarebbe stato di lieve impatto sulle loro economie, mentre non si poteva dire altrettanto per il ceto medio-basso e per i proletari.

Lo sconcerto della famiglia divenne maggiore quando videro i "coccoi", ossia le classiche forme di pane infilzate sulle aste delle bandiere della protesta.

L'aumento del prezzo del pane aveva, da sempre, scatenato proteste e rivolte.

Mariarosa lo avrebbe dovuto sapere bene, visto che rileggeva spesso "*I promessi sposi*" di Manzoni, aderendo però al concetto stesso dello scrittore.

Le rivolte non erano mai da appoggiare e non portavano a nulla di buono.

Bisognava accettare lo stato delle cose e come era stata disegnata la società dagli uomini e dalla Provvidenza

Dentro di sé, l'avvocato comprese come il giorno successivo sarebbe stato il momento fatidico.

Lunedì 14 maggio.

Si affrettarono a tornare a casa dopo la consueta funzione domenicale e non uscirono dalla loro residenza.

I giovani figli si dedicarono allo studio, mentre i due sposi ne approfittarono per parlare tra loro.

Uno scambio di idee generale sull'andamento della casa e dell'educazione da impartire, per poi passare agli eventi mondani.

Entrambi convenivano su ogni aspetto.

In particolare, si erano detti di sondare le opinioni delle governanti.

Visto il clima che circolava a Cagliari, non sarebbe stato saggio avere alle proprie dipendenze qualcuno che pensasse come i rivoltosi o parteggiasse per loro.

Volevano una specie di servitù non pensante o, meglio, accondiscendente.

"Domani non andare in libreria", fu l'ultimo consiglio di Guido.

Mariarosa comprese.

Non avrebbe dato soddisfazione a quel moto popolare.

Il silenzio e l'indifferenza avrebbero sommerso la folla e, se tutta la borghesia avesse agito così, vi sarebbe stato solamente un corteo con vacui proclami, in attesa che si muovesse l'Esercito regio.

La cosa sconvolgente per la libraia era che vi erano donne animate da uno spirito ribelle, quasi peggio degli uomini.

Le operaie della Manifattura tabacchi erano in prima fila, assieme a commessi, camerieri, fornai e minatori.

Sembrava che tutti si fossero dati appuntamento per quel lunedì.

Persino i braccianti di comuni vicini, ma fuori da Cagliari, i portuali e gli operai delle fabbriche del quartiere di Bonaria.

Alla loro testa, rappresentanti socialisti e repubblicani.

Nemici palesi della società e del Re.

Dell'Italia, in fondo.

Almeno nella visione dell'alta borghesia cagliaritana e cittadina, così uniforme nei giudizi da Torino a Palermo.

Una folla mai vista.

Tanti, troppi per essere contenuto in unico corteo.

Nemmeno il Bastione di Saint Remy e via Manno, con altre vie laterali avrebbero potuto contenerli tutti.

Si sentiva un frastuono di voci e di rumore.

Mariarosa chiuse le finestre e le veneziane.

Non voleva che la luce di quel giorno penetrasse in casa Ferrero.

Avrebbe riaperto al mondo solamente quando la folla se ne fosse andata e le loro istanze respinte.

Si capiva benissimo, anche a porte chiuse, che vi erano concentrazioni nella zona del porto e del Comune.

"Così non riusciranno a controllarli", disse Guido ad un suo collega.

"Così si disperdono", ribatté l'altro.

La divisione si sarebbe rivelata un vantaggio per la ribellione all'inizio, ma poi la mancanza di massa critica avrebbe finito per spegnere i focolai.

L'Esercito rimaneva in vigile attesa, per intervenire nel caso di disordini e su espresso comando.

I comizi e le parole non fanno che aumentare l'esagitazione e la tensione.

Non servono di certo a placare.

Vi è un punto di non ritorno per ogni singola azione umana, un momento nel quale la creatura sfugge di mano al creatore e inizia a vivere di vita propria, senza rispondere ai comandi e ai dettami iniziali.

Quel giorno, si superò il punto di non ritorno.

La folla prese in mano il proprio destino.

Dapprima la normale reazione, come descritto da Manzoni.

Saccheggiati i forni con l'appropriazione del pane, come se i fornai fossero i responsabili e non facessero parte della manifestazione medesima.

Poi assaltati i vari luoghi deputati dai dazi e agli uffici della dogana.

La protesta era nata per questioni di tasse e quindi venivano presi di mira chi tramutava il sopruso in realtà.

A quel punto, la macchina burocratica non poté rimanere inerme.

Di fronte alla rivolta fiscale e al fatto che si mettono in contestazione gli introiti, bisognava agire.

L'esercito e la polizia non aspettavano altro.

Scontri e rumori diversi.

Di folla urlante e di spari.

Di tram spostati a forza per erigere barricate o per improvvisare colonna di fumo.

Un'acre e densa nube nera si alzò sopra la città.

Mariarosa sussultava ad ogni sparo, mentre Guido, asserragliato al secondo piano di un edificio poteva godere di una visuale più ampia.

Ormai lo scontro era aperto e palese e la folla era destinata a soccombere, come le orde barbariche contro le organizzate legioni romane.

Il numero e il furore contro la disciplina e la selezione.

Non vi era dubbio su chi avesse trionfato.

Il bene e l'ordine contro il caos.

"Vanno verso il Comune", indicò il collega.

Era quanto Guido stava aspettando.

Uno scontro aperto tra folla e istituzioni.

Una minaccia diretta a cui bisognava rispondere con spari, ma non in aria, bensì ad altezza d'uomo.

Tre squilli di tromba come monito e ultimatum.

Nessuno arretra.

"Peggio per loro", sorrise soddisfatto Guido.

L'avvocato attese il momento fatidico, quello della verità, laddove si sarebbe visto il vero volto del mondo.

Spari.

Due morti, alcuni feriti.

Due giovani, di sedici e diciannove anni.

Due figli di Cagliari, di poco più grandi di Italo e Romano.

Due ragazzi con lavori umili e malpagati, sottoposti alle problematiche quotidiane dei rincari e finiti ammazzati per delle pallottole volutamente indirizzate contro di loro.

Non un incidente, ma un'esecuzione.

Casuale, in quanto avrebbe potuto cadere chiunque sotto quei colpi sparati tra la folla.

"Due ribelli in meno", si disse Guido a sera e lo stesso pensiero sfiorò Mariarosa.

Di fronte ai morti, la folla si quietò.

"Conigli", li insultò Guido dal balcone.

Il giorno seguente, Mariarosa si recò alla libreria e la riaprì.

Si sentì rinfrancata.

Nessuna protesta, silenzio e calma.

"Dovevano sparare prima e tutto sarebbe finito da tempo", disse alla prima cliente, una ricca proprietaria terriera che aveva lasciato la gestione della campagna ai figli per trasferirsi in città.

Le due donne sorrisero sulla stupidità della folla.

Bastavano degli spari a segno per fermare tutto.

"Così finiscono tutte le proteste.

Non hanno la testa per poter comprendere la vita e vorrebbero governare".

Dopo quello scambio, si misero a parlare di altro.

Di libri e dei figli.

Dell'istruzione e degli abiti.

Dei vestiti e delle novità per l'estate.

"Dovreste venire pure voi", suggerì la cliente.

Da qualche anno, l'alta borghesia cittadina aveva preso l'abitudine di affittare, per la stagione estiva, delle piccole costruzioni in legno lungo la spiaggia del Poetto per trascorrere i pomeriggi a camminare in libertà e fare comunella con le altre famiglie.

Un modo di intessere relazioni meno formali, ma altrettanto durature e un modo per dare sfogo alla voglia dei giovani rampolli di interrompere il normale calendario giornaliero.

In molti si sarebbero trovati sui banchi di scuola, fianco a fianco.

Altri, più grandi, avrebbero pensato a futuri affari, alle feste e ai matrimoni.

Per chi aveva delle figlie femmine in età da marito era sicuramente una delle modalità moderne per attuare un'antica prassi e lo stesso si poteva dire per chi invece cercava una dote o un piazzamento di un figlio maschio.

In fondo, cambiare tutto senza cambiare nulla.

Lo sport preferito dalla classe dirigente di ogni epoca.

Mariarosa non aveva mai preso in considerazione un modo simile di trascorrere le giornate estive, ma ora qualcosa la stuzzicava.

L'idea che gli altri ci fossero, inteso gli altri che contano.

Un'élite di prescelti e predestinati.

Un altro modo per separare "noi" e "loro".

Ne avrebbe parlato con Guido, il quale era assorbito, temporaneamente, da altri pensieri.

Pareva che il sindaco Ottone Bacaredda fosse stato costretto a dimettersi per fare spazio al commissario regio.

"E' solo per qualche tempo", si diceva negli ambienti più informati.

"Tanto per dare l'idea che la protesta sia servita a qualcosa.

Ritornerà a tempo debito, quando gli animi si saranno calmati e le teste rimesse a riposo.

Vinceremo, come sempre."

Il collega aveva cercato di consolare l'avvocato Ferrero, il quale però intravedeva un piccolo cedimento nel ragionamento.

Ora la folla aveva ottenuto poco, giusto una dimissione temporanea, ma la prossima volta avrebbe voluto molto di più.

Non andava bene, non bisogna cedere.

Invece, fu molto felice dell'invio di cinquemila militari in città.

"Ci penseranno due volte prima di uscire di casa e fiatare.

Si beccano subito una pallottola in fronte."

Mariarosa accolse la notizia con estrema gioia.

Si prospettava un futuro roseo per la loro famiglia.

Un totale inserimento nella società borghese di alto lignaggio.

La nuova avventura del Poetto e il fatto che Italo avrebbe iniziato il ginnasio presso il liceo Dettori.

L'unico aspetto che non gradiva era il possibile inserimento, a livello liceale, del direttore dell'Unione Sarda, Raffaele Garzia, come docente di lettere.

Un rivoluzionario e sobillatore.

Uno che aveva osato spalleggiare la rivolta con articoli di sostegno e di ammirazione della folla.

"Dovremo parlare con le altre famiglie per evitare la sua nomina."

Ecco il proposito dell'estate.

Il modo in cui la famiglia Ferrero si sarebbe opposta all'innovazione strisciante.

"Non ci servono novità. A noi sta bene così."

Con uno sguardo di compiacimento i due sposi chiusero la porta della loro camera in una sera di fine maggio, mentre al di fuori i profumi della campagna e del mare inondavano Cagliari di effluvi ancestrali e magici.

"You're the queen
of the superficial
and how long before
you tell the truth?"

XI

"On a dark desert highway
cool wind in my hair,
warm smell of colitis
rising up through the air.
Up ahead in the distance
I saw a shimmering light.
My head grew heavy
and my sight grew dim.
I had to stop for the night."

Il vento di maestrale risultava efficacemente schermato dalla barriera naturale posta ad ovest del litorale del Poetto.

Volgendo lo sguardo verso la prospiciente altura si poteva notare il caratteristico profilo che arrivava sino alla Sella del Diavolo.

Mariarosa si stava godendo il tepore di quella giornata, una delle ultime di una lunga estate trascorsa sempre a Cagliari, ma con una routine che le sembrava ormai consolidata, anche se erano passati solamente tre anni dalla novità assoluta.

È strano pensare come alcune abitudini entrino costantemente nella vita di ogni persona e di ogni famiglia con gesti semplici, quasi di soppiatto e come qualcosa di nuovo diventi, in poco tempo, normale.

Nessuno si capacita di come si possa vivere senza e nessuno si immagina come fosse stata la propria esistenza prima.

Semplicemente, non vi è un prima.

Il presente si ripercuote nel passato, come un eterno ritorno di qualcosa di inesistente.

È così che si attuano i cambiamenti anche all'interno degli ambienti più riottosamente conservatori.

D'altra parte, a Mariarosa non pareva fosse mutato granché, anzi tutto era rimasto identicamente uguale a se stesso.

Gli stessi nomi e le stesse frequentazioni.

Gli stessi ambienti e gli stessi luoghi.

Panorami eterni e consuetudini reiterate.

I poveri erano rimasti poveri e non avevano più protestato.

Ciò aveva ridato un senso alla loro vita e Guido aveva giudicato un successo l'arrivo del contingente militare.

Nemmeno l'evidente crescita di Italo e Romano aveva destato preoccupazioni e dubbi sul modo di pensare monolitico e asfittico.

Italo, in particolare, mostrava già i primi segni di maturità di un corpo che si stava modellando per la vita da adulto.

Finito il ginnasio con votazioni discrete, si contraddistingueva nell'essere nella media, in tutto.

Nell'aspetto.

Non troppo alto ma nemmeno basso, non troppo magro ma nemmeno grasso.

Ordinario, si sarebbe detto.

Normale e borghese lo avrebbe definito Mariarosa.

Un anonimo qualunque che sarebbe transitato senza destare interesse o ribrezzo, curiosità o stupore.

Un perfetto uomo da sposare tra sette o dieci anni, alla fine del percorso universitario, rigorosamente stabilito presso la facoltà di Legge, e di un ingresso, già programmato, nello studio del padre.

Questo era il vantaggio della medio-alta borghesia.

Una sorta di ereditarietà di patrimonio e attività lavorativa, così come i nobili un tempo trasmettevano titoli e territori.

Una perfetta continuazione di una società classista, beninteso non più su sfondo agricolo e feudale.

Ora, per Italo, si aprivano le porte del vero e proprio liceo classico, laddove avrebbe trovato proprio quel professore di lettere tanto osteggiato dalla sua famiglia.

Nonostante le opposizioni di molti, Raffaele Garzia si era insediato in quella cattedra.

Mariarosa ne era preoccupata, ma non si sarebbe fatta rovinare né l'estate né quella giornata.

Chiudendo gli occhi, si immaginava di essere ovunque.

Nessun luogo nello specifico, ma immagini provenienti dai libri che aveva letto nel corso degli anni.

Certi paesaggi descritti nelle epopee classiche italiane o certi palazzi presenti nei moderni romanzi.

Sognava di essere là non per vivere quel mondo e quel tempo, ma per portare il suo esempio e per "sistemare le cose", come era solito dire alle clienti, ossia per ridare un senso di verticismo e di gerarchia ad una società che stava andando alla deriva.

Romano, invece, non aveva iniziato la trasformazione da ragazzo in adulto.

Amava ancora correre come fanno i bambini, in qualche modo sempre redarguito da sua madre.

"Non sta bene", erano le classiche parole di ripresa.

Il ragazzo, troppo ligio al proprio dovere, si calmava, anche se in cuor suo vi erano moti sopiti di esuberanza.

Era più libero nella scelta del proprio futuro.

Sicuramente una facoltà universitaria, ma non per forza Legge.

E sicuramente un matrimonio vantaggioso, ma sarebbe stato il secondo e quindi le attenzioni non erano rivolte a lui, in prima battuta.

Guido si faceva vedere poco al Poetto, giusto un'apparizione fugace per presenziare la famiglia.

Preferiva di gran lunga passeggiare per via Roma e per la zona del porto rimirando la città con una visuale proveniente dal mare.

L'avvocato si trovava nell'invidiabile posizione di chi poteva vantare antenati piemontesi e, nel medesimo tempo, di chi si era integrato perfettamente nella società cagliaritana, mantenendo legami in entrambi gli ambienti e costituendo quindi un ponte tra i due mondi, considerati troppo distanti fuori dalla circoscrizione cittadina.

Aveva trovato in Mariarosa e nella sua famiglia una perfetta coincidenza di pensieri.

Si trattava di quella parte di borghesia sarda che vedeva malamente ogni espressione di cultura locale, compreso l'uso di termini dialettali e le tradizioni contadine.

Per tale motivo, mal avrebbero sopportato un trasferimento, seppure temporaneo, in altre zone della Sardegna.

Già il vicino abitato di Quartu Sant'Elena sembrava un mondo a sé stante e che doveva rimanere confinato al di fuori della loro conoscenza, figurarsi quando si parlava di Iglesiente o di Campidano o di Barbagia.

A detta di tutti loro, l'unico altro punto di interesse della Sardegna era dato dalla città di Sassari che contendeva a Cagliari un certo primato isolano.

Là vi era sicuramente più tradizione nella cultura universitaria, mentre Cagliari si stava delineando come centro industriale e commerciale, al quale si stavano affiancando recenti attività culturali.

Teatri e sale di proiezione cinematografica, giornali e università stavano dando uno stampo differente alla città.

Vi era, in tutto questo, qualcosa che disturbava sia Mariarosa sia Guido.

Troppa modernità e troppa vicinanza alle classi sociali più basse.

Una forte presenza di operai e lavoratori che istillava derive socialiste o repubblicane.

Tutto da combattere strenuamente con le armi in dotazione alla classe dirigente.

Potere, denaro, cariche amministrative, esercito.

Nonostante ciò, la sensazione di un generale arretramento delle posizioni conservatrici era evidente.

Guido si era fermato ad analizzare spesso la situazione cagliaritana e sarda e aveva convenuto che i suoi figli, molto probabilmente, avrebbero dovuto andarsene per trovare un posto dove vi fosse abbastanza concentrazione sociale del loro rango.

Torino, forse Roma o Milano.

In ogni caso, fuori dalla Sardegna.

Non ne aveva parlato con la moglie, ben sapendo che Mariarosa non aveva ancora metabolizzato il distacco dai figli.

Sarebbe stata una cosa naturale, facendo decorrere il tempo secondo il suo corso predeterminato.

In quella giornata, messi da parte simili pensieri, Guido rimirava lo sfondo del mare e dell'arenile in contrapposizione alla loro situazione.

La borghesia si era concessa qualche licenziosità sui costumi, in particolare sull'abbigliamento, ma nulla che potesse arrivare alla sfacciataggine del proletariato, il quale, se lasciato a se stesso, avrebbe persino permesso dei bagni in mare a torso nudo per gli uomini, e magari con la concomitante presenza di donne.

Questa commistione e degrado dei costumi era costantemente ricordata dalla Chiesa e brandita come monito dai pulpiti, ma sembrava che a nessuno importasse.

Mariarosa, fissando il marito, intuì che la sua mente stesse divagando e lo riportò alla realtà.

"Dovremo sincerarci circa la composizione sociale della classe di Italo.

Già con quel docente di Lettere non sappiamo cosa insegnerà, visto il suo atteggiamento radicale e anticlericale, ma se ci saranno presenze plebee e provinciali, sarà un disastro."

L'avvocato si lisciò i baffi in segno di riflessione.

Sapeva che sua moglie aveva ragione.

Vi era un pericolo strisciante.

Mai educare un servo come si farebbe con i discendenti dei padroni.

Tuttavia, gli sembrava che suo figlio Italo fosse abbastanza maturo per comprendere le frequentazioni giuste.

Una buona parte dei suoi compagni sarebbero stati quello provenienti dal ginnasio e sui quali era già stata fatta una prima scrematura nei due anni precedenti.

I pochi casi nuovi sarebbero stati isolati e analizzati, prima di spalancare loro le porte dell'amicizia e della conoscenza.

Ciononondimeno, non poteva contraddire Mariarosa.

Fece un cenno di assenso.

"Anche per comprendere il futuro di Romano."

Visto che la formazione liceale sarebbe stata la stessa, Italo si delineava come un apripista per il futuro del fratello.

Testato il primo caso, il secondo veniva più naturale, allo stesso modo di come Mariarosa aveva sperimentato per la gestazione e il parto.

Tutto nuovo nel caso di Italo, tutto così identicamente semplice nel caso di Romano.

Da quel momento, ossia prima ancora della nascita, il secondogenito aveva dovuto sottostare ad una specie di sentiero preordinato per la propria vita.

Ricalcare le orme del fratello maggiore a distanza di due anni.

Prima o poi, il suo carattere diverso, più estroverso e gioioso, si sarebbe manifestato, ma non ora.

Non fino a quando la rigida educazione dei propri genitori fosse stata preminente.

Della modernità, Mariarosa e Guido non aborrivano solamente le idee socialiste, ma anche certe mistificazioni che stavano emergendo da alcuni studiosi.

Sondare la mente umana per trovare significati reconditi, come in molti volevano fare, specie per la guarigione dei matti, non era qualcosa di accettato.

Presso la libreria di Mariarosa era arrivato qualche cliente in cerca di tali opere, in particolare di un certo Sigmund Freud, un dottore viennese.

Con sguardo di disapprovazione, la donna aveva liquidato simili avventori.

"Non teniamo questi scritti".

Aveva seccamente risposto.

Non avrebbe mai permesso che la sua libreria si fosse riempita di oggetti contrari ai dettami della Chiesa, per di più redatti da ebrei.

La donna pensava di essere libera da pregiudizi, beninteso che gli ebrei si erano macchiati della colpa di aver condannato il Cristo e per questo era corretto considerarli una minaccia.

Allo stesso modo, gli africani, gli asiatici e i selvaggi erano considerati inferiori all'uomo bianco, se non altro perché non avevano abbracciato la fede cattolica e non avevano sviluppato la nostra cultura.

In tutto questo, si sentiva un'ottima madre e cattolica, dato che osservava scrupolosamente quanto indicato dal Papa, dai cardinali, dai vescovi e dai preti.

Non credeva affatto nelle teorie astruse di evoluzione, affermanti la nostra derivazione dal regno animale.

"Siamo uomini creati a immagine e somiglianza di Dio e, in noi, vi è l'anima immortale, specialmente nei cristiani e massimamente nei cattolici", era solita affermare a chiunque conoscesse abbastanza bene per lasciarsi andare a confidenze.

Questo era quanto insegnava ai suoi figli e quanto la sua libreria avrebbe diffuso.

Per tale motivo, era a disagio di fronte al fatto che l'istituzione per eccellenza, ossia la scuola, desse spazio a simili ribelli e rivoluzionari che osavano affermare l'uguaglianza di tutti gli uomini e l'ingiustizia della divisione in classi.

Il Sole stava calando verso la parte delle alture che culminavano con la Sella del Diavolo e quello era il segnale del rientro.

La famiglia si apprestò a sistemarsi e prendere le poche cose che avevano portato.

Un conducente in carrozza li avrebbe attesi a poca distanza dalla costruzione in legno che avevano preso in affitto.

Né Guido né Mariarosa avevano ancora compreso l'utilità di quei nuovi mezzi motorizzati, denominati automobili, che stavano suscitando l'interesse di una parte della borghesia.

Vi era chi aveva già acquisito un simile mezzo, spacciato per modernità assoluta e per libertà di movimento.

Nonostante avessero provato ad esserci trasportati, non avevano compreso in cosa ciò fosse meglio della vecchia carrozza.

La libertà aveva un prezzo, quella di doversi sporcare le mani ossia di condurre da sé un simile mezzo, mentre le carrozze possedevano cocchieri e conducenti.

Qualcuno si era spinto fino a prevedere che, entro poco tempo, vi sarebbero stati conducenti specializzati di automobili.

"Attenderemo questo avvenimento", avevano concluso i coniugi.

Per di più le automobili erano rumorose e producevano fumi di un olezzo terribile.

Sembrava di girare per le fabbriche e per la loro produzione, tutto troppo lontano dalla mentalità di casa Ferrero.

D'altra parte, l'utilizzo dei tram era escluso.

Mezzi che tutti potevano prendere, pagando un biglietto.

Senza alcuna distinzione di spazi e di classe.

La carrozza, invece, era esclusiva.

Denotava classe e rispetto delle tradizioni.

Un modo antico, ma rispettevole.

Come al solito, le novità si sarebbero fatte strada con estrema difficoltà nelle menti di Guido e Mariarosa, senza nemmeno la spinta innovatrice delle nuove generazioni, visto che sia Italo sia Romano erano stati cresciuti come se fossero ancora della generazione precedente e ogni loro interesse verso il futuro era smorzato continuamente dal confronto quotidiano e casalingo.

Da un lato, i libri di Mariarosa, antichi e che guardavano ai secoli precedenti.

Dall'altro, le cause e le sentenze di Guido, sempre rivolte al passato in quanto scrupolose applicazioni di leggi vigenti.

Prima che qualcosa potesse arrivare nello studio dell'avvocato Ferrero, la legge andava proposta, discussa e approvata, poi ratificata e applicata.

Gli effetti si sarebbero visti nel giro di un paio di anni almeno, cosicché il suo lavoro risultava in ritardo, rispetto alle discussioni vigenti, di un quinquennio.

Se poi si considerava che alcuni giornali e alcuni circoli progressisti presentavano istanze la cui applicazione richiedeva almeno un decennio di gestazione, ecco che Guido aveva sempre uno sguardo sulla generazione precedente.

"Andiamo".

In perfetto ordine gerarchico, la famiglia Ferrero si incamminò.

Dapprima Guido, poi Mariarosa, indi Italo e infine Romano.

Ognuno al proprio posto e vestito di tutto punto, nonostante la calura.

Gli sguardi del popolo erano un misto di ammirazione e disapprovazione.

Ammirazione per il perfetto quadro di eleganza familiare ottocentesca, disapprovazione per la distonia con l'ambiente.

Come facevano a rimanere così ingessati di fronte a quel luogo?

Non viverlo nel profondo?

Non esserne partecipi?

Era veramente quello il modo di essere dei signori?

Nella mente di ogni popolano, si arrivava sempre alla medesima conclusione.

"Stanno meglio perché hanno i soldi, ma non vivono meglio."

Sempre pallidi, segno di nobiltà e di disprezzo verso il lavoro manuale, sempre posati.

I bambini perdevano gran parte della loro natura.

Gli adulti sembravano già pezzi da museo.

Le visite al Poetto diradarono sempre di più, fino a che fu decisa l'ultima uscita.

Vi era nell'aria qualcosa di diverso.

Un senso di ritorno alla normalità, un modo per chiudere una parentesi.

Pareva esserci una musica di sottofondo diversa, malinconica e struggente.

Un suono di arpa e pianoforte, di lira e di cetra, di violoncelli e di vento.

Mariarosa vi trovava un senso di connessione con il passato e con il mondo a lei consono, Guido una pace interiore, Italo un segnale per l'imminente nuovo anno scolastico, Romano un modo per costruire la propria vita.

Stesso panorama, stessi colori e odori, ma interpretazioni differenti.

Registri stilistici opposti e antitetici, nel medesimo consesso familiare.

Un mondo si chiudeva, illusorio e temporaneo, e un altro si apriva, sempre lo stesso.

La normalità, come si diceva.

La famiglia si ritrovò unita nel comprendere come una simile esperienza fosse concessa solo a pochi.

Gli eletti, i superiori, gli abbienti altolocati facenti parti di una casta, gli unici che potevano ambire alla comprensione della mente umana e delle sue infinite sfaccettature.

Il volgo e il popolo avrebbero calpestato tutto ciò, inondandolo di banalità e quotidianità.

Invece, tutto avrebbe dovuto rimanere aulico e alto, solo per pochi.

Negli occhi della famiglia Ferrero risplendeva la certezza e la consapevolezza di fare parte del vertice.

Rientrando a casa, tutti si sentirono pieni di sé.

Orgogliosi e spronati ad andare avanti.

Erano sulla strada corretta e nessun ribelle avrebbe mai potuto cancellare una società così altamente autoreferenziale.

Dal giorno seguente, ognuno avrebbe adempiuto al proprio compito nei rispettivi ambiti e abiti.

Chi come figli e studenti, chi come genitori e avvocati o librai.

Diffusori dei valori di una borghesia a tratti liberali e a tratti aristocraticamente conservatrice e che vedeva in malo modo sia le pulsioni popolari che quelle progressiste.

Nulla di buono sarebbe arrivato sradicando la tradizione per lasciare posto al cambiamento.

Congelamento dei rapporti e delle relazioni, questo è quanto si chiedeva.

Utopia e miopia, ma il guscio entro il quale si viveva non poteva che produrre simili concetti.

Vi era però un tarlo, un qualcosa che andava rodendo dall'interno la costruzione perfettamente ideata.

Un agente esterno che si era infiltrato, a prima vista in modo anonimo.

In poco tempo, Mariarosa diede un nome a tutto ciò.

Era venuta a sapere che il liceo Dettori aveva accolto, proprio nella classe di suo figlio Italo, uno studente proveniente dalla provincia.

Qualcosa di inaudito.

E nemmeno da qualche paese vicino, ma addirittura da un ginnasio di Oristano.

E, siccome i mali non accadevano mai da soli, il tutto era accompagnato da altre notizie funeste.

"Non è nemmeno originario di Oristano", si diceva.

Lasciando intendere che la cittadina, comunque giudicata inferiore dai cagliaritani, era sempre meglio di un qualunque paese di campagna.

Quando Mariarosa udì il nome di Ghilarza, dovette informarsi a dovere.

Non sapeva minimamente ove si trovasse e non lo aveva mai sentito nominare prima di allora.

Un figlio di proletari, contadini o operai non importava.

Uno che non avrebbe potuto nemmeno entrare a Cagliari, tanto meno dalla porta principale di accesso dell'istruzione.

Il Liceo Classico, l'istituzione per eccellenza che avrebbe spalancato le porte all'Università.

Si educavano i figli dei servi fino ai massimi livelli.

Vi era un duplice pericolo in ciò.

Se il ragazzo in questione si fosse rivelato troppo intelligente e troppo perspicace, il futuro sarebbe stato in bilico.

Cosa sarebbe successo se il mondo della borghesia avesse consentito a chi era un loro nemico giurato di sfornare talenti acculturati che poi avrebbe potuto finire nell'amministrazione come docenti o avvocati o magistrati o politici?

Un dramma.

La fine di tutto quanto costruito con dedizione di intere generazioni.

E se, al contrario, lo studente si fosse rivelato non brillante?

Un danno immediato, ma temporaneo, ossia una zavorra che avrebbe impedito la migliore crescita intellettuale di Italo.

Dopo essersi consultata con Guido, Mariarosa concluse che la seconda soluzione era il male minore.

"Tutto è dovuto a quel docente di Lettere. Non bastavano i suoi articoli faziosi e sediziosi sul giornale.

Vuole fare danni anche a scuola.

Fino a quando consentiremo all'abuso della nostra pazienza?"

L'avvocato Ferreo condivideva ogni parola di sua moglie, ma più che fare pressione economica e di persuasione non si poteva.

Se la dirigenza scolastica avesse considerato Raffaele Garzia all'altezza del compito, non vi sarebbe stato modo di agire per cambiare la nomina.

I genitori si guardarono bene da informare Italo.

Il ragazzo doveva essere tenuto all'oscuro di tutto e si sarebbe presa una decisione solo nel momento in cui ne avesse spontaneamente parlato.

Una bella fetta della clientela di Mariarosa era costituita proprio da quella borghesia cittadina che inviava i propri rampolli all'istruzione classica.

Sapendo che una di loro gestiva un negozio di libri e conoscendo che vi potevano trovare quanto necessario per i figli, non era inusuale che le madri si intrattenessero con lei per acquistare romanzi o opuscoli di loro interesse.

Di tanto in tanto passavano anche i padri dei ragazzi, specie per ricercare qualcosa di specifico e di professionale.

Non erano tomi direttamente presenti in libreria, ma Mariarosa se li sarebbe procurati.

Era in contatto con le maggiori tipografie o società di distribuzione e redigeva una lista delle ordinazioni su base giornaliera.

Vi era sempre qualche garzone disponibile a recare le missive presso i vari indirizzi per un compenso davvero misero.

Così facendo, Mariarosa intesseva relazioni commerciali intense, dedicandosi personalmente a casi di particolare interesse o a incontri che avrebbero potuto cambiare il corso dell'importanza e dell'influenza della famiglia Ferrero.

Così, per un ordine di un volume particolarmente pregiato o antico, non inviava i garzoni, ma si recava ella stessa.

Nel corso degli anni, erano passate nel suo negozio intere famiglie cagliaritane.

Figli maggiori e minori, madri e padri, alcuni studenti che ora avevano una propria famiglia e avrebbero ritenuto il negozio in via Manno un punto di riferimento cittadino, così come lo erano i monumenti e le piazze.

I docenti del Liceo ne erano a conoscenza e, in qualche modo, favorivano l'acquisto presso la libreria di Mariarosa.

Tutti, tranne Garzia.

I testi consigliati da quel docente erano proprio quelli non tenuti dalla donna, visto il loro carattere eversivo e rivoluzionario.

Persino lo studio della letteratura italiana si basava su parametri differenti.

"*La storia della letteratura italiana*" di Francesco De Sanctis era una pietra miliare che non poteva essere di certo evitata, ma accanto a ciò Garzia aveva introdotto ben altro.

Da qui l'avversione nei suoi confronti della famiglia Ferrero.

Avversione che era equamente dovuta al suo modo di essere e di pensare e al fatto che non perorasse in pieno gli affari di Mariarosa.

Ma se, fino a quel momento, il tutto era rimasto latente e quasi inespresso, dall'inizio del nuovo anno scolastico, la contrapposizione esplose in pieno.

Il motivo era semplicissimo.

Raffaele Garzia era un docente di Italo Ferrero, il figlio di Mariarosa e di Guido.

E, come docente, avrebbe dovuto avere il rispetto delle famiglie, visto che nella tradizione borghese di epoca giolittiana non era pensabile mettere in discussione l'autorità di un docente, consuetudine presa in eredità dalle generazioni precedenti dell'Ottocento e dell'aristocrazia feudale.

In quel frangente, la famiglia Ferrero si trovò di fronte ad un dilemma.

Mettere in discussione lo status quo precostituito o accettare idee rivoluzionarie?

In entrambi i casi, il loro mondo sarebbe mutato.

Non era possibile una riproposizione della tradizione.

"Vedi a cosa ci hanno portato queste aperture al progressismo e alle idee ribelli e malsane?"

Mariarosa si lamentò vistosamente, quando le porte della camera si chiusero dietro i due coniugi.

Guido le cinse i fianchi.

Non aveva voglia di discutere.

Voleva ricordarsi i tempi della loro gioventù o le giornate spensierate dell'estate appena trascorsa al Poetto.

Già il mondo era pieno di problemi, perché rovinarsi la vita?

Mariarosa allontanò delicatamente la presa del marito.

Sapeva che, se avesse ceduto, non vi sarebbe stato dialogo.

Guido era solito assopirsi subito dopo aver espletato i doveri coniugali, senza alcun preavviso e in modo repentino.

Voleva tenerlo sulla corda ancora per un po'.

Era a conoscenza che gli uomini, in camera da letto, sono completamente nelle mani di una donna, la quale ha un potere enormemente maggiore in quelle quattro mura.

Fuori, gli uomini possono darsi arie e considerarsi potenti, ma lì non potevano nulla.

Dovevano sottostare alle leggi e alle regole femminili.

Ed era Mariarosa la regina di quella casa, colei che avrebbe determinato i tempi e i modi.

Voleva una risposta netta e definitiva da Guido.

L'avvocato era troppo avvezzo a scene di quel tipo per non comprendere al volo la condizione che la moglie gli aveva posto.

Sentiva montare dentro di sé la pulsione corporea, così diede una risposta sbrigativa, probabilmente quella che Mariarosa si aspettava come soluzione perfetta.

"Lo so cara, ma è così. Non ci possiamo fare molto.

Non possiamo accettare le idee rivoluzionarie, questo lo sappiamo.

Sarebbe però un male contestarlo direttamente, sminuendolo.

Italo e Romano devono crescere con il rispetto verso l'autorità.

Penso che dovremo farci dire da nostro figlio i metodi e le parole che usa il docente, per controbilanciare la sua strategia con nostri discorsi e nostri testi.

Un modo per riportare Italo dalla nostra parte, senza che qualcuno gli prenda la mente e la cambi.

Dovrà rimanere uno di noi, sapendo cosa è giusto e cosa è sbagliato."

L'avvocato, notevolmente esercitato all'uso della dialettica, aveva trovato una perfetta armonia.

I suoi occhi seguirono l'espressione della moglie vedendola sciogliersi e distendersi.

Aveva raggiunto lo scopo.

Ritornò alla carica e questa volta Mariarosa non oppose alcuna resistenza, anzi si slacciò in completa autonomia i vestiti.

Prima che il buio prendesse il sopravvento sulla città di Cagliari, l'uomo entrò in un profondo sonno, mentre la moglie rimase con gli occhi aperti ancora per molto tempo.

Sentiva di amare il marito e la propria famiglia.

Le pareva che tutto ciò fosse naturale e confacente ai disegni di Dio, la cui volontà era manifesta ed evidente.

Dare seguito alla sua parola su questo Terra e combattere i miscredenti.

L'espediente suggerito da Guido avrebbe funzionato a meraviglia.

Istillare in Italo il dubbio su metodo e sostanza, espletando il ruolo di genitori ed educatori.

Rendere il loro figlio maggiore una continuazione della famiglia stessa, cosicché i due coniugi avrebbero avuto occhi e orecchie all'interno dell'aula in cui venivano impartite lezioni morali degne di lode, ma anche teorie sovversive e pericolose.

Il fine era molto nobile e alto.

Plasmare Italo a loro immagine e somiglianza di modo che i pensieri giusti della classe al potere potessero perpetrarsi relegando nell'angolo certe devianze moderne, malsane e distruttrici.

Nell'espletare la breve camminata tra la propria dimora e il negozio, passando per le vie del centro cittadino e rimirando il quartiere sovrastante di Casteddu, Mariarosa vi trovò un equilibrio e una pace mai sperimentata prima di allora.

Era come se i rumori della città venissero filtrati.

La brezza di inizio autunno risalente largo Carlo Felice spirava attraverso il Mercato, brulicante di quel proletariato che tanto era distante dal modo di vivere della famiglia Ferrero.

Là si sarebbero recate le governanti e non di certo Mariarosa, la quale si sarebbe mantenuta a debita distanza.

Il suo piccolo mondo la stava attendendo con i suoi riti quotidiani, scanditi identicamente da anni.

I giorni scorsero lievi e fugaci, come a primavera, sebbene la Natura si stesse preparando al riposo invernale.

Il Sole, sempre più basso, si rispecchiava sempre di più nel mare antistante riflettendo scintillii sciabordanti ed effimeri.

181

Raggi di luce che lambivano le superfici e, mediante raffinate riflessioni e ricombinazioni, donavano una colorazione così particolare alla città da renderla unica.

Solo lì si sarebbero potute sperimentare certe sensazioni, anche se Mariarosa non aveva avuto esperienze diverse.

Non conosceva il brillio che si poteva intravedere a Genova o ad Agrigento, né la sensazione dei tramonti a Livorno.

Il resto dell'Italia era oscuro e ignoto, quasi non interessante ai suoi occhi.

Cagliari era il centro, ma anche il limite.

Questo era il confine demarcato del loro potere, in fondo limitato e microscopico, ma inconsciamente non comprensibile alle loro menti.

In quella famiglia, solamente Romano nutriva un sentimento, per ora represso, di volontà di agire autonomamente e su scala nazionale.

Era l'unico a sentirsi isolano ed isolato.

Italo, invece, incarnava sempre quanto i genitori si aspettavano da lui.

E lo fece persino in quell'occasione.

Iniziò a riportare quanto il docente di Lettere insegnasse e quanto mettesse alla prova la loro preparazione.

"Non dovremo preoccuparci, visto il ginnasio da te frequentato."

La preparazione data dal ginnasio appena terminato da parte di Italo era stata egregia e ben si vide alle prime prove a cui il ragazzo era stato sottoposto.

Abituato a rimanere nella media, questa volta fu proiettato nella fascia alte delle votazioni.

In fondo, il docente Raffaele Garzia, per quanto rivoluzionario, non era poi così male, almeno questo fu il pensiero di Mariarosa di fronte alla prova dei fatti.

E questo giudizio, smorzato e patteggiato rispetto all'idea pregiudiziale di qualche mese prima, fu ulteriormente confermato.

"Potrà essere eversivo fin che si vuole, ma di fronte alla verità non può che chinare il capo", affermò la donna al cospetto del marito qualche sera successiva.

A cena erano venuti a conoscenza di un altro particolare.

Quello studente proveniente da Oristano, la cui sola presenza gridava allo scandalo per via della sua estrazione sociale, era stato messo al posto che meritava ossia appena sufficiente e non di certo brillante.

Il ginnasio da lui frequentato aveva garantito una preparazione scarsa e, nonostante tutto, persino il ribelle Garzia aveva dovuto riconoscere la differenza tra un borghese bene istruito e un proletario goffo.

Tutto ciò era avvalorato da quanto affermava Italo, il quale, senza mezzi termini, aveva apostrofato questo nuovo studente:

"Di aspetto brutto, sgraziato, quasi deforme. Cencioso e maleodorante, senza mezzi economici."

Mariarosa non sapeva se averne disprezzo o se sorridere in cuor suo del fallimento delle politiche cosiddette progressiste.

Nessun proletario avrebbe mai scalfito il loro predominio, se questi erano considerati i loro figli migliori.

Il giorno seguente, verso metà del pomeriggio, uno strano essere varcò il negozio di Mariarosa.

Era un giovane, con un aspetto non di certo distinto.

I vestiti erano consunti, segno evidente di povertà.

L'espressione di Mariarosa si tramutò dapprima in disgusto, poi in disprezzo e, infine, in totale indifferenza, prima ancora che il ragazzo prendesse la parola.

Con un incedere timido, il nuovo arrivato prese la parola:

"Buongiorno signora Ferrero, sono Antonio, uno studente che frequenta la stessa classe del liceo Dettori di suo figlio Italo.

Avrei bisogno di questi libri."

Il ragazzo porse una lista di quattro edizioni.

Erano tre libri di testo e del romanzo "Cenere" di Grazia Deledda.

Volumi che Mariarosa aveva disponibili immediatamente.

Non voleva però venderli a quel soggetto, avendolo riconosciuto come lo studente proveniente da Oristano di cui Italo aveva parlato.

"Mi spiace, ma non li ho. Si può rivolgere ad altre librerie."

Il ragazzo fece una finta espressione di gratitudine, comprendendo la vera natura del rifiuto.

"Mi scusi, ma non ho capito il suo nome" aggiunse Mariarosa

Prontamente il ragazzo replicò:

"Antonio. Antonio Gramsci".

Vedendolo uscire con andatura incerta, Mariarosa tirò un sospiro di sollievo.

Non avrebbe permesso a quell'innovazione malsana di prendere piede.

Quel giorno aveva difeso la tradizione e il futuro della sua famiglia.

"The tears dead in my eyes.
They freeze until I'm blind.
The eyes a gift from you."

XII

Cagliari, estate 1910-autunno 1911

"I trace the cord back to the wall.
No wonder it was never plugged in at all.
I took my time, I hurried up.
The choice was mine, I didn't think enough."

"Che vergogna..."
Mariarosa non poteva credere ai propri occhi.
Contraddicendo una sua esplicita regola, per quel giorno aveva comprato una copia del quotidiano "L'Unione Sarda".
Il fatto che il direttore del quotidiano fosse anche il docente di Lettere di Italo era, ormai, il minore dei mali.
Dopo due anni di attenta osservazione da parte del figlio, il quale riportava ogni cosa ai propri genitori, era chiaro che nessuno avrebbe smosso Raffaele Garzia dal suo posto e che lo stesso non avrebbe minimamente cambiato nulla nel suo modo di insegnare.
Come era ampiamente prevedibile, i testi letti e proposti al liceo Dettori erano a dir poco scandalosi.
Non che si trascurasse la letteratura classica antica e moderna o gli scrittori tanto cari a Mariarosa o alla borghesia, ma il problema era che, accanto a ciò, si insegnavano anche testi che non sarebbero dovuti finire nelle mani di minorenni, almeno a detta della donna e dell'avvocato Ferrero.
Persone sovversive e ribelli, con idee malsane e malvagie, che predicavano l'uguaglianza tra tutte le persone, indipendentemente dal censo e della classe sociale o che inneggiavano ad un sistema repubblicano, addirittura a suffragio universale o che decantavano l'amore libero e licenzioso o che andavano contro i costumi borghesi denunciando le ipocrisie e la corruzione degli ambienti altolocati e persino della Chiesa.

Come si era arrivati a tanto?

Come era possibile che gli studenti si trovassero nella cosiddetta "Associazione anticlericale dell'Avanguardia" e che non venissero espulsi, ma perfino incentivati?

Misteri della società moderna, la stessa che Mariarosa e Guido vedevano in malo modo.

A ragion veduta, visto i danni che stava perpetrando un po' dappertutto, ma che i coniugi circoscrivevano in un solo ambito ossia il riscontro di ciò che accadeva all'interno della classe di Italo.

Il ragazzo si era visto, in modo progressivo, degradare i voti in lettere proprio da quel docente così eversivo.

E il docente aveva messo in pratica, in modo scientifico per Mariarosa, una specie di vendetta verso chi non la pensava come lui.

"Hai fatto bene a sottolineare come il romanzo sia decaduto e come non è corretto prendere le parti di Emile Zola che voleva accusare tutti quanti, senza rispettare la gerarchia.

E come la vera società è quella della Provvidenza di Manzoni, non sicuramente quanto dicono i moderni socialisti.

E anche a difendere il grande Vate D'Annunzio.

Come lo appella il tuo professore?"

Mesi addietro sia Mariarosa sia Guido avevano voluto sottolineare ad Italo il loro pieno appoggio.

"Rapagnetta".

Italo sorrise in cuor suo di quello strano nome.

Tutto questo però non era che un infinitesimo.

Il problema maggiore era un altro.

Nella classe di Italo, uno dei migliori, se non il migliore, risultava essere proprio quel ragazzo malaticcio e sporco rispondente al nome di Antonio Gramsci.

Chi lo avesse aiutato nella formazione era un mistero.

"Qualche libraio ribelle", si era detta Mariarosa, la cui volontà di non fornire alcun testo di supporto ad un pericolo del genere era stata vanificata dall'aiuto di altri.

Sicuramente di Raffaele Garzia che lo aveva introdotto al più pericoloso di tutti i ribelli eversivi.

Karl Marx, il cui solo nome evocava, nella borghesia, uno spettro e un tormento.

I seguaci di questo filosofastro da strapazzo, per giunta ebreo e tedesco, erano degli invasati.

Quasi si staccavano dai socialisti, considerati troppo moderati.

E persino dagli anarchici, le cui gesta avevano fatto tremare le case regnanti di tutta europea.

Non erano forse anarchici gli attentatori del compianto Re Umberto e dell'Imperatrice Elisabetta?

Per di più, italiani.

Sembrava che all'interno dell'Italia serpeggiasse il germe della rivolta.

"Ci vuole una guerra, ecco cosa serve.

Che un po' di questi proletari vadano a morire per la Patria e vedrai che le loro idee saranno spazzate via dai cannoni e dai fucili."

Guido aveva più volte sostenuto una tesi del genere.

Mariarosa, pur condividendo tale impostazione, aveva paura per i propri figli.

Se ci fosse stata una guerra, sarebbero dovuti partire anche loro.

Vedere gli orrori di una battaglia.

Soprattutto, rimanere fianco a fianco dei proletari.

A volte, per scacciare quell'incubo si diceva che suo marito sarebbe intervenuto per fare evitare loro il fronte o fargli assegnare a compiti di ufficio o di coordinamento.

Così da proteggerli sia da possibilità di morte sia dal contatto virulento con gli strati bassi della popolazione.

Il gracile Antonio ormai poteva sfoggiare una considerazione maggiore e ciò aveva creato invidia e rivalsa nei borghesi, i quali avevano predisposto di isolarlo ancora di più.

"Faremo in modo che qui a Cagliari nessuno lo frequenti.

Che sia impossibile per lui iscriversi all'Università in questa città."

Era un ultimo tentativo per bloccare la strada alla forza dirompente della miseria che si sarebbe ritagliata un posto laddove, fino a qualche decennio prima, attingevano solo le menti dei figli dei potenti.

Nonostante tutti gli sforzi, nulla potevano contro Garzia, il quale disponeva di una redazione al proprio servizio, in particolar modo di quella più considerata per la terra sarda.

"Ha un fratello, di nome Gennaro, che si è candidato alla Camera del Lavoro."

Così le varie informazioni risalivano i vicoli della città e arrivavano nelle case e nei negozi, riportate con differenti riflessi.

Chi vi vedeva speranza, in particolar modo per le lotte di provincia, quelle che coinvolgevano gli agricoltori e i minatori, i pescatori e gli operai.

E chi vi vedeva la definitiva decadenza dei tempi.

Il docente aveva non solo incentivato e aiutato quello studente, ma gli aveva affidato un compito giornalistico.

Inviato da Aidomaggiore, così era stato detto.

"Perché non dal suo paese di origine?"

Aveva obiettato Mariarosa.

Pareva che da Ghilarza vi fosse già una copertura in tal senso.

"E magari farà pubblicare pure qualcosa e lo pagherà?"

Il risentimento montava di giorno in giorno e i ritrovi delle madri della buona borghesia presso la libreria in via Manno non facevano che amplificare il tutto.

Vi era quasi la malinconia dei giorni della rivolta del 1906.

Almeno a quei tempi erano chiare le opposte fazioni e il tutto si era risolto con un buona dose di pallottole e due morti.

Ora era diverso.

Più subdolo e meno facile da sconfiggere.

Più complesso.

Non bastavano le armi per fermare la progressione di un'idea, anche se sbagliata dal punto di vista borghese e sociale.

Sembrava che il presentare la società attuale e passata, quella basata sul timore verso Dio e sul rispetto dei ruoli, non avesse più attrattiva e che chi voleva dirsi moderno, cioè la maggioranza ormai, preferiva imbracciare una diversa strada, senza essere pienamente consapevole di dove la stessa avrebbe condotto tutti quanti.

Quel giorno, il 26 luglio 1910, era annunciata la pubblicazione del primo articolo di Antonio Gramsci sul quotidiano sardo.

Ecco il motivo dell'azione differente di Mariarosa.

Aveva voluto comprare l'edizione, pur non condividendo nulla dell'approccio.

Le veniva male leggere qualsiasi articolo, in quanto persino la pura cronaca era impostata in modo opposto a quanto andava fatto secondo i canoni della società perbene.

Sfogliò con disprezzo ogni singola pagina, senza prestare caso alle parole.

Quello che le interessava era l'articolo di per sé.

Vedere se fosse vero che era stato pubblicato.

Comprendere come scriveva quello studente, compagno di classe di suo figlio.

E soprattutto comprendere le idee che si volevano trasmettere.

Ogni cosa sarebbe passata al vaglio del pregiudizio ancestrale di Mariarosa.

La donna iniziò la lettura dell'articolo.

Ad ogni riga, esso peggiorava, dal suo punto di vista.

Stile non perfetto, troppo moderno, senza l'uso di termini forbiti, ma comprensibile a tutti.

Per il popolo appunto.

Soprattutto, il soggetto e il modo.

Un'ironia non richiesta soprattutto nei confronti di chi stava descrivendo, i Carabinieri Reali.

Un'arma cui si doveva rispetto.

E invece lo studente stava descrivendo un'operazione che si era rivelata essere un fallimento completo.

Quasi con compiacimento e con un sorriso a mezza bocca.

Un affronto contro le istituzioni.

"Nulla di cui andare fieri."

Richiuse il giornale.

Mariarosa si convinse, ancora più di prima, della fondatezza delle proprie idee e delle paure.

Dare spazio a qualcuno del genere significava svilire l'Italia e l'italiano, la società e l'ordine, il Re e le guardie.

A suo avviso, quell'articolo sarebbe bastato per chiudere il giornale e incarcerare il direttore e lo studente.

Tuttavia, dovette scontrarsi con una vasta opinione differente.

Vi era, anche tra la borghesia, chi trovava l'articolo ben scritto, specie per un diciannovenne e chi aveva addirittura accolto con una risata la descrizione dell'operazione.

Come era possibile che vi fossero delle persone così sprovvedute persino tra di loro?

Guido, comprendendo i pensieri della moglie, cercò di sdrammatizzare.

"Trascorriamo più tempo al Poetto."

L'avvocato, partito con un certo distacco circa le abitudini estive, si era immedesimato più facilmente della moglie alla moda del tempo.

Trovava che cambiare la routine annuale portasse beneficio.

Al fisico e alla mente.

Si ritornava con una carica maggiore ai compiti della vita, come se la pausa servisse da molla di ricarica.

"Là questi proletari non ci sono."

Mariarosa sorrise forzatamente.

Era ben vero che sull'arenile vi si trovavano solo gli ambienti della nobiltà decaduta o dell'alta borghesia, ma nulla avrebbe potuto distrarla dall'evidenza della realtà.

I proletari e i ribelli stavano prendendo piede, ogni giorno di più.

Di anno in anno, chiedevano sempre più cose.

Non solo soldi e condizioni lavorative migliori, ma posti nella società.

Era come se volessero partecipare anch'essi al grande banchetto della società liberale.

"Il minore dei mali", lo aveva definito un collega di Guido, intendendo con ciò che la fetta di torta per loro sarebbe diminuita.

"Il peggio è se vorranno buttare tutto all'aria.

Guardate in Russia pochi anni fa."

Mariarosa faceva fatica a seguire il marito su questioni di carattere internazionale.

Sapeva solo che, prima ancora dei moti del 1906 in Sardegna, molto lontano dall'Italia qualcuno aveva tentato una specie di rivoluzione per la libertà e l'uguaglianza, ma che era stato sconfitto in modo clamoroso.

Il calore dell'estate avvampò il viso della donna.

Era come trovarsi al cospetto della propria giovinezza quando altri impeti, interiori, animavano il cuore e le membra.

Ora serviva una fonte esterna per scaldarsi, un po' come fanno le lucertole o altri rettili.

Scrutando l'orizzonte e facendo roteare la vista, la donna poteva includere un variopinto mondo all'interno del proprio sguardo.

Naturale e artificiale.

Umano e animale.

Le carrozze erano sempre meno frequenti e sempre più rimpiazzate da automobili o tram.

I cavalli avrebbero ben presto perso il loro abituale e secolare scopo di trazione per spostamento, sostituiti da oggetti meccanici costruiti dall'uomo.

Qualcosa che nessuno avrebbe mai prospettato.

Allo stesso modo, la luce artificiale, che si denotava da più parti con l'aggettivo elettrico, stava rischiarando le sere e le notti, andando a soppiantare i vecchi lumi ad olio o le candele.

Dove sarebbero finiti di questo passo?

Quali altre diavolerie avrebbe portato il progresso?

Mercantili sempre più grandi attraccavano al porto, spinti da motori a vapore di maggiore potenza.

Si narrava di transatlantici inimmaginabili e di nuove invenzioni per spostarsi su due ruote.

A Mariarosa nemmeno il velocipede o la bicicletta andavano a genio.

Pericolosi per le cadute e disdicevoli per una signora.

Viceversa, Romano ne aveva provata una qualche volta e vi trovava l'ebbrezza della velocità e del vento sul viso.

Quel figlio era, per entrambi i coniugi Ferrero, un'incognita.

Al termine di quell'estate, avrebbe iniziato il liceo e la combinazione con gli insegnamenti di Garzia avrebbe anche potuto portare a conseguenze nefaste.

Se Italo era stato sempre pronto ad aiutare e condividere il proprio pensiero con loro, Romano si era rivelato più scontroso.

Certi sguardi e certe espressioni divenivano sempre meno contenibili e sempre più evidenti.

All'avvocato era anche parso di intuire una possibile vena rivoluzionaria, ma non avrebbe mai ammesso tutto ciò, specie in presenza della moglie.

Non le avrebbe causato un dispiacere del genere.

Una donna che ha passato l'intera sua esistenza a combattere il progresso e le istanze di riforma, non avrebbe sorpassato in modo indenne la costatazione che, in seno alla sua famiglia, vi fosse un germoglio di ribellione.

Conscio di ciò, il marito aveva preferito soprassedere.

Ci avrebbe pensato il tempo a rivelare queste eventuali conseguenze e, in quel frangente, si sarebbero individuate le giuste contromosse.

In capo a pochi giorni, l'articolo di giornale era totalmente dimenticato e la figura del compagno di classe di Italo altrettanto scomparsa.

Basta poco per l'abitudine umana.

Un raggio di Sole e un riverbero del mare.

Una passeggiata e un libro.

Qualche pensiero frivolo e qualche confessione sull'alta società continentale o cittadina.

Notizie di matrimoni e di nascite.

Anche qualche dipartita terrena, nella sua tragicità, serviva comunque allo scopo di rinsaldare i legami tra le famiglie.

La reciproca conoscenza passava anche per questo.

In tal modo si combinavano matrimoni per il futuro o si mettevano in contatto i giovani virgulti, sempre sotto l'attento occhio delle famiglie, rispettose della tradizione.

Ad Italo non era ancora chiaro per quali ragazze palpitasse il suo cuore.

Ne conosceva ben poche, e tutte considerate insulse.

Senza una cultura di base, nonostante le lezioni private di precettori.

Conoscevano magari qualche lingua straniera o le belle maniere, ma nulla in confronto alla preparazione canonica fornita da un liceo.

La quantità di nozioni impartite, tra cui il latino e il greco, la storia e le scienze, la letteratura e la filosofia, erano tali da erigere un muro tra chi aveva potuto godere di un simile trattamento e gli altri.

Persino nei confronti di sua madre, cresciuta tra i libri e avvezza a leggere moltissimo, Italo possedeva già conoscenze molto maggiori e lo stesso si poteva dire di Romano.

Per tale motivo, al figlio maggiore non era ben chiaro come scegliere una delle poche ragazze della cerchia di conoscenze.

Se non per la cultura o per gli interessi, per cosa?

Per la bellezza.

Era sicuramente un primo approccio.

Sicuro per i primi anni, ma poi?

Tutti invecchiamo e Italo si immaginava quando le giovani ed avvenenti fanciulle sarebbero sfiorite, un po' come sua madre.

La bellezza se ne sarebbe andata e allora cosa avrebbe fatto?

Qualche amico gli aveva suggerito la soluzione.

La stessa da sempre.

"Le amanti."

Giovani donne, di solito attrici o prostitute o mogli di altri abbienti, con cui dilettarsi anche da anziani.

Considerava tutto ciò riprovevole e di poco interesse.

Dopo tutto, forse avevano ragione i suoi genitori.

Se non si può cercare cultura in una donna e se la bellezza svanisce, che rimane?

Solamente la dote.

Terre e titoli, per i nobili di un tempo, declinati in denaro e attività per la borghesia di oggi.

Quindi trovare una ragazza ricca, di famiglia benestante e con un'attività fiorente.

Era questo il compito che ci si aspettava da lui.

Come al solito, non avrebbe deluso le attese.

Terminato il liceo, entro un anno, e iscritto all'Università avrebbe avuto due soli obiettivi nella sua vita.

Laurearsi in Legge per entrare nello studio di suo padre e sposare una ragazza ricca.

Viceversa, Romano aveva tutt'altro per la testa.

Seduto sulla sabbia, diversamente dagli altri membri della sua famiglia che evitavano il contatto diretto con l'arenile, invidiava chi poteva disporre del proprio corpo in libertà.

Perché non poteva correre a perdifiato senza l'ingombro di quegli abiti e perché non poteva immergersi in mare con pochissimi indumenti addosso?

Dove stava scritto che non era corretto comportarsi così?

Dell'alta borghesia e dei suoi costumi trovava riprovevole l'avversione verso il nuovo.

Il ragazzo era enormemente attratto dalle invenzioni moderne, l'elettricità e le automobili, ad esempio, anche se aveva sentito esserci un oggetto in grado di fare volare l'uomo.

Velivoli, erano stati definiti.

Non ne aveva mai visto uno e si chiedeva con curiosità se fossero simili a gabbiani o ai tanti fenicotteri rosa che popolavano gli stagni vicini a Cagliari e che si vedevano volteggiare sopra la città all'imbrunire.

Di ciò ne parlava con poche persone, tutte al di fuori della sua famiglia.

Né sua madre né suo padre, e addirittura nemmeno suo fratello Italo, avrebbero compreso il grande desiderio di modernità.

Qualche suo compagno del ginnasio gli aveva fatto leggere degli articoli di giornale in tal senso e persino qualche pubblicazione specialistica.

"Dove si possono ammirare questi capolavori?"

Perentoriamente, tutti gli avevano risposto:

"Non qui. Non su questa isola.

Arriveranno, ma in ritardo.

Se vogliamo vedere la modernità bisogna andare nelle grandi città del Continente.

A Roma, Torino o Milano."

Così Romano si era messo a fare i calcoli di quanti anni gli mancassero.

I tre del liceo lo avrebbero portato all'estate del 1913 e poi vi sarebbe stata l'Università.

Pur essendo più libero di Italo, aveva già compreso che ciò si tramutasse nella scelta dell'indirizzo di studi e non nella sede.

A conti fatti, dopo l'estate del 1917 avrebbe potuto disporre liberamente della propria vita.

Se ne sarebbe andato altrove.

Sette anni potevano sembrare lunghi, e in effetti lo erano, ma non per un ragazzo che avesse in mente un programma ben preciso.

Nella testa di Romano, nulla di esterno sarebbe intervenuto per impedire la realizzazione del suo sogno.

Chiudendo gli occhi verso la luce del meriggio, si immaginava il futuro, questa entità così temuta da tutta la sua famiglia, come uno splendore rifulgente mai visto prima.

Decise di godersi ogni giorno di quell'estate come se fosse l'ultimo.

Nessuno notò il suo cambiamento interiore.

Sordi e ciechi a segnali di tale sorta, i suoi genitori avevano altre preoccupazioni nella testa.

Di natura professionale, in parte, e di natura sociale, maggiormente.

Accantonato il ribrezzo e il pericolo dei proletari, Mariarosa si sentì, per la prima volta in vita sua, appartenere a quella fascia di età adulta che già virava verso il declino dell'anzianità.

Aveva solo quarantaquattro anni e un fascino ancora intatto, risultato di attente e scrupolose cure sia nell'acconciatura sia nei lineamenti e nel trattamento della cute.

Non era questo che la rendeva pensierosa e che la proiettava verso il passato.

Piuttosto si trattava di una sensazione.

Vedere i suoi figli crescere e diventare uomini, completamente indipendenti dal ruolo suo e di Guido.

Ben presto, avrebbero preteso autonomia e si sarebbero definitivamente distaccati da loro.

Come avrebbero vissuto i due coniugi?

Avevano disimparato ad essere una coppia e a pensare per loro stessi.

Dopo anni ad arrovellarsi sul futuro dei loro figli, cosa ne era rimasto del loro sentimento?

Era certa che suo marito l'amasse ancora?

I momenti di passione erano scemati e i romanzi, persino quelli consoni alla morale, erano pieni di donne e di uomini carichi di trasporto emotivo che riversavano al di fuori del matrimonio, se lo stesso si fosse tramutato in istituzione senza contenuti.

Dubbi che mai le erano sovvenuti.

Sempre salda nella fede cristiana, sempre sorretta da un compito morale superiore, nulla aveva fatto trasparire simili domande.

Non era preparata e si sentì mancare il terreno sotto se stessa.

Come se avesse vissuto una vuota parentesi di vacuità.

Fu un'estate particolare, nella quale la donna non trovò alcun sollievo.

Né nelle letture né nelle pause rispetto alla routine né nei discorsi.

Tanto quanto tutto le pareva inutile, a suo marito invece il 1910 portò ristoro e sicurezza.

Vivendo per il resto dell'anno nel chiuso dello studio e del Tribunale, Guido iniziò ad apprezzare sempre più il tempo all'aria aperta.

Era un modo di liberarsi dai vincoli della società.

Nella sua mente, non vi erano dubbi circa i figli.

Sarebbero cresciuti e avrebbero agito come egli aveva sperimentato in gioventù.

Nulla di strano.

Il tempo che scorre.

Per un uomo era diverso, non dovendo per forza di cose piacere ad altri, il divenire anziani non era visto come una sconfitta o una perdita della bellezza.

I tormenti femminili non appartenevano allo spirito dell'avvocato, il quale si trovava nella fase in cui si pensa di protrarre in eterno la propria condizione.

Quando avrebbe smesso di esercitare?

Non prima di aver introdotto Italo nello studio e averlo istruito a dovere.

Una quindicina di anni almeno.

Un periodo così lungo nella mente umana da apparire eterno.

Su suggerimento di qualche collega, aveva provato un'automobile e ne aveva tratto enorme gioia.

Forse, entro qualche anno se ne sarebbe comprata una.

L'oggetto in questione stava entrando nello status quo della classe al potere.

Non possedere un'automobile sarebbe divenuto una discriminante tra chi comandava e chi no, così come lo era stato per le estati al Poetto.

Comprendeva che una novità del genere dovesse superare l'invalicabile scoglio di sua moglie, ma dalla parte di Guido vi era il tempo e l'abitudine.

Quando tutta la cerchia delle loro conoscenze avesse preferito l'automobile alle desuete carrozze, persino Mariarosa avrebbe convenuto sulla soluzione ottimale.

Ritrosa, come al solito.

Rimpiangendo il passato, come sempre.

Maledicendo la decadenza della società moderna.

In ogni caso, avrebbe accettato il compromesso secondo l'adagio del "così fan tutti."

Non valeva la pena creare screzi interni alla famiglia.

Come moglie, Mariarosa si era sempre rivelata il massimo per un uomo.

Mai aveva sollevato problemi, mai si era sentito parlare di lei a sproposito e mai si era tirata indietro dai doveri coniugali, cosa che invece sembrava una prassi per certe donne dell'alta borghesia.

I mesi scorrevano veloci.

Non solo l'estate che, con il suo carico effimero di luce, ci illude della propria eternità, ma anche i successivi tempi del rientro alle normali attività.

Dismessi i panni della famiglia sull'arenile, ognuno era tornato ai propri compiti, stabiliti e incasellati dalla società.

I figli ridivennero studenti.

Italo all'ultimo anno di Liceo e Romano al primo anno della medesima scuola con docenti identici.

Prospettive diverse e animi diversi, ma programmi identici.

Nessuno si era mai chiesto se le medesime nozioni e metodi calzassero a pennello per diverse menti e percezioni.

Lo studente non era al centro dei pensieri di nessuno.

Lo studente doveva apprendere. Fine della questione.

Ciò che era al centro di tutto era il cosa e il come apprendere ed era su questo terreno che il professor Garzia suscitava scandalo.

"Ora farà danni anche con Romano", si era detta Mariarosa, la quale adottò la medesima tattica già rodata in precedenza.

Affiancare suo figlio minore con l'aiuto di suo marito e, questa volta, anche di Italo.

Pensava che i risultati sarebbero stati identici, ma ignorava totalmente l'indole di Romano.

Il suo carattere indomito, sopito da anni, risuonava durante le lezioni di Raffaele Garzia, il quale sembrava parlare al cuore del ragazzo.

La conseguenza immediata fu che Romano iniziò ad inanellare delle votazioni in italiano migliori rispetto ad Italo.

Mariarosa e Guido male interpretarono questo risultato pensando, da un lato, di essere stati più efficaci in quanto già possedevano il metodo di approccio corretto e, dall'altro, di un cambiamento nelle disposizioni del docente.

Con un doppio errore di valutazione, il loro animo fu contento e pacificato.

Mai avrebbero potuto pensare che Romano avesse idee molto più simili al radicalismo e all'anticlericalismo.

Se lo avessero saputo, lo avrebbero redarguito e, probabilmente, disconosciuto come figlio.

Quanto questo segreto fosse rimasto tale era un mistero, ma per l'intero corso del primo anno di Liceo nulla venne a galla.

D'altra parte, entrambi i coniugi si erano immersi nella loro normale realtà lavorativa.

Sentenze e cause da una parte, libri di testo e romanzi dall'altra costituivano il nerbo portante di una famiglia le cui intere faccende domestiche e casalinghe, ivi comprese le finanze, erano derubricate al lavoro di altri alle loro dipendenze.

Solamente grandi decisioni in merito alla manutenzione dell'immobile o piccole questioni di abbigliamento o di vezzi personali erano presi in carico direttamente dai coniugi, i quali erano molto più concentrati sull'ultimo anno di Italo.

Il figlio maggiore stava proseguendo nel suo consueto anonimato scolastico, sufficiente e discreto, né mediocre né eccelso.

Eppure, a detta di sua madre, le idee di Italo erano completamente corrette e anche il suo modo di porsi e approcciarsi.

La colpa risiedeva solamente nel docente, di cui a breve Italo avrebbe fatto a meno.

Era certa che, alla facoltà di Legge, si sarebbe trovato meglio, se non altro per il nome e per l'influenza che Guido poteva esercitare.

Inoltre, tutte quelle novità eccentriche, figlie di idee eversive e pericolose, erano malviste tra chi volesse perpetrare la giustizia vigente, non di certo incline a sovvertimenti rapidi né a lenti progressi.

Durante il normale svolgimento dell'autunno e dell'inverno, fino a quando il nuovo anno, il 1911, si palesò nella sua pienezza, vi era un continuo ritorno dell'identico all'interno della famiglia Ferrero.

Era come se il mondo esterno non vi penetrasse.

Qualcosa di invalicabile non permetteva alle novità e alle notizie di sorpassare il portone di casa.

Qualunque discussione sugli eventi moderni, siano essi mondani o politici o sociali, era bandita, non tanto perché non interessasse, quanto perché non ritenuta importante nello svolgimento della normale vita familiare.

Nulla avrebbe disturbato l'armonia di una borghesia cristallizzata e che amava rimarsi allo specchio, con uno sguardo costantemente rivolto all'indietro.

Come qualche secolo prima aveva messo in pratica la nobiltà, tutto era imbalsamato ed immobile.

Una contraddizione che sembrava risaltare ogni giorno solamente nella mente di Romano, mentre gli altri componenti si comportavano proprio come mummie.

Nemmeno la primavera, con i suoi sgargianti colori e la ripresa del ciclo della Natura ridestò le menti della famiglia Ferrero.

Sarebbe servito uno shock completamente nuovo, qualcosa di non previsto e prevedibile per apportare quel cambiamento necessario.

Viceversa, tutto sarebbe fluito in modo indistinto, facendo invecchiare anzitempo tutti quanti, persino i giovani virgulti.

Né il profumo del mare risalente largo Carlo Felice, né il vento che spirava, respinto dai bastioni, nulla parlava al loro cuore.

Vi erano altri spiriti che si libravano verso il cielo e verso compimenti più sublimi.

Spiriti liberi e pieni di inventiva.

Di quel mondo nuovo di cui tanto si discuteva.

La fine del Liceo di Italo fu accolta con un senso di liberazione, non tanto per la meta agognata e conquistata, quanto per la fine della forzata frequentazione, seppure a distanza, di quel figlio di proletari.

L'ultima grande sfida al sistema del docente Garzia fu il nove in italiano allo studente gracilino (dal punto di vista fisico, ma che si stava erigendo a livello intellettuale, beninteso all'insaputa di quella borghesia cieca al cambiamento), giusto per rimarcare al rialzo delle votazioni già di per sé eccelse.

In confronto, il sei rifilato ad Italo sembrava una punizione per quanto messo in pratica dalla famiglia Ferrero da anni, sebbene il differente comportamento nei confronti di Romano facesse insorgere dei dubbi.

"Non ti preoccupare. Abbiamo un'altra estate di fronte."

Guido cercò di togliere l'espressione corrucciata sul viso di Mariarosa.

Il peggio era ormai alle spalle.

Ora nessuno avrebbe potuto impedire ad Italo di divenire, in un decennio, uno degli avvocati più brillanti di Cagliari.

E, di certo, lo studente tanto apprezzato dal docente Garzia, non avrebbe avuto altrettanto spazio.

Inseguendo le ore di luce e rimirando la città da ogni angolatura, i due coniugi vi trovavano un senso di sicurezza.

La certezza della tradizione e della società nella quale erano cresciuti e si erano conosciuti unitamente ad un modo di vivere cambiato di poco, almeno secondo il loro punto di vista.

Ciechi e sordi di fronte alle istanze che serpeggiavano nei quartieri e nelle campagne, completamente ignari di quanto succedeva in Italia e nel resto del mondo, si cullavano beati in un mondo di cristallo, il cui delicato equilibrio si sarebbe rotto alla prima folata di maestrale.

Scavalcando le alture e la piana del Campidano, il vento annunciò, ben presto, la fine dell'estate.

Giorni e mesi inghiottiti dalla voragine della quotidianità.

Intere esistenze votate al più assoluto vuoto.

"Se ne va", fu il finale sollievo di Mariarosa.

E poco importava che il giovane studente senza risorse avesse vinto una borsa di studio dal Collegio Carlo Alberto di Torino per frequentare l'Università della città che una volta era stata capitale del Regno.

Vi era una grande liberazione nel sapere che nessuna innovazione sarebbe stata possibile sotto i loro occhi.

Cosa accadesse a Torino o altrove non contava.

L'importante era ammirare Cagliari nella sua immanenza e, ben presto, tutti si sarebbero dimenticati di Antonio Gramsci.

La vita borghese avrebbe continuato a scorrere identicamente a se stessa.

Mariarosa richiuse la porta della camera, nella quale alcun mobile era stato cambiato da oltre venti anni.

"Highway run into the midnight sun.
Wheels go 'round and 'round,
you're on my mind.
Restless hearts, sleep alone tonight.
Sendin' all my love along the wire."

SICUREZZA

"Much more than I did
But I know that she left you
And you swear that you just don't know why
But you know, hon', I'll always"

XIII

Sassari, ottobre 1914 – marzo 1915

"He's blowin' his horn
Already I'm so lonesome
I could die."

Le notizie riportate dal quotidiano che Luciano era solito comprare ogni giorno non lasciavano spazio a dubbi.

Vi era stata una mobilitazione generale di truppe in tutta Europa.

L'impero zarista russo, l'impero britannico, l'impero austro-ungarico, il Reich prussiano, l'impero ottomano, la Francia e altri Stati minori, tra cui la Serbia, si erano mobilitati da qualche mese e ora gli eserciti avevano già iniziato il loro dispiegamento via terra.

Teneva banco tra gli articoli la corsa al mare ossia il tentativo di aggirare le linee nemiche tra il nord della Francia e il Belgio.

Chi avrebbe avuto la meglio?

Avrebbero scavato più velocemente i tedeschi o l'alleanza tra francesi ed inglesi?

Da ciò pareva dipendere l'esito della guerra.

Se il termine dell'inverno doveva essere rispettato, chi avesse scavalcato la prima linea ne avrebbe tratto giovamento.

Luciano divorava le pagine con fervente attesa.

Da un lato, avrebbe preferito che la guerra finisse in un attimo, con l'ovvia sconfitta degli Imperi Centrali e della Triplice Alleanza, mentre dall'altro sperava che tutto si protraesse.

Benché l'Italia facesse parte dell'Alleanza con il Reich prussiano e l'Impero Austro-Ungarico, Luciano condivise l'idea di non intervenire al loro fianco.

Non ci avevano consultati.

In più, erano i veri nostri nemici, in particolare l'Austria.

Non si era forse combattuto per oltre sessant'anni contro di essa?

Le guerre dal 1848 non erano state fatte in contrapposizione per costruire l'Italia?

Garibaldi contro chi si era rivolto quando, con i Cacciatori delle Alpi, stava per marciare su Trento?

Quella città, assieme a Trieste, era ancora sotto il giogo straniero e andava liberata.

L'impiegato all'ufficio centrale dell'amministrazione universitaria di Sassari non aveva dubbi.

Il tentennamento del governo era qualcosa di inaudito, la neutralità doveva essere bandita.

Non si poteva essere neutrali.

Non con quella posta in gioco.

Il ragazzo, unitamente alla sua famiglia, era ben conscio di cosa significasse tutto questo.

Era, difatti, in attesa di essere chiamato per il servizio di leva obbligatoria.

Due anni da dedicare ferventemente all'Esercito Regio.

E se l'Italia fosse entrata in guerra, ciò avrebbe significato partire per il fronte e non fare semplici pattugliamenti o addestramenti in caserma.

Nulla che spaventasse Luciano.

Cresciuto da suo padre Amedeo Satta secondo i principi patriottici della seconda metà dell'Ottocento, in famiglia si parlava costantemente della situazione.

Il padre, ancora più convinto del figlio, era la vera anima ideologica.

"L'Italia non sarà tale fino alla sua completa indipendenza", aveva più volte sottolineato negli anni precedenti.

E, ogni volta che impostava un discorso del genere, tendeva a lisciarsi il baffo destro con un gesto meccanico.

Sua moglie Michela non si esprimeva molto.

Sapeva di essere meno colta ed istruita del marito e rispettava il ruolo della donna in famiglia, subalterna in alcune questioni.

Da parte sua, aveva preso a cuore l'istruzione di Luciano nelle piccole cose quotidiane.

La conoscenza del territorio e delle tradizioni, giusto per non dimenticare il luogo di provenienza e le proprie radici.

Almeno una volta all'anno si recavano nei pressi di Sassari, a Codrongianos, per visitare la basilica di Saccargia, dedicata alla Santissima Trinità.

Era stata restaurata una ventina di anni prima, tramite la mano sapiente di un architetto sardo.

Da allora, risplendeva degli antichi fasti risalenti a ben otto secoli di storia, quando quella terra subiva le influenze di Pisa e della sua architettura.

Luciano non aveva memoria della sua prima vista, probabilmente avvenuta all'età di tre anni, quando ancora non comprendeva l'arte né altra espressione umana.

Col tempo aveva imparato ad apprezzare la struttura esterna e il gioco cromatico della pietra, così come l'impianto interno a navata unica con le tre absidi poste sul fondo.

Trovava un enorme stridore tra quella costruzione religiosa e i campi che la circondavano a perdita d'occhio.

Nessun villaggio attorno, nessuna casa.

Solamente la pianura, riarsa d'estate e verdeggiante durante la primavera.

Una visione totalmente diversa da quella del Duomo di Sassari, incastonato in centro città, con a fianco costruzioni e piazze e con una facciata in stile barocco.

Luciano preferiva la spontaneità e l'arcaicità di Saccargia, sebbene con l'età si fosse distaccato dalle idee religiose e, soprattutto, dalla pratica settimanale della preghiera.

In qualche modo, aveva condiviso l'impostazione, divisa tra anarchia, socialismo e patriottismo, di suo padre.

Gli sembrava che ciò rispondesse meglio alle esigenze della vita moderna e dei suoi problemi.

Con enorme sforzo da parte della famiglia, inteso con esso uno sforzo economico di rilievo e una rinuncia ad introiti derivanti dal lavoro, Luciano era stato mandato a studiare al prestigioso Liceo Azuni.

Ciò gli aveva garantito un'istruzione ben al di sopra della media e un posto sicuro nell'amministrazione universitaria, con una paga decente fin da subito.

Soprattutto, gli aveva evitato la fatica dei lavori manuali, ai quali Luciano non pareva essere portato.

Suo padre, modesto impiegato delle Poste locali, vedeva in tutto questo il progresso sociale.

Suo figlio Luciano aveva potuto accedere ad un livello di istruzione maggiore, con un tenore di vita che, ben presto, gli avrebbe permesso di costruirsi una famiglia senza troppe ristrettezze.

La guerra, questo evento così esterno alle nostre vite, non era visto come un impedimento, ma come una naturale evoluzione della politica.

Nessuno si era posto il problema della modernità applicata alla guerra, abituati a pensare alle campagne militari dell'Ottocento, generalmente di breve durata e con poche ripercussioni sulla popolazione.

D'altronde, nessun giornale riportava qualcosa di contrario, almeno non in quei primi due mesi di operazioni.

La spinta all'intervento dell'Italia stava montando sempre di più, sull'onda di opinioni disparate e convergenti.

Si diceva che persino nell'ambiente socialista, contrario per principio all'intervento armato, si iniziassero a vedere le prime crepe.

Se vi fossero stati più canali di pressione per portare in alto il grido di una minoranza altamente rumorosa, allora qualcosa sarebbe cambiato.

Da parte sua, Luciano rimaneva in attesa.

Tramite i quotidiani e le proprie conoscenze si teneva informato e, con calcoli personali, si era fatto l'idea che agli inizi del 1915 lo avrebbero chiamato per il servizio di leva.

Due anni e poi il suo futuro avrebbe preso forma.

Non aveva ancora deciso cosa fare, in realtà.

L'iscrizione all'Università avrebbe potuto essere una possibilità, visto che l'istruzione di base non gli mancava.

Magari, dopo aver racimolato un po' di denaro e aver contribuito alle forze armate nazionali con il proprio contributo, si sarebbe gettato a capofitto ancora sui libri.

Quell'anno trascorso negli uffici amministrativi lo aveva introdotto a varie conoscenze, persino tra i docenti.

Si sentiva attratto dalla facoltà di Lettere.

Da sempre aveva compreso come l'Italia si fosse costruita primariamente sui libri e sulla cultura.

Prima ancora di un'unità politica, vi era stata quella culturale e degli intellettuali.

Fin dai tempi di Dante Alighieri o di Boccaccio o di Petrarca o di Macchiavelli, vi era chi si rivolgeva agli italiani usando una lingua che sarebbe divenuta l'italiano.

Da loro si era generato il sentimento patriottico che era germogliato dopo secoli di dominazione straniera.

Ora mancava l'ultimo tassello.

L'ultima tessera del mosaico per chiudere un cerchio di secoli e riportare l'Italia unificata agli antichi splendori di un tempo.

Era dalla caduta di Roma che non vi era più stata un'unica bandiera identificante una nazione e un popolo.

Con un tale fervore nel corpo e nella mente, Luciano non aveva altri pensieri.

In particolar modo, non aveva mai sperimentato la passione e il tormento, il desiderio e i tumulti del cuore per una ragazza o una donna.

Non che non ne conoscesse tramite legami familiari e di amicizia, ma non aveva mai prestato attenzione a quanto i suoi coetanei fremevano con ardore.

Sia Amedeo sia Michela erano stati educati ad una prassi distante dal pensiero comune e, in qualche modo, rivoluzionaria.

Non accordi tra le famiglie, non matrimoni di convenienza, ma tutto basato sui reciproci sentimenti.

Così erano stati liberi di sceglersi più di due decenni prima e così avevano impostato l'educazione del loro unico figlio.

La gravidanza era stata complicata per Michela e il prezzo da pagare per la donna era stata l'impossibilità, certificata da più medici, di poter mettere al mondo un altro figlio.

Si erano fatti bastare Luciano, il cui nome non era stato dato per caso.

Fin da piccolo, il ragazzo conosceva l'origine del suo nome.

In onore di Luciano Manara, uno dei simboli dell'indipendenza italiana del secolo precedente.

In qualche modo, il destino di Luciano Satta era stato tracciato fin dalla sua nascita e così i suoi genitori lo avevano instradato.

Libero nelle scelte di cuore, ma con un compito preciso che sarebbe ricaduto su di lui e sulla sua generazione.

Completare l'unità d'Italia alla prima occasione o tramandare questo sentimento e questa idea alla generazione successiva.

Se milioni di altre famiglie avessero agito così, non vi sarebbe stato Impero in grado di sostenere l'urto di un popolo unito.

Ecco, in poche parole, la visione personale del socialismo patriottico di Amedeo.

Qualcosa di non propriamente monarchico, ma nemmeno di egualitarismo socialista universale.

In primo luogo, venivano gli italiani che avrebbero dovuto avere una casa comune unita.

E poi, forse e secondariamente, la Repubblica, basata però su concetti di Patria e di valori familiari.

A livello educativo, mentre Amedeo aveva costituito la spinta verso l'esterno, la forza centrifuga che avrebbe proiettato Luciano, almeno nella mente di suo padre, a varcare i confini della Sardegna (e sarebbe stato il primo di tutta la genealogia a farlo), il contrappeso era stato dato da Michela.

La madre aveva contrapposto una forza centripeta, con centro di gravità variabile tra la storia e i luoghi della Sardegna.

Così, Luciano si era recato più volte ad Alghero, una strana cittadina non molto distante da Sassari, ma in un certo modo completamente differente.

Vi si parlava un dialetto diverso.

Origini catalane molto marcate, persino nella cucina tradizionale.

Al di fuori dei pochi grandi centri abitati, era tutto un sorgere di piccoli villaggi, principalmente di agricoltori o allevatori.

Per il resto, grandi spazi incolti o campi.

Vegetazione e rilievi.

Natura non ancora intaccata e che si stava riprendendo a piccoli passi dopo il grande disboscamento dei primi venti anni a seguito dell'Unità d'Italia.

Amedeo si ricordava con nitidezza quando le colline erano ancora spoglie di alberi e, dai racconti dei suoi genitori ormai defunti, aveva appreso dell'aggressione portata avanti contro le risorse naturali della Sardegna.

Allora, vi era forte risentimento verso il Piemonte e l'Italia, principalmente in campagna.

Sassari si era sempre caratterizzata come la città baluardo dei piemontesi, laddove vi era sempre stata una maggiore affinità di vedute e di vicinanza di intenti.

Ora era proprio Sassari il centro dell'irredentismo sardo, un movimento che si stava unendo agli altri in Italia per dare un segnale univoco al mondo.

Tutti i paesaggi erano, infine, contenuti dal mare, un elemento così presente ma distante dal sentire comune.

Il mare era sempre stato visto come il mezzo sul quale erano arrivati gli invasori.

In pochi, a parte i pescatori, erano avvezzi al mare.

Ad Alghero vi sembrava essere più comunanza, ma le mura e i bastioni erano rivolti ancora dalla parte del mare aperto, a ricordo imperituro del passato.

I confini dell'esplorazione di Luciano erano stati piuttosto limitati, persino nella sua terra.

A sud, verso la costa, oltre ad Alghero si era spinto per poco, mentre la piana dopo Codrongianos diveniva ondulata e con distanze e rilievi sempre maggiori.

A nord, la delimitazione era data dalla punta estrema dell'isola, dalla quale si poteva intravedere l'Asinara, laddove vi era una Colonia Agricola Penale con carceri disseminate un po' ovunque.

Ad est, invece, non si era spinto oltre Sorso e qualche altro abitato delle campagne.

Un'area abbastanza limitata per chi aveva in mente di dare una mano ad unificare l'Italia, ma comunque maggiore di quanto avessero mai visto i suoi genitori o i suoi nonni.

Le possibilità di spostamento erano poche, e più appannaggio dei ricchi e dei benestanti.

Se veramente Luciano fosse stato richiamato per la leva nel giro di pochi mesi, forse avrebbe lasciato la Sardegna con destinazione il Continente per l'addestramento e se fosse scoppiata una guerra, il fronte sarebbe stato molto più a nord, in terre a lui sconosciute e delle quali aveva solo letto sui libri.

Di Venezia e delle sue bellezze.

Di Milano e della sua economia.

Delle Alpi e delle loro vette.

Tutto immagazzinato nel cervello di Luciano tramite parole e immagini sulla carta, ma nulla di realmente vissuto.

Dentro di sé, sentiva un impulso irrefrenabile a vivere in prima persona.

A essere protagonista.

A interiorizzare le avventure dell'Ottocento, quando libro e moschetto erano sinonimi di libertà e ideali.

Ogni giorno, a cena, si parlava di tutto ciò.

Di solito, Amedeo introduceva l'argomento e poi Luciano lo arricchiva con dettagli e particolari che erano sfuggiti all'analisi, un po' elementare e rozza, del padre.

Michela non partecipava, limitandosi ad ascoltare.

Interveniva di rado, solo per consigli pratici.

"Qualcosa si sta muovendo".

Amedeo ne era certo.

Ai primi di novembre vi era stata una svolta, ma non sul fronte di guerra.

Le notizie, da questo punto di vista, erano sempre le stesse.

Nessuno si capacitava e comprendeva esattamente cosa stesse accadendo al confine tra Francia e Germania o i movimenti ad est, verso l'impero zarista.

Se lo avessero saputo, ne avrebbero discusso per giorni.

L'inerzia nel pensare che tutto si stava svolgendo come in passato, la censura militare e la propaganda erano tutti elementi difficili da scorgere in pochi mesi.

Amedeo si riferiva a qualcosa di molto più vicino.

Di italiano.

D'altronde, nell'idea di tutti vi era questa infantile logica.

Non solo l'intervento dell'Italia avrebbe riportato Trento e Trieste in seno alla Patria, ma l'apertura del nuovo fronte avrebbe costretto l'Austria a dislocare truppe togliendole dall'est e l'impero zarista avrebbe trionfato.

L'intero equilibrio si sarebbe ritorto contro la Triplice Alleanza, monca della partecipazione italiana e l'Italia sarebbe stata l'ago della bilancia europea, il vero asso nella manica di chi avrebbe facilmente vinto.

Quando sarebbe accaduto?

Forse dopo l'inverno.

Forse dopo che tutti si fossero accorti dell'errata previsione di fine della guerra entro pochi mesi.

Anzi, intervenire dopo, da freschi e senza perdite, avrebbe portato un altro evidente vantaggio.

Ecco perché Amedeo, quella sera era particolarmente gioioso.

"I socialisti si spaccano".

Luciano comprese a cosa si stesse riferendo il padre.

Erano comparsi, sul giornale del Partito Socialista, "L'Avanti", alcuni articoli a firma del direttore del giornale in cui si inneggiava caldamente all'intervento armato dell'Italia in guerra, in modo opposto e antitetico alle linee del Partito.

Pur non avendoli letti di persona, Luciano conosceva il tono polemista del direttore di quel giornale, Benito Mussolini.

Giudicava che le opzioni sul tavolo fossero molte.

Chi avrebbe seguito il direttore?

Come avrebbe reagito il comitato centrale del Partito?

L'espulsione sarebbe stata la via più semplice e più logica.

Luciano espose le proprie ragioni.

"Cosa potrà fare un uomo solo fuori da un partito del genere e fuori da un giornale?"

Amedeo ci pensò un attimo. Bevve un sorso di vino e poi concluse:

"Fondare un nuovo giornale."

Luciano sorrise. Per fare un giornale, per giunta nuovo, servivano soldi e appoggi di potere.

"Si vedrà."

Se vi era una cosa che Luciano aveva imparato da quei primi mesi di notizie sul conflitto era l'attesa.

Attendere un evento decisivo.

L'intervento dell'Italia o la corsa al mare, il numero di soldati mobilitati o la strategia corretta.

I mesi correvano veloci e non osò immaginare cosa volesse dire trascorrere la fine dell'autunno, e magari l'inverno, nell'Europa del Nord.

In Belgio con tutte quelle piogge o in Galizia e Prussia con il freddo intenso delle steppe.

Il tepore dell'abitazione di casa, e in parte anche dell'ufficio nel quale svolgeva le proprie mansioni, lo rassicuravano.

Era ben vero che non fossero benestanti, né tanto meno ricchi, ma la dimora della famiglia Satta sarebbe stata giudicata confortevole per la stragrande maggioranza degli italiani.

Si trattava di un appartamento posto non troppo lontano dal centro di Sassari, in uno di quei palazzi costruiti a metà dell'Ottocento.

Amedeo ne era entrato in possesso grazie ad un suggerimento di un suo collega, molto tempo addietro, il quale gli aveva comunicato le difficoltà economiche dei vecchi proprietari.

Deceduta la signora Frau, i suoi figli non possedevano né i mezzi economici per subentrare nell'appartamento né la volontà di trasferirsi e pensavano ad una vendita per incassare una parte dell'eredità.

Amedeo si era prodigato con un'offerta non molto generosa, ma rapida.

Di fronte alla prospettiva di dover aspettare, gli eredi si erano convinti a vendergli casa.

L'uomo, ottenuto qualche prestito grazie alla solida posizione amministrativa, si era prodigato nel restituire il dovuto nell'arco di una quindicina di anni, vivendo in ristrettezze, ma si era garantito un immobile spazioso, dotato di ben quattro locali e una proprietà che sarebbe rimasta per la famiglia.

In tal modo, Luciano era potuto crescere con una camera a disposizione, adibendo perfino un piccolo studiolo che aveva riempito di libri e di saggi.

Il riuscire a vivere con poco aveva permesso, ad Amedeo e a sua moglie Michela, un dirottamento delle risorse finanziarie verso gli studi di Luciano, una volta terminato il rimborso dei prestiti.

Era stato un modo per cercare di elevare la loro condizione, da piccolo borghesi sempre vicini alla soglia della sussistenza verso un progresso materiale e spirituale.

Luciano era cresciuto protetto da un guscio familiare che pochi altri della sua generazione potevano vantare.

Aveva notato che, nei campi, i suoi coetanei si spaccavano la schiena al posto di andare a studiare e la stragrande maggioranza era ancora analfabeta.

In città, specie a Sassari, la scolarizzazione era migliore, ma si trattava pur sempre di una ristretta cerchia di persone.

Chi aveva frequentato il liceo classico Azuni, poi, era veramente una piccola élite.

Alzandosi da tavola, Luciano non si dimenticò di dare una mano a sua madre Michela, la quale fece un cenno di diniego.

Non erano lavori da uomo, dal suo punto di vista.

La società era basata su un concetto di divisione molto marcato tra quanto doveva fare un uomo e quanto una donna e Luciano, ormai, era già nel pieno dell'età in cui tutti lo avrebbero considerato uomo.

Il figlio non ci fece caso.

Le rimostranze di sua madre erano frutto di un retaggio culturale, una specie di riflesso condizionato, una dizione che Luciano aveva trovato in qualche saggio recente riguardante gli studi di un medico russo, Ivan Pavlov, e che usava spesso nel suo vocabolario.

L'illuminazione elettrica aveva iniziato a prendere piede in città, modificando i colori e i riflessi di una tradizione agricola secolare.

Ne risultava un modo più lucente, persino di notte, ma meno magico.

"Di questo passo, oscureremo persino le stelle", aveva sottolineato Michela, con una certa punta di nostalgia.

Il mondo che avevano conosciuto da piccoli, quello tramandato dai loro genitori e dai nonni, si stava sgretolando sotto i colpi del progresso.

Parola tanto abusata quanto vuota.

Era progresso snaturare le vite delle persone sottoponendole a ritmi infernali come quelli dell'industria?

Era progresso quanto stava accadendo in guerra?

Era progresso il distacco dalla terra?

Una specie di uniformazione di ogni conglomerato urbano secondo una visione unica e comune.

La luce elettrica, i mezzi di trasporto, la viabilità.

Tutto quanto avrebbe finito per sconvolgere il mondo conosciuto e i suoi riti.

Era sempre accaduto.

Da sempre l'uomo aveva modificato le proprie abitudini e adattato le costruzioni e le dimore.

Il punto era un altro.

La velocità del cambiamento stava assumendo una dimensione non controllabile.

Se prima ci volevano generazioni per notare una differenza, poi il mondo aveva iniziato a conteggiare i decenni e ora sembrava che l'unità di misura basilare fossero gli anni.

Nell'arco della vita di una persona, tutto sarebbe stata sconvolto.

Le abitudini, gli usi e i luoghi.

E quindi quali riferimenti avrebbe potuto avere un singolo di fronte a questa valanga massiccia e spropositata?

Il singolo sarebbe stato sommerso e schiacciato di fronte al volere delle masse, ma non tanto dei popoli, come intendevano i socialisti, quanto dei prodotti.

Beni di ogni tipo, per lo più superflui, stavano inondando i mercati e le case degli uomini.

Mancava il legame all'essenziale, ossia a ciò che forniva la terra.

All'insaputa di tutti, la guerra appena iniziata avrebbe fatto toccare con mano la distanza tra il retaggio positivista ottocentesco e la realtà umana.

Di questo, però, ne erano tutti ignari.

Chi era già sui campi di battaglia e chi ardentemente sperava di esserci.

Tra di questi, vi era sicuramente Luciano Satta, il quale, assieme a migliaia di altri giovani e di altre famiglie italiane, accolse favorevolmente tutte le notizie di quella parte finale dell'anno 1914.

Mussolini fu realmente espulso.

E già prima dell'espulsione aveva fondato un nuovo giornale.

Non appena lo stesso iniziò ad essere diffuso, Amedeo non ebbe esitazioni a comprarne una copia quasi ogni giorno.

Vi erano messe nero su bianco le principali idee alla base dell'interventismo italiano.

"Questa volta le cose cambieranno", chiosò soddisfatto rivolgendosi a suo figlio, mentre, per l'occasione, si accese un sigaro.

Non fumava in modo costante.

Solamente qualche volta si concedeva il lusso di un sigaro, quasi sempre in occasioni speciali.

Il Santo Natale o il compleanno di sua moglie.

Luciano, invece, non sopportava l'odore acre del fumo, anche quello più aromatico dei sigari.

Ad ogni modo, vi era sì da festeggiare.

Non solo per l'imminente festività religiosa, vissuta in famiglia Satta più a livello civile che non prettamente liturgico.

Tramite alcune conoscenze a livello amministrativo, Luciano era stato informato che, durante il mese di gennaio, sarebbe stato chiamato a prestare il servizio di leva.

Probabilmente, avrebbe iniziato proprio a febbraio del 1915 presentandosi in una delle caserme di Sassari.

In tutta la famiglia vi era la consapevolezza che Luciano avrebbe partecipato alla guerra.

Si dava per scontato l'intervento italiano nel giro di pochi mesi, anzi il governo aveva cincischiato pure troppo.

E la partenza di Luciano era vista come un viatico verso la gloria, come un modo per partecipare alla finale liberazione e unificazione dell'Italia.

Con una divisa, e magari una medaglia al petto, l'onore e il nome della famiglia si sarebbe diffuso in tutta la città, garantendo quel salto al di fuori dell'anonimato che avrebbe permesso il definitivo progresso dei Satta.

Non sapevano dei grandi numeri di quella guerra.

Non conoscevano la peculiarità specifica e i massacri già compiuti, sia sul fronte occidentale sia su quello orientale.

Non immaginavano cosa stesse accadendo a migliaia di chilometri di distanza, proprio durante quella notte.

Nessuno ne parlò nei giorni successivi, in quanto notizia da nascondere e non da diffondere.

Persone da degradare e disperdere.

Vi era un mostro, ancora sconosciuto agli italiani, che, al posto di erigersi come totem visibile, era stato scavato all'interno del cuore della terra.

Un cuore di fango che già odorava di morte e di malattia.

Il mostro si chiamava trincea ed era figlio della fallita corsa al mare.

E, nelle viscere del mostro, vivevano uomini che si sparavano pur senza vedersi in faccia.

Quegli stessi uomini, per il Santo Natale, si erano accordati per una cessazione temporanea della carneficina, ma ciò non era permesso.

Nemmeno per un istante, si doveva o si poteva dubitare.

Ignari di tutto ciò, la famiglia Satta accolse l'arrivo del 1915 con trepidante attesa.

Amedeo vi vide un anno in meno di lavoro da espletare e un modo per avvicinarsi alla condizione di sua moglie, quando anch'egli avrebbe condiviso i momenti casalinghi dell'anzianità.

Nulla di nuovo nella sua vita, ma si aspettava grandi notizie dal mondo.

Michela si dispose con un sentimento di preoccupazione mista ad orgoglio.

Una madre ha a cuore la salute del figlio, in modo primario, ma sa anche che la luce dei suoi occhi potrebbe brillare maggiormente riempiendosi il petto di fierezza materna.

Luciano fu il più intrepido.

La voglia di bruciare le tappe era fervida nella sua indole, aumentata a dismisura dalla lettura degli articoli e dalla poesia rutilante del Manifesto Futurista che aveva divorato anni prima.

La guerra era vista non come la carneficina da mettere al bando, ma come lo spirito della giovinezza che vinceva la società stantia ed immobile.

Un colpo finale al vecchiume dell'aristocrazia e della borghesia ottocentesca.

Iniziò a prendere commiato dai propri colleghi, i quali conoscevano le aspirazioni del ragazzo.

Anche chi risultava contrario nettamente all'interventismo, non poté che compiacersi con lui, divenendo partecipe dell'entusiasmo collettivo.

E dire che, fino ad un paio di generazioni prima, nelle medesime campagne non molto distanti da Sassari, chiunque si sentiva soverchiato dai piemontesi e non sarebbe mai andato a morire per loro e per l'Italia.

Il cambio di sentimento era stato repentino e serpeggiava sotto traccia in ogni strato sociale, anche se le conseguenze delle decisioni borghesi si sarebbero abbattute sulla massa ancora ignorante e non alfabetizzata.

Il tempo dei progetti per il futuro lavorativo e familiare stava per lasciare spazio a due anni di dedizione totale alla Patria.

Verso metà gennaio, il ragazzo si ritrovò con alcuni amici, qualche ex compagno del Liceo e qualche altra conoscenza della zona.

Si trattava di una gioventù variegata, un misto di classi sociali diverse che avevano in comune poco, se non l'età e qualche interesse.

Tra i giovani stavano spopolando alcune passioni legate alle attività fisiche, denominate sportive come derivazione di un termine inglese a sua volta basato su etimologia francese.

In particolare, la bicicletta stava assumendo un ruolo preminente, anche per via di una certa libertà di movimento consentita a tutti.

Non sarebbe più stato necessario possedere un cavallo o prendere una carrozza, attività costose per la maggioranza delle persone, ma un piccolo investimento iniziale in un mezzo meccanico avrebbe garantito, per anni, autonomia e maggiore raggio di azione.

Per i giovani, ciò significava una cosa soltanto.

Libertà.

Non essere legati e controllati.

Andare dove potevano spingerti le gambe tramite un'azione meccanica che avrebbe moltiplicato la forza di ognuno.

Soprattutto, una prima idea di velocità.

Sentire il vento in faccia e sperimentare le gioie del cuore che batte all'impazzata.

L'altra attività era ancora più di nicchia.

Qualcuno aveva iniziato a parlare di un gioco fatto con una palla da calciare e vi erano già ritrovi costanti di ragazzi che si dilettavano a dividersi in squadre.

I giornali avevano aumentato gli articoli a riguardo e tutto ne traeva beneficio.

Quel giorno, però, i giovani parlarono di altri.

Non dello sport e nemmeno delle loro occupazioni.

Vi era chi aveva continuato gli studi all'Università e chi invece lavorava da tempo immemore.

Chi sarebbe subentrato nella gestione familiare degli affari e chi avrebbe prestato manodopera per altri.

Ma tutti quanti erano focalizzati sull'imminente leva di Luciano e sulla guerra.

Era certo, per loro, che il loro amico avrebbe visto il nemico.

"Se entreremo in guerra, ci ritroveremo tutti quanti", la costatazione di Luciano ebbe l'effetto dirompente di un uragano.

Un plumbeo silenzio irruppe tra loro.

Si fissarono in volto e si videro già vecchi, infangati, con le rughe e con l'elmetto.

La loro gioventù se ne sarebbe volata via in quel modo?

Il più convinto di loro, Emiliano, alzò il calice di vino e propose il brindisi "per Luciano e per l'Italia libera e unita."

Gli altri lo seguirono a ruota, giusto per togliersi dall'imbarazzo delle loro menti.

Sciolto quel piccolo consesso, a Luciano non rimanevano altre persone da salutare.

Non aveva una ragazza o una fidanzata e, ora, risultava un bene.

Volle, invece, prendere commiato dalla propria terra.

Sebbene fosse certo che avrebbe svolto i primi mesi di addestramento vicino a casa, si sarebbe comunque trattato di un periodo diverso dall'attuale.

Sotto gli obblighi militari e non totalmente libero.

In base al tempo a disposizione, si recò solamente a Platamona, giusto per ammirare i colori del cielo e del mare, in contrasto con la terra retrostante.

Raccolse un filo d'erba dei campi e se lo pose nel taschino.

Sarebbe stato il suo ricordo personale di quella giornata.

Come previsto, ai primi di febbraio si presentò in caserma e fu presto inquadrato.

Data la sua istruzione, qualcuno pensò di instradarlo fin da subito per divenire un sottoufficiale.

Nei due anni di leva, avrebbe potuto ambire ad un posto da ufficiale, seppure di basso profilo.

Luciano non trovò particolarmente difficoltoso adattarsi alle rigide regole della vita militare, specialmente perché, dopo appena un mese, gli fu comunicata una notizia esaltante.

Era stata costituita la Brigata Sassari, un corpo di fanteria che, nelle intenzioni, doveva essere formato da soli sardi.

A breve sarebbe partito per Tempio Pausania, per essere aggregato al 152° reggimento.

Una cittadina della Gallura al di fuori della sua conoscenza.

Pieno di orgoglio patriottico, il militare si apprestò ad ampliare il proprio bagaglio geografico.

In lui vi era la sicurezza della giovinezza.

Sicurezza di un ideale da difendere e di una causa per cui battersi.

"Carve your name into my arm.
Instead of stressed, I lie here charmed.
'Cause there's nothing else to do.
Every me and every you."

XIV

"Never opened myself this way.
Life is ours, we live it our way.
All these words, I don't just say
and nothing else matters."

La cena della Vigilia di Natale del 1918 fu preparata come un evento speciale a casa Satta.

Erano passati quattro anni dall'ultima volta che la festività era stata celebrata in famiglia, alla presenza di tutti e tre i componenti.

Da maggio 1915, l'Italia era entrata in guerra a fianco della Triplice Intesa e contro gli Imperi Centrali e, in capo a pochi mesi, la Brigata Sassari si era trovata catapultata nelle varie battaglie dell'Isonzo.

Trasferito dalla Sardegna al Continente, Luciano era stato aggregato al contingente mediante la sua prima traversata in nave del mare Tirreno, per poi oltrepassare, mediante convogli militari speciali, gran parte del Settentrione, fino a valicare la linea del Piave.

Si era trovato subito al cospetto di una situazione totalmente differente da quanto vissuto fino a quel momento.

Lingue diverse.

Abitudini e usi diversi.

Colori e odori opposti.

Un altro mondo.

Possibile che tutto quello fosse accomunabile sotto l'unica bandiera tricolore?

La guerra si rivelò essere qualcosa di molto distante dalle idee giovanile e puerili.

Poco onore, molta casualità.

Carne da macello in entrambi gli schieramenti di fronte ai fucili, all'artiglieria, ma soprattutto alle mitragliatrici.

Una nuova arma che aveva cambiato il corso della Storia e nessun alto ufficiale se ne era accorto.

Commilitoni che cadevano in attacchi frontali sanguinosi e inutili, il tutto per poche centinaia di metri di terreno.

La pioggia e il fango, poi il freddo.

Un freddo pungente che ti penetrava nelle ossa.

Un qualcosa di mai sperimentato prima da Luciano.

Non avrebbe mai dimenticato il primo inverno trascorso lontano da casa e quel senso di tremore nelle ossa non lo avrebbe mai più abbandonato.

Il 1916 fu anche peggio.

Spostati sull'altopiano di Asiago, con dispendio di sangue ancora maggiore.

Nomi di monti che sarebbero rimasti come segni indelebili nella memoria di tutti.

Conquiste e poi ritirate.

I gas e le pallottole.

La Natura sventrata e violata.

I reparti decimati, con continui rimpiazzi.

Giovani ai quali poco era stato spiegato di come si svolgeva la guerra.

Dopo un anno in quell'inferno, ammesso di essere ancora vivo e con tutti gli arti e i sensi a disposizione, si diveniva esperti.

Promossi sul campo.

Luciano divenne Tenente e avrebbe anche scalato maggiormente le gerarchie degli ufficiali dell'Esercito se solo non si fosse opposto ad ordini assurdi.

Mandare al massacro i suoi uomini.

Questo non lo avrebbe mai fatto.

Suoi fratelli sardi, qualcuno persino conosciuto in tempo di pace.

Si era opposto con tutte le forze e per questo era inviso ai superiori.

Poco gli importava della carriera, se ciò avesse significato comprarsela con il sangue degli amici.

Per tale motivo, era ben visto dai soldati semplici che vi trovavano un fratello, maggiore in ogni caso, persino per chi risultava più anziano di lui.

Del ragazzo spensierato era rimasto ben poco.

Cresciuto in fretta nei pensieri e nei modi.

Aveva imparato a fumare, se non altro per mettere a tacere i morsi della fame.

Il rancio era pessimo e persino scarso.

Sui monti, passavano giorni senza alcun cambio e senza alcuna provvista.

E ogni mese, tutto sembrava andare peggio.

Nessuna miglioria e nessuna novità.

Ciò che tutti facevano era semplicemente sopravvivere.

Anche gli scambi di battute erano minimi, per lo più limitati alle azioni di guerra e alla situazione del nemico.

Quel poco tempo che si aveva per pensare a casa era molto peggio, visto che il ricordo e la nostalgia avrebbero potuto scalfire il morale, inoltrare dubbi sul motivo della battaglia e portare alla diserzione, o comunque ad un minore spirito di sacrificio.

La grappa scorreva a fiumi, un liquore che Luciano non era riuscito ad apprezzare.

Troppo secca e non aromatica.

Serviva l'alcool per ottenebrare le facoltà e convincere migliaia di giovani a gettarsi contro le mitragliatrici nemiche, nascoste ed appostate al sicuro.

Se nessuno avesse attaccato o se una parte si fosse limitata solo a difendersi, la guerra sarebbe finita in un attimo.

In un caso, per evidente mancanza di battaglie, nell'altro per distruzione dell'attaccante.

Invece, tutti i comandi militari pensavano che si potesse vincere e cadevano nel medesimo errore di valutazione, riequilibrando le sorti del conflitto.

Quando qualcuno incamerava un vantaggio in termini di meno uomini caduti, ecco che gli alti comandi, mediante un nuovo attacco, riportavano l'equilibrio tra i contendenti.

Alla fine del periodo di leva, dopo il secondo inverno passato in montagna, Luciano era talmente assuefatto dalla guerra da non pensare minimamente di andarsene.

Come avrebbe fatto a lasciare i suoi compagni proprio nel mezzo della battaglia e a guerra non conclusa?

Come avrebbe dormito al sicuro della propria casa sapendoli esposti al pericolo costante?

Non se lo sarebbe mai perdonato.

Non pensò nemmeno ad un periodo di licenza.

La vita da civile sarebbe ripresa solamente dopo la fine della guerra.

Non voleva farsi vedere in uno stato così pietoso e non avrebbe mai potuto sopportare il distacco successivo.

Nel 1915 non sapeva a cosa andasse incontro, ora invece ne era pienamente consapevole.

Una licenza sarebbe stato il modo migliore per farlo disertare o per farlo cadere in un'apatia e malinconia.

Preferì fumarsi un paio di pacchetti di sigarette gentilmente offerti dal comando.

La sua decisione si rivelò determinante per la sua vita.

Il 1917 portò al generale arretramento di ogni posizione.

Gli austriaci avevano potuto dispiegare intere divisioni smobilitate dal fronte orientale.

La Russia si era arresa.

In realtà, la situazione era più complessa.

Persino nelle trincee italiane iniziavano a serpeggiare idee socialiste, anzi comuniste, come si erano definiti i sostenitori di Lenin, il rivoluzionario che aveva soppiantato il regime zarista e il governo provvisorio.

Luciano fu travolto dallo sconforto quando dovettero ripiegare oltre il Piave.

A cosa erano serviti tutti i morti sulle montagne?

Delle idee che aveva prima di partire, poco era rimasto.

Persino le lettere a casa erano piene di menzogne, in quanto i suoi genitori non avrebbero mai compreso la realtà, in special modo suo padre Amedeo.

Non vi era nulla di nobile in quello che stava facendo.

In oltre due anni e mezzo, non aveva mai visto in faccia un austriaco, ma era certo di averne ammazzati almeno tre, senza contare tutti quelli caduti sotto il plotone ai suoi ordini.

In più, sapeva che vi era la censura.

Ogni lettera veniva aperta e ispezionata.

Chiunque scrivesse qualcosa contro lo Stato Maggiore o con un sentimento antipatriottico avrebbe visto il proprio scritto non recapitato e il proprio nome segnalato.

I simpatizzanti socialisti e comunisti erano quasi tutti schedati e il comando iniziò ad allarmarsi di un possibile contagio di queste idee che avrebbero favorito gli atti di diserzione.

Fu messa in pratica una campagna informativa di tutto rispetto per risvegliare il sentimento patriottico.

Ciò che nessuno aveva considerato era che, dall'altra parte, nonostante l'avanzamento evidente dopo tre anni di conflitto, i sentimenti erano anche peggiori.

Solo dopo Luciano comprese come l'Impero fosse costituito da diverse nazioni.

E se i sardi, pur non avendo mai visto le Alpi, le avevano difese come se fossero i monti della Barbagia sui quali abitavano le loro famiglie, lo stesso non poteva dirsi per gli ungheresi o i boemi.

L'estate del 1918 portò alla svolta decisiva e il nemico crollò di lì a poco.

La vittoria era dell'Italia.

Il giorno in cui fu chiaro a tutti che si sarebbe concluso l'armistizio con la resa dell'Impero, Luciano si ubriacò.

Fu la prima volta dall'inizio della guerra.

Non per andare all'assalto, ma per dimenticare.

Cancellare i terribili ricordi di quegli anni che nessuno avrebbe compreso, se non i compagni di trincea.

Non vedere i volti degli amici morti, insepolti nella terra di nessuno, lasciati a marcire per giorni prima di una tregua temporanea per raccogliere i corpi.

Quelle montagne avrebbero odorato di morte per decenni e avrebbero restituito per generazioni ordigni bellici inesplosi, proiettili, oggetti di vario tipo appartenuti ad anonimi caduti.

Vinta la guerra, ma a che prezzo?

In capo ad un mese, fu congedato e poté fare ritorno a casa.

Aveva custodito il filo d'erba raccolto a Platamona nel suo taschino per tutto quel tempo, sperando che qualcosa della Sardegna rimanesse.

Invece, dovette costatare che gli odori rimandavano irrimediabilmente ai luoghi degli ultimi anni.

Il fango e il muschio, l'acqua e la neve, i gas.

Soprattutto odore di morte.

Decise di gettare via quel filo d'erba poco prima di imbarcarsi da Genova.

Avrebbe riposato in mare, laddove si custodiva l'infinita memoria di chi non c'era più.

Ogni volta che Luciano avesse visto l'acqua che circondava la sua isola, avrebbe sempre scavalcato i confini per essere là, sulle Alpi, laddove molti dei suoi compagni erano morti o erano stati feriti, mutilati per il resto della vita di una parte del corpo o della mente.

Dopo tre anni abbondanti, un'intera gioventù risultava cambiata.

Senza più il sorriso di un tempo e senza più la spensieratezza.

Giovani vecchi, pieni di rimorsi e di paure.

Luciano aveva rimediato una bicicletta e con essa si imbarcò, l'unico vero ricordo che si sarebbe portato dal Continente.

Era un pezzo usato dalle staffette per fare la spola tra l'altipiano di Asiago e la valle, prima della disfatta di Caporetto con conseguente ritirata.

Recuperata dal tenente Satta in un fosso, era stata al suo fianco per tutto il resto della guerra, permettendo anche rapidi spostamenti nelle retrovie per la ricezione dei dispacci.

Non se ne era mai separato e ora, a parte la divisa, era tutto quanto gli rimaneva di quattro anni di servizio militare.

Aveva cercato di darsi una ripulita e di mangiare a sazietà, giusto per non dare l'impressione di un reduce, di uno di quello che torna malconcio dal fronte.

Se vi era una cosa che Luciano non avrebbe sopportato, era proprio quella di leggere la delusione nel volto di suo padre.

Delusione verso gli ideali di Patria e di onore, di libertà ed indipendenza.

Concetti vuoti e senza senso per Luciano, caduti sotto i colpi di un conflitto mai visto prima, di una carneficina senza pari che non si sarebbe mai dovuta ripetere.

Trento e Trieste sarebbero state italiane e forse anche altri territori, ma il terreno era intriso di sangue.

E le conseguenze ora sarebbero state nefaste.

Il paese era allo stremo e con un problema contingente legato ai giovani e all'alcoolismo.

Inoltre, si stava iniziando a diffondere una specie di influenza, il cui contagio mieteva morti a ripetizione.

Di tutto questo, poco importava a Luciano.

Durante il trasbordo dal Continente alla Sardegna, si dimenticò di ogni cosa.

In vista di Olbia, il suo cuore si riempì di gioia.

Colori e odori iniziavano a solleticare una parte sopita della memoria.

La sua infanzia e la vita di un tempo.

Sarebbe stato differente ora?

Cosa avrebbe fatto della propria vita?

Di studiare non ne aveva voglia, di lavorare nemmeno.

Sognava da tempo il suo letto e la sua casa, un caldo abbraccio di Michela e Amedeo.

Messo piede a terra, riconobbe in un attimo le proprie origini.

Da lì, in giornata fu trasferito a Tempio Pausania, dove aveva sede il 152° reggimento.

Presentata la lettera di congedo, ricevette una stretta di mano e il saluto ufficiale.

Questo era quanto rimaneva di quattro anni, oltre la divisa e la medaglia.

Dormì in caserma e il giorno seguente fu scortato verso Sassari assieme ad altri commilitoni, soldati semplici per lo più.

Ne aveva visti a centinaia, analfabeti e senza alcuna sicurezza alle spalle.

Mandati al massacro.

Forse nelle trincee si era fatta non tanto l'Italia, quanto gli italiani.

Mai prima di allora Luciano aveva avuto diretta esperienza delle altre regioni e delle loro tradizioni.

Ora poteva vantare conoscenze a Pescara e a Torino, a Firenze e a Milano, a Venezia e a Bari.

Ad ogni curva, gli appariva sempre più il paesaggio di casa.

Immutato e invariato.

Soprattutto bello, dopo anni di brutture.

Le colline non scavate dai colpi di artiglieria e con la vegetazione intatta, non spoglia per via dell'uso dei gas.

Nessun rumore, se non la campagna.

Niente mortai o obici, mitragliatrici o fucili, ognuno col proprio inconfondibile timbro e tono.

A distanza si sapeva distinguere da dove si sparava e cosa aveva fatto fuoco.

Si contavano mentalmente i secondi dal suono all'impatto.

Nessuno parlava sull'automezzo destinato al tragitto.

Troppi ricordi e troppi incubi.

Ognuno rinchiuso dentro i fatti suoi.

Chi aspettava da anni di rivedere i genitori, chi i fratelli, chi una moglie e chi dei figli.

Luciano aveva capito da tempo che era stato un bene non avere moglie e figli ad attenderlo.

Un uomo avrebbe resistito meno di quei quattro anni, se avesse avuto legami sentimentali forti.

In più, in guerra, soprattutto durante le licenze o i periodi di riposo a valle, era prassi che venissero fornite, in modo diretto o indiretto, delle donne a disposizione della ciurma, senza contare la presenza delle infermiere.

Luciano non avrebbe sopportato l'idea dell'infedeltà verso una moglie a casa.

Soprattutto, il problema si sarebbe presentato al momento del rientro.

Nessun uomo era rimasto lo stesso di quando era partito.

In genere, tutti erano peggiorati e diventati inadatti alla vita civile, in barba alla retorica militare e alla propaganda giornalistica.

Sassari apparve come una luce in mezzo al buio, nonostante fosse ancora pieno giorno.

Dalla caserma, avrebbe proseguito a piedi fino al portone di casa sua.

Prese commiato da tutti e iniziò a camminare, spingendo la bicicletta con la mano sinistra appoggiata al manubrio.

Avrebbe potuto inforcare il mezzo meccanico e accorciare il tempo di percorrenza, ma preferì gustarsi la vista della sua città natale.

La lentezza era un lusso che si sarebbe potuto permettere.

Cosa sono una decina di minuti in confronto a quattro anni?

Sassari appariva immutata, a prima vista.

Come era scolpita nei ricordi di Luciano e come l'aveva sognata più volte durante le notti insonni e i lunghi inverni alpini al riparo dai colpi austriaci.

Eppure, vi era qualcosa di diverso.

Un misto tra leggera innovazione nelle case e nelle strade, unitamente a discrepanza tra realtà e immaginazione.

Trovava tutto affascinante, dopo anni di brutture.

Luciano non aveva potuto godere a pieno delle città italiane, tanto era preso dalla guerra e dalle incombenze materiali.

Ecco come modifica realmente gli uomini questo gioco pensato dai generali e dai potenti.

Trasformandoli in automi privi di sensibilità e di stupore.

Luciano si fermò una prima volta all'imbocco della via di casa sua e una seconda volta proprio di fronte al portone.

Il momento agognato era arrivato.

In pochi lo avevano riconosciuto.

In divisa e con un'espressione differente.

Si presentò al portinaio del palazzo, un uomo che lo aveva visto crescere, ma che non lo riconobbe subito.

Era così cambiato?

Quale sarebbe stata la reazione dei suoi genitori?

Il portinaio lo abbracciò e ciò stupì enormemente Luciano.

L'uomo vide il bambino di una volta completamente trasformato e messo di fronte alla vita e ne ebbe compassione.

L'ex militare pose la bicicletta a fianco della postazione del portinaio e imboccò le scale.

In un attimo fu di fronte alla porta di casa.

Bussò.

Dall'interno, compresero fin da subito.

Non si aspettavano altre visite e il tocco non lasciava adito a dubbi.

Amedeo si immaginò il proprio figlio con la divisa e le medaglie e reputò che quel giorno sarebbe stato il più bello della sua vita.

Prese per mano sua moglie Michela, la quale stava già lasciandosi andare all'emozione.

Altre madri avevano dovuto piangere un figlio morto o menomato, mentre la donna si considerò fortunata nel riavere Luciano sano e salvo dopo quasi quattro anni di assenza.

Il figlio aspettava subito fuori dal portone.

Era l'immagine che più aveva sognato in tutto quel tempo trascorso.

Non appena il divisorio tra interno ed esterno fu aperto, i loro occhi focalizzarono la realtà.

Molto distante da quanto avevano immaginato.

Luciano si trovò di fronte due vecchi.

Non più abituato a vedere persone della generazione dei suoi genitori, per anni si era imbattuto solamente in coetanei, a volte persino più giovani, come i ragazzi del novantanove.

I suoi genitori sembravano mutati e si erano trasformati nel ricordo residuale che nella sua mente era dato dai nonni.

Molto simile fu la reazione di Amedeo e Michela.

Di fronte avevano un uomo.

Di fattezze diverse dal ragazzo che era partito.

Più squadrato, con pelle ruvida.

Tratti marcati, rotondità scomparse e una magrezza che l'uniforme mal celava.

Occhi scavati nel viso e mani da contadino, ben lontane dalla delicatezza dello studente.

Una vampata di odore acre di sigaretta li investì.

Rimasero fermi a guardarsi per qualche secondo interminabile.

Secondi che avrebbero potuto già significare molto.

Due mondi con medesime radici che si erano allontanati per sempre e in modo inequivocabile.

Fu Michela a sospendere momentaneamente le conseguenze che tutti avevano già visualizzato.

La madre si lanciò in un abbraccio, superando ogni remora e diversità rispetto a come si era prospettata la scena.

Come una valanga, l'effetto dirompente del mezzo passo di Michela fu seguito da tutti.

Ora la famiglia era riunita.

Come un tempo.

"Vieni, entra. C'è da mangiare."

La tavola era imbandita.

Per l'occasione, non si era badato a spese.

Vi era ogni sorta di cibo locale, cose che Luciano aveva dimenticato potessero esistere.

Intravide la normalità casalinga e quotidiana.

Una luce fioca e tenue.

Colori pastello.

Rumori attutiti.

Un mondo ovattato e sicuro, protetto, e nel quale nessuno avrebbe più fatto del male.

Andò direttamente in camera sua e vide il letto, esattamente nello stesso posto e ricoperto dalle stesse coperte.

Nulla era cambiato a livello esteriore.

Si sedette e lo trovò comodo e caldo.

Ospitale.

Quello fu il segnale del ritorno a casa.

Sfilò dal taschino le poche cose che gli appartenevano e le pose sul tavolo.

La piccola scatola in metallo portasigarette che gli aveva donato un caporale, caduto come altri per la riconquista del monte Fior, una fotografia del suo plotone dopo il passaggio del Piave e una chiave che gli era stata consegnata, in punto di morte, da un altro tenente della Brigata e che avrebbe dovuto recapitare a Bosa.

Aprì l'armadio e vi vide i propri vestiti di un tempo.

Vestiti da civile.

Gli sarebbero andati bene ancora, forse un po' larghi.

Ne prese uno e dismise la divisa, riponendola nell'armadio.

Quando ritornò in sala da pranzo, i genitori iniziarono a riconoscere loro figlio e non più il tenente dell'Esercito.

Si sedettero e iniziarono a cenare, in silenzio.

Vi sarebbe stato tempo per le parole e per le spiegazioni.

Per i ragguagli e per i progetti sul futuro.

Il primo boccone fu un'estasi per i sensi di Luciano.

Sapori dimenticati e odori di altri tempi.

Il secondo ancora meglio.

Non ebbe difficoltà a finire ogni porzione e a non avanzare alcunché.

Non era mai stato abituato e, in guerra, il rancio, benché pessimo, non si buttava mai.

Gli occhi lucidi dei tre componenti della famiglia Satta si erano incrociati spesso.

A fine cena, Luciano non riprese l'abitudine di un tempo di commentare con suo padre le notizie del mondo e dell'Italia.

Non vi era più niente da dire.

O, per lo meno, vi sarebbe stato molto, ma non del futuro, bensì del passato.

Rimasero in silenzio, con il sottofondo del lavoro di Michela, la quale si limitò ad enunciare qualche proposito per l'indomani.

"Ti laverò la divisa e poi la riporremo nell'armadio, come ricordo."

Luciano ci pensò un attimo.

"No mamma, la divisa rimarrà così.

Dovrà mantenere lo sporco e l'odore della guerra."

La donna fissò suo marito ed entrambi si compresero al volo.

Avrebbero fatto come preferito da Luciano e non lo avrebbero contraddetto.

In cuor loro, sperarono che loro figlio non fosse troppo cambiato.

Nei giorni seguenti, usando la bicicletta, l'ex militare iniziò ad esplorare i dintorni della città e ogni angolo di Sassari che vi era nella sua memoria.

Da solo, senza incontrare qualcuno o parlare con anima viva.

Voleva, prima di tutto, riconciliarsi con la sua terra.

Sfidando la fine dell'autunno, qualche pioggia e il vento, filava via come se non ci fosse tempo a sua disposizione.

Sua madre si preoccupò del fatto che sentisse freddo, ma Luciano alzò le spalle.

"Questo non è freddo."

In Sardegna, non avrebbe mai più avuto la sensazione provata sull'Isonzo o sugli altipiani.

Tutto pareva rientrare nel corso della normalità, un lento riabituarsi ai costumi da civile.

Un modo per Luciano di riallacciare con il suo ambiente e le sue tradizioni.

Per una settimana, dormì profondamente, come mai aveva fatto in precedenza.

Un sonno ristoratore, di quelli che arrivano dopo anni di privazioni.

Nessuno, in casa, gli chiese cosa volesse fare ora e nemmeno gli fece domande sulla guerra.

Entrambi sapevano che molti reduci, ragazzi giovani come Luciano, erano cambiati notevolmente o erano andati fuori di senno.

Così ne Amedeo né Michela avevano reputato necessario affrontare il discorso.

"Ne parlerà lui, se vuole e quando vorrà."

Questa era stata la decisione unanime.

Luciano non sentiva l'esigenza di esternare alcunché.

Avrebbe condiviso qualcosa con i suoi ex commilitoni, ma non con i suoi genitori.

Con chi sapeva cosa voleva dire la trincea e l'artiglieria, l'assalto e la grappa, il filo spinato e il fango, il freddo e i topi.

Come dire tutto quello che aveva visto a chi era rimasto a casa, ignaro di quanto accaduto?

Come spiegare che la peggiore delle loro paure sarebbe stata niente a confronto del racconto di una sola giornata sull'Isonzo o sull'altipiano?

Come affermare che gli alti comandi e gli ufficiali superiori avevano mandato al massacro migliaia di giovani, incuranti delle loro vite?

Non si poteva.

Non si doveva.

Nei gesti rituali di Luciano erano segnate le differenze di quegli anni.

Il modo di porre i piedi giù dal letto e l'attenzione che prestava ai rumori, come portava il pane alla bocca o come si allacciava i vestiti.

Tutto ciò rimarcava la differenza rispetto a prima.

Quando già si stavano preparando i cuori e le tavole per il Santo Natale, in una delle sue solite sgambate per la città, l'ex militare intravide un uomo barcollante.

Conosceva troppo bene la tipologia di andatura e comprese come si trattasse di una persona ubriaca.

Si fermò per prestare aiuto.

Reminiscenza degli anni precedenti, quando i soldati ubriachi, non accorgendosi del freddo, morivano assiderati all'esterno.

Non sarebbe successo nulla del genere a Sassari, ma l'abitudine era divenuta un riflesso condizionato.

Proprio come il cane di Pavlov, Luciano obbediva a comando rispetto ad alcune situazioni contingenti.

L'uomo si rivelò un ragazzo poco più grande di lui, un paio di anni.

Si fissarono negli occhi e si capirono al volo.

Stessa brigata, stesso reggimento.

"Rimpatriato dopo la ritirata dall'altipiano, scheggia di granata."

Indicò la gamba destra all'altezza del ginocchio.

"Ho evitato l'amputazione, ma non il dolore."

Ecco, dunque, che l'alcool era servito per lenire, dopo esserne diventato dipendente dal ventesimo assalto in poi.

Non più la grappa secca delle Venezie, ma il filu e ferru casareccio.

Effetto identico.

"Ti porto a casa, dove abiti?"

L'uomo si ricompose.

Gettò la mano destra in direzione dell'Università.

"Ero uno studente."

Luciano capì che il suo commilitone non aveva voglia di tornare a casa, o forse non era più bene accetto in casa.

Forse vi era una moglie che si era lamentata dell'inedia e dell'ubriachezza o una famiglia che lo aveva isolato.

Quanto ancora avrebbe dovuto soffrire per colpa altrui?

"Vieni, ti porto a casa mia."

Nessuno avrebbe dovuto essere solo durante la Notte Santa.

Luciano non si pose minimamente il problema dei suoi genitori e del fatto che la casa fosse di loro proprietà.

Per quel suo commilitone, ignoto nel nome e nella provenienza, avrebbe ceduto il suo letto.

Scese dalla bicicletta e si pose a fianco dell'uomo, indirizzandolo verso la propria abitazione.

Gli fece strada per le scale del palazzo e lo introdusse ad Amedeo e Michela, i quali rimasero sconvolti.

"Solo per stanotte, ha bisogno di dormire e di un posto sicuro.

Gli cederò il mio letto."

Michela sembrava non riconoscere il proprio figlio.

Come era possibile che avesse preso uno sconosciuto per strada e lo avesse portato in casa?

Amedeo cercò di ricomporsi.

La tavola imbandita per il ritrovo della famiglia sembrava risplendere di un passato non più riproponibile.

"Io mi sistemerò sulla poltrona.

Sono stato abituato a ben peggio durante la guerra."

Per cercare di rassicurare, visti i volti tesi, Luciano proseguì nella spiegazione.

Era la prima volta che parlava della guerra ai propri genitori.

"Non so come si chiami, ma è un soldato semplice della Brigata Sassari. Uno di quelli che era con me e con gli altri, sugli altipiani, a soffrire il freddo e la fame.

Ferito da una granata e congedato.

Ritornato a casa, laddove più nessuno lo riconosce.

L'alcool scorreva a fiumi, era l'unico modo per convincere i soldati ad andare all'assalto.

E ora vorrebbero che tutti dimenticassero in un attimo, come se si trattasse di un oggetto meccanico e non di un uomo.

È mio dovere di ufficiale prendermi cura della truppa."

A Michela venne da piangere, mentre Amedeo abbassò lo sguardo.

Non tanto per quanto aveva detto Luciano, quanto per una costatazione amara e conclusiva: non avrebbero più rivisto il figlio che erano abituati a frequentare fino al 1914.

Non la scuola, non la famiglia, non l'adolescenza avevano plasmato il carattere e il fisico di Luciano Satta, ma la guerra.

Una guerra che, dalle poche parole pronunciate, sembrava essere stata sporca e maledetta, ben lontana dai concetti aulici di Patria e onore così tanto sbandierati dai giornali.

Dove erano finiti i sobillatori?

I poeti che decantavano la modernità e la necessità dell'azione bellica?

Dove i politici che ne avevano tratto giovamento?

E gli industriali che si erano arricchiti con la produzione di armi, munizioni e suppellettili?

Tutti scomparsi e dietro di loro vi era il vuoto di una generazione intera.

"Mangiamo…", così Michela ruppe la situazione di equilibrio che si sarebbe potuta protrarre all'infinito.

Luciano prese un piatto e vi porse una razione.

Sarebbe stata il pranzo dell'indomani per il commilitone che ora giaceva nel suo letto, completamente sopraffatto dai fumi dell'alcool e della stanchezza.

Forse, per una notte, si sarebbe dimenticato del sibilo perforante della granata.

E, forse, quel Santo Natale avrebbe fatto rivivere l'animo di quel 1914 nel quale l'Italia era ancora neutrale, mentre altri soldati avevano già compreso l'inutilità della guerra e il fatto che la povera gente non aveva nulla da guadagnare a morire per un ideale.

Luciano se ne stette in silenzio.

Lo doveva alle migliaia di caduti e di reduci, di prigionieri e di feriti.

Se veramente Nostro Signore era sceso dal cielo per incarnarsi in un bambino indifeso, dove era quando le sue creature perivano sotto i colpi di mitragliatrice o di cannone?

Sorrise amaramente.

Di quel sorriso che aveva imparato essere comune in trincea.

Un sorriso di terre lontane, di case idealizzate, le stesse che ora contenevano famiglie poste di fronte alla realtà sconvolgente del cambiamento.

Di lì a poco il 1918 sarebbe terminato e si sarebbe aperto un nuovo anno.

Cosa avrebbe portato?

La conferenza di pace?

I nuovi territori così tanto agognati dagli irredentisti?

Carestie e malattie?

Nessuno lo sapeva.

Rinchiusi al caldo delle abitazioni, con lo stomaco pieno di prelibatezze che erano presenti solo nei sogni, intere famiglie simulavano una ritrovata sicurezza.

Sicurezza di vita e di felicità.

Fragile come lo era stata la pace, sempre minacciata da eventi esterni e da mutamenti interiori.

Da parte sua, Luciano aveva perso ogni certezza.

Non sapeva cosa avrebbe fatto del proprio futuro e della propria vita.

Prese in mano un bicchiere e vi versò dell'acqua.

Non avrebbe toccato vino.

Il tempo dell'intontimento alcoolico era finito per sempre.

"I never thought this day would end.
I never thought tonight could ever be.
This close to me."

233

XV

"Should I stay or should I go?
If you say that you are mine.
I'll be here 'til the end of time."

A fine marzo, sfruttando una delle prime giornate di un tepore primaverile inaspettato, Luciano prese la decisione di recarsi a Bosa.

La chiave che custodiva gelosamente sulla propria scrivania gli ricordava, giorno dopo giorno, la promessa fatta al suo pari grado della Brigata.

Era tornato da quattro mesi e non aveva ancora mantenuto la parola.

Si sentiva in colpa, in parte rinfrancato dal fatto che alle spalle vi era stata la stagione invernale, meno avvezza agli spostamenti.

Si sarebbe recato in bicicletta, nonostante il chilometraggio elevato.

Quasi cento chilometri non erano uno scherzo, specie per il fatto che non si trattava di sola pianura.

Aveva già faticato ad arrivare ad Alghero durante il mese di febbraio, ma reputava il tutto come il frutto del vento e dello scarso allenamento.

Da allora, aveva preso confidenza con il mezzo meccanico e si era spinto sempre più oltre.

Ciò che prima gli sembrava tutto il suo mondo, ora gli pareva un carcere stretto.

Un'angusta cella di un monaco eremita.

Abituato ormai alla visione delle Alpi, i cui scorci dalle vette lasciavano intravedere sterminati panorami, reputava la sua terra natia come troppo piccola.

Isolata dal resto del mondo.

Un bene, per la guerra.

Come avrebbero fatto gli abitanti dei luoghi sventrati dal conflitto a ritornare in quelle terre era un mistero agli occhi dell'ex-tenente.

Sassari e la Sardegna non avevano subito alcun danno e questo era sicuramente preferibile, ma voleva anche dire che nessuno dei suoi concittadini avrebbe compreso cosa avessero significato quegli anni.

Era difficile tornare alla vita da civile, forse la stessa non era mai esistita e si trattava di un sogno proiettato del passato.

Luciano non aveva trovato alcun interesse su cui sfogare la propria attenzione durante il tempo trascorso a casa.

Non riusciva più a tenere in mano un libro, a concentrarsi su qualcosa o a voler intraprendere un lavoro manuale.

Passava le giornate all'aperto, in modo solitario, girovagando per i luoghi senza parlare quasi con nessuno.

Men che meno aveva voluto rivedere i propri amici di un tempo.

In gran parte, partiti per il fronte e congedati.

Qualcuno morto, qualcuno ferito.

Qualcuno si era trasferito altrove, in Continente.

I legami del 1914 erano stati spazzati via e la ricostruzione di un mondo nuovo sembrava impossibile.

Anche con i suoi genitori, non vi era molta comunicazione.

Troppo diverse le abitudini e i modi di fare.

Quando Luciano voleva starsene in silenzio, loro si sentivano in soggezione a parlare e quando il giovane avrebbe voluto dialogare, non trovava argomenti.

Pensò che avrebbe dovuto trovarsi una sistemazione autonoma, ma ciò comportava anche la volontà di trovarsi un lavoro per mantenersi.

Sembrava tutto così meccanico e così predeterminato, come un ingranaggio impossibile da fermare.

Ma per quattro anni, non era stata quella la sua routine.

Vi era altro da fare.

Rispettare gli ordini, difendere una posizione, andare all'attacco.

Rimanere fermi per mesi in trincea nel medesimo settore e poi essere trasferiti altrove, a centinaia di chilometri di distanza, per poi scoprire che tutto il fronte era simile.

Identicamente a livello familiare, intendendo con ciò la costruzione di una famiglia nuova.

Di trovarsi una donna, non se ne parlava.

In guerra, aveva un senso andare con le prostitute pagate dal comando o con le infermiere.

Era un modo per esorcizzare la morte.

Non sapendo se, al successivo cambio, si fosse stati ancora in vita, si cercava di dimenticare tutto gettandosi tra le braccia di chi poteva alleviare il dolore.

Una specie di anestetico alcoolico sotto altra forma.

Ritornato a casa, però, Luciano si dette la regola di non ricadere nell'errore di molti.

Come quel suo commilitone ritrovato alla Vigilia di Natale e sfamato il mattino seguente, poi ricondotto a casa da sobrio.

Non aveva più avuto sue notizie, ma non si era fatto troppe illusioni.

Certe immagini sono difficili da cancellare.

Le notti di Luciano erano piene di bagliori e boati, grida e martellanti colpi delle mitragliatrici.

Un picchiettio che ricordava la pioggia battente sui tetti ma che aveva effetti molto più dirompenti.

La carne umana maciullata, esposta nel suo rossore, fino a mostrare le ossa e, nelle ferite, si inserivano fin da subito germi e fango, sporcizia e tutto ciò che avrebbe infettato e incancrenito.

I piedi congelati con le dite nere, il modo di strofinarsi le mani sul corpo.

Impossibile da dimenticare.

Le urla di chi, mandato all'assalto, non moriva e si contorceva, lasciato in vita solo per attirare eventuali soccorritori, da eliminare mediante perfetti tiri da cecchino.

I rantoli e i mugolii e poi il silenzio.

Gli occhi di un compagno che muore tra le tue braccia.

Erano incubi, celati nella parte recondita della mente di Luciano.

Quell'inverno la guerra aveva lasciato uno strascico di morte e non solo di miseria.

Chi non possedeva un lavoro sicuro e dei campi, trovava difficoltà a reperire cibo, aumentato di prezzo a dismisura.

Ciò avrebbe condotto, nel giro di un anno dopo aver smaltito la retorica della vittoria, a rivolte, specie nelle città del Continente.

E poi vi era quella strana influenza, che tutti chiamavano spagnola.

Aveva contagiato quasi tutti, con esiti diversi.

I giovani se l'erano cavata, per lo più, con un bel po' di febbre e spossatezza.

Gli anziani, no.

Molti erano morti, anche se di cifre ufficiali non se ne leggevano da alcuna parte.

Inoltre, sembrava che fosse un fenomeno mondiale.

I soldati, rientrati dalle trincee, avevano portato a casa questo germe, sparpagliandolo un po' ovunque.

Benché Luciano non avesse molte conoscenze mediche, aveva compreso che le condizioni sanitarie della guerra erano state pessime e, in qualche modo, si era stupito che non fossero insorte malattie antiche, intendendo con ciò nella popolazione civile.

Poi, si diede una risposta.

Il fronte era distante dalla popolazione civile.

Al fronte, quelle malattie vi erano.

Cancellò tutto quanto dalla sua mente, almeno per i giorni antecedenti la partenza verso Bosa.

Caricò lo zaino in dotazione all'esercito di cibo e acqua e se lo pose in spalla.

Salutò i genitori.

"Vado a Bosa."

Entrambi lo guardarono stupiti.

Sapevano che Bosa distava parecchio e non avrebbero mai immaginato che, con una bicicletta, si potesse percorrere così tanta strada.

Luciano si sentì di dover loro una spiegazione.

"Vado a consegnare la chiave che ho conservato sul tavolo.

Starò via almeno una notte, non riesco a tornare per sera."

Michela frenò la domanda che le era balenata in testa ossia dove suo figlio avrebbe trascorso la notte.

Si disse che per quattro anni si era arrangiato in trincea e non sarebbe stata una notte a Bosa a metterlo in difficoltà.

Amedeo non si espresse.

Ormai aveva compreso come Luciano appartenesse ad un mondo diverso.

Stava in quella casa, ma era come se non ci fosse.

Presente fisicamente, ma non con lo spirito e la mente.

Suo figlio, quello di prima della guerra, non c'era più ed era stato sostituito da un'altra persona, avente le medesime fattezze fisiche, ma i pensieri totalmente diversi.

In cuor suo, si aspettava che Luciano se ne andasse, prima o poi.

Altrove, non in Sardegna.

In qualche città del continente.

Comprendeva lo struggimento del figlio e aveva cercato di conciliarlo con i propri ideali di libertà e di Patria, concetti ormai che gli apparivano desueti e sorpassati.

Luciano partì di buon mattino, quando il Sole era già sorto.

La prima parte del tragitto sarebbe stata comoda, in discesa, lungo un sentiero abbastanza largo e battuto, quasi privo di sconnessioni.

Arrivare ad Alghero non sarebbe stato un problema.

Era il dopo che lo preoccupava.

Aveva cercato di esplorare il sentiero che, costeggiando il mare, portava a sud, ma si trattava di piccoli viottoli di campagna.

Quel giorno avrebbe scoperto cosa si celasse dietro l'ultima salitella alla quale era arrivato.

È strano pensare come l'ignoto ci spaventi.

Una volta arrivato a quella salitella, sarebbe stato quasi a metà del percorso, ma l'ex militare era preoccupato dal poi e non da quello che già conosceva.

La sua mente si liberò di ogni angoscia e pensiero.

Avrebbe dovuto farla riposare, fino a che il paesaggio sarebbe stato quello consono.

Sorpassò Alghero senza fermarsi.

Si era detto che la prima sosta sarebbe stata proprio laddove aveva fissato le proprie colonne d'Ercole.

Una specie di confine da superare.

Si trovò in quel luogo proprio per ora di pranzo.

Smontò dalla bicicletta e sentì la classica inerzia del corpo umano verso un cambiamento di posizione, ciò che da adulto e da anziano avrebbe sempre più identificato con un sintomo di dolore e fastidio.

Si levò lo zaino e si sedette, con lo sguardo rivolto al mare.

Un mare aperto e sconfinato, indomabile.

In direzione della Spagna, ma a Luciano fece comodo pensare che quel mare fosse il medesimo che lo aveva riportato a casa e che, al di là di esso, vi fossero i suoi compagni caduti.

Per loro, anzi per uno di loro, aveva intrapreso quel viaggio.

In suo onore e memoria.

Ecco perché sentiva di avere la forza di un intero reggimento nello spingere i pedali e nel fare andare un mezzo meccanico ancora rudimentale.

Non si era minimamente posto il problema di un eventuale rottura della bicicletta, cosa che lo avrebbe completamente messo fuori gioco e lasciato disperso su viottoli poco battuti, con piccoli paesi distanti non meno di una decina di chilometri, da farseli a piedi e con l'arrivo in serata o col buio.

Nessuna di queste logiche considerazioni lo avevano bloccato.

La sua missione era più elevata e l'avrebbe portata a termine, non prima di aver tratto un paio di ampi sorsi dalla borraccia e riempito lo stomaco con del pane, del formaggio e un pezzo di pancetta di maiale.

Ripresa la strada non senza una certa fatica.

Aveva perso il ritmo almeno per i primi dieci minuti.

La costa si sviluppava in modo molto simile, mediante scogliere nere e grigie, con pochi spazi di approdo marittimo o di discesa terrestre.

I villaggi proseguivano in modo incostante, con nomi non noti talmente erano minuscoli.

I viottoli a volte si facevano più larghi e a volte scomparivano quasi tra le frasche, ad ogni modo sempre sconnessi.

Buche e sassi andavano evitati e così la marcia proseguiva a rilento, tanto più che nei tratti di discesa bisogna rallentare energicamente portando le gambe quasi a livello del suolo.

Erano passate non meno di sette ore dalla partenza e ora Luciano si sentiva stanco e spossato.

Forse era stato un azzardo quel viaggio, forse veramente avrebbe dovuto soccombere al limite della stanchezza fisica.

Un'altra salita, una delle infinite.

Luciano non si diede per vinto.

"Se al termine di essa, vi sono ancora colline, prenderò una decisione" si disse, ben sapendo che ormai tornare indietro sarebbe stato ancora più deleterio.

Con il cuore che gli batteva nelle orecchie, quasi quanto aveva sperimentato nelle forsennate corse contro il nemico, si affannò ad arrivare in cima.

Ogni pedalata pareva di una fatica immane.

Non appena arrivato, si fermò e si piegò in due.

Non avrebbe sopportato altro.

Solo dopo un minuto riuscì ad alzare lo sguardo e intravide, a valle, un abitato.

Abbastanza ampio da essere più di un villaggio.

Vi era un fiume accanto ad esso.

Doveva essere Bosa, ne era certo.

Con le ultime forze rimaste, si sospinse in discesa e pian piano le case si fecero prossime.

Si fermò quando incrociò la prima persona, un uomo che stava tornando a piedi dalla foce del fiume.

Ebbe la conferma che si trovava a Bosa.

Chiese della famiglia Casula.

L'uomo gli rispose che ve ne erano molte.

"Avevano un figlio, di nome Enrico. È partito per la guerra."

L'uomo capì.

Gli indicò una casa di colore bianco, posta subito prima del fiume.

"Non sono di qui", si giustificò Luciano.

L'uomo si offrì di scortarlo.

L'ex militare scesa dalla bicicletta e sentì i muscoli tirare. Non sarebbe stato in grado di ritornare a Sassari il giorno seguente.

Poco importava, ora era focalizzato sull'obiettivo che sembrava a portata di mano.

"Eccoci."

L'uomo spianò il dito in direzione di una casa.

Luciano fece segno di aver compreso e lo congedò.

Si avvicinò con fare circospetto all'abitazione.

Si prese coraggio e bussò.

Sentì rumore all'interno e poco dopo il portone si spalancò.

Vide un uomo e una donna, all'incirca dell'età dei suoi genitori e si presentò loro.

All'inizio diffidenti, i due si sciolsero non appena videro la chiave.

"Non è per noi", tennero a precisare.

"Prima di partire, nostro figlio si era fidanzato con Anna Pitzalis, una ragazza qui di Bosa.

La chiave è per lei, quasi certamente."

Luciano comprese come i genitori non volessero sapere come fosse morto loro figlio.

A loro bastava sapere che vi era qualcuno vicino disposto a raccogliere le sue volontà.

"Se volete, vi daremo ospitalità. Avete fatto tanta strada per arrivare fino a qui."

Luciano non poteva accettare.

Chiese solamente del cibo e dell'acqua e i due adulti gliene porsero come se fosse un pellegrino di altri tempi.

Non avevano potuto reclamare il corpo, disperso da qualche parte e sepolto sotto strati di fango.

Forse le ossa erano state raccolte in qualche cimitero o forse i resti di Enrico giacevano all'aperto, dopo oltre due anni.

Nessuno lo avrebbe mai scoperto.

Uscì da quella casa quando già la luce naturale stava per scomparire.

Il padre di Enrico lo accompagnò fin dalla famiglia Pitzalis, la cui figlia Anna era rimasta ancora a casa.

Aveva portato il lutto per un anno, come si addiceva alle donne sposate, benché non lo fosse ancora.

"E' meglio se la introduco io..." così si giustificò l'uomo, il cui nome era rimasto ignoto a Luciano.

Non si poteva mai sapere cosa passasse per la testa di una famiglia quando un estraneo, un ragazzo giovane, andasse in cerca dell'unica figlia non sposata.

L'abitato di Bosa pareva a Luciano un pezzo diverso di Sardegna, un qualcosa che non aveva ancora intravisto altrove.

Non una città, ma nemmeno un villaggio.

Non di campagna e non di mare.

Con un tocco mediterraneo, ma medioevale.

Si inerpicarono un poco per giungere ad un'abitazione incastrata tra le altre, identicamente simile alle vicine.

Solo un abitante del posto avrebbe potuto districarsi.

Il padre di Enrico spiegò la situazione e Luciano fu introdotto.

Si presentò Anna, una ragazza più giovane di lui di un paio di anni.

Era alta e magra, con figura slanciata.

Il viso era nitido e con tratti marcati, zigomi quasi sporgenti e mascella serrata.

Si vedeva che era abituata a lavorare nei campi e a fare lavori anche di fatica.

Luciano percepì i suoi muscoli tesi sotto i pesanti vestiti e le nervature delle sue gambe, abituate a macinare chilometri ogni giorno.

Anna si pose in ascoltò.

Luciano cavò dalla tasca dello zaino la chiave che aveva girato mezza Italia.

Partita da Bosa alla volta di Tempo Pausania, per poi imbarcarsi verso il Continente fino sull'Isonzo e poi ad Asiago, in mano al legittimo proprietario.

Da lì sul Piave e poi a Vittorio Veneto, per poi ritornare in Sardegna, a Sassari e, finalmente, dopo tanto peregrinare, di nuovo a Bosa, nella medesima casa dove vi era un suo esatto doppione.

Il segreto stava per essere svelato.

Anna rispose in modo inequivocabile.

"Serve ad aprire la cassetta che custodisco in camera. Si apre solo con la doppia chiave e dentro vi è conservata la proposta di matrimonio e gli anelli.

Sarebbe stata il simbolo della nostra unione."

Luciano comprese di aver assolto al suo compito.

Era di troppo in quel consesso.

Vi erano riunite due famiglie colpite, in modo diverso, da un lutto ed egli era stato solo il testimone oculare del delitto.

Un delitto perpetrato non da un oscuro assassino ma dalla guerra, voluta e sostenuta sia dai potenti sia dagli intellettuali sia dal popolo.

Magari Enrico era uno di quelli non convinti, uno che si era trovato a stare in trincea solo perché una piccola minoranza rumorosa aveva soverchiato la ragione dei molti silenziosi.

Luciano si sentì in colpa.

Sentì di aver portato quel lutto, non tanto con il suo gesto, ma con il suo credo e il suo ideale.

Dove era la Patria di fronte alla perdita di un figlio o di un fidanzato?

Non c'era.

Nulla assoluto.

Fece per alzarsi, ma fu bloccato da Anna.

La ragazza, in barba ad ogni convenzione dell'epoca, lo fermò:

"Fuori è buio e non potete tornare a casa vostra.

Non permetterò che dormiate all'aperto quando siete stato l'unico a riportarmi l'unico vero ricordo di Enrico."

Con uno sguardo, convinse il padre, il quale offrì a Luciano un posto al caldo per la notte.

"Grazie, qualunque sistemazione andrà bene."

Avrebbe dormito persino sul pavimento e la sedia a dondolo fu un lusso.

La notte fu alquanto silenziosa.

Non vi erano i rumori della città e il fatto che le case erano tutte ammassate non era sinonimo di frastuono.

Vi era un retaggio ancestrale di campagna e ciò fu corroborato dall'impressione del giorno seguente.

Il fiume Temo scorreva placido da valle fino al mare e vi erano delle chiatte che lo risalivano.

Preso commiato dalla famiglia Pitzalis, Luciano si diresse lungo il suo corso fino al suo termine naturale.

Indi, si voltò verso l'interno.

Sopra un'altura, vi erano i ruderi di quello che si sarebbe detto un castello medioevale.

Decise di intrattenersi un altro giorno, non tanto perché il luogo lo affascinasse quanto per riprendere vigore per il percorso di ritorno.

Si stese sull'arenile durante le ore calde per godere del tepore, non smorzato dal vento che, invece, era solito spirare in quel luogo.

Si rivide da giovane, come era stato prima della guerra.

Anagraficamente era ancora tale, ma non a livello interiore.

Aveva vissuto esperienze e visto scene per almeno due vite intere e quasi tutto non era ascrivibile a momenti di gioia e di ilarità.

Si ricordò degli occhi di Enrico, mentre lo fissavano consegnandoli la chiave.

Ai tempi, non riuscì a versare nemmeno una lacrima.

Erano finite e non si poteva fare vincere lo sconforto, specie perché le morti non erano isolate, ma con flusso continuo.

Ritornò verso l'abitato di Bosa e si fermò in una locanda per cibarsi, chiedendo se vi fosse possibilità di passare la notte.

"Certamente".

Avrebbe speso quei pochi soldi che si era portato appresso.

Altrimenti a cosa serve il denaro?

Gironzolando per il paese, ritrovò il padre di Enrico, il quale lo salutò levandosi il cappello e, in lontananza, rivide Anna.

Sotto la luce naturale del giorno, la figura della ragazza si ammantava di uno stato di grazia, difficilmente riscontrabile al chiuso di un locale scarsamente illuminato.

Sapeva che non doveva avvicinarsi più di tanto, ma fu stupito di ciò che accadde.

Probabilmente fu notato, d'altronde era praticamente l'unico in paese a girare con la bicicletta, questo mezzo ancora non diffuso nelle campagne.

Per di più, in quel giorno tutti erano venuti a conoscenza della sua storia e ne erano ammirati.

Fare così tanta strada per una promessa.

Luciano rimase immobile in attesa che Anna arrivasse a distanza per poter scambiare qualche parola.

"Vi spostate spesso con quella?"

Chiese dubbiosa la ragazza.

Luciano ammise che in guerra vi erano dei reparti specializzati a portare i dispacci e delle cosiddette staffette.

Era stato colpito dal fatto che vi erano presenti persino stranieri.

Gente che dei luoghi dell'Italia poco sapeva e non aveva nemmeno la facoltà di comprendere la nostra lingua.

D'altronde, vi erano battaglioni di inglesi che combattevano sull'altipiano di Asiago ed erano periti e serviva qualcuno che parlasse con loro.

Si ricordò di un giovane americano, chiamato Ernesto da tutti gli italiani.

Ferito e trasportato a valle.

Era un grande bevitore di vino, quasi a livello degli autoctoni.

Perso in questi ricordi, Luciano non si accorse degli occhi di Anna.

Lo stavano scrutando in modo costante.

Due occhi marroni spiraleggianti.

La ragazza avrebbe voluto sapere se tutti i reduci di guerra avessero un'espressione simile.

Corrucciata e pensierosa, ma anche assente.

Se persino Enrico sarebbe divenuto così.

"Non avete qualcuno che vi attende a Sassari?"

Luciano pose una mano sul manubrio per meglio rimanere in equilibrio.

"Mio padre e mia madre, ma con loro ormai ho poco da spartire.

Non so ancora cosa farò.

Prima della guerra, era tutto chiaro.

Avrei proseguito gli studi all'Università, pensavo in letteratura.

Ma ora è così tutto confuso.

Non so nemmeno se vale la pena restare qui, su quest'isola, dopo aver visto un pezzo dell'Italia.

I fatti importanti non accadono qui, ma nelle città."

Ciò che non era riuscito a dire in quattro mesi ad Amedeo e Michela e ciò che non aveva avuto il coraggio di affrontare con qualche sua vecchia conoscenza, Luciano lo aveva confessato ad una ragazza conosciuta solamente da meno di un giorno.

È più facile aprirsi con gli estranei, in quanto si tratta di parlare senza essere giudicati o visti come eravamo in precedenza.

L'estraneo non si è costruito un'immagine antecedente del tuo io e non ha ricordi verso la tua figura.

Il tutto, ad una sola condizione.

Che l'estraneo sia qualcuno che mette a proprio agio il dialogo e che non erge un muro o che non vira su discorsi futili e banali.

Anna fece un cenno di comprensione.

Da parte sua, la vita non era stata meno grama.

Aveva avuto un progetto di vita, che però era terminato nel momento in cui era venuta a sapere della morte di Enrico.

Ora, dopo due anni, il cerchio si era chiuso e forse avrebbe potuto ricominciare a guardare al domani.

"Non tornerete più qui a Bosa?"

Luciano non seppe che rispondere.

Avrebbe voluto tornarci, ma era conscio della distanza e della fatica.

Ma poi tornare per fare cosa?

Lavorare?

Ma se non aveva ben chiaro cosa fare a Sassari, perché avrebbe dovuto essere diverso in quel paese, dove vi erano sicuramente meno possibilità e meno opportunità?

Fece un cenno di arrendevolezza.

"E voi a Sassari?"

Anna non si sarebbe mai vista fuori dal suo villaggio natio.

Lì aveva i propri riferimenti.

La casa, la famiglia, gli abitanti e i campi.

E poi una città.

Cosa avrebbe fatto una ragazza di campagna sola in città?

"Non penso accadrà."

Così due strade, incrociatesi per caso, si sarebbero di nuovo divise senza mai più possibilità di incontro.

Luciano la salutò e diede un'ultima occhiata al borgo.

Quella sera avrebbe dovuto coricarsi presto.

L'indomani lo aspettava una fatica notevole.

Alla locanda seppe anche che la migliore strada non era quella percorsa all'andata.

Vi era un sentiero che risaliva il fiume Temo fino all'interno, incrociando la strada reale Cagliari – Sassari.

"Perché ha fatto il percorso verso la costa?"

Gli fu chiesto più volte.

Luciano non seppe rispondere.

Per abitudine, forse.

Di buon mattino, prese la nuova via del ritorno.

Il primo tratto fu abbastanza difficoltoso, inerpicandosi in modo costante seppure lievemente.

Non vi erano saliscendi e l'andamento era meno tortuoso di quello costiero.

Arrivò all'incrocio con la strada reale.

La sua larghezza, imponente, consentiva il transito di carrozze e di automobili.

A differenza dell'andata, Luciano non si sentì solo e isolato, vedendo spesso altri mezzi che transitavano.

Dovette stare più attento, però, rimanendo sul ciglio destro per non rischiare di essere travolto.

Quando arrivò in vista della basilica di Saccargia, comprese come veramente il ritorno fosse stato più breve e meno faticoso.

Avrebbe dovuto fermarsi in quel luogo, se non altro per ricordare il periodo della sua infanzia e fanciullezza.

Ora la basilica gli apparve semplice e minuscola, mentre una volta la trovava immensa.

Occhi diversi.

Non più di bambino.

Paragoni multiformi, con quanto aveva potuto scorgere a Vicenza e Verona.

Chiese più imponenti e campanili più alti.

Si rimise in marcia quasi senza pensieri.

Si sentiva liberato da ogni vincolo e da ogni precedente pensiero.

La vista della città lo rinfrancò ed ebbe ancora più fiducia nel mezzo meccanico e nell'esaltazione degli artisti circa la velocità.

Forse non avevano tutti i torti quelli che avevano scritto sul Manifesto Futurista, sebbene la guerra avesse radicalmente mutato tutto quanto.

Le ultime pedalate lo fecero ritornare al presente.

Si sentì sudato copiosamente e lo zaino, benché vuoto, stava iniziando a fargli dolere le spalle.

Si doveva lavare e sperò che sua madre avesse lasciato la tinozza piena.

Fece un cenno al portinaio e risalì le scale.

Nessuno dei suoi genitori gli chiese come mai si fosse allontanato per due notti.

In cuor loro, entrambi sapevano che la strada di Luciano si sarebbe dipanata lontano da loro.

Senza minimamente accennare a nulla, la quotidianità prese il sopravvento e la cena fu servita alla medesima ora di ogni giorno.

Amedeo riprese la propria routine lavorativa come se nulla fosse accaduto, mentre Luciano si recava giornalmente in giro per Sassari ad effettuare commissioni.

Pareva rinfrancato da quando era tornato da Bosa.

Non parlava più in modo strano, né si comportava come in precedenza.

Cosa avesse visto in quel paese rimaneva un mistero, ma Michela si convinse che poteva trattarsi di una donna.

In effetti, nel cuore di Luciano vi era più leggerezza e più leggiadria, come se l'incontro con Anna, il dialogo avuto con lei e i suoi occhi, avessero restituito un senso di momentanea felicità.

Aveva adempiuto al suo compito di ufficiale e di amico e ora Luciano avrebbe anche potuto pensare ad altro.

Vi era, però, un momento della giornata nel quale si adombrava sul suo viso un'espressione cupa.

Era quando un gesto o un luogo o un colore, gli ricordavano la trincea e la guerra.

Non avrebbe mai più trascorso un giorno senza che, per un attimo, il suo pensiero non avesse trasvolato la Sardegna e il mare, il Continente e la pianura per posarsi sulle Alpi, quelle montagne che separavano l'Italia dal nemico di sempre.

Un nemico mai visto in volto, ma identificato con un nome preciso: gli austriaci.

Un appellativo generico ed errato, ma facilmente comprensibile.

Non un pensiero che vi erano studenti e insegnati, padri di famiglia e figli, come lo erano stati loro stessi.

Nessun sentimento di fratellanza albergava in Luciano, nessun senso di umanità e di compassione.

La guerra lo aveva reso ancora più chiuso in sé, con una visione individualista.

Degli altri, gli importava dei suoi genitori e, da qualche settimana, di Anna.

Una ragazza che non avrebbe mai più rivisto ma la cui figura era rimasta indelebile.

Sfrecciando in bicicletta per le strade di campagna, sorpassando villaggi e arenili, pendii scoscesi e campi incolti sui quali i fiori primaverili dipingevano le loro tonalità, Luciano Satta si stava tramutando in un'altra persona.

Non più il ragazzo, non più il soldato.

Un uomo adulto con poche convinzioni e con poco carattere, munito di risentimento e rivalsa.

Sapeva che le armi non bastavano a modificare la società e nemmeno gli ideali, in quanto tutto poi ritornava ad essere immutato.

Si sentiva l'unico a non essere identico a se stesso.

Scoprì, suo malgrado, che tutto cambia solamente perché si è cambiati nel profondo, mentre per i suoi genitori nulla era cambiato, se non il loro figlio.

Totale relativismo.

Ai primi di giugno, Amedeo ritrovò il sorriso di un tempo.

Prese in disparte suo figlio e gli disse con tono perentorio, porgendogli una copia de "Il Popolo d'Italia":

"Leggi qui, figlio, dovresti unirti a loro. Io lo faccio subito."

Luciano diede un'occhiata e vi trovò un proclama dettagliato:

"Italiani!

Ecco il programma nazionale di un movimento sanamente italiano. Rivoluzionario perché antidogmatico e anti-demagogico; fortemente innovatore, perché anti-pregiudizievole. Noi poniamo la valorizzazione della guerra rivoluzionaria al di sopra di tutto e di tutti. Gli altri problemi: burocrazia, amministrativi, giuridici, scolastici, coloniali ecc. li tracceremo quando avremo creato la classe dirigente.

Per questo noi vogliamo, per il problema politico:

a. Suffragio universale a scrutinio di lista regionale con rappresentanza proporzionale, voto ed eleggibilità per le donne.

b. Il minimo di età per gli elettori abbassato ai 18 anni; quello per i deputati abbassato ai 25 anni.

c. L'abolizione del Senato.

d. La convocazione di una Assemblea Nazionale per la durata di tre anni, il cui primo compito sia quello di stabilire la forma di costituzione dello Stato.

e. La formazione di Consigli nazionali tecnici del lavoro, dell'industria, dei trasporti, dell'igiene sociale, delle comunicazioni ecc. eletti dalle collettività professionali e di mestiere, con poteri legislativi, e col diritto di eleggere un Commissario generale con poteri di Ministro.

Per il problema sociale, noi vogliamo:

a. La sollecita promulgazione di una Legge dello Stato che sancisca per tutti i lavoratori la giornata legale di otto ore di lavoro.

b. I minimi di paga.

c. La partecipazione dei rappresentanti dei lavoratori al funzionamento tecnico dell'industria.

d. L'affidamento alle stesse organizzazioni proletarie (che ne siano degne moralmente e tecnicamente) della gestione di industrie o servizi pubblici.

e. La rapida e completa sistemazione dei ferrovieri e di tutte le industrie dei trasporti.

f. Una necessaria modificazione del progetto di legge di assicurazione sull'invalidità e sulla vecchiaia, abbassando il limite di età proposto attualmente da 65 a 55 anni.

Per il problema militare, noi vogliamo:

a. L'istituzione di una milizia nazionale, con brevi periodi d'istruzione e compito esclusivamente difensivo.

b. La nazionalizzazione di tutte le fabbriche di armi e di esplosivi.

c. Una politica estera nazionale intesa a valorizzare nelle competizioni pacifiche della civiltà la nazione italiana nel mondo.

Per il problema finanziario, noi vogliamo:

a. Una forte imposta straordinaria sul capitale a carattere progressivo, che abbia la forma di vera espropriazione parziale di tutte le ricchezze.
b. Il sequestro di tutti i beni delle Congregazioni religiose e l'abolizione di tutte le mense vescovili, che costituiscono una enorme passività per la Nazione, e un privilegio di pochi.
c. La revisione di tutti i contratti di forniture di guerra ed il sequestro dell'85% dei profitti di guerra."
Luciano non possedeva alcuna sicurezza in merito circa questi sedicenti "fasci di combattimento".
Troppe parole.
I fatti, una volta preso il potere, sarebbero stati diversi.
Mise da parte il giornale, l'indomani sarebbe stato utile per avvolgere la frutta che avrebbero dovuto comprare.

"Are you locked up in a world
that's been planned out for you?
Are you feeling like
a social tool without a use?"

DUBBIO

"Come on, come on, lovin' for the money
Come on, come on, listen to the money talk"

XVI

Terralba, estate-autunno 1929

"He can't help,
when he's happy,
he looks insane.
Even flow,
thoughts arrive like butterflies."

Appena discese dal treno, fermatosi alla stazione di Marrubiu, Vittoria scrutò il paesaggio.

Gli occhi della undicenne avevano immagazzinato una tale mole di immagini nell'ultima settimana da bastare per una vita.

Era partita, assieme alla sua famiglia, composta da suo padre Torquato e da sua madre Giacinta, nonché dai fratellini Oreste e Orazio, rispettivamente di due e di quattro anni più piccoli, dalla campagna del basso vicentino.

Un luogo per loro divenuto inospitale per via delle scarse condizioni economiche della famiglia.

Non aveva conosciuto i nonni, portati via da varie malattie, in ultimo dall'influenza spagnola che tra la fine del 1918 e gli inizi del 1920 aveva sterminato una buona parte della popolazione anziana.

Gli zii o le zie, fratelli e sorelle dei suoi genitori, erano tutti emigrati.

Chi in Australia, chi in Canada, chi in Argentina.

Nomi che dicevano poco alla fanciulla, ma la cui certezza era solamente una.

Non li avrebbe mai più rivisti.

Rimasti con il solo vivere da mezzadri di un piccolo appezzamento di terreno, non se l'erano passata bene.

Il cibo era scarso e l'istruzione vacillante.

Così Torquato aveva approfittato della grande occasione della vita, almeno l'aveva dipinta come tale.

Diventare un colono.

Uno di quelli che si sarebbe inurbato in un terreno considerato incoltivabile fino a due decenni prima, ma che ora apriva nuove prospettive all'orizzonte.

Torquato se ne era andato l'anno precedente, lasciando una famiglia quasi allo stremo delle forze.

Giacinta aveva dovuto sobbarcarsi un inverno con tre figli piccoli e la penuria di cibo si era fatta sentire, riducendo le figure esteriori a meri stracci.

Emaciati e stanchi, avevano dovuto vendere le poche cose che appartenevano loro per cambiare completamente vita.

Col carretto fino a Vicenza.

Da qui il treno.

Tragitto interminabile fino a Livorno, passando per Verona e Bologna.

Nomi di città che risuonavano familiari, ma la cui geografia e topografia era completamente ignota.

Vittoria aveva visto passare la campagna e i fiumi, gli Appennini e altra campagna, fino al mare.

Non lo aveva mai visto prima di allora.

I suoi occhi blu furono inondati da un riflesso dorato, non appena si affacciò verso il porto di Livorno con il riverbero del tramonto.

In tale modo i suoi zii se ne erano andati dall'Italia?

Imbarcati su una nave qualunque?

L'odore di nafta misto al salmastro era stato il loro ultimo ricordo della madrepatria.

La famiglia Marzotto, capeggiata da Torquato, non avrebbe però lasciato l'Italia.

Erano finiti i tempi dell'emigrazione, almeno così recitavano gli slogan del regime, ai quali Torquato credeva ciecamente.

L'opera che aveva visto realizzata era mastodontica.

Una bonifica di una piana malsana e acquitrinosa, strappando terreni a zanzare e insetti per renderli fertili.

Appezzamenti ricavati dal nulla che aspettavano solamente i coloni pronti a coltivare e a produrre.

L'anno precedente aveva assistito alla creazione del primo nucleo abitato, Alabirdis, denominato poco dopo Villaggio Mussolini.

Il nome sembrò appropriato a Torquato.

Tutto si doveva al regime e al Partito.

Uno sviluppo di strade perpendicolari che costituivano l'asse stradale primario, canali e poderi divisi in zone rettangolari e fasce frangivento per contrastare l'impeto della natura.

A fine ottobre del 1928, Torquato aveva visto personalmente il ministro Ciano inaugurare il villaggio.

Fu in quel momento che ebbe la convinzione di portare la sua famiglia in una delle case coloniche adibite a chi si sarebbe inurbato.

Vittoria, stando a poppa, aveva intravisto la terra allontanarsi e non poteva essere felice.

La sua vita sembrava ad una svolta, ma non comprendeva fino in fondo le implicazioni.

Una fanciulla, con poca istruzione, alla quale era stato chiesto di crescere in fretta.

Di badare ai fratellini e di sobbarcarsi del lavoro manuale.

La sua manodopera sarebbe servita negli anni successivi, in attesa di braccia possenti date da Oreste e Orazio, sui quali pendeva il futuro stesso dell'avventura della famiglia.

Il giorno seguente, Vittoria, il cui nome era stato dato come spirito benaugurale nell'estate del 1918 in attesa dell'esito della Grande Guerra, vide un'altra terra.

Simile, fatta sempre di rocce, case e campi.

Ma, in fondo, diversa.

Nei colori e negli odori.

Sarebbe stata quella la loro nuova casa?

Con sua sorpresa, dovettero prendere un altro treno.

Lo stesso costeggiò il mare, per poi risalire in mezzo a due catene di monti.

Montagne aspre e selvagge, quasi non popolate.

"Qui non c'è nessuno", osservò Oreste.

Il fratellino non aveva tutti i torti.

Non si vedevano che sparute case e piccoli villaggi.

Il treno prese la via della discesa.

Si andava verso un altro mare.

Avevano lasciato il mare alle spalle e ora lo avevano di fronte.

Giacinta, completamente in silenzio fino a quel momento, chiese qualcosa a Torquato e i due sposi confabularono tra di loro.

Finalmente il treno si fermò.

"Marrubiu", lesse a fatica Vittoria.

Che nome strano, pensò tra sé.

Quasi impronunciabile.

Mai sentito.

Era quella la loro nuova casa?

Furono indirizzati in un luogo prestabilito e Torquato sembrava muoversi conoscendo già i luoghi.

Tanca Marchese.

Altro nome buffo.

Vi erano altre famiglie di coloni, ognuna delle quali parlava un proprio dialetto.

Vittoria tese l'orecchio e intuì che la maggioranza fossero delle sue parti.

Cosa ci facevano lì?

Anche loro avevano dovuto lasciare la loro casa e la loro terra perché non c'era abbastanza da mangiare?

"Venite".

Torquato tirò a sé la famiglia e indicò un carretto.

Vi erano due buoi a trainarlo.

Salirono tutti quanti.

Il lento incedere degli animali iniziò la marcia di avvicinamento.

Vittoria spalancò le narici.

Le pareva di non aver mai sentito nulla di simile.

Odore di terra e di acqua, di sale e di vento.

Il caldo iniziava ad essere avvolgente e si sentì sudaticcia, allontanando da sé la vicina presenza dei fratellini, i quali non la smettevano di agitarsi.

Sentiva di aveva fame, ma non chiese nulla.

Le domande non erano ammesse.

Dopo circa un'ora, arrivarono in vista della loro nuova dimora.

Era più grande della casa che avevano lasciato.

All'esterno vi era il pozzo per l'acqua, una stalla per i futuri animali, la concimaia, il pollaio e una casupola, vuota, per gli attrezzi agricoli e di allevamento.

La casa principale, di forma squadrata, era composta di tre locali, con cucina e forno e una tettoia all'esterno.

"E' tutto nostro?"

Chiese la fanciulla.

Torquato annuì.

"Con dodici ettari di terreno qui attorno."

Vittoria non sapeva quanto fosse grande un ettaro, ma dal viso dei suoi genitori comprese come fosse un bel pezzo di terreno.

Sapeva che avrebbero dovuto pagare qualcosa, ma prima andava tutto costruito e piantato.

Il terreno era incolto, strappato recentemente agli acquitrini.

La casa era vuota.

Dove avrebbero dormito e cosa avrebbero mangiato?

E non vi era nessuno vicino?

Qualcuno del luogo o altri con cui fare conoscenza?

Catapultati in un nuovo mondo, come accadeva agli esploratori di un tempo.

Giacinta si diede subito da fare per sistemare le poche cose e i bambini.

"Vado a vedere cosa trovo da mangiare."

Torquato ripartì subito con il carro per andare in paese ossia Terralba, il villaggio più vicino.

Gli abitanti del luogo si erano messi in attesa.

Né diffidenti né confidenti con loro.

Dal loro punto di vista, quei pezzi di terra erano ancora stagni e nessuno sarebbe andato a coltivarli.

Resa minore, almeno per la loro esperienza.

Cionondimeno, non fecero mancare supporto e aiuto.

I coloni arrivati denotavano tratti comuni con gli abitanti del luogo.

Sempre di povera gente si trattava, sempre di chi si nutriva dei beni della terra.

Non di padroni o di signori.

E tra poveri, si fa presto a mettere in comune i problemi.

Torquato non aveva trovato alcuna difficoltà nell'anno precedente a stringere amicizie con altri agricoltori e fattori terralbesi e così si era creato una rete di conoscenze.

Sapeva da chi andare a prendere il cibo e gli attrezzi e sapeva che tutti gli avrebbero fatto credito.

Ognuno era consapevole dell'investimento sui coloni e del fatto che il partito puntava molto su di loro.

Chi si fosse messo d'intralcio avrebbe osteggiato il partito e ciò non era benvisto, specie dalle autorità locali che volevano mettersi in mostra con il potere centrale.

Prima di metà pomeriggio, l'uomo tornò con il carro pieno.

Vi era del pane e del formaggio.

Dei salumi e della frutta.

Sementi e qualche attrezzo agricolo per iniziare a dissodare il terreno e prepararlo a dovere.

Un pezzo di legno rettangolare con delle gambe avrebbe funzionato da tavolo e cinque sedie sgangherate sarebbero servite per loro.

Infine, due grandi recipienti contenenti delle paglia avrebbero funzionato da materassi.

Uno per i coniugi e uno per i bambini.

Ci sarebbe stato tempo per costruire dei letti, incrociando qualche asse di legno.

E per abbellire la casa.

Per ora, bisognava sopravvivere e pensare al raccolto.

Una volta preparato il terreno e seminato, avrebbero ricavato di che vendere e da qui sarebbe disceso tutto.

Un anno, forse due, di ristrettezze, ma poi la vita sarebbe stata meno dura e più felice.

In un luogo diverso da dove erano cresciuti, ma che li aveva ospitati.

Soprattutto, senza padroni cui obbedire.

"Il tutto per merito del Duce", così sottolineava Torquato, senza comprendere quali e quanti progetti vi fossero alla base della bonifica del Campidano.

Quali menti sarde e venete, quanti capitali e cosa si prospettava per il futuro.

Le motivazioni di fondo e gli interessi economici.

I coloni erano, ancora una volta, l'ultimo ingranaggio, la manovalanza sulla quale il capitale conta per innescare il meccanismo di crescita.

Alla fine di quella giornata, tutti caddero spossati in preda alla stanchezza.

Il viaggio era stato estenuante, con continui spostamenti e sballottamenti, senza sosta e senza continuità.

Un peregrinare che li aveva trasformati in temporanei derelitti, spettri che vagavano in cerca del bene più prezioso e più antico di sempre.

La terra.

Una terra promessa, come ai tempi di Abramo.

Vi era caldo, ma diverso da quello che si sarebbero aspettati.

Solamente Torquato era abituato a tutto ciò.

Avendo trascorso quasi un anno in precedenza, si era già adattato al clima locale, specie durante l'inverno, considerato molto migliore e molto più mite.

Era certo che la sua famiglia si sarebbe trovata a meraviglia.

Giacinta, stesa sul materasso, fissò il buio della loro casa.

Buio e silenzio di altri tempi.

Di epoche remote e sconosciute.

Pochi animali, almeno a prima vista.

Oreste si addormentò istantaneamente, trascinando con sé Orazio, il quale lo prendeva a modello in ogni atteggiamento.

Solamente Vittoria rimase inquieta.

Si faceva domande continue sul mondo degli adulti.

Perché faticare così tanto?

Perché andare via da un luogo?

Non che avesse molte amicizie in Veneto, ma almeno con Ida, la figlia dei vicini, aveva giocato spesso in passato.

Ora si trovava dispersa in un luogo dal nome buffo, senza altre possibilità di conoscenza.

Le venne voglia di piangere, ma non ci riuscì.

La stanchezza nelle gambe prese il sopravvento e cadde in un sonno profondo, senza sogni e senza turbamenti.

Solamente la luce del mattino la svegliò.

Sentì il bisogno di andare in bagno e si diresse all'aperto.

Un vento costante spirava da ovest, battendo la pianura che si perdeva a perdita d'occhio.

In lontananza vi erano dei monti, due catene poste su entrambi i lati.

Sapeva che avrebbe odiato quel panorama e quella terra, sulla quale la sua famiglia si sarebbe spaccata la schiena.

Niente latte a colazione, ma solamente dell'acqua presa dal pozzo e fatta bollire grazie a piccoli legnetti raccolti chissà dove.

Dovevano dividersi i compiti.

Giacinta con i figli si sarebbero diretti in paese, sfruttando i vicini che si erano inurbati il mese precedente.

Provenienti dal Polesine, sapevano quali fossero i beni primari all'inizio.

"La prima settimana è la più dura", disse la donna a Giacinta.

La condusse laddove avrebbe potuto trovare cibo e sostegno, un mercato e dei negozi.

Parlavano una lingua strana, diversa dalla loro.

Ci si intendeva a gesti.

Vittoria fissò i bambini di quel luogo.

Sembravano simili a lei e ai suoi fratelli, ma non si avvicinò.

Una prima diffidenza reciproca era difficile da superare.

Fecero ulteriore scorta.

"Con questo andrete avanti per almeno dieci giorni…", così la vicina rinfrancò Giacinta.

Tornando a casa, i bambini furono attirati dalla gabbia con la gallina.

Il gallo andava lasciato stare, questo lo sapevano bene, ma la gallina poteva essere stuzzicata.

"Lasciatela stare".

Vittoria intervenne prima che Giacinta prendesse in mano la situazione.

Da quella gallina sarebbe dipesa la loro vita.

Uova e qualche pulcino per aumentare il numero di animali.

In capo a qualche mese, avrebbero avuto qualche ritorno.

Forse tra un anno, una prima gallina in brodo e magari l'acquisto di una mucca.

"Qui ci sono molte capre."

A Vittoria non dispiacque l'idea di poter allevare una capretta.

Forse per Natale, pensò tra sé.

Trovarono Torquato madido di sudore.

"Un'ara..." disse l'uomo, indicando il terreno sistemato.

Poco se confrontato ai dodici ettari.

"Ogni dieci are, metteremo un segno di delimitazione e procederemo a seminare.

Faremo diverse colture, così da poter mangiare e poi vendere".

Nella sua mente, era già tutto stabilito.

Anni da mezzadro più svariati mesi su quel suolo, lo avevano trasformato in un perfetto calcolatore, sebbene non avesse rudimenti scolastici.

Sapeva dividere le aree agricole ad occhio e calcolare quante vangate corrispondessero ad una determinata misura.

La vita riprese a scorrere in modo fluido, come se i coloni fossero nati in quel luogo.

L'acqua non mancava e ciò era un bene per i campi.

Quello che prima era il nemico da sconfiggere, ossia la palude e il pantano, ora diveniva un potente alleato.

Se opportunamente incanalata e indirizzata, l'acqua avrebbe garantito una crescita costante.

"Qui d'inverno non fa freddo. Vedrete come sarà."

Bisognava, in tutti i modi, tenere alto il morale della famiglia.

Era indispensabile l'aiuto di tutti e la condivisione dell'ideale del Partito, così convintamente radicato in Torquato.

Giacinta si era adeguata e considerava il fascismo un modo come un altro di gestire il potere.

Senza troppe differenze né in meglio né in peggio.

Non si era mai posta alcun dubbio morale e di coscienza, dovendo badare principalmente a se stessa e alla propria famiglia.

L'estate passò in un attimo, tra sudore e terreno preparato per la semina.
"Qui si faranno due raccolti l'anno", concluse Torquato, sempre più persuaso dell'impresa.
Aveva disposto appezzamenti di dieci are e dava indicazioni alla propria famiglia.
"Qui granturco e là patate."
Poi volgeva lo sguardo altrove.
"E qui peperoni e melanzane."
"E là asparagi, verze, cavoli, lattughe."
Sembrava indemoniato.
Intravedeva ciò che a tutti gli altri sembrava solo terreno incolto.
La visione della sua terra, della colonia che il Duce gli aveva dato.
Fatica in cambio di cibo.
Esaltazione della Patria.
"E il radicchio".
Giacinta sorrise.
Per ora, vi era solo ladino.
Solamente erba.
Buona per fare fieno.
Ed era da falciare almeno ogni mese, se non di più.
Tanta acqua, tanta crescita.
Di tutto.
Su questo, Torquato non possedeva altrettanta fantasia.
Era un agricoltore, non un allevatore.
La moglie prese in mano la situazione.
"Potremmo comprare una vacca."
Il marito la fissò.
Mancavano i fondi che si sarebbero raccolti solamente l'anno successivo.
Con i soldi, si sarebbe potuto fare tutto.
Ora, però, era necessario sfruttare il più possibile il lavoro manuale.
I figli erano stati adibiti a lavori meno pesanti, ma comunque la loro giornata iniziava e terminava assieme ai genitori.
Dall'alba al tramonto, e qui il Sole scendeva molto tardi, si spaccavano la schiena per la terra.
Senza mai un giorno di riposo.
Sapevano cosa avrebbero dovuto evitare.
Un altro inverno come quello passato.
Con poco cibo e poche speranze.
Per questo erano venuti via e non sarebbero tornati indietro.

E per tale motivo, aveva senso rimanere lì.

"Una capretta", chiese Vittoria a sua madre, la quale le stese la mano in segno di affetto.

Una figlia di undici anni che si doveva sobbarcare la crescita dei fratellini, in quanto Giacinta non aveva il tempo materiale di farlo.

Cucinava e puliva, faceva le provviste e sistemava i campi, lasciando a Torquato il grosso del lavoro di fatica.

L'uomo, forse, avrebbe preferito un figlio maggiore maschio, in grado di sviluppare forza fisica maggiore.

Doveva affrettarsi.

Con la fine dell'estate, i figli sarebbero andati a scuola.

Il regime aveva predisposto tutto quanto.

L'intera vita doveva essere svolta secondo canoni prestabiliti dal Partito.

Il lavoro nei campi, ma anche l'istruzione, se non altro per plasmare le menti dei giovani a immagine e somiglianza del potere.

Sapevano bene come dalle campagne fossero nati i primi moti dei fasci, ma anche di ribellione ad essi.

Nelle campagne tra il basso Veneto e l'alta Romagna e l'Emilia aveva avuto presa la vulgata socialista e lo squadrismo era dovuto intervenire in massa.

Con violenza e repressione.

I contadini migliori alleati fino a che ci sarebbe stato cibo e fino a che le loro menti si fossero fatte governare dalla sapiente mano di chi avrebbe indirizzato le linee guida del Partito.

Torquato accettava tutto questo, sebbene vedesse in ciò una mancanza di manodopera che avrebbe dovuto rimpiazzare con il proprio sudore.

Nella stagione invernale, poi, le ore di luce erano minori quindi meno tempo da dedicare ai campi.

Era ben vero che la terra necessitava di minori cure durante i mesi freddi, ma il tutto si compensava.

Forse non era sbagliata l'idea di Giacinta di un allevamento a compendio dell'agricoltura.

Un uovo quasi tutti i giorni, sebbene poco per una famiglia di cinque persone, era comunque del cibo aggiuntivo.

Più galline, più uova, più cibo.

Mucche e capre volevano dire latte e formaggio.

E poi carne, per le occasioni speciali.

Questi pensieri lo tenevano occupato di giorno, quando i movimenti meccanici della falce e della vanga, della zappa e del rastrello servivano per i muscoli, ma non per la mente, la quale necessitava di vagare altrove.

Nel medesimo tempo, Oreste e Orazio trovavano nel lavoro un modo di gioire e di giocare assieme.

Per dei bambini era ben strano quel mondo.

Strano, ma affascinante.

Pieno di sorprese e di novità.

L'aria aperta e il terreno, molto più vasto di quanto avessero sperimentato fino a quel momento.

Si erano immaginati cosa vi fosse oltre la loro proprietà.

Altri coloni, altri appezzamenti di terreno, così avevano visto facendo visita alla famiglia del vicinato che proveniva dal Polesine.

Vittoria, invece, riusciva già a pensare in modo più globale.

Vi era un pezzo di terra come la loro, ma che prima o poi finiva.

Andando a Terralba aveva notato un paese come quelli del Veneto.

Delle case più vicine ed ammassate e delle strade più battute.

Cavalli e persino un'automobile.

Aveva coscienza che vi fosse una ferrovia che li aveva condotti lì e delle città più grandi, ma molto più distanti.

E poi il mare.

Lo aveva intravisto dal treno e sapeva cosa significasse vivere su un'isola.

E poi sentiva l'odore del mare.

Per quanto la terra emanasse una sua fragranza, il vento parlava di un altro sapore.

Sale e pesce sembravano posarsi sugli oggetti e sulle labbra di Vittoria, la quale aveva preso l'abitudine di passarsi la lingua sopra di essere per saggiare quella nuova sensazione.

Era escluso che potessero recarsi al mare.

Era un'attività senza alcuna utilità, una perdita di tempo che avrebbe tolto forze al compito principale per il quale erano venuti in quel luogo ossia domare la terra.

Dimostrare alla Natura che la volontà dell'uomo è maggiore delle avversità.

E che ciò poteva essere fatto tramite centinaia e migliaia di piccole braccia operose, giorno dopo giorno.

La casa, almeno esternamente, era completata e persino bella.

Con una vite esterna a mo' di pergolato, sarebbe divenuta accogliente e piacevole.

Internamente, vi era ancora molto da fare.

Innanzitutto, costruire i letti.

Torquato si era prefissato di svolgere questo compito durante l'inverno.

Dovendo trascorrere più tempo al chiuso, avrebbe approfittato di questa opportunità.

Quando i suoi figli si sarebbero recati a scuola, avrebbe avuto a disposizione la casa in modo completo per tagliare, lavorare e levigare.

Non sapeva nulla di falegnameria, ma avrebbe appreso con l'esperienza.

Sarebbe andato da qualche conoscenza in paese, da chi lo avrebbe consigliato.

A ciò era servito il suo anno da solo in quei luoghi.

Della gente locale, conservava una buona opinione.

Schivi e riservati in prima battuta, non si erano opposti alla loro venuta.

Li avevano osservati in modo distaccato, forse giudicandoli pazzi a trasferirsi tra le paludi.

Dopo mesi, si erano via via aperti a chi poteva essere considerato un invasore e ora Torquato li considerava compaesani, tanto quanto lo erano stati i veneti.

Giacinta si era invece integrata a fatica.

Capiva poco il loro idioma e le loro usanze.

Gli uomini rimanevano inavvicinabili, viste le convenzioni sociali locali e di costume.

Il primo approccio sarebbe arrivato dalle donne, ma non vi era stato ancora alcun contatto in merito.

Forse ricercare la compagnia degli altri coloni, quasi tutti di origine veneta, veniva vista come un ostacolo.

Un conto era approcciare una singola persona o una singola famiglia, un altro un gruppo più o meno coeso.

Tutto ciò non sfiorava minimamene la testa dei loro figli.

Anzi, la nuova generazione dei Marzotto si sarebbe caratterizzata come il ponte verso l'integrazione.

A loro insaputa, quando Vittoria, Oreste e Orazio fossero andati a scuola, si sarebbero trovati spalla a spalla con altri bambini e fanciulli provenienti da famiglie di coloni e di locali.

Avrebbero appreso i differenti dialetti e, soprattutto, la corretta dizione italiana.

E avrebbero abbattuto i muri che gli adulti tendono a costruire di volta in volta.

Con buona dose di lungimiranza, si sarebbe potuto prospettare un futuro di matrimoni incrociati, andando così ad eliminare definitivamente la distinzione tra coloni e locali.

Tutto ciò era però solamente una visione, non la realtà contingente.

Per ora, i tre fratelli rimanevano, per lo più, tra di loro e gli unici contatti con i bambini del posto erano limitati a poche occhiate durante la visita settimanale a Terralba.

Se vi era una cosa della quale tutti si erano accorti era il vento.

Spirava di continuo, come se fosse un fantasma.

Un vento che avrebbe potuto anche danneggiare certe colture.

"Forse servirebbero delle barriere", si chiese Torquato.

Ma di che tipo?

Cosa avrebbe potuto fermare il vento oltre alle fasce già predisposte ed esistenti?

Nulla di umano o di artificiale.

Colline o piante.

Entrambe le soluzioni non considerate fattibili da un semplice fattore.

Bisognava concentrarsi su ciò che invece serviva giorno dopo giorno.

Vi erano svariati servizi che stavano per essere completati, come una migliore comunicazione a livello di strade solcate nella campagna o alcune staffette che facevano la spola tra le famiglie di coloni.

Una di loro avvisò dell'inizio della scuola.

L'estate era passata a velocità impressionante, anzi nessuno avrebbe scommesso che si fosse già in autunno.

Se non fosse stato per il calendario, l'impressione della famiglia Marzotto sarebbe stata di una continuazione della stagione calda.

L'umidità non elevata, spazzata via dal vento, conferiva leggerezza al terreno, il cui suolo, costantemente irrigato, era altrettanto soffice.

Il rischio era semmai di sprofondare se avesse iniziato a piovere in modo consistente.

Ma quello non era il Veneto e se ne sarebbero accorti a breve.

L'abbondanza di acqua derivava dalle falde e dagli acquitrini e non tanto dalle precipitazioni.

Il rio Mogoro traeva vitalità dalle montagne poste ad Ovest, laddove un altro fiume, il Tirso, era ben più imponente.

Più a nord vi erano opere di elettrificazione notevoli e ben presto il tutto sarebbe divenuto patrimonio comune anche per i coloni.

Meccanizzare ed elettrificare le campagne avrebbe giovato alla vita di quelle famiglie e a tutta la comunità, aumentando a dismisura la produttività.

Vi erano cingolati pronti ad entrare in azione per eseguire il lavoro di cento braccia in meno di un decimo del tempo.

Il Partito si giocava molto e lo sapeva.

Agli alti livelli si parlava di un modo di fare pratica per l'Agro Pontino, visto che la piana di Terralba era considerata molto meno vasta e il progetto risaliva all'epoca giolittiana.

Ai figli dei Marzotto furono fornite tre divise per la scuola.

"Tenetele da conto, vi dovranno durare per tutto l'anno", così Giacinta si premurò di istruirli.

Avrebbe lavato le divise ogni sabato per restituire ai suoi figli una certa dignità nel presentarsi.

Erano tutti provenienti da famiglie di modeste origini, ma questo non si sarebbe dovuto tradurre in trasandatezza.

L'ordine e la pulizia erano tenuti in alta considerazione dal Partito.

Vittoria si sentì responsabilizzata anche per la condotta dei fratellini e indicò perentoriamente ad Oreste e ad Orazio che le dovevano ubbidire.

Il dito indice destro sollevato in segno di comando, le conferiva un'aura da adulta, nonostante i tratti ancora da fanciulla.

Non vi erano in lei i segni della trasformazione che sarebbe avvenuta nel giro di pochi anni.

Non sapeva ancora nulla del mondo e degli uomini, almeno questa era l'opinione di Torquato e di Giacinta.

Tramite gli occhi blu, così poco frequenti tra la popolazione del luogo, scrutava e scandagliava ogni cosa e, se solo avesse avuto il dono dei sapienti di parlare in modo forbito, avrebbe espresso pensieri ben più complessi di quanto tutti gli altri avessero in mente.

La scuola fu un'ulteriore novità.

Diversa da quanto era stata abituata in Veneto.

Più variegata, forse anche più difficile.

Come tutti i giovani, non ci mise molto a metabolizzare le differenze.

Prima di quanto pensasse, la routine giornaliera era entrata in lei e non si sarebbe più capacitata a dover ritornare nei campi.

La sua istruzione avrebbe richiesto ancora due anni, non di più.

Non serviva che i figli dei coloni studiassero oltre la quinta elementare e Vittoria aveva perso un paio di anni in Veneto.

Si sarebbe applicata per non deludere nessuno.

Era il suo compito e non possedeva alcun dubbio.

Né lei né i suoi fratelli né la sua famiglia.

Ignari di quanto stava per accadere in un altro continente.

Totalmente all'oscuro dell'arrivo di una crisi che avrebbe travolto il mondo, la famiglia Marzotto si cullava beata nel tentativo italiano di autarchia colonica di altri tempi.

Il 29 ottobre 1929, il Martedì Nero, si fece festa a casa dei coloni arrivati da poco tempo in terra sarda.

Oreste compiva nove anni e, per quel giorno, tutti si sarebbero dimenticati della loro condizione.

Il futuro appariva migliore del passato.

Senza alcun dubbio e senza alcuna esitazione.

Il Sole scese alle spalle della casa che il Partito aveva messo loro a disposizione.

"Well she's walking through the clouds
with a circus mind that's running
wild butterflies and zebras and moonbeams."

XVII

Terralba, primavera-autunno 1936

"It's bigger than you
and you are not me.
The lengths that I will go
to the distance in your eyes.
Oh no I've said too much.
I set it up."

Volgendo lo sguardo verso l'esterno, Vittoria trovò il solito panorama, ormai divenuto consueto ai suoi occhi.

I campi, ordinati e precisi, squadrati come le strade divisorie, stavano rifulgendo dei primi chiarori dell'aurora.

Dodici ettari divisi in dodici diverse zone, una delle quali lasciate incolta volutamente a rotazione, anno dopo anno.

L'incolto serviva per il pascolo delle quattro mucche, della capretta e delle quaranta galline alle quali bisognava badare giornalmente, compito affidato a lei e a sua madre Giacinta.

Le donne si sarebbero occupate dell'allevamento e dei relativi prodotti da vendere, come le uova o il latte in eccesso, facendo la spola mattutina verso Terralba tramite il carretto di loro proprietà trainato dall'instancabile asino.

Dopo aver venduto e ricevuto il denaro, sarebbero ritornate con la spesa giornaliera e il resto delle faccende si sarebbe svolto in casa.

Cucinare e pulire l'interno, per poi dedicarsi alla parte esterna, con la sistemazione del pollaio e della stalla.

Si arrivava a sera stanchi e pronti per una nuova fatica.

Tutti i giorni, festività incluse, durante le quali non vi era molta differenza nella routine se non un aiuto proveniente dagli uomini di famiglia.

Torquato, con il prezioso supporto di Oreste ed Orazio, si dedicava ai campi e alla loro sistemazione e raccolta.

Vi erano dei periodi di maggiore lavoro e altri di riposo, con picchi tipici dell'agricoltura e non applicabili all'allevamento.

Con tale determinazione, la famiglia Marzotto si era rimboccata le maniche e aveva migliorato la propria condizione economica.

Della crisi mondiale che era scaturita dagli Stati Uniti e che aveva investito l'Europa e il resto del mondo, poco si sapeva e, anzi, da quell'angolo di mondo nulla si sarebbe detto a tal proposito.

Mai prima di allora, Torquato e Giacinta avevano posseduto così tanto.

Mai si erano potuti permettere un mobilio decente, letti separati per i figli, un certo decoro nel vestiario e un'abbondanza di cibo che aveva completamente oscurato i periodi bui degli ultimi anni in Veneto.

Trasferirsi in quel luogo si era rivelato una benedizione, soprattutto dopo i primi due anni.

La vita migliorava di anno in anno e la produzione agricola avrebbe subito un'ulteriore accelerazione proprio a seguito di quanto era stato programmato durante quell'inverno.

All'insaputa della famiglia Marzotto, era stato deciso di incrementare le risorse interne prodotte a seguito delle sanzioni che la Società delle Nazioni aveva comminato all'Italia.

Si sapeva solamente ciò che il Partito lasciava filtrare ossia che il mondo voleva piegare lo spirito italiano, ma la volontà di un popolo erede dell'Impero avrebbe prevalso.

Nulla delle cause e delle motivazioni, almeno in campagna ciò non trapelava.

D'altronde, se anche avessero parlato di Etiopia e di Abissinia, del ruolo dell'Impero coloniale inglese e delle politiche di Roosevelt, chi avrebbe compreso?

Nessuno.

La fatica e il sudore erano problemi ben più preminenti e onnipresenti.

La ragazza, ormai quasi diciottenne, era entrata in quella fase della vita nella quale i genitori iniziavano a chiedersi cosa ne sarebbe stato di lei, intendendo con ciò che avrebbe dovuto trovare marito.

La casa colonica e i campi attorno erano tarati su una famiglia, ma i figli erano tre.

Uno dei due fratelli avrebbe dovuto prendere moglie e inurbarsi altrove, mentre l'altro avrebbe dovuto proseguire il lavoro di Torquato e Giacinta, sostituendoli gradatamente.

Per il futuro della figlia, era tutto più chiaro.

Una dote, un marito, una vita altrove.

Non vi era possibilità di scelta.

Meglio se con figli di altri coloni, così da garantire una rete di conoscenze e di intrecci.

Nessuno però aveva sondato il suo cuore, né Vittoria aveva mai manifestato alcuna pulsione in merito.

Troppo poco aveva frequentato la scuola per costruire dei legami e poi era sempre vissuta nei campi, isolata dal resto della comunità.

Le amicizie erano sporadiche, subissate dalle incombenze giornaliere.

Le visite giornaliere a Terralba non avevano rivelato alcunché, sebbene l'occhio vigile di Giacinta scrutasse ogni minimo dettaglio.

Non vi erano sguardi né ammiccamenti né discorsi con ragazzi locali o figli di coloni come loro.

La maggioranza delle frequentazioni a Terralba e al mercato riguardava altre donne, alle quali era derubricato il compito di commerciare e di scambiare, di nutrire e provvedere al sostentamento.

Forse se Vittoria si fosse aggregata ai fratelli durante le vendite stagionali dei prodotti della terra avrebbe potuto approfondire alcune conoscenze e legami, ma ciò non era mai accaduto.

La ragazza uscì di casa per respirare l'aria della prima mattina.

Era un'aria tersa e pulita.

Quell'odore le era entrato in profondità, facendola vibrare ogni giorno ed era come se fosse nata in quel luogo.

Per quanto si sforzasse di ricordare il Veneto, le sovvenivano i dettagli della casa e del paesaggio, ma non l'odore.

A poco a poco, sarebbe scomparso pure il colore e poi il paesaggio e poi i dettagli, lasciando infine il vuoto.

Sarebbe divenuta sarda?

Forse lo era già, anche se gli abitanti del luogo l'avrebbero sempre vista come una donna che non era nata lì e non solo figlia di chi proveniva dal Continente.

Nonostante la presenza massiccia della terra e dei campi, degli animali e dell'azione dell'uomo, Vittoria sentiva il sottofondo del mare.

Lo percepiva al naso e all'orecchio.

In tutti quegli anni era stata solamente due volte in riva al mare, non troppo lontano dallo stagno di Santa Giusta, a sud della città di Oristano.

Era un ambiente diverso e, per molti aspetti, ancora selvaggio.

Forse un simulacro di quanto vi era lì prima di loro.

Sotto uno strato di terreno coltivato, cosa conservava la terra?

Ricordi di civiltà passate?

O della Natura che aveva fatto il proprio corso?

Sua madre la raggiunse e la superò.

Era il segnale di sempre.

Per prima cosa le mucche andavano munte e il latte diviso tra il consumo giornaliero e quanto avrebbero portato in città.

Poi il giro di ispezione al pollaio.

E infine, mentre Giacinta si sarebbe apprestata a preparare la colazione per tutti, Vittoria si sarebbe presa cura della capretta e avrebbe caricato il carretto.

Solo dopo aver espletato tutto ciò, le donne si sarebbero preparate per andare in paese, arrivandovi verso le nove del mattino.

Gesti meccanici ripetuti di giorno in giorno.

"Andiamo Tanca".

Così Vittoria aveva nominato la capretta, l'unico animale a cui aveva affibbiato un appellativo.

Le pareva che fosse di gran lunga più intelligente delle mucche e delle galline, rispondendo ai comandi umani.

Da lei si ricavava poco latte, il quale veniva usato per produrre un formaggio particolarmente saporito di uso completamente familiare.

Oreste andava matto per il formaggio del latte di Tanca accompagnato da un uovo cotto in padella e si concedeva spesso questa pietanza.

Il maggiore dei fratelli rifulgeva con una muscolatura già scolpita a sedici anni.

Il torso tornito senza un filo di grasso e la pelle già spessa, di un colore ambrato anche durante l'inverno, denotavano la caratteristica principale dell'agricoltore ossia la fatica dei muscoli all'aria aperta.

Orazio, invece, doveva ancora formarsi a livello fisico, ma la continua emulazione nei confronti del fratello non avrebbe tardato a portare i risultati sperati.

Rispetto a molti altri coloni, la famiglia Marzotto era una di quelle che ce l'avevano fatta.

Altri erano tornati indietro, altri non avevano trovato così tanta fortuna.

Bastava una malattia per cambiare le sorti di una famiglia, soprattutto se questa avesse colpito il capofamiglia.

Senza la presenza di Torquato non sarebbe stato possibile andare avanti e ciò sarebbe durato almeno per altri cinque o sei anni.

Vi era una certa dose di caso e la volontà del singolo e della comunità non bastava, ma di ciò erano tutti ignari.

Allo stesso modo, non erano a conoscenza di cosa stesse accadendo al di fuori del loro podere.

Il volersi prendere cura in modo maniacale di un pezzo di terra infinitesimo rispetto alla superficie terrestre imponeva una certa ristrettezza di visioni che, unita alla scarsa istruzione, non permetteva di comprendere la direzione del mondo.

Della guerra civile che si prospettava in Spagna, della dittatura in Germania, dell'avvicinamento tra il regime fascista e il nazionalsocialismo e delle conseguenze di tutto ciò, non si dibatteva a Terralba o nei paesi limitrofi.

Non per indifferenza, ma per mancanza di informazioni e di argomenti.

"Il nostro dovere è produrre", così Torquato aveva chiosato il ruolo a loro assegnatoli.

Altri avrebbero pensato alle questioni "da professori", come si diceva in giro.

Per Vittoria era normale una prassi del genere.

Tutti facevano così e non conosceva altro modo di vivere.

A memoria della giovane, la primavera sbocciava a metà marzo, mentre Giacinta e Torquato avevano notato la differenza rispetto al Veneto.

Sicuramente la piana del Campidano godeva di un clima migliore e più mite, soprattutto d'inverno.

Il freddo non era intenso, la neve non si vedeva e il gelo era solo un ricordo della loro gioventù.

Di tutto questo, beneficiava il raccolto e la produzione e, di conseguenza, anche la vita degli umani.

I discorsi dei genitori non facevano che sottolineare la bontà della scelta e la magnanimità del regime.

A detta di Torquato, se fossero rimasti in Veneto, sarebbero morti di fame e di stenti.

"Altro che mucche e viti."

Una parte del terreno era stato destinato alla coltivazione della vite, specie dopo la decisione di piantare dei filari di pini marittimi più a nord, oltre Mussolinia di Sardegna, la nuova denominazione del cosiddetto villaggio Mussolini.

Là vi erano costruzioni moderne, ma che ricordavano l'antico.

Si sarebbe detto un pezzo di Veneto trapiantato.

A differenza di altri coloni, né Torquato né Giacinta ci tenevano a ricordare quel passato.

Non avevano più nessuno nel basso vicentino, visto che o erano morti o emigrati.

Famiglie disperse come il vento che non si sarebbero più riunite né riviste.

Viceversa, Vittoria vi trovava qualcosa di intrigante.

Un primo approccio ad una vita diversa, se non proprio di città, almeno non di aperta campagna.

Non che disdegnasse essere circondata dalla Natura e dagli animali, ma era spinta da un'innata curiosità, se non altro per comprendere come si potesse trascorrere il tempo in modo differente.

Se le avessero spiegato del funzionamento delle fabbriche e degli uffici, delle amministrazioni e di chi studiava, se ne sarebbe stupita, in prima battuta, per poi derubricare il tutto ad una normale differenza del mondo.

I suoi occhi, che ormai dominavano i lineamenti del suo viso, avrebbero fatto da filtro.

Si potevano intravede i riflessi dell'acqua dei canali e dei rigagnoli dei fiumi, ma la lucentezza degli stessi rifletteva il cielo e l'erba scossa dal vento, nonché il biondeggiare delle messi a giugno.

Nessun uomo aveva ancora fissato quegli occhi da vicino, altrimenti si sarebbe perso in un attimo.

Ghiaccio a prima vista, ma caldo.

Emozioni che Vittoria non riusciva a trattenere, nemmeno al cospetto degli eventi naturali.

Una fronda che smorzava la luce diretta del Sole, una foglia di vite o il rumore, in lontananza, degli alberi colpiti dal maestrale.

Il suono dell'acqua mentre irrigava il terreno.

E poi i colori, così diversi e variegati.

Si era stupita di come la campagna potesse divenire arida a pochi chilometri di distanza dalle case coloniche, senza la necessaria freschezza dell'umidità e dell'irrigazione.

Secca, bruciata, piena di giallo intenso.

Il ritmo della vita scorreva in modo uniforme, seguendo un preciso calendario legato alle stagioni.

Semina e raccolto, predisposizione e rotazione.

Poche novità, se non legate a fattori meteorologici.

Ciò che Torquato aveva apprezzato notevolmente era la totale assenza di eventi estremi.

A differenza del Veneto, in sette anni da colono, non avevano subito né un'alluvione né una siccità prolungata.

L'acqua non era un problema in quanto ad abbondanza e distribuzione e su questo l'uomo moderno era riuscito a domare un elemento così vitale, ma anche potenzialmente distruttivo.

Nemmeno la grandine si era mai palesata, una sciagura per ogni raccolto.

Qualche parassita, ma non più di tanto.

Il regime aveva messo a disposizione una serie di nuovi prodotti della chimica che parevano miracolosi contro insetti e altro.

Così i raccolti erano costanti, una delle caratteristiche meno riscontrate nella vita agricola, cosa che avvicinava molto al concetto di allevamento.

A parte ciò, i giornali e la radio non erano presenti, anche se Giacinta avrebbe volentieri ascoltato i programmi musicali che venivano trasmessi e che, ogni tanto, carpiva a Terralba.

L'elettrificazione aveva fatto la propria comparsa e si stava diffondendo nelle campagne, soprattutto per l'illuminazione delle case.

Non più candele o lampade ad olio, ma lampadine.

Un paio erano installate anche a casa Marzotto, ma il progresso avrebbe presto portato ad altre innovazioni.

Le novità provenivano sempre da Terralba o altri paesi limitrofi.

Da quelli storici, come Marrubiu, a quelli nuovi come Mussolinia di Sardegna.

Là vi erano i legami che i coloni avevano stabilito nel corso del tempo e là si smistavano notizie su quanto accadeva.

Primariamente per i prezzi dei raccolti e delle sementi.

Non sempre vi era un medesimo ricavo corrisposto, in quanto tutto era stabilito a livello centrale.

L'altro grande tema riguardava la comunità.

Nuovi arrivi, matrimoni e funerali.

Come cambiava la composizione della popolazione.

Era già stato celebrato il primo fidanzamento tra un figlio dei coloni e una ragazza locale e questo era un bene per tutti.

Anni di convivenza separata seppure vicina stavano per portare al risultato sperato dal Partito e dalle autorità, non solo a livello produttivo, ma anche sociale.

Verso la fine di maggio, quasi nel pieno della stagione dei raccolti e poco prima del compleanno di Vittoria, Torquato apprese di un ulteriore beneficio che il Partito aveva messo a loro disposizione.

Sarebbe arrivato un esperto di agraria e di agronomia per redigere un riscontro dettagliato su come i coloni stavano usando il terreno dato loro.

Un modo per verificare se le risorse fossero messe a frutto in modo doveroso.

Ciò che il capofamiglia percepì come motivo di orgoglio, ossia essere sottoposto a giudizio da qualcuno che si sarebbe scomodato per fare visita, in realtà era un modo celato di sottoporre ogni processo al rigido controllo centrale.

La mania del controllo è tipica dei regimi e della mancanza di libertà.

Non ci si fida del singolo, così lo si deve instradare e correggere, beninteso secondo precise direttive.

Si tarpano le ali all'immaginazione e alla libera iniziativa, a favore di un bene considerato supremo.

Ciò non poteva essere recepito da Torquato, né da altro componente della sua famiglia in quanto non possedevano le facoltà intellettive per un'analisi, a tratti dietrologica, ma in fondo corretta.

L'unico avvertimento che Torquato fu in grado di comunicare a tutti fu la preparazione.

"Non so quando arriverà, ce lo diranno a breve, ma dobbiamo essere pronti.

Tutto perfetto, la casa, la stalla, i campi. Nulla fuori posto.

Magari arriverà un premio."

Nella mente del colono vi era quanto aveva fatto esperienza durante un decennio di fascismo ossia i premi distribuiti a chi seguiva le direttive.

Una specie di incentivo verso la sottomissione.

Ignorava del tutto cosa succedesse a chi osasse contrastare o protestare.

Eppure, in Veneto, non distavano molto dai luoghi in cui gli squadristi avevano malmenato i socialisti.

La mente dei due coniugi aveva, però, cancellato quelle immagini.

Un passato di disordini a cui era seguito un decennio di pace, tranquillità e prosperità.

Ogni membro della famiglia Marzotto recepì le indicazioni e le mise in pratica.

Dal giorno seguente, misero più zelo e più volontà nello svolgimento delle mansioni loro assegnate.

L'attesa si fece più lunga del previsto.

Una settimana e non si sapeva ancora nulla.

"Arriverà nel pieno della stagione", così si erano convinti.

In realtà, tutto dipendeva dalla burocrazia.

Erano i timbri necessari e le firme sui documenti a bloccare l'esperto.

La notizia proruppe come uno squarcio di fulmine.

"E' in zona, dai nostri vicini domani. Da noi, forse il giorno dopo."

Scattarono tutti come formiche impazzite.

Si ripulirono gli angoli della casa e gli anfratti più nascosti.

Come ogni attesa tanto declamata, la visita dell'esperto in agraria si rivelò meno interessante di quanto prospettato.

Agli occhi di Torquato apparve un giovane, uno con molta meno esperienza di lui e di tutti i coloni.

Avrà avuto meno di trent'anni sicuramente.

Forse venticinque o poco più.

Imberbe e completamente affettato, si trattava di qualcuno che non aveva mai realmente coltivato una sola ara di terreno.

Uno che aveva studiato e non fatto.

"Un professore", per dirla con le sue parole, un po' dispregiative.

Per Giacinta, l'uomo non aveva posto alcun interesse verso la casa.

Non era entrato nella loro dimora e sentì che le fatiche dei giorni precedenti erano state inutili.

Non aveva voluto assaggiare nulla della loro produzione, ma si era limitato ad un giro esterno, eseguendo delle operazioni non comprensibili ai suoi occhi.

Per Oreste e Orazio, l'agronomo era risultato essere molto strano.

Non era vestito come loro e indossava abiti da ufficio e da città.

Non si trattava di una persona da prendere a riferimento, non un esempio da seguire.

Vittoria aveva seguito ogni singolo passo di quella persona estranea, una delle poche che aveva messo piede nella loro proprietà, al di fuori della cerchia di coloni e di corrieri che recavano informazioni e provviste.

Si era presentato come Alderigo Capponi.

"Che nome diverso da quelli che ho sempre sentito", si era detta la ragazza.

Parlava come facevano i maestri e sembrava non avere alcun accento.

Non era un sardo, si capiva fin da subito.

Ma non veniva nemmeno dal Veneto.

Vittoria si era abituata alla cantilena dei coloni e alle parole in dialetto.

Tra di loro, in famiglia e con le altre famiglie, si comunicava ancora in quello strano idioma che la ragazza avrebbe ricordato per il resto della vita come qualcosa di legato alla sua infanzia.

A sua madre e suo padre, primariamente.

Invece, il signor Capponi non pareva avere alcuna inflessione.

Forse era un emissario del Partito, un funzionario o un burocrate inviato in quel luogo per indagare.

Doveva viveva?

Quanto si sarebbe intrattenuto?

Notò una strana fascia al braccio.

Non l'aveva mai vista.

L'uomo, sentendosi fissato da quegli occhi blu, distolse la propria attenzione sui membri della famiglia ed iniziò il proprio giro di ispezione.

Aveva con sé cinque sacchetti nei quali pose delle manciate di terreno opportunamente selezionate in cinque diversi punti del podere, in particolare laddove vi erano certe coltivazioni.

Poi chiese di poter visionare alcuni prodotti.

Tagliò una cipolla e ne estrasse un cubetto in profondità e lo stesso fece con altre verdure.

Diede un'occhiata alla vite e poi passò agli animali, non facendo caso alla stalla, ma al loro numero e alla loro pezzatura.

Ringraziò e porse il saluto.

Si era intrattenuto circa tre ore e aveva scambiato poche parole con loro.

Quando se ne andò, Torquato riunì la famiglia.

"Chissà cosa ha fatto", proruppe.

"Ognuno di noi deve raccogliere informazioni presso i canali che conosce in paese e con i vicini.

Non mi va che il lavoro di sette anni sia nelle mani di uno che non ha la nostra esperienza e non fa parte di noialtri."

Ogni membro della famiglia prese in consegna questo ordine, ma con spirito diverso.

Oreste e Orazio con una certa curiosità.

Giacinta con circospezione.

Vittoria con ammirazione.

Nella sua mente, se un giovane con poca esperienza era stato mandato lì a giudicare, allora significava che era molto bravo.

Il Partito non si sbagliava mai e aveva selezionato sicuramente una persona valida.

Torquato, benché molto più convinto di sua figlia circa la bontà del regime, sapeva come girava il mondo ed era a conoscenza che bastava una parentela importante per scalare le gerarchie e saltare la fila e che, non sempre, chi ha un posto autorevole è perché se lo merita.

In capo a due settimane, ebbero ogni tipo di risposta.

Le notizie che avevano raccolto non lasciavano spazio a molte interpretazioni.

"E' un ribelle. Uno contrario al regime. Un comunista pericoloso. Uno che è meglio tenere alla larga."

Vittoria non si capacitò del motivo per il quale avrebbero dovuto affidare ad uno così una simile responsabilità.

Le era stato insegnato che i ribelli erano persone da isolare, un po' matte, con strane idee, socialmente e moralmente riprovevoli e che si comprendeva tutto ciò dalla fisiognomica.

Eppure, l'esperto che era arrivato da loro non corrispondeva ad una simile descrizione.

"La fascia al braccio…", aggiunse sua madre.

Quella fascia indicava una persona al confino.

Uno di quelli giudicato colpevole da un Tribunale Speciale e condannato a rimanere isolato in Sardegna.

E allora perché era stato mandato da loro?

Se doveva rimanere isolato, perché farlo girare tra i coloni?

"Verrà ancora da noi, farà visite regolari", concluse Torquato dopo aver riportato, con una punta di orgoglio, che il sovversivo viveva a Mussolinia di Sardegna.

"Proprio chi è andato contro al nostro Duce, ora deve vivere in un paese che porta il suo nome", e sorrise beffardo sotto i baffi, asciugandoseli dopo aver sorseggiato un vino abbastanza leggero prodotto in casa.

Si erano dotati di un torchio artigianale con il quale pressavano l'uva e ricavavano, come erano soliti fare in Veneto, un vino di scarsa qualità, ma che serviva per ristorare il fisico.

La maggiore insolazione garantiva una gradazione alcoolica leggermente superiore, ma si era ben lontani da una produzione di qualità e controllata.

Vista la personalità e il fatto che le visite erano ripetute, dalla volta successiva nessuno fece lavori straordinari per sistemare la casa o altro.

La presenza di questo estraneo fu accolta come una normale routine ogni due settimane e nessuno ci fece più caso.

Alderigo Capponi si muoveva sempre in modo diverso da loro, andando a porre l'attenzione su particolari a prima vista insignificanti.

Di tutta la famiglia, solamente Vittoria ne scandagliava minuziosamente le azioni.

Toccava gli oggetti in modo delicato, quasi a non volerli rompere.

Era un suo atteggiamento o era necessario per il suo lavoro?

Inoltre, notò che portava con sé un taccuino e una matita con la quale scriveva di continuo.

Cosa vi era in quel piccolo quadernetto quasi tascabile?

Ogni tanto, l'esperto si fermava e scrutava il cielo, ma non per ammirarlo, ma per trovare un segno, almeno così aveva interpretato la ragazza.

Dopo un paio di volte, comprese come volesse notare la direzione del vento.

L'attenta osservazione della Natura da parte di Vittoria l'aveva resa partecipe di una parte dei suoi pensieri.

Il vento aveva un'influenza determinante sulle coltivazioni e sul terreno, in quanto trasportava l'umidità del mare e la salinità.

Ciò che era ignaro ai coloni e che avevano acquisito con l'esperienza sui campi, agli occhi e alla mente di Alderigo risultava comprensibile tramite spiegazioni fisiche e atmosferiche.

Era stato condannato poco più di un anno prima per attività sovversive, in quanto distribuiva volantini clandestini a Firenze, sua città di origine, contro il regime e a sostegno di idee messe al bando.

Un venticinquenne con simili convinzioni era un pericolo, specie per quello che il regime aveva in mente per il futuro.

Non si poteva permettere che gente del genere rimanesse a piede libero, ma non si doveva nemmeno renderli dei martiri.

Una retata, grazie alla soffiata di qualche suo vicino di casa fedele al Partito, lo consegnò alla giustizia e da lì la condanna fu automatica.

Il confino in Sardegna ad Aritzo, comune disperso nella Barbagia di Belvi.

I suoi studi, però, risultavano troppo preziosi per il regime.

Serviva qualche esperto in agronomia per comprendere come meglio indirizzare la bonifica del Campidano, ora che l'ideatore iniziale, l'ingegner Dolcetta, era dovuto partire e, al suo posto, era stato messo qualcuno di più vicino al Partito.

E chi meglio di un sovversivo al confino, uno che non avrebbero nemmeno pagato, per attuare una punizione da contrappasso dantesco?

Un comunista che avrebbe aiutato, gratis, la realizzazione della propaganda fascista della produzione accresciuta nel Campidano per contrastare le sanzioni della Società delle Nazioni, comminate dopo un'aggressione che era stata condannata da tutti, anche dai comunisti.

L'idea piacque molto alle autorità locali e centrali e la macchina della burocrazia fu messa in moto.

Così, l'esperto in agronomia Alderigo Capponi fu prelevato dal suo confino e portato a Mussolinia di Sardegna, collocato in un piccolo appartamento vicino alla Casa del Fascio.

Aveva chiesto una serie di oggetti di laboratorio e reagenti chimici per meglio analizzare i campioni di terreno e i prodotti della terra.

In tal modo, ad ogni ispezione, generalmente svolta in mattinata, seguiva l'analisi in laboratorio e la visione al microscopio della struttura interna della frutta e della verdura.

Ciò che riportava sul taccuino veniva trascritto in un registro ufficiale, corredato dal risultato delle analisi.

Alla fine dell'autunno del 1936, avrebbe dovuto redigere una relazione con delle conclusioni per migliorare qualità e quantità delle produzioni dei vari coloni e poi si sarebbe dovuto intrattenere per seguire personalmente la realizzazione fino al definitivo successo.

"Meglio farlo lavorare che tenerlo, a nostre spese, a fare niente", avevano concluso le autorità sghignazzando.

"Il lavoro rende liberi. Ce lo hanno insegnato i tedeschi, i nostri futuri, nuovi e potenti alleati", aggiunse il Podestà, con una certa dose di sarcasmo.

Nessuno si era posto il problema di un eventuale contagio delle idee sovversive, motivo per il quale si mandavano le persone al confino.

Alderigo Capponi sarebbe stato sempre sorvegliato e tenuto sott'occhio e, poi, non si poteva dubitare della buona fede dei coloni.

Tutti dovevano al regime la terra e il cibo e nessuno avrebbe osato ribellarsi.

La famiglia Marzotto venne a sapere parte di queste verità in modo centellinato, come una tubatura che perde una goccia di liquido ogni minuto.

Vittoria non aveva condiviso alcuna sua riflessione con gli altri membri della famiglia.

Le sembrava di avere strani pensieri, come mai non le era capitato prima di allora.

Repulsione e odio, ma anche ammirazione.

Un modo diverso di vivere che non comprendeva, ma che non si sentiva di giudicare.

Diversamente dai suoi fratelli o dai suoi genitori, la mente di Vittoria era priva di sentenze aprioristiche.

Le sembrava tutto nuovo e non consono.

Cosa era quel pensiero che aveva in testa?

Se qualcuno l'avesse interrogata, avrebbe potuto rispondere solamente in un modo.

"Il vento."

Sì, perché, proprio come il vento, la sua mente si sentiva libera di vagare in qualunque posto.

Sul mare e sul terreno, tra le pianure e tra i monti, lambendo persone e animali, piante ed erba.

Se avesse aperto le braccia a mo' di ali, avrebbe potuto spiccare il volo.

Sentiva che qualcosa di differente vi era in lei, ma non avrebbe saputo declinare le sfaccettature.

Si avvicinò all'esperto e chiese umilmente:

"Volete dell'acqua?"

Alderigo alzò il capo, chinato per raccogliere dell'erba.

Il suo viso delicato, biancastro e senza alcun segno evidente di maturità o di infortuni, si rispecchiò negli occhi di Vittoria.

Il blu intenso scatenò una scossa elettrica, un fremito che percorse il corpo della ragazza e la cui tensione si scaricò a terra, andando a polarizzare le molecole del terreno.

Milioni di piccoli mattoncini si erano messi in fila e irradiavano un potenziale che si sarebbe disperso.

Parte del flusso investì la figura di Alderigo, il quale sentì penetrare uno shock elettrodinamico, reputandolo dovuto al vento e alla sua azione di sfregamento contro le superfici dei vestiti, isolati dal terreno per mezzo delle calzature.

Una reazione fisica inspiegabile e non ripetibile.

Alderigo fece cenno di no, poi aggiunse:

"Non datemi del Voi."

Odiava il modo ossequioso e il linguaggio pomposo del regime.

Avrebbe redatto la relazione con tono asettico e scientifico, senza fronzoli e inutili aggettivazioni.

Vittoria fu colpita dalla risposta, ma Alderigo proseguì:

"Signorina, meglio che non mi rivolgiate più la parola.

Non voglio essere scortese, ma sapete meglio di me che non sta bene in questa società.

E se la vostra famiglia ha chiesto informazioni, come del resto hanno fatto tutti, sapete anche la mia storia e perché sono qui.

Non voglio arrecarvi problemi."

La ragazza si irrigidì.

In qualche modo, comprese come non sarebbe stato possibile superare le barriere che la società aveva interposto.

Barriere di convenzione tra un uomo non sposato e una ragazza senza marito e non fidanzata.

Barriere di ideologia tra chi era stato manipolato e usato, a sua insaputa, dal regime e chi, invece, si opponeva in modo strenuo e caparbio alla cosiddetta "rivoluzione fascista", che di rivoluzione aveva ben poco avendo completamente stravolto il programma iniziale ed essendosi inurbata al potere in modo tentacolare.

Vittoria era certa, però, della reazione fisica e chimica del suo corpo e dei suoi pensieri.

Le venne in mente solamente una risposta:

"Allora, anche voi non datemi del voi."

Accennò un sorriso.

Alderigo scostò lo sguardo da lei con un fare compiaciuto.

"Meglio che torni al mio lavoro", le disse.

Vittoria si voltò e ritornò verso la stalla.

Prima che l'esperto agronomo ripartì verso la sua temporanea dimora di Mussolinia, o meglio verso il suo carcere sotto altra veste, Vittoria gli lanciò uno sguardo da lontano, incrociando la sua espressione soddisfatta ed enigmatica.

Vi era del mistero in quella figura.

Qualcosa che non aveva mai visto prima, né nei coloni né nei locali né in alcuna altra sua conoscenza personale.

La giornata trascorse al solito modo, senza alcuna novità.

Le stagioni continuavano a scorrere identicamente anno dopo anno, secondo un ciclo naturale immutato da secoli e da millenni.

Ciò che cambiava era l'interpretazione umana, un rapporto diverso con l'ambiente che ci circonda e che modifichiamo a nostro piacimento.

Laddove vi erano paludi, ora, su un terreno fertile coltivato col sudore degli uomini, una ragazza non riusciva a prendere sonno.

Il suo mondo di certezze granitiche era andato in frantumi, sotto i colpi di un tarlo che si era insinuato nella sua mente.

Il dubbio che si potesse vivere in modo differente, così come faceva l'esperto di agronomia che, ogni due settimane, avrebbe fatto visita alla loro tenuta da coloni.

*"Tonight, I throw myself
into and out of the red.
Out of her head, she sang."*

XVIII

Terralba, autunno 1938 – estate 1939

"It's late in the evening.
She's wondering what clothes to wear.
She puts on her makeup
and brushes her long blonde hair."

"Così mi vorrebbe dire che è tutto sbagliato quello che sta facendo il Duce?"
Vittoria si stava risentendo.
Come si potevano affermare cose del genere?
Ecco il motivo per il quale era stato condannato, in fondo aveva ragione suo padre a giudicare in malo modo i ribelli, i sovversivi e i comunisti.
Pur avendo dimostrato di saperne di agronomia, pur avendo dato preziosi consigli che nessun colono avrebbe immaginato, Alderigo Capponi si denotava come un pericoloso avversario.
Il ventottenne era stato trattenuto oltre il tempo prestabilito proprio grazie ai risultati ottenuti, meglio di ogni più rosea previsione.
Non che volesse tornare al confino ad Aritzo.
Almeno nella piana del Campidano avrebbe messo a frutto le proprie competenze, anche se per un regime del quale non condivideva alcun principio fondante e che si era via via appiattito su posizioni sempre più pericolose.
Non solo l'isolamento internazionale a seguito delle continue aggressioni, ma lo schiacciamento progressivo verso il Reich guidato da Hitler.
Benché controllato, nessuno poteva impedire ad Alderigo di ascoltare la radio ufficiale, quella che aveva annunciato tutti i proclami del Partito.
La giornata di visita a Roma del Fuhrer, completamente coperta da fiumi di retorica, l'annessione dell'Austria e la conferenza di Monaco.
Ora l'Asse tra Mussolini e Hitler tagliava in due l'Europa.

285

Da una parte l'Occidente, dall'altra l'Unione Sovietica.

Per come erano andate le cose in Spagna con la guerra civile, il carattere bellicoso del nazifascismo avrebbe, ben presto, scatenato una guerra.

Di tutto ciò, Alderigo non parlava con nessuno, nemmeno con Vittoria, la graziosa ragazza con la quale era solito scambiare qualche parola da oltre due anni.

La loro conoscenza si era accresciuta mese dopo mese, dismettendo il voi per un più consono lei.

Nessuno si era azzardato a passare al tu e al nome di battesimo.

Erano sempre "la signorina Marzotto" o "il signor Capponi".

Formalismi sotto i quali celare gran parte delle loro emozioni.

La ventenne aspettava ormai con trepidazione la visita di Alderigo, sistemandosi a dovere i capelli e i vestiti e cercando di lavarsi il più possibile il giorno antecedente.

Sapeva che la vicinanza con gli animali dava un'impronta caratteristica al suo odore e che, viceversa, il signor Capponi era qualcuno abituato alla città e agli appartamenti.

Alderigo, da parte sua, non trascurava i preparativi per il consueto aggiornamento sul podere dei Marzotto.

Solamente Giacinta si era accorta di ciò, ma aveva fatto finta di nulla, pensando di fare aprire Vittoria per poi prenderla in disparte.

Gli uomini non si accorgono di nulla, da questo punto di vista sono a scoppio ritardato.

Né Oreste né Orazio sospettavano nulla, in quanto le loro teste erano impegnate a metà tra i campi e a metà tra le giovani fanciulle nelle vicinanze.

Figlie di altri coloni o di gente locale.

Anche in questo caso, era il fratello maggiore ad aprire la pista al secondo e ad essere il punto di riferimento.

Torquato aveva imparato a lasciare parlare l'agronomo e a seguirne i consigli.

Chiedeva raramente, in quanto si sarebbe sentito in soggezione e avrebbe avuto un debito nei confronti di uno che giudicava essere pericoloso per la società e la morale.

In una delle tante pause che ormai Alderigo si concedeva, il suo aspetto mutò d'improvviso.

Vittoria fu la prima ad accorgersene e si limitò a chiedere se fosse a causa sua.

"No, non è per lei, signorina Marzotto.

Sono pensieri sulla situazione generale…"

Non voleva esporsi così tanto, ma il viso di Vittoria si adombrò di un'espressione interrogativa.

Probabilmente ne voleva sapere di più.

"Questo governo ha approvato delle leggi vergognose che distinguono in base alla razza. Ci stiamo avvicinando pericolosamente alla Germania e una guerra sarà inevitabile."

Appena ebbe finito di parlare, si pentì immediatamente.

Si era esposto fin troppo e, per molto meno, sarebbe potuto finire in carcere in modo diretto.

Sapeva che vi erano esponenti politici detenuti nelle varie prigioni e che il confino era una misura cautelativa minore, per i cosiddetti intellettuali o per chi dava poco fastidio.

Per di più, viste le sue capacità, il vero e proprio confino era durato un anno o poco più e da ormai due anni abbondanti faceva una vita quasi normale, beninteso che non poteva lasciare liberamente la Sardegna né spostarsi all'interno di essa.

Inoltre, i coloni erano apertamente sostenitori del Partito, se non altro per via delle loro condizioni di vita quotidiane, nettamente migliorate rispetto a meno di dieci anni prima.

Alderigo alzò lo sguardo e incontrò la disapprovazione di Vittoria, la quale non era mai stata abituata a mettere in discussione le decisioni prese dall'alto.

Si ubbidiva a chiunque.

Ai genitori e ai maestri, alle autorità e ai dettami del Partito.

La scala gerarchica era ben impressa nella mente di Vittoria e non si sarebbe mai dovuta mettere in discussione.

Ora si trovava di fronte qualcuno che, per la prima volta, osava contraddire quello che era stato deciso e fatto e non trovò altro modo di esprimere il proprio dissenso se non rivolgendo una frase sprezzante nei confronti dell'esperto in agronomia.

Sicuramente bravo nei campi, almeno a livello teorico, ma pericoloso nelle idee.

Alderigo si scusò.

"Non era mia intenzione offenderla."

Vittoria trovò che fosse un modo come un altro per tirarsi fuori di impiccio.

Si sentì un po' in colpa per averlo trattato in modo brusco.

"Non deve scusarsi con me. Non mi ha offeso.

Però lei pensa quelle cose, vero?"

L'agronomo ammise con fare sconsolato.

Come poteva fare passare un simile concetto ad una figlia di coloni, cresciuta con poca istruzione e con poca visione del futuro e della società, intrisa di ideologia e di retorica senza che potesse capire fino in fondo le conseguenze di quanto stava per accadere al mondo e all'Italia? Doveva desistere e riportare il tutto su binari più consoni.

"Ora devo andare."

Si fece strada al di fuori della stalla, laddove avvenivano gran parte dei loro brevi discorsi.

L'agronomo si era interessato sempre di più all'interazione tra animali e colture.

Sembrava che entrambi ottenessero beneficio reciproco dalla mutua presenza.

A dire il vero, il suo interesse verso il mondo animale era stato spinto da una duplice curiosità.

La prima di carattere puramente professionale, visto ciò che era emerso dalla sua prima relazione e dall'analisi dei dati.

La seconda per un motivo più futile, ma forse più profondo.

Era l'unico modo per avvicinare Vittoria.

Di tutte le famiglie di coloni presenti nella piana tra Mussolinia e Terralba, proseguendo più a nord verso Marrubiu o più ad ovest verso Marceddì, i Marzotto erano gli unici a possedere un vero gioiello.

Non tanto di bellezza, quanto di armonia.

Negli occhi di Vittoria, notati con sguardi fugaci e senza fissarli, pena essere scoperti, Alderigo vi aveva visto riflessa la volta celeste anche in pieno giorno.

Aveva portato con sé, nel suo confino, alcuni libri di poesie, uno dei pochi svaghi che si era potuto concedere in quei tre anni di permanenza forzata in Sardegna.

Erano raccolte che spaziavano da traduzioni di lirici greci fino ai più moderni poeti italiani ed europei con qualche accenno anche ad alcuni letterati italiani.

Vi erano trattati argomenti vari, divisi in specifiche sezioni.

Così, una settimana si poteva concentrare sulla declamazione della Natura e un'altra sulla bellezza di una donna.

In quei versi e in quelle parole, Alderigo vi trovava sempre più la figura di Vittoria.

Si immaginava la ragazza mentre lavorava e mentre svolgeva le faccende domestiche, ma anche mentre rimirava la campagna e il cielo.

Quasi ignaro di come ella aveva già osservato le fronde degli alberi e fatti propri gli odori del Campidano, il viaggio mentale dell'agronomo si era svolto in completa solitudine.

Se solo avesse aperto il suo cuore, gli ostacoli si sarebbero cancellati in un attimo, ma il timore e la riverenza avevano infrapposto legami e vincoli tipici di una società ingessata, la stessa che Alderigo avrebbe voluto abbattere e che lo aveva condannato in quel luogo.

Strano caso della sorte, visto che senza la condanna del Tribunale Speciale, non avrebbe mai messo piede di propria volontà in Sardegna né tanto meno si sarebbe intrattenuto tra i coloni.

Prima o poi, avrebbe dovuto rendere tutto evidente a Vittoria, la quale era tormentata da un sentimento ancora non comprensibile ai suoi sensi.

Non abituata a vivere in un contesto nel quale il cuore aveva il posto preminente, non educata a ciò che l'animo umano poteva esprimere di bello e di sublime, aveva visto solamente la parte del dovere di ognuno di fronte alla famiglia e alla società.

L'impeto della Natura le aveva parlato da anni, suggerendole alcune idee nelle orecchie.

Non sarebbe accaduto lo stesso in Veneto.

Non con una campagna domata e senza più alcuna forma di terra selvaggia.

Invece la Sardegna, se varcati i confini della bonifica del Campidano, rimaneva quel mondo magico e arcaico, dal quale si sprigionavano essenze e minerali sconosciuti.

Un qualcosa che Vittoria aveva solamente percepito ma che le era bastato per fare sobbalzare il suo cuore.

Era l'unica della famiglia a possedere simili caratteristiche.

Laddove gli altri vedevano solo campi da coltivare per produrre frutta e verdura da vendere e da cui ricavare di che vivere, la ragazza carpiva l'essenza del vento e dell'invisibile.

Ora, sola nel suo letto, in completo silenzio e senza alcun disturbo dovuto alle attività giornaliere, si chiedeva dentro di sé cosa le avesse suscitato simili reazioni.

Cosa se non un'attesa di un evento?

Ma quale evento?

Visto che la vita dei coloni sembrava così simile anno dopo anno, cosa poteva accadere di tanto diverso?

Era vero che il mondo stava andando verso una guerra?

Non avendo mai sperimentato cosa fosse, ma i suoi genitori sapevano benissimo cosa volesse dire la guerra con il suo carico di miseria e morte, non seppe darsi risposte globali, ma solo personali.

Le stava accadendo qualcosa.

E non era come anni prima di fronte allo spettacolo della Natura e nemmeno successivamente quando era divenuta donna, condotta passo passo delle spiegazioni di sua madre ritenute astruse in prima battuta.

Si trattava di un palpito interiore.

Di indefinibile a parole.

E non vi era persona al mondo, men che meno nella sua famiglia, in grado di comprendere ciò che le stava accadendo.

Cercò di isolarsi da tutto per meglio comprendere, prima che il sonno vincesse le sue resistenze.

Da dove derivava l'origine di ciò?

Non le accadeva sempre, di questo ne era consapevole, ma solo in determinate occasioni.

Focalizzò l'attenzione sull'agronomo.

Era in concomitanza di una sua visita che si scatenavano tali sensazioni.

Prima e dopo.

L'attesa e l'elaborazione successiva.

Si sentì fremere.

Aveva i brividi, nonostante non facesse ancora freddo.

"Devo capire perché mi accade questo" si disse prima di addormentarsi.

Per quasi due settimane, cercò di elaborare una strategia, ma non trovò altra soluzione se non interrompere le comunicazioni con il signor Capponi.

Forse se non lo avesse più rivisto né gli avesse parlato, il tutto sarebbe scomparso allo stesso modo di come era venuto a galla.

Cercò di rimanere salda nelle proprie convinzioni e così fece.

Non appena l'agronomo se andò, contrariato nel suo intimo per il mancato scambio con Vittoria e convinto di aver oltrepassato il limite con la critica al regime circa le leggi razziali, la ragazza fu investita dal rimorso.

Cosa aveva fatto?

Si era liberata volutamente di un incontro che bramava?

Aveva messo fine all'unico evento in grado di perturbare una vita monotona e già segnata?

Per due notti fece fatica a prendere sonno.

"E se non venisse più?" si chiese tra sé.

Subito, ricacciava indietro quel pensiero.

Sapeva che l'agronomo aveva un compito da svolgere e sarebbe comunque passato tra altre due settimane.

In tutto quel tempo, Vittoria era sempre rimasta ad attendere una sua visita.

Mai si era mossa in prima persona, sia per la distanza che separava il podere dei Marzotto da Mussolinia di Sardegna, sia per la mancanza di tempo a disposizione sia, soprattutto, per la convenzione sociale e per le conseguenze di quel suo eventuale gesto.

Adesso, però, aveva iniziato a prendere in considerazione uno stratagemma per vederlo al di fuori del consueto appuntamento.

Mancava meno di un mese al Santo Natale e la ragazza sapeva che, in quell'occasione, i suoi genitori si recavano proprio a Mussolinia.

Suo padre e i suoi fratelli vi andavano più spesso, almeno una volta ogni due mese, mentre a lei e a sua madre rimanevano solo due possibilità.

Una a Natale e una per qualche evento speciale.

Avrebbe dovuto sfruttare a dovere un simile appuntamento.

Vi era ancora una visita dell'agronomo prima della festività e Vittoria ripassò mentalmente le azioni che avrebbe dovuto compiere.

Era facile trovarsi da sola con lui nella stalla, durante la consueta ispezione.

Là avrebbero avuto quasi una ventina di minuti a disposizione.

Al posto di disquisire dell'allevamento e di agricoltura, o di questioni politiche e sociali, gli avrebbe chiesto cosa avrebbe fatto il giorno del Santo Natale.

In qualche modo, gli avrebbe dato un appuntamento in città, ammesso che quell'ex villaggio si potesse definire tale.

Agli occhi di Vittoria, era certamente un prototipo di vita urbana, mentre per Alderigo, nato e cresciuto a Firenze, qualunque assembramento in Sardegna sarebbe sembrato sempre poco più di un borgo, forse con la sola eccezione di Sassari e Cagliari, città nelle quali gli era però impossibile recarsi.

Le differenti prospettive si sarebbero unite in un conglomerato di recente costruzione, basato su canoni architettonici tipicamente fascisti, ammesso che il piano di Vittoria fosse andato in porto.

Il vento aveva iniziato a soffiare in modo più imperioso e questo era il segno della venuta dell'inverno.

Niente neve e niente gelo.

Nei tini stava fermentando il vino di produzione locale, migliorato nettamente in base ai consigli di Alderigo, ma ancora ben lontano da quanto si sarebbe potuto degustare in Toscana o in Piemonte.

Le attività agricole si erano fermate, almeno per la parte di raccolta e il terreno era già stato preparato a dovere.

Solamente alcune verdure vedevano in inverno la loro produzione principale, ma si trattava di una minima parte del coltivato.

La terra fertile del Campidano non era adatta per i carciofi, vista la scarsa quantità di ferro presente.

Bisogna andare più a sud per trovare terreni adatti, verso l'Iglesiente, ma con il problema della scarsità di acqua.

L'allevamento, invece, proseguiva il proprio ritmo in modo indisturbato.

L'agronomo arrivò puntuale, come al solito.

In oltre due anni, nessun colono aveva mai avuto alcuna rimostranza in merito la sua professionalità, una volta sorpassato il primo impatto per la giovane età.

Vittoria lo stava aspettando appena al di fuori della stalla e gli fece un cenno di benvenuto.

Rispetto all'ultimo incontro, era già molto di più di quanto concesso dalla ragazza.

Vittoria si prese coraggio e si stampò un sorriso di compiacimento sul volto.

Di soppiatto, Alderigo lo notò.

Era forse la prima volta che la vedeva sorridere.

Si disse di non cambiare la solita routine, giusto per non destare sospetti.

Rispetto alle prime visite, ormai era solito entrare in casa dei coloni, specie durante la stagione invernale, per depositare le attrezzature e poi iniziare il giro di ispezione.

Movimenti conosciuti a tutti, dopo quei due anni.

Ciò che facesse al chiuso del suo appartamento, adibito quasi totalmente a laboratorio, era un mistero né gli agricoltori lo avrebbero compresero.

Per loro, il lavoro del signor Capponi si concludeva con la dipartita da ogni singolo podere.

Era normale che, con l'avvento della stagione fredda, l'agronomo si intrattenesse maggiormente negli allevamenti, cosicché nessuno avrebbe notato cinque o dieci minuti in più trascorsi nella stalla.

Vittoria si sentì sobbalzare il cuore e le mancò il respiro.

Cosa avrebbe detto?

Tutta la sua strategia si era annullata nel momento in cui si era ritrovata sola con Alderigo, la cui figura denotava il solito impeccabile aplomb del professionista.

L'agronomo non volle ritornare su quanto aveva provocato lo scontro.

Niente politica e niente attualità.

Non sapeva però di cosa discorrere se non di futilità.

L'allevamento e l'agricoltura, il tempo e i luoghi, tutto gli sembrava non importante e poco interessante.

Il silenzio iniziò a divenire imbarazzante.

Entrambi abituati alla pace interiore e a vivere circondati dall'assenza di rumori, il suono del silenzio tra loro si stava per interporre come barriera eterna.

Fu Vittoria a lanciarsi, non sapendo bene da dove traesse una simile forza.

"Come trascorrerà il Santo Natale?"

Era una domanda strana posta in quel contesto.

Alderigo avrebbe voluto rispondere che, in quanto comunista, non credeva ad alcun Dio, men che meno quello cattolico, tanto osannato ora dal Fascismo quanto osteggiato nei primi anni di quel movimento.

Si limitò ad una normale verità.

"Nulla di particolare."

Vittoria si prese coraggio e affermò che tutta la famiglia si sarebbe recata a Mussolinia, come era solito.

"Gli altri anni non l'ho vista", aggiunse alla fine.

Alderigo sorrise.

Il candore di Vittoria si rivelava in simili esternazioni, come se in un paese di un paio di migliaia di abitanti fosse obbligatorio intravedere chiunque durante una visita sporadica.

"E' che di solito rimango nel mio appartamento, non sono solito girovagare molto durante il periodo di riposo. Non sono libero di andare dove voglio senza una motivazione di fondo."

La ragazza si ritrasse.

Non vi era, dunque, modo di vederlo al di fuori di quel consesso?

Cosa le stava capitando per pensare simili congetture?

Li lasciò andare.

"Noi di solito andiamo in Chiesa e poi facciamo un giro attorno alla piazza.

Quasi sempre prima di pranzo, poi rientriamo nel pomeriggio."

Alderigo sorrise.

Era poco avvezzo alle donne, non che non avesse avuto qualche incontro a Firenze, ma erano ormai quasi quattro anni, tra il confino e il processo, che non ne sfiorava una nemmeno col pensiero.

Ad un occhio allenato e ad un uomo di quel tempo, non sarebbero sfuggite simili parole.

"Vedrò di esserci...", concluse.

Vittoria ricambiò il sorriso.

Aveva ottenuto un primo scopo, timido come lo erano i passi di una ragazza in un territorio inesplorato.

Così come anni prima si era dovuta adattare ad un nuovo ambiente, con nuovi panorami e sensazioni, ora stava provando a ricavarsi un mondo tutto suo, nel quale le regole degli altri non valessero più di tanto.

L'ignoto si spalancava di fronte a lei e i giorni di separazione verso il Natale le fecero dimenticare la fatica delle incombenze quotidiane.

Parallelamente, Alderigo svolgeva le solite analisi sul terreno.

La piana era molto fertile e vi era stato un netto miglioramento delle condizioni di vita di tutti.

Per meglio comparare il terreno, scortato da due membri locali del Partito, l'estate antecedente si era recato più a sud, laddove la bonifica non era stata necessaria.

Verso Dolianova, trovò dei terreni diversi, adatti alla vite.

Conosceva bene i vitigni toscani, in particolar modo il Vermentino e si era detto che in quella zona si sarebbe dovuto fare altrettanto.

Se mai fosse stato libero, se mai il regime fosse crollato, forse una parvenza di idea gli era balzata in testa.

Rimanere lì a coltivare le viti.

Dimenticarsi del mondo in una terra che sembrava travalicare i secoli e la Storia.

Poi, però, si pentiva amaramente di simili pensieri.

Come farsi cullare dall'individualismo quando, là fuori, il pericolo nazionalsocialista e fascista montava sempre di più?

Italia, Germania, Austria, Spagna, una parte della Cecoslovacchia e della Polonia.

Tutto quanto stava per ricadere sotto il dominio nero.

E senza una guerra, almeno per il momento.

Senza sparare un colpo, si erano conquistati territori inimmaginabili fino a poco tempo addietro.

Durante la fine dell'autunno e l'inizio dell'inverno del 1938 tutti quei pensieri rimasero in sottofondo, in quanto Alderigo aveva aggiunto un tassello al suo quadretto idilliaco da sogno.

Gli occhi di Vittoria.

La sua presenza e il suo sorriso.

Sapeva che vi erano ostacoli insormontabili, su tutti la sua non libertà e la differenza di idee, ma era stato così consolatorio lasciarsi andare come un uccello che si fa trasportare dalle correnti aeree verso lidi e continenti incontaminati.

Se aveva inteso bene, avrebbe dovuto onorare il giorno di Natale un po' come facevano tutti.

Sarebbe persino andata a messa.

Non perché fosse interessato alla funzione, ma per intravedere Vittoria.

Così fece.

Le aspettative non furono disattese.

Intravide l'intera famiglia Marzotto, oltre ad alcuni visi noti del paese di Mussolinia.

Non vi erano molti coloni, o per lo meno non tutti decidevano di recarsi a Mussolinia in quella giornata.

Era una tradizione di Torquato e Giacinta, un po' per ritrovare lo spirito di un tempo, quello che li aveva condotti fin lì e che li aveva fatti vivere un'esperienza intensa.

Chissà se i rispettivi fratelli e sorelle si ritrovavano allo stesso modo nei paesi lontani nei quali erano emigrati.

Erano domande lecite, ma che solo in quel frangente venivano poste.

In nove anni di permanenza aveva ricevuto e scambiato solamente un paio di lettere per ogni componente.

La scrittura non era di certo al centro dei loro pensieri e delle loro facoltà intellettive, non riuscendo ad esprimere a pieno ciò che pensavano e ciò che svolgevano ogni giorno.

Vi erano concentrate, per lo più, notizie di routine.

Chi era nato e chi si era sposato, come le famiglie si fossero allargate.

Dove abitassero e cosa coltivassero.

Alcuni avevano cambiato lavoro, divenendo manovali o commercianti, operai o venditori.

Alderigo fece un cenno di saluto non appena al di fuori del sagrato e si mise a passeggiare in modo distratto.

Torquato e Giacinta lo notarono e ricambiarono il saluto.

La donna lo seguì con la coda dell'occhio per saggiare le sue reazioni e, come previsto, Alderigo rivolse una parola a Vittoria:

"Come vede, sono stato di parola."

La ragazza avvampò di calore e le sue gote si ricoprirono di una leggera tonalità rosacea.

Tra tutti i presenti, solamente Giacinta intuì il flebile legame che si stava creando tra i due.

Analizzò la situazione, come una brava madre avrebbe fatto.

Il signor Capponi era istruito e sapeva il fatto suo.

Era giovane, vestiva bene ed era molto gentile ed educato.

Anche un bell'uomo, per quanto con tratti non rudi e non marcati.

Fino a qui i lati positivi.

D'altra parte, era evidentemente un sovversivo e un ribelle, altrimenti non sarebbe mai stato condannato al confino.

Un reietto e uno che non avrebbe mai fatto strada in Italia.

Uno che non avrebbe avuto una regolare entrata, né sottoforma di reddito né di rendita.

Come avrebbe potuto garantire il sostentamento di una famiglia?

Vi erano solo poche possibili soluzioni a ciò.

Che sposasse una ricca ereditiera, ma non era il caso di Vittoria.

Che la sua pena fosse cancellata, ma non sembrava essere questo lo scenario.

Che il Partito e il regime crollassero, ma ciò non sarebbe stato gradito alla famiglia Marzotto, né qualcuno di loro lo pensava minimamente, visto che si erano adagiati nella convinzione che il Duce fosse immortale e che sarebbe sopravvissuto a loro e ai loro figli.

Che le sue idee cambiassero.

Ecco, questa ultima ipotesi apparve a Giacinta la più probabile.

Magari, sotto la spinta dell'amore per una donna, il signor Capponi avrebbe abiurato le sue idee sovversive, si sarebbe pentito e avrebbe potuto ambire ad un posto di lavoro con un reddito.

Forse quel periodo di agronomo presso i coloni era già una forma di redenzione e di percorso di rieducazione.

Fargli comprendere come il naturale corso degli eventi fosse quello e che era inutile contrastare il vento della Storia.

La donna, in un lasso di tempo di pochi istanti, si convinse a non rivelare nulla di tutto ciò al marito e ai suoi figli.

Nessuno degli uomini di casa Marzotto avrebbe mai recepito alcunché, un po' perché troppo presi dalla coltivazione dei campi e un po' per mancanza di quei ricettori tipici femminili in grado di captare gli umori delle persone.

Non si sarebbe opposta al tentativo di avvicinamento tra sua figlia e l'agronomo.

Avrebbe vigilato da lontano, carpendo l'evoluzione.

Si disse che i passi sarebbero stati lenti e progressivi e che avrebbe avuto il tempo necessario per intervenire, quando lo avesse ritenuto opportuno.

Così l'intero inverno a cavallo tra il 1938 e il 1939 passò con timidi approcci da ambo i lati.

Da parte di Alderigo, non vi era fretta, in quanto il confino non avrebbe avuto un tempo definito.

Vittoria, invece, si sentiva spronata ma non conosceva i rudimenti e ciò che di solito si faceva in società o in comunità.

Allo scoppio della primavera, mentre il mondo stava precipitando sempre di più verso un'inevitabile conclusione di un folle ventennio, l'impeto della gioventù di Vittoria sbocciò di colpo.

I battiti del cuore che aumentavano all'impazzata ogni volta che pensava ad Alderigo le avevano scatenato delle reazioni chimiche mai sperimentate fino a quel momento.

Si era offerta di andare da sola a vendere il latte e le uova a Terralba, dopo che aveva comunicato ad Alderigo un simile proposito.

Così si sarebbero potuti vedere non una volta ogni due settimane, ma almeno una volta a settimana e al di fuori del podere di Torquato, senza occhi indiscreti e senza controlli.

Per quanto Giacinta fosse a conoscenza del reale motivo, non si oppose.

Sapeva che sua figlia reclamava spazi di libertà e, anzi, si sentiva in colpa per averla trascinata in un luogo disperso senza possibilità di intessere amicizie e interessi.

A lavorare la terra fin da dodici anni.

Era successo lo stesso anche a lei, ma si era detta che ciò non sarebbe dovuto accadere ai suoi figli, salvo poi costatare una diversa evoluzione della vita.

In fondo, i suoi propositi di madre erano andati perduti.

Certamente, non si sentiva totalmente responsabile, in quanto avevano dovuto abbandonare la terra di origine per mancanza di cibo e di opportunità.

Anzi, avevano garantito la sopravvivenza ai loro figli, ma la stessa era stata conquistata duramente con la fatica, il sudore e la cancellazione dell'infanzia, della fanciullezza e dell'adolescenza.

Ora, a quasi ventuno anni, era giusto che Vittoria intraprendesse la propria strada.

E se questo avesse voluto dire maritarsi con un uomo perbene, ma condannato al confino per le sue idee, allora Giacinta se ne era fatta una ragione.

Avrebbe dovuto fare comprendere ciò a suo marito, il quale si sarebbe scontrato con la realtà in modo rude.

Non avvezzo a cambiamenti, nonostante il passato da avventuriero in cerca di nuove terre da coltivare, Torquato avrebbe sollevato molte più rimostranze, soprattutto per le idee di Alderigo.

Per il capofamiglia, il regime era solo da esaltare, nemmeno da rimanere indifferenti, figurarsi osteggiarlo.

Ci sarebbe voluto il tempo necessario, ma alla fine Torquato avrebbe ceduto alle insistenze delle donne di casa.

Per ora, si stavano mettendo le fondamenta di quella che, nella mente di Giacinta più ancora che nei sogni di Vittoria, sarebbe stata una nuova famiglia.

Gli incontri a Terralba, durante la vendita delle eccedenze, fecero avvicinare i due giovani.

Potevano parlare liberamente tra di loro.

Alderigo introdusse il suo progetto di spostarsi più a sud.

"Là vi sono i terreni giusti per la vite.

Prima o poi finirò di prestare servizio qui, e allora non so se mi andrà di ritornare a Firenze."

Vittoria intravide una possibile minaccia.

Se lo avessero portato altrove, cosa ne sarebbe stata di lei?

Con uno slancio dovuto alla paura di perdere una sicurezza, Vittoria, verso la metà di maggio, fece un passo ulteriore.

"Posso chiamarti Alderigo?"

Il formale lei fu abbandonato dopo quasi tre anni.

Il nome di battesimo indicò l'appartenenza ad una ristretta cerchia di conoscenze.

L'agronomo sobbalzò nel sentire il proprio nome e nel poter pronunciare quello della ragazza, esattamente di fronte a lei.

L'estate giunse in un attimo.

I campi si colorano della maturità dei frutti e della voglia di produrre dell'uomo.

Esplosione di eventi incontrastati.

La Natura dominata da mano umana.

L'odore dei pini marittimi si spargeva nell'aria senza alcun contrasto, mischiando la resina con la salsedine.

Era uno spettacolo che si ripeteva di anno in anno, ma che non lasciava mai indifferenti né Vittoria né Alderigo.

Ciò che stava accadendo fuori da quel piccolo mondo, ritagliato su misura per loro due, non sconvolse le loro abitudini.

Il sonno della ragione si era facilmente voluto fare cullare dal dolce oblio del miele e del Sole.

Cercarono di resistere fino a che fu possibile.

Luglio, il rivoluzionario fruttidoro, fu una magia incantata.

Grazie al calesse messo a disposizione per Alderigo, gli spostamenti di Vittoria risultavano più veloci.

Lasciato l'infaticabile asino legato ad un albero, potevano ritagliarsi una buona mezz'ora tutta per loro.

Passavano tra le campagne, a prima vista identiche, per raggiungere un punto particolare che Alderigo aveva notato.

Ad agosto, qualcosa iniziò a turbare la mente dell'agronomo.

Vi erano segnali contrastanti che provenivano persino dai canali ufficiali del regime.

Un accordo.

Innaturale e illogico.

Tra nemici dichiarati.

Reich e Unione Sovietica.

Non era possibile che l'ideologia comunista si fosse alleata con il crimine nazionalsocialista.

Alderigo si sentì tradito nel profondo e si disse che, forse, non ne era valsa la pena di farsi condannare per difendere chi poi si era alleato con il nemico.

Se vi era un senso in tutto ciò, lo aveva trovato solamente nell'aver conosciuto Vittoria.

E poi un'altra conseguenza immediata e che si sarebbe palesata a breve.

La guerra.

Inevitabile.

Dopo venti anni da una conferenza di pace deludente e piena di errori, il mondo sarebbe ripiombato di nuovo di fronte al baratro.

Molto peggio di prima, per l'enormità della potenza delle armi e per la determinazione delle dittature.

E nulla sarebbe valsa una temporanea neutralità dell'Italia.

"Prima o poi entreremo in guerra anche noi. E sai cosa vuol dire per tutti? Per i tuoi fratelli?"

Vittoria si sentì egualmente tradita.

Da un regime che li aveva circuiti, basandosi sull'ignoranza e sull'indifferenza.

Sulla corruzione e sulla condanna di uomini giusti ed onesti, come lo era Alderigo.

Squassata dai dubbi, vide il proprio mondo crollare.

Il mondo del suo passato.

"Portami a vedere il mare", disse ad Alderigo.

Mentre le armate del Reich stavano avanzando senza contrasto in terra polacca, Alderigo e Vittoria si recarono nei pressi di Marceddi.

Per una volta, la ragazza sarebbe rientrata a casa con ritardo.

Che importava se tutto era destinato a cambiare repentinamente?

Nei suoi occhi si vedevano riflesse le miriadi tonalità dell'azzurro, di un mare spettatore e protagonista, alle cui spalle vi era una terra indomita, prosciugata e resa fertile.

Di fronte al dubbio imperante nella mente di Vittoria, vi stavano solo due certezze.

Il vento e il bacio che Alderigo le stava per dare.

"I got my head checked by a jumbo jet.
It wasn't easy, but nothing is no."

TERRA

"Come gather 'round people
Wherever you roam
And admit that the waters
Around you have grown
And accept it that soon
You'll be drenched to the bone
If your time to you is worth savin'
And you better start swimmin'
Or you'll sink like a stone
For the times they are a-changin'"

XIX

Arbus, estate 1946

"And in my hour of darkness
she is standing right in front of me.
Speaking words of wisdom."

Era stata una notte calda ed umida, una di quelle difficilmente riscontrabili in un anno.
Il piccolo Gavino, di appena due anni, aveva dato segni di insofferenza, svegliandosi in modo lamentoso per ben due volte.
Anna, sua madre, non si era sentita molto meglio.
Era incinta e avrebbe partorito verso ottobre.
Il caldo e i rumori di suo figlio erano stati degli ostacoli insormontabili alla tranquillità richiesta per il riposo notturno.
Chi invece non si era accorto di nulla era Sebastiano, il marito e padre di Gavino.
Un uomo ancora giovane, avendo sorpassato i trent'anni da poco, ma in sé già vecchio e vissuto.
Come suo padre Annibale, Sebastiano Sanna aveva preso servizio a soli quattordici anni presso la società che gestiva la miniera di Montevecchio, l'omonima Montevecchio Società Italiana del Piombo e dello Zinco.
E, come suo padre, era prima stato destinato a compiti meno complessi, come la cernita del minerale, per poi passare in laveria e infine alla fase estrattiva vera e propria.
La meccanizzazione e l'elettrificazione non avevano sostituito la necessaria manodopera umana, ma avevano contribuito a migliore la produttività e a diminuire il rischio di incidenti meccanici.
Prestava servizio nella zona di levante, presso la miniera Piccalinna, raggiungibile da Arbus con una corriera messa a disposizione dalla società stessa.

Della miniera e del minerale estratto, principalmente piombo e zinco sottoforma di galena argentifera e blenda, sapeva quasi tutto.

Dopo quasi diciassette anni di servizio e dopo aver ereditato, in terza generazione, un lavoro di questo tipo, si conoscevano a memoria i singoli anfratti.

Cosa aspettarsi e quali temperature avrebbero trovato una volta nel sottosuolo.

Le condizioni di vita erano migliorate, ma non troppo.

Si moriva ancora per le malattie della terra.

Non più incidenti, o almeno non come una volta.

E nessuna fuga di gas come accadeva molto più a sud, verso il bacino carbonifero del Sulcis attorno a Carbonia.

Ad Arbus, come ad Ingurtosu o a Casargiu o a Montevecchio o a Fluminimaggiore, erano altre le malattie che mietevano morte.

Malattie che si evidenziavano solo in tarda età o dopo molti anni di servizio.

Colpivano le vie respiratorie, i polmoni, i bronchi e la gola.

Tosse persistente, nausee e mal di teste.

Progressive e non arrestabili.

Una volta comparse, non si poteva fare nulla se non aspettare una lenta agonia.

Era accaduto così a quasi tutte le generazioni di minatori precedenti, compreso il nonno di Sebastiano una ventina di anni prima.

E ora sarebbe toccato a suo padre Annibale, il quale aveva iniziato il lento percorso che prevedeva una trafila di visite mediche a carico della Società, comprensive di cure e medicine.

Nulla che servisse a salvarli, ma solo a lenire parzialmente il dolore.

Conscio di tutto ciò, Sebastiano non si era tirato indietro.

Sapeva solo estrarre minerale nella sua vita e altro non avrebbe potuto fare.

In qualche modo, ogni giorno, alzandosi dal letto, si diceva sempre che stesse camminando verso la morte, ma non era mai stato in grado di cambiare la direzione della sua vita.

L'unica soluzione che aveva trovato era quella di interrompere la trasmissione ereditaria della professione.

Per quanto potessero pagare bene e dare servizi e per quanto il lavoro scarseggiasse, i suoi figli non avrebbero dovuto mettere piede anche per un solo giorno in miniera.

Si era dato questa risoluzione tempo addietro, prima ancora di sposarsi con Anna.

Quando poi era venuto alla luce Gavino, il loro primogenito, aveva giurato solennemente, assieme a sua moglie, di mantenere questa promessa.

L'aveva pronunciata a chiare lettere di fronte a tutti, nel giorno del battesimo di Gavino.

Cosicché ne fossero testimoni sia le persone sia Dio.

Sebastiano era di famiglia profondamente cattolica e, come tale, aveva vissuto in modo distaccato gli eventi della guerra.

Troppo preziose erano le maestranze di Montevecchio per mandare al fronte chi avrebbe dovuto estrarre il minerale necessario per la macchina bellica e industriale italiana.

Così Sebastiano aveva evitato la guerra, mentre altri suoi coetanei erano stati mandati a morire al caldo dell'Africa o al gelo della Russia.

Di quanto accaduto dopo, con la guerra civile e la liberazione da parte degli Alleati, poco aveva vissuto in prima persona.

Il riferimento religioso era sempre rimasto in essere, ma ora poteva essere minacciato dall'avvento dei comunisti.

Tutta la sua famiglia aveva sostenuto la monarchia nel referendum appena conclusosi, in quanto, almeno a loro avviso, i Savoia si erano sempre interessati alla Sardegna.

Erano lontani i ricordi dei piemontesi dominatori, di come avevano distrutto il territorio di Arbus apportando modifiche del territorio con disboscamenti e distruzioni generalizzate.

La furia della seconda metà dell'Ottocento non era presente nella memoria della famiglia Sanna, alla quale rimanevano solo ricordi ed esperienze degli ultimi trent'anni.

Nonostante avesse trionfato la Repubblica, nessuno in famiglia si scompose più di tanto.

Ci sarebbe stato un nuovo modo di gestire il potere, una partecipazione maggiore del popolo, anche se nessun componente di quella famiglia aveva compreso come potessero milioni di poveri e sfruttati dire la loro alla pari dei ricchi e degli sfruttatori.

Lungi dall'assecondare delle rivalse sociali, Sebastiano e Anna rivendicavano con orgoglio il loro ruolo, stabilito a priori da un'entità superiore insindacabile e non sottoponibile a critica da parte del giudizio umano.

Quella mattina di luglio, Sebastiano si svegliò come sempre.

Niente di diverso lo aveva turbato.

Meccanicamente ripeteva i gesti di ogni giorno.

Si sarebbe lavato nella tinozza con l'acqua che la sera precedente era stata collocata in bagno dalla sapiente mano di sua moglie e avrebbe bevuto un caffè bollente, nonostante la temperatura esterna.

Un caffè fatto a metà con l'estratto di cicoria e con il vero caffè, nel quale una punta di miele avrebbe tolto l'amarognolo.

Il tutto accompagnato da due panini che avrebbero avuto il compito di fare sentire un senso di sazietà.

Il resto del cibo giornaliero lo avrebbe ingurgitato al lavoro, prima di tornare a casa all'imbrunire, laddove una zuppa calda d'inverno o un piatto freddo d'estate avrebbe concluso la giornata.

Formaggi, salumi e verdure della zona, provenienti dalla zona del monte Linas, non sfruttabile per l'estrazione mineraria o dalla pianura del Campidano, la stessa che si intravedeva dalla miniera Piccalinna verso valle.

Guspini e oltre, fino a Villacidro.

Carretti, piccoli automezzi e alcuni treni facevano la spola verso valle, mentre il minerale veniva portato a sud.

Tutto il raccolto, così veniva denominato quanto estratto, era convogliato e riportato a distanza, fino a Porto Flavia e ora anche fino a Portovesme.

Porti di attracco con depositi retrostanti nei quali il minerale veniva caricato sulle navi e che prendeva la via del mare per essere trasportato altrove.

In Italia e all'estero.

Erano pezzi di Sardegna, di quella parte nascosta e recondita che prendevano il largo.

Si stava svuotando l'interno dell'isola, il suo cuore e la sua anima per vendere quanto la Natura aveva accumulato nel corso delle ere geologiche.

Un modo un po' rozzo, ma redditizio.

E di fronte al denaro, nessuno si sarebbe mai fermato.

Sebastiano fece un cenno a sua moglie e comprese come la donna non avesse dormito troppo bene.

Vide Gavino, il cui sorriso spalancato metteva in risalto i due piccoli incisivi con i quali era solito rosicchiare intere forme di pane come se fosse un gioco.

Il bimbo reclamava le sue attenzioni e Sebastiano lo prese in braccio per fargli fare un salto tra le sue braccia, simulando un oggetto in volo.

Il piccolo Gavino fece segno di apprezzare.

"Ciao, piccolo."

Sebastiano lasciò andare Gavino e si avvicinò alla moglie.

Un bacio suggellava il distacco mattutino.

Da quel momento, l'uomo dismetteva i panni del marito e del padre per assumere quelli del minatore.

Assieme ad altri suoi colleghi avrebbe preso la corriera e si sarebbe diretto al luogo di lavoro.

Dopo di che, divisi in squadre, ognuno avrebbe intrapreso il proprio compito.

Vi era sostanzialmente tre grandi tipologie di lavoro.

La prima comprendeva la manutenzione dei macchinari e delle gallerie.

Era una lenta e costante attività contro il logorio del tempo e degli attriti.

Sostituire pezzi, pulirli, lucidarli, ingrassarli o olearli, controllare lo stato di funzionamento e la resistenza.

L'eterna sfida dell'uomo contro gli agenti della Natura.

In secondo luogo, vi era la fase di estrazione vera e propria.

Lo scavo e il caricamento del materiale.

Infine, quanto legato alla lavorazione dello stesso, dalla fonderia alla laveria, dalla cernita allo smistamento degli scarti.

A tutto questo si aggiungevano le nuove esplorazioni, decise solamente dopo attente valutazioni della dirigenza aziendale.

Quando un corridoio o una serie di cunicoli ad una quota erano ritenuti ormai completamente utilizzati, si procedeva ad andare più in basso, almeno di otto o dieci metri.

E più si scendeva e più le condizioni divenivano infernali.

Più caldo e più umido.

Più tempo a risalire e più tempo a scendere.

Vi sarebbe stato un punto minimo oltre il quale non si sarebbe potuti andare e, a quel punto, la miniera avrebbe perso di interesse.

Esaurita, si sarebbe detto.

Eppure, già tre generazioni di minatori si erano spinti oltre i limiti precedentemente considerati invalicabili.

Ogni volta, arrivava un'innovazione che permetteva l'abbattimento dei record precedenti.

Era un'eterna corsa tra l'uomo e il tempo, l'inventiva e il limite naturale.

Chi avrebbe vinto?

La Natura, ovviamente.

Di questo i minatori ne erano certi.

E poi cosa sarebbe successo?

Sarebbero stati licenziati o destinati altrove?

"Il capitale è tanto e non si fermerà", così dicevano i colleghi più apertamente schierati con la sinistra.

Pur non condividendo nulla della loro visione, Sebastiano non poteva che dare loro ragione quando si parlava delle miniere e delle condizioni dei minatori.

Sapeva delle rivolte di suo nonno e della sua generazione e di come, invece, suo padre aveva dovuto vedere un generale assopimento delle richieste lavorative.

Una volta instaurato il Fascismo, tutto doveva coincidere con il Partito, per cui vi era stato sì un incremento di servizi a favore dei minatori e delle loro famiglie, ma a scapito della fine delle recriminazioni salariali e del diritto di sciopero.

La giornata si concluse come tutte le altre.

Una coltre di poltiglia si era depositata sulla divisa di Sebastiano.

Poltiglia dovuta all'umidità mista alla polvere abbastanza spessa proveniente dai tetti e dalle pareti della miniera.

Poltiglia giallognola e grigiastra, in base alle varie quote alle quali si scendeva.

La divisa, con il nome stampigliato sul lato destro, doveva essere lasciata negli spogliatoi e opportunamente raccolta per il lavaggio, che avveniva in modo regolare ogni settimana.

Nulla di quanto utilizzato per il lavoro in miniera dove essere asportato da quel luogo sia per questioni di eventuali furti e rivendita degli oggetti sia per una questione di sicurezza e di controllo delle attrezzature.

Solo così si poteva garantire una minima percentuale di incidenti e vi erano figure preposte al controllo stesso dei dipendenti.

Enormi registri venivano redatti ogni giorno e, in essi, si contenevano dati di ogni tipo.

Quintali di minerale estratto e lavorato, fuso e spedito.

Numero delle maestranze, ore lavorate, turni di lavaggio e di cernita.

Tutto veniva minuziosamente riportato e serviva per redigere bilanci mensili ed annuali.

La parte burocratica e di carta era riservata ai pochi impiegati, quasi tutte persone istruite e che provenivano anche da fuori zona.

Molti non sardi che si erano trasferiti lì ai tempi del Fascismo.

Le donne, impiegate per i lavori meno duri, permettevano ad una famiglia di incamerare due stipendi dalla Società.

Come aveva già fatto suo padre Annibale, Sebastiano aveva stabilito che sua moglie non entrasse in quel luogo.

"Già uno in famiglia è sufficiente...", si era detto.

Aveva paura che, solamente a respirare l'aria malsana del lavoro, Anna si potesse ammalare.

In effetti, né sua madre né sua nonna avevano mai sofferto di alcuna malattia polmonare ed erano entrambe vive, segno che era proprio il lavoro da minatore la causa di quelle morti lente e sofferte.

Rientrando a casa, sarebbe passato dai suoi genitori, come era solito fare quasi sempre.

Solamente un saluto, nulla di più.

Sua madre Teresa si era sempre occupata delle faccende domestiche ed era rimasta amareggiata quando i medici le avevano comunicato due notizie che avrebbero cambiato per sempre la sua vita.

La prima di esse fu l'impossibilità ad avere altri figli.

Aveva subito due aborti spontanei e, dopo la nascita di Sebastiano, le era stato fatto comprendere come non vi fossero molte speranze di altre gravidanze.

Si era in tempo di guerra, la Grande Guerra, e le notizie parevano giungere al suo orecchio in modo completamente sinistro.

Ci mise un paio di anni a riprendersi, in seguito la vita continuò il proprio corso, sommersa dalle piccole banalità che ci aiutano a trascorrere il tempo e a dimenticarci delle grandi delusioni.

Sempre in tempo di guerra, questa volta in tempi più recenti, le avevano comunicato l'altra novità.

Questa non era, però, completamente a sorpresa.

In fondo, ogni famiglia di minatori aspetta il momento in cui i medici diagnosticano qualche problema polmonare al capofamiglia.

La nascita di Gavino, del primo nipote, avvenuta quasi in contemporanea aveva leggermente edulcorato l'ombra greve che si era stesa sulla loro famiglia.

Sebastiano scambiò due battute con sua madre, la quale non mancava mai di preparare qualche prelibatezza casalinga.

Una semplice forma di pane o i malloreddus o i dolci per le feste comandante.

Il minatore si diresse da suo padre, il quale non voleva farsi vedere malato e cercò di trattenere i colpi di tosse che lo infastidivano di continuo.

"Oggi siamo andati oltre il cunicolo che ti avevo descritto..."

Il miglior modo per tenere su di morale Annibale era quello di parlargli della miniera.

Là aveva trascorso gran parte della sua esistenza, continuando a scavare laddove la generazione di suo padre aveva terminato.

In una specie di staffetta ideale, Sebastiano ora continuava l'operazione di svuotamento della montagna e della terra.

"La stiamo bucando per bene. È un colabrodo ormai...", concluse con un sorriso amaro Annibale.

Sebbene i buchi e i corridoi si facessero in profondità, anche in superficie si vedevano i segni di quell'azione umana.

Intere colline erano state trasformate a spiazzi e depositi, costruendo capannoni ed edifici.

Vie ferrate e in terra battuta solcavano terreni una volta selvaggi e non penetrabili dall'uomo.

Sebastiano non si era mai fermato a pensare profondamente a questi aspetti.

Vi erano, in lui, due ideali superiori.

La salute di suo padre e il sostentamento della sua famiglia.

Fece un cenno di assenso, sempre lo stesso ogni giorno, e Annibale comprese come il tempo della visita fosse finito.

Solamente la domenica vi era spazio per una maggiore condivisione e non era raro che tutta la famiglia si ritrovasse attorno al medesimo tavolo.

Gavino stava crescendo con la presenza costante dei nonni paterni, mentre non aveva pressoché rapporti con i nonni materni o con i fratelli di Anna e le rispettive famiglie.

Anna proveniva da Iglesias, distante una cinquantina di chilometri da Arbus ma con un collegamento non proprio facile.

Una strada in terra battuta che si snodava lungo i pendii delle colline, con continue curve e salite, discese e tornanti.

Non era facile fare la spola, nemmeno disponendo di un carretto trainato da cavalli o di automobili, mezzi alquanto rari e pressoché inaccessibili per le economie personali dei minatori.

Una corriera, la cui corsa era però dispendiosa e non proponibile a livello mensile, era l'unico vero collegamento possibile.

Così passavano parecchi mesi senza che qualcuno andasse fino ad Arbus, visto che lo stato di Anna non le permetteva grandi spostamenti e ciò si sarebbe protratto almeno per altri tre anni.

Accadeva che si vedevano un paio di volte l'anno, al massimo.

E ora più di prima.

In tempo di guerra, erano stati quasi due anni senza trovarsi.

Anche Anna proveniva da una famiglia di minatori e, come Sebastiano, i suoi fratelli avevano ereditato la professione dal padre.

Verso Iglesias, però, si estraevano altri minerali e vi erano altre tecniche di lavoro.

I problemi erano i medesimi sia per quanto concerneva la retribuzione e le connesse rivendicazioni che, con l'avvento della democrazia e della Repubblica, avrebbero ricevuto nuova linfa, sia per l'aspetto sanitario.

Intere schiere di uomini che stavano lentamente morendo da poco meno di un secolo e per i quali i medici potevano poco.

Si poteva combattere un pericolo visibile, anche usando i microscopi, come i batteri o i bacilli posti all'interno del corpo del malato, ma cosa si poteva fare contro la polvere che era presente nell'aria e nei cunicoli? Quella stessa polvere che, in modo invisibile, si depositava lentamente, senza alcuna forma di preavviso e di sintomo.

In realtà, si sarebbe dovuto dire che nessuno avrebbe dovuto scendere in miniera.

Così si sarebbe risolto il problema sanitario, ma sarebbe stato contrario alla logica del lavoro e del capitale.

Chi avrebbe estratto il minerale?

E come avrebbe funzionato l'industria italiana senza l'apporto di tali risorse?

Proprio ora, con la ricostruzione e la necessità di dover rifondare un paese dalle macerie di una guerra, non si poteva bloccare l'ingranaggio del progresso.

A dire il vero, erano almeno cento anni che vi era sempre una scusa.

La ricchezza del Regno di Sardegna e dell'Italia poi, il finanziamento alla politica coloniale e alla guerra, il regime fascista, un'altra guerra e, infine, la Repubblica.

Sull'altare degli affari, di uno scambio di manodopera per sostentamento, si era passati sopra ad ogni cosa, ivi compreso il rispetto del territorio e della salute del singolo.

Un circolo vizioso che nessuno si sentiva in grado di spezzare.

Impossibile dirimere la questione ad ogni livello.

Politico, industriale e sociale.

Sebastiano uscì dalla casa dei suoi genitori, un modesto appartamento identico a molti altri che la Società aveva messo a disposizione dei dipendenti.

Non si pagavano affitti o locazioni.

Chi voleva comprarsi una casa di proprietà lo avrebbe potuto fare, ma in pochi possedevano i risparmi per compiere quel passo.

311

Per di più, durante il periodo fascista, tutto era stato preordinato dal Partito che si occupava dei lavoratori sotto ogni aspetto.

Il dopo lavoro e l'istruzione per i figli.

Molti benefici, ma anche nessuna libertà.

Sebastiano aveva optato per un alloggio dall'altra parte della strada.

Distavano solamente una cinquantina di metri e questo gli consentiva di poter andare a trovare suo padre senza distogliere troppo tempo dagli impegni verso la sua famiglia.

Il caldo asfissiante sarebbe sparito a breve.

Sebbene protetta dai monti ad ovest, Arbus non distava molto dal mare.

Superate le sporgenti vette, non molto alte ma appuntite, che si intravedevano in modo costante, non vi era alcun ostacolo verso il mare aperto, quello che da lì conduceva fino in Spagna.

Bastava porsi su un rilievo, anche se locale e parziale, per sentire il vento, specie durante la stagione invernale o a marzo.

Si trattava di un vento fresco e poderoso, a tratti fastidioso, ma in quel frangente sarebbe stato bene accetto.

Avrebbe abbattuto la calura, specie durante la sera e la notte, apportando quel sollievo necessario per il ristoro del sonno.

Dopo anni in quella terra, è facile comprendere quando accadrà.

Si saggiavano le minuscole particelle che, sparse in cielo, ricadevano in modo casuale e venivano inspirate da chi, invece, era stato abituato a rimanere sottoterra, nelle viscere di quei monti.

Durante la notte, probabilmente con le prime ore del nuovo giorno, il vento avrebbe fatto la sua comparsa.

Sebastiano, con animo rinfrancato, varcò la porta di casa sua.

Fu investito dall'accoglienza gioiosa di suo figlio Gavino.

Il bimbo, quasi avesse un orologio interiore, comprendeva da sé quando sarebbe tornato suo padre.

Lo riconosceva prima ancora che entrasse in casa, probabilmente dal suono cadenzato dei passi, e si metteva già in trepida attesa.

Sapeva che gli sarebbe toccato, come premio, un salto in aria e altri giochi, prima di ritornare, felice, in cucina da sua madre.

Per Anna, vedere Gavino di ritorno era il vero segnale che Sebastiano era tornato a casa.

Prima ancora che potessero scambiarsi due parole sull'andamento della giornata, loro figlio aveva sancito la parte finale della quotidianità.

Chissà come sarebbe stato di lì a qualche mese, con la presenza di un altro bimbo.

Come avrebbe reagito Gavino di fronte al fatto di non essere più solo?

Di dover dividere le attenzioni dei genitori con un altro bimbo, più piccolo e indifeso di lui?

Questi erano i piccoli gesti per i quali valeva la pena vivere, si era detto Sebastiano più volte.

Vedere la gioia dei bimbi e il loro modo di crescere.

E sempre per questo motivo, non avrebbe permesso una quarta generazione di minatori nella famiglia Sanna, nonostante il fondatore stesso delle miniere di Montevecchio portasse il medesimo cognome.

I suoi figli non avrebbero dovuto crescere ignoranti, né avrebbero dovuto subire malattie come quella di Annibale né si sarebbero dovuti spaccare la schiena per svuotare la loro terra dall'interno.

Vi era una logica in tutto ciò.

Una logica che poggiava direttamente sulla consapevolezza del progresso e del Creato.

Rispettare l'uomo perché era ciò che voleva Dio.

Quanto a sé, Sebastiano non si crucciava più di tanto.

La sua strada era segnata e non l'avrebbe cambiata.

A trent'anni si sentiva già completamente definito, con un preciso compito e una missione.

In realtà, già dai venticinque anni tutto ciò si era manifestato in modo latente, ma erano serviti gli echi di una guerra per farlo ridestare.

Chi tornava dal Continente e chi era stato al fronte, parlava di sofferenze indicibili.

Di città devastate e distrutte.

Da parte sua, Sebastiano aveva sentito l'allarme antiaereo solamente un paio di volte e nessuna bomba era caduta nelle vicinanze.

Nessuno si era preso la briga di attaccare Montevecchio, forse perché importava poco o forse perché le miniere necessitavano tanto al fascismo quanto agli Alleati.

Di tedeschi se ne erano visti pochi, ma Sebastiano non li aveva mai potuti sopportare.

Era un sentimento a pelle e un pregiudizio, ma, da parte sua, sarebbe stato meglio se ognuno fosse rimasto a casa propria.

Questa sete di dominio dell'uomo su altri uomini e sui loro territori proprio non la comprendeva.

Era stato abituato ad essere una persona mite e a crescere con intenti non bellicosi, nonostante tutti i proclami e le ideologie del fascismo.

A non impicciarsi e a non dare fastidio agli altri.

Ad essere uno specchio di quanto stava scritto nei Vangeli.

Ad Arbus e nei paesi limitrofi, nessuno avrebbe potuto affermare alcunché di negativo circa Sebastiano Sanna.

Mai una molestia o un'ubriachezza.

Mai una parola fuori posto.

Nessun litigio e nessuna disobbedienza.

Una persona a modo, come erano soliti dire tutti quanti.

Sebastiano cinse i fianchi di sua moglie.

La donna non era ritornata alla magrezza di un tempo dopo la nascita di Gavino e, ora, questa nuova gravidanza avrebbe definitivamente cambiato la sua forma esteriore.

I fianchi larghi non si sarebbero più ritirati e la pancia avrebbe denotato la caratteristica protuberanza di chi aveva già partorito più di una volta.

Anna sorrise.

Conosceva già la prossima mossa di suo marito.

Avrebbe posato una mano sul grembo per sentire i movimenti del futuro figlio o figlia.

"Senti come si muove", gli sussurrò.

Gavino assisteva sempre incuriosito.

Non aveva compreso nulla e se qualcuno gli avesse detto che nella pancia della mamma c'era un fratellino o una sorellina non avrebbe realizzato il fatto fino a che non si fosse visto due piccole braccine e due occhietti fissarlo in modo curioso.

L'attesa era solo per gli adulti o per chi era già un po' cresciuto per comprendere i casi della vita.

Sebastiano notò un movimento interno.

Sembrava che qualcuno si stesse rivoltando, girandosi su se stesso e giocando a scalciare e a nascondersi.

"Tra poco non avrà più molto spazio", concluse il marito.

Tre mesi mancavano alla data del parto e sarebbero stati i mesi più duri per Anna, quelli in cui avrebbe necessitato maggiormente dell'aiuto della suocera.

Non tanto per le faccende di casa o per la cucina, quanto per badare a Gavino, il quale, ignaro di tutto, avrebbe voluto continuare a saltellare, camminare in modo veloce con continue rincorse e farsi prendere in braccio come era solito fare.

Il minatore diede un'occhiata alla tavola.

Era ancora presto per mangiare, ma se vi fosse stato del cibo pronto, sia lui sia suo figlio si sarebbero avventati su di esso.

Per motivi diversi, ma con lo stesso risultato finale.

"Andiamo a farci un giretto?"

Il bimbo non aspettava altro.

Nonostante la stanchezza, Sebastiano non rinunciava mai ad un momento con suo figlio.

Se veramente avesse voluto caratterizzarsi come un padre diverso dagli altri e da come erano stati abituati tutti, allora avrebbe dovuto iniziare dalle piccole cose quotidiane.

Una prassi giornaliera.

Gavino fece un chiaro gesto di voler essere preso in braccio e non fu deluso.

Sebastiano uscì di casa e inforcò la strada verso il paese, posta in discesa.

Non pensò più di tanto al ritorno.

Per ora era preso dal volere di suo figlio nell'iniziare ad esplorare il mondo.

Le poche persone che incontravano porgevano il saluto e Sebastiano fece altrettanto.

Con spirito di emulazione, Gavino aveva imparato a scuotere la mano e riusciva sempre a strappare un sorriso ai passanti.

"Facciamo una sorpresa alla mamma", affermò Sebastiano.

Si infilò in una porta anonima, una di quelle che ad occhi non allenati poteva sembrare identica a molte altre.

Dietro a quella porta, Sebastiano sapeva che vi era "zio Nanni", un coltivatore anziano, che tutti chiamavano in quel modo, pur non essendo zio di nessuno e pur non chiamandosi Nanni.

Zio Nanni aveva un paio di alberi di pere, tra le altre cose, i cui frutti erano i prescelti di Anna.

Sapendolo, Sebastiano chiese di poterne comprare un paio.

L'uomo si alzò dalla sedia e non si fece pregare.

Due pere rimanevano nella sua dispensa e due pere vendette.

Con quei soldi avrebbe potuto prendersi qualcosa da mettere sotto i denti, che non fosse la sua frutta e la sua verdura.

Tramite queste piccole accortezze, Sebastiano si era fatto un buon nome e nessuno gli avrebbe negato aiuto nel momento di bisogno.

Qualora avesse necessitato di una mano durante il momento del parto o nei mesi successivi o per lo svezzamento dei figli o, addirittura, per un prestito, nessuno si sarebbe tirato indietro.

Era una specie di solidarietà della comunità che viveva di questa rete di relazioni, permettendo a chiunque si fosse comportato in modo rispettoso e onesto di superare i momenti di difficoltà e di essere di aiuto e di riferimento al prossimo.

Sicuramente, il fatto di essere quasi tutti minatori o di aver qualche minatore in famiglia aveva contribuito a questo modo di vedere le cose.

Erano i principi cardini della squadra di lavoro, nella quale tutti sapevano di avere un ruolo fondamentale ma non indispensabile e che senza l'aiuto degli altri, nemmeno il più esperto e il più possente dei dipendenti sarebbe uscito vivo da un cunicolo.

Il regime fascista aveva convogliato questo corporativismo nei canali della propaganda, ben guardandosi dal contrastare usanze che sarebbero potute apparire socialiste.

E lo stesso avevano fatto gli Alleati o la Chiesa, o prima ancora i piemontesi.

Rientrando a casa, Sebastiano pose le pere al centro del tavolo.

Sua moglie sorrise.

"Queste per domani".

Sapeva centellinare le poche risorse disponibili, senza abbuffate e senza mancanze.

Bisognava pensare giorno dopo giorno, per un futuro di prosperità e di pace.

Vi era da costruire un mondo nuovo, senza guerre né soprusi, nel quale i suoi figli avrebbero dovuto crescere liberi di scegliere ciò che a loro più aggradava.

Come previsto, durante la notte arrivò il vento.

Dapprima furtivo e fugace, poi imperioso.

A mattina, il cielo terso, di un azzurro che ricordava il velo della Madonna nei dipinti rinascimentali, segnalò a tutti l'avvenuto cambiamento.

Si poteva respirare a pieni polmoni, senza problemi di umidità e calura.

Vi era un punto che Sebastiano prediligeva e si trovava poco prima dell'ingresso della miniera dove prestava servizio.

Era lo spiazzo antistante il sagrato della chiesa posta in posizione dominante rispetto al luogo di lavoro.

Una chiesetta piccola, ma significativa.

Era posta nelle vicinanze di dove si lavorava e non di dove la maggioranza delle persone abitava.

Là, sullo spiazzo, si poteva sempre godere di un clima particolare.

Il vento spirava costante, anche nelle giornate di calura.

Risaliva la vallata che iniziava a Guspini e che poi discendeva fino al Campidano, proseguendo poi nel lambire la collina sventrata dagli scavi.

Quel vento avrebbe sorpassato il pendio e si sarebbe incanalato nella parte discendente verso il mare.

Sebastiano sostò lì, subito dopo la fine del suo turno lavorativo.

Nonostante le lavorazioni meccaniche e l'industrializzazione, poteva percepire nelle narici l'odore della sua terra.

"It ain't me, it ain't me.
I ain't no senator's son, son.
It ain't me, it ain't me.
I ain't no furtunate one, no."

XX

Arbus, autunno 1951

"It's the terror of knowing
what this world is about.
Watching some good friends
screaming let me out.
Pray tomorrow - gets me higher.
Pressure on people - people on streets."

Sebastiano, prima di uscire di casa, diede una rapida occhiata a suo figlio Gavino.

A sette anni, stava per iniziare il secondo anno di scuola elementare.

Sotto l'attenta supervisione di Anna, il primogenito non avrebbe dovuto sfigurare.

Non tanto per l'aspetto o i vestiti, d'altronde i suoi compagni di classe erano quasi tutti figli di minatori o di contadini, quanto per l'apprendimento.

Entrambi i coniugi avevano stabilito che il futuro dei loro figli sarebbe stato migliore con un'istruzione degna di questo nome e non con un lavoro iniziato a quattordici anni.

Sarebbe stata una loro scelta, ma quello che Sebastiano non avrebbe mai voluto era la continuazione della tradizione familiare in miniera.

Se Gavino avesse scelto di fare il garzone presso un qualunque negozio o di spaccarsi la schiena sui campi, avrebbe accettato un simile futuro.

Non vi erano molti soldi per fare studiare i figli e, difatti, l'idea era di iscriverlo alla scuola di avviamento professionale, subito dopo la conclusione del ciclo delle elementari.

Tutto ciò sarebbe cambiato solo nel momento in cui le capacità di Gavino avessero superato le previsioni e, con qualche incentivo dato dalla Società che gestiva le miniere, si sarebbe potuto pensare ad un

319

indirizzo diverso, magari la scuola media, laddove si insegnava anche il latino e che preparava ad un'istruzione superiore.

Per ora, si trattava di discorsi prematuri.

"Cresceranno prima di quanto tu pensi", ammoniva costantemente Teresa.

La madre di Sebastiano era divenuta un prezioso aiuto per Anna, in special modo per la crescita della piccola Sandra, la quale aveva richiesto molte più attenzioni del primogenito.

Di salute più cagionevole da piccina, era sempre stata abituata ad essere al centro dell'attenzione.

Di suo padre, che si scioglieva di fronte a quegli occhioni che occupavano gran parte del viso.

Dei suoi nonni, compreso Annibale, la cui malattia stava avendo un decorso molto più lento del previsto.

Le cure mediche moderne, unitamente ad un miglioramento delle tecniche estrattive rispetto alla generazione precedente, garantivano una sopravvivenza maggiore, beninteso sempre accompagnata da continui colpi di tosse e di catarro che non si comprendeva ove si formasse.

Annibale non capiva se ciò corrispondesse ad un vero progresso.

Più durata della vita ma anche più durata della malattia.

Nessun modo di rimanere sani e di vivere da sani.

Infine, Sandra riceveva le attenzioni di suo fratello maggiore.

Gavino si era fin da subito immedesimato come una via di mezzo tra il mondo degli adulti e quello dei bambini.

Aveva notato la fragilità di quel piccolo essere e aveva voluto fare da apripista.

Così le aveva insegnato, o almeno questo era quello che aveva creduto e voluto fare, prima a parlare e poi a camminare.

"Vedi, si fa così…" le diceva spesso.

La piccola sorrideva e poi cercava di imitare, dando un senso compiuto agli sforzi di Gavino.

Il fratellino cercava anche di evitarle i pericoli e, in qualche modo, la proteggeva.

In cambio, riceveva segni di affetto evidenti sotto forma di abbracci e giochi comuni.

Ora, a cinque anni, Sandra si sentiva più protetta di un tempo.

Aveva compreso come i maschi avessero più forza fisica che, unita alla maggiore età del fratello, induceva ad una certa sicurezza nell'approcciare il mondo.

Quella mattina lo fissò in modo costante.

Non si ricordava dell'anno precedente, almeno non del primo giorno di scuola di suo fratello.

Aveva compreso come sarebbe toccato anche a lei, ma non in quel momento.

Era trascorsa un'intera estate di giochi e di spensieratezza e ora le loro strade si sarebbero momentaneamente divise.

Durante la giornata, mentre Gavino sarebbe stato a scuola, Sandra si sarebbe districata tra la casa dei suoi genitori, quella dei suoi nonni e le commissioni infinite che Anna si era presa in carico.

La spesa e il giro in paese.

Il contatto con le persone e con gli altri bimbi che ancora non andavano a scuola.

Solo a metà pomeriggio sarebbe tornata la normalità.

Prima Gavino e poi Sebastiano sarebbero tornati a casa.

Il modesto appartamento funzionava da sicuro approdo, da porto riparato dalle tempeste della vita e del mondo.

Un luogo dove crescere senza problemi, sebbene non ci fossero grandi ricchezze da spartire.

Gavino si avvicinò alla sorella e le diede un abbraccio, mentre Sandra si scostò un attimo per salutarlo.

Lo seguì con lo sguardo, salendo su una sedia e affacciandosi alla finestra che dava sulla strada prospiciente.

In quel momento, Sebastiano era già nei pressi della miniera, trasportato dalla solita corriera.

Scavare e andare più in basso.

Anche oltre, visto che molti cunicoli erano stati allungati e si era giunti quasi al limite della montagna.

In molti erano partiti per andare altrove.

Non tanto da Arbus, quanto da altri paesi.

Da Guspini e da Fluminimaggiore, da Iglesias e da Villacidro, suoi coetanei, o anche persone più giovani, si erano trasferiti in Belgio.

Sempre per fare i minatori.

Si diceva che la paga fosse migliore e che così si poteva sfamare, a distanza, un'intera famiglia, dando maggiori possibilità di sopravvivenza e di futuro.

Sebastiano, però, non se l'era sentita di lasciare tutto.

Qui aveva le proprie certezze e sicurezze.

La propria famiglia, passata e futura.

Non avrebbe sopportato abbandonare suo padre, con la quasi certezza di non rivederlo più in vita, o i suoi figli.

Come sarebbero cresciuti?

Li avrebbe rivisti quando fossero già stati fanciulli?

Ed era altrettanto impossibile pensare ad un trasferimento collettivo.

Sradicare un intero nucleo familiare dalla propria terra.

Gli odori e i colori, i sapori e i panorami.

Tutto questo sarebbe andato perduto.

Per cosa, poi?

Sempre per andare sottoterra a scavare.

Carbone, per lo più.

Di cui si diceva un gran male.

Peggio per le fughe di gas, peggio per la polvere.

"In fin dei conti, qui non si sta male."

Si era detto.

La Società pensava a quasi tutto, anche se il regime fascista era finito e ora vi era una democrazia repubblicana.

Dal punto di vista di Sebastiano, poco era cambiato, visto che il potere non era andato in mano ai socialisti e ai comunisti, ma vi erano saldamente al comando i democristiani, il cui riferimento alla Chiesa Cattolica era una sicurezza in termini di interesse verso i bisognosi.

Nessuno aveva toccato il dopo lavoro e la scuola per i figli, anzi si erano aggiunte nuove iniziative.

Si parlava di nuovi investimenti per l'edilizia popolare dei dipendenti e non solo per il miglioramento dei macchinari e delle tecniche di produzione.

Erano arrivati nuovi direttori, con tutto il carico di aiuti che si erano portati.

Si parlava di enormi somme stanziate dagli americani e qualcosa era arrivato persino lassù.

"E se arriva qui, vuol dire che si tratta di molto denaro..." aveva concluso Annibale, ricordandosi come la zona mineraria di Montevecchio fosse sì centrale dal punto di vista della produzione, ma molto isolata.

L'isolamento era dovuto alla conformazione del territorio.

Era difficile arrivare fin lassù.

Bisognava trasferirsi in modo volontario e per sempre, o almeno per un periodo di anni.

Era impossibile pensare di fare la spola giornaliera o settimanale con le città.

Da Iglesias o da Oristano vi erano troppi chilometri e le strade, benché migliorate, non garantivano spostamenti veloci.

La quantità di mezzi meccanizzati stava aumentando anno dopo anno, ma ci sarebbero voluti decenni per garantire un collegamento veloce con la zona impervia interna.

"A Casargiu è anche peggio…"

Almeno Arbus e Montevecchio potevano garantire una collocazione diretta sulle strade di maggiore percorrenza, mentre altri borghi e villaggi minerari risultavano raggiungibili solamente da vie secondarie.

Entrando dall'ingresso principale della miniera di Piccalinna, Sebastiano pensò a suo figlio Gavino.

Si ricordava dei suoi primi giorni di scuola, quando ancora il regime fascista non aveva imposto un controllo così serrato sull'istruzione.

Il mondo era cambiato, due volte addirittura, e ora i maestri potevano discorrere liberamente senza alcun controllo da parte di una censura preventiva.

La loro figura era rispettata, al pari del prete, del medico, del farmacista e del direttore della miniera.

Erano le personalità della società che meglio interpretavano il ruolo di dirigenza, al netto della politica, rappresentata dalle figure di sindaci e assessori.

Quella cerchia era estranea al mondo dei lavoratori, seppure per essi spendevano gran parte del tempo e delle risorse, vista la composizione sociale di Arbus e dei comuni limitrofi.

Quasi tutto ruotava attorno alle miniere, sebbene in misura minore rispetto al passato.

Vi era, ormai, più diversificazione.

Chi aveva iniziato come officina di riparazione meccanica per i macchinari impiegati in fase estrattiva, ora si stava adattando anche agli automezzi civili.

Chi riforniva le mense delle scuole e degli operai, aveva lentamente pensato a trasformare la materia prima in modo autonomo, con le prime locande e i primi ristoranti, riservati ovviamente ai pochi ricchi e notabili che potevano permettersi di mangiare fuori casa.

Chi si occupava del lavaggio degli indumenti dei minatori, si era creato un'attività di lavanderia a mano.

Piccole attività a compendio, ma qualcosa di diverso rispetto agli anni precedenti.

Passata la guerra, una nuova generazione si era affacciata al mondo con nuove idee.

Nulla in confronto di quello che accadeva a valle o nelle città o, addirittura, in Continente.

Mondi troppo distanti per giungere fino a Montevecchio e Arbus, paesi nei quali le novità arrivavano a piccole dosi e in ritardo costante rispetto al cosiddetto progresso.

La giornata parve molto lunga a Sandra.

Abituata alla costante presenza del fratello, avrebbe trovato un nuovo equilibrio nel giro di un paio di settimane.

Una leggera inerzia, tipica dell'essere umano già durante la prima fase della sua vita.

"Non posso andare a scuola anche io?" chiese candidamente a sua madre.

Anna sorrise.

Chissà se sua figlia avrebbe avuto un futuro differente dal suo.

Un onere di lavorare e non di fare la casalinga e la mamma.

Un modo di poter decidere della propria vita in autonomia e senza alcuna pressione esterna.

Di certo, l'istruzione era vista primariamente per i figli maschi.

Laddove vi erano scarse risorse, si preferiva fare studiare il figlio piuttosto della figlia.

Ciò era vero dappertutto, specie nelle campagne e nei paesi, laddove la manodopera femminile era necessaria per i lavori domestici e per l'allevamento della prole.

Anna non si sentiva scontenta di ciò, almeno se rapportato alla sua vita.

Rispetto a molte altre donne era stata fortunata.

Non aveva dovuto piangere un marito morto o ferito o disperso in guerra.

In più, Sebastiano, supportato dalla sua vocazione religiosa omnicomprensiva, non si ubriacava e non alzava le mani contro di lei.

Non frequentava altre donne e si occupava molto dei bambini, portandoli in giro e giocando con loro.

Ciò che Anna voleva per sua figlia era una fortuna simile, unita ad una maggiore libertà.

Nessuno le avrebbe dovuto imporre alcuna regola, restrizione o costrizione.

Nessun regime le avrebbe dovuto dire come pensare e dove andare.

Il ritorno di Gavino portò più rumore e più gioia nella casa.

"Cosa hai fatto?"

Sandra era curiosa.

Il fratello le raccontò ogni cosa.

Chi aveva visto e che giochi avevano fatto.

Gli insegnamenti del maestro.

La sorellina tendeva l'orecchio e si immaginava la situazione, con la fantasia tipica di una bambina.

Anna aveva preparato qualcosa per merenda ed entrambi i suoi figli si rifocillarono a dovere.

Se non sottoposti a controllo, i bimbi avrebbero mangiato ogni cosa, mentre una madre sapeva come distribuire il cibo durante la giornata e nel corso della settimana.

Di nuovo riuniti, i due figli chiesero il permesso di giocare all'aperto.

Anna li controllava dalla finestra, mentre si recavano nel campo di fronte.

A volte, scendeva assieme a loro, per meglio vederli.

La gioia della corsa era indescrivibile per i suoi figli, i quali erano abituati ad andare scalzi o con leggere scarpe riciclate da chissà dove.

Erano soliti rimanere fuori casa fino a quando sarebbe tornato Sebastiano.

Questa abitudine sarebbe scemata con l'arrivo delle piogge e poi dell'inverno, ma durante la stagione calda e asciutta, era impossibile tenere al chiuso i bimbi.

Gavino riconosceva la corriera dei minatori dal rumore tipico del motore.

"Dai vieni".

Esortava sempre sua sorella a raggiungerlo.

Entrambi correvano verso il padre, il quale era solito accoglierli con un abbraccio.

"Andiamo dai nonni?"

La richiesta era sempre la stessa.

Con un'occhiata a distanza, i due coniugi si intendevano.

Una ventina di minuti al massimo sarebbero bastati per Sebastiano, cosicché Anna avrebbe avuto il tempo di rientrare a casa.

Sandra aveva già visto i nonni durante la giornata, mentre per Gavino si trattava dell'unica visita.

Entrando in casa di Annibale, Sebastiano si dirigeva a parlare con il padre.

Le novità erano poche e, quasi sempre, della stessa natura.

Ciò che accadeva nel mondo interessava poco, anche per la scarsa propensione a comprendere gli eventi.

Delle guerre ancora in corso, non si sapeva nulla.

Di quanto sarebbe accaduto in Asia, men che meno.

La testa era ancora al passato, al conflitto presente fino solo cinque anni prima e del quale si voleva cancellare ogni traccia.

Nonostante tutto, alcuni segni del Fascismo erano ancora presenti.

Fasci littori, nomi, architetture, scritte con l'immancabile "U" tramutata in "V".

Nessuno si era preso la briga di cancellarli o toglierli.

Troppa fatica e nessun investimento in tal senso.

Dei tedeschi, non si parlava da tempo e nemmeno di quanto stava succedendo, o era già successo, a Berlino.

Anche degli argomenti italiani si dibatteva poco.

Il mondo delle miniere era un sottobosco rinchiuso su se stesso, un habitat particolare nel quale ognuno aveva il proprio posto e il proprio confine.

Era proprio questo doppio legame a creare un muro invalicabile tra dentro e fuori, tra chi se ne era andato e chi non avrebbe mai potuto immaginare nemmeno un'esistenza giù nella piana del Campidano o verso il mare.

Di quei territori, si conosceva l'odore e il sapore.

A volte, si aveva avuto esperienza di essi persino di persona.

Sebastiano si era recato poche volte nella fertile pianura e vi aveva trovato una massiccia presenza di coltivatori e lavoratori della terra.

Là vi erano persone che si limitavano alla superficie, senza scavare in profondità.

Si riceveva sostentamento con un processo ciclico e reversibile.

La semina e la raccolta.

Tutto ciò che si mieteva o si coglieva, l'anno seguente sarebbe ricresciuto, mediante la costante fatica degli uomini.

I minatori, invece, eseguivano un lavoro con un'unica direzione possibile.

Una volta svuotata la montagna, non sarebbe più stato possibile riempirla.

Una volta finito il minerale di un filone, si sarebbe dovuto abbandonarlo.

Era una sequenza di eventi che determinava un passato e un presente e che, prima o poi, avrebbe avuto termine.

In sostanza, non vi era futuro.

Magari una, due, tre o quattro generazioni ancora, ma alla fine non ci sarebbe stato più nulla di conveniente da estrarre.

L'agricoltura non funzionava in questo modo.

Ci sarebbe stato sempre bisogno di cibo e di bevande.

E un campo avrebbe sempre generato frutti, magari diversi e con quantità non costanti.

Costatazioni simili lasciavano Sebastiano esterrefatto e, a tratti, impotente.

A parte trascorrere tempo con la propria famiglia, vi era solamente un altro modo per ritornare in pace con se stesso e con la propria terra.

Il gesto era molto semplice e si trattava di recarsi al mare.

Dal villaggio di Ingurtosu fino a ciò che si trovava a nord di Montevecchio, non era semplice scendere verso la costa.

Si trattava, quasi sempre, di solcare dei campi incolti su strade mulattiere, battute solamente dall'incessante lavoro delle miniere.

Il rio Piscinas era stato trasformato in una specie di lavatoio naturale per la produzione industriale del distretto minerario che era posto verso il mare, in una zona differente da quanto presente sia a Levante sia a Ponente.

Ingurtosu si stagliava sulla cresta del pendio, costantemente battuto dal vento.

La discesa proseguiva tra boschi sventrati e continui passaggi di mezzi.

Più a nord, invece, vi era ancora una natura selvaggia.

Nessuno ci metteva piede in modo costante cosicché si trattava quasi sempre di avventure solitarie di poche ore.

Quanto valesse la pena affrontare una fatica del genere dipendeva dal grado di volontà del singolo.

Sebastiano si era recato in quei luoghi non più di dieci volte nella sua vita, l'ultima esattamente l'anno precedente alla presenza dell'intera sua famiglia.

Era la prima volta che i suoi figli vedevano il mare da vicino.

L'arenile verso Piscinas era imperioso.

Dune immense di sabbia che ricordavano il deserto.

A nord era meno maestoso e più alla portata dei bambini.

Il mare, invece, era sempre lo stesso.

Sterminato e senza confini.

Pericoloso quando tirava vento per le onde poderose che si gonfiavano e sbattevano pesantemente sul suolo, come a voler inghiottire la terra.

Rifletteva la luce del Sole e accecava la vista.

La curiosità dei bimbi li aveva condotti fino a farsi bagnare i piedi e le gambe.

Di più non si poteva fare.

Nessuno sapeva nuotare e nessuno era avvezzo ad essere gente di mare.

Da quelle parti, non si vedevano pescatori.

Lasciavano perdere quel tratto di costa, attirati dalla pescosità sia a nord verso Oristano sia a sud nell'Iglesiente.

A parte questi pochi svaghi, tipicamente domenicali, il resto della vita di Sebastiano scorreva in modo regolare, scandito dal lavoro e dalle incombenze stagionali.

In questa routine si era incastrata la loro esistenza, senza troppi scossoni e senza alcuna possibilità di modifica sostanziale.

Non pesava a nessuno il non aver fatto esperienze altrove.

Erano forse da invidiare coloro i quali avevano dovuto abbandonare la Sardegna per trovare lavoro altrove o chi era partito per la guerra anni prima?

O chi, lasciato il proprio paese di origine, si era recato in città, in fondo a svolgere una mansione molto simile.

Anche sulle grandi questioni, la gente di Arbus non si accapigliava più di tanto e i crucci erano, semmai, per le condizioni di salute dei minatori piuttosto del pericolo mondiale delle nuove armi nucleari.

Un piccolo mondo chiuso in se stesso che subiva processi di rinnovamento in modo lento e tramite spinte dall'esterno.

Così il progetto della Società Montevecchio di cui si vociferava era passato in secondo piano.

Quando sarebbe stato operativo, e soprattutto concluso, allora la popolazione se ne sarebbe accorta e avrebbe giudicato.

Non ora.

Troppo presto per chi non riusciva a trasporre un disegno su carta in oggetto reale.

La novità della scuola fu presto riassorbita.

Gavino si adattò ai nuovi orari e alle nuove abitudini e lo stesso fece sua sorellina Sandra.

Ora le sarebbe parso strano vedere a casa il fratello per tutta la giornata.

L'inerzia iniziale era stata vinta.

Come sempre accade.

Il tempo di latenza è visto da tutti come una transizione verso uno stato stabile, senza sapere che l'intera vita si svolge in questi periodi di transizione.

È la natura umana e, in fondo, una regola del mondo alla quale nessuna specie sfugge.

Il Sole lasciava sul terreno ombre sempre più lunghe e oblique e Sandra si divertiva a vedere la proiezione di se stessa sulla strada.

Giocava a rincorrere la propria ombra, sotto l'attento sguardo di sua madre Anna.

"Mamma, guarda come sono brava…"

La donna sorrise.

Sarebbe arrivato il tempo in cui sua figlia avrebbe smesso di giocare.

Prima di quello che tutti immaginassero.

Un mondo nel quale sarebbe divenuta adulta e lei anziana, come lo era sua suocera e sua madre.

Un mondo accelerato nei passaggi generazionali, benché lento nella modifica delle tradizioni.

Un contrasto e un'antitesi imperanti, ma ben visibili a tutti.

Quando rifletteva su simili incombenze, Anna si rabbuiava leggermente.

Avrebbe voluto dire che Sebastiano si sarebbe tramutato nel corrispettivo di suo padre Annibale?

Anch'egli malato ai polmoni o ai bronchi?

Sottoposto a cure mediche che duravano per sempre?

Il suocero non stava peggiorando, nonostante fossero passati sei anni dai primi segni della malattia.

Ma sicuramente non migliorava, specie durante la fase autunnale e invernale.

Il freddo e l'umido erano nemici delle vie respiratorie.

Anche lì in Sardegna, senza la presenza del gelo.

La fine di ottobre segnò un limite invalicabile.

Arrivarono nuvole minacciose, cariche di pioggia che si riversò sul terreno, lavandolo.

Nei pressi delle miniere, l'acqua che cadeva a terra non era limpida, ma impregnata delle sostanze sospese in aria.

Non ci si puliva, ma ci si sporcava.

Una pioggia sporca, colorata.

Grigiastra e giallognola nella zona di Levante e di Ponente, più a sud rossastra e infine nera di fuliggine carbonifera.

Fortunatamente, nella zona di Arbus le polveri erano pesanti e ricadevano non lontano dalle zone di estrazione, permettendo così la coltivazione e la limitazione dei danni.

Il vento spazzava le strade in modo costante, trascinando l'acqua in danze orizzontali.

Sandra ne soffrì per l'impossibilità di giocare all'aperto.

Per tre giorni consecutivi fu confinata in casa e, quando le nuvole scomparvero, la stagione era definitivamente mutata.

Si era potuta divertire nel vedere sua madre e sua nonna preparare i papassinos, secondo la ricetta tradizionale e per l'usanza nella duplice festa di Ognissanti e della commemorazione dei defunti.

La famiglia si ritrovò unita e il pensiero andò ai nonni di Sebastiano, il quale, per un attimo, cercò di immedesimarsi in suo padre.

Annibale era conscio della propria situazione e di come il tempo avrebbe giocato a suo sfavore.

Anno dopo anno, la probabilità che l'uomo potesse essere presente alle Feste era sempre minore.

Prima o poi avrebbe anch'egli sorpassato il limite tra la vita e la morte e sarebbe entrato, di diritto, nella schiera di chi era ricordato e non di chi ricordava.

Era una ruota infinita ed eterna, alla quale nessuno presta il proprio assenso, ma, non di meno, tutti siamo chiamati a prendervi parte.

I dolci furono serviti con particolare trepidazione da parte dei bambini.

Gavino e Sandra ne erano particolarmente ghiotti e avevano impostato un gioco tra di loro che prevedeva una sfida a chi fosse in grado di riempirsi la bocca senza inghiottire.

Il sapore della pasta del biscotto riempiva le papille gustative dei piccoli, apportando loro un'esperienza a tutto tondo.

Sebastiano li osservò in modo intenso.

Entro pochi anni, queste scene sarebbero scomparse.

I suoi due figli si sarebbero trasformati in fanciulli e poi in adolescenti, con un livello culturale nettamente superiore al suo, almeno questo era quanto sperava.

"Ci piace molto nonna", concluse Sandra con un tono senza malizia e senza alcun secondo fine.

Il legame tra di loro era forte, come lo erano le convinzioni della famiglia Sanna.

Tutti quanti, uniti, verso un destino comune ossia tradurre su questa terra il volere divino.

Di lì a poco, un'altra festività, questa volta civile, sarebbe stata celebrata.

Si trattava dell'anniversario del 4 novembre, la Festa della Vittoria.

Vi era poco da festeggiare dopo la parentesi del regime fascista e di un'altra guerra, ben più pesante e soprattutto persa.

L'Italia si era trovata dalla parte sbagliata, trascinata da un'ideologia che, a prima vista, era stata accanto al popolo, ma che poi lo aveva sacrificato in modo mai sperimentato prima di allora.

Si stava risollevando lentamente, ma gli sfollati erano ancora tanti.

Una realtà non sperimentabile ad Arbus, angolo di mondo dal quale tutto appariva immutato.

Vi era stata una certa penuria di cibo, ma nulla rispetto ad altri luoghi.

Allo stesso modo, ora non vi era uno spirito così rinnovato e slanciato.

Se avessero posseduto gli strumenti per una visione più ampia, forse avrebbero compreso il destino di tutto quel comparto.

Altrove, si stava giocando una partita differente.

Idrocarburi, petrolio e gas, minerali di ferro per produrre l'acciaio, erano questi i pilastri della rifondazione italiana ed europea.

Le miniere della Sardegna avrebbero perso il loro ruolo centrale nei piani di finanziamento nazionale e una nuova forma di aggressione alla terra sarebbe stata implementata nel giro di pochi anni.

Per ora, commemorando i caduti e la vittoria, lo sguardo era rivolto al passato, così come avveniva nel lavoro quotidiano di Sebastiano e dei suoi colleghi.

Ogni loro passo nei cunicoli già scavati parlava di chi era stato lì prima di loro.

Di chi aveva picconato e poi usato gli attrezzi meccanici e idraulici e di chi si era incurvato.

Non era raro trovare incisi i nomi dei capisquadra che avevano aperto un nuovo cunicolo proprio nella struttura in legno atta a sostenere il peso della montagna.

Incisioni che scomparivano con il tempo, perdendo nell'eterna lotta contro l'orologiaio di sempre.

Eppure, quei nomi risultavano noti a Sebastiano e ai suoi colleghi.

Nomi tramandati di bocca in bocca, letti e riletti, recitati e imparati a memoria.

Si sapeva della storia della miniera anche per tradizione familiare e ognuno apportava aneddoti personali.

Il passaggio in fonderia non era meno importante.

Il materiale non poteva essere trasportato grezzo, ma già parzialmente trattato.

Scelto e lavato, andava fuso per separare le scorie dal resto.

Solo così poteva essere imbarcato e venduto.

In pochi, oltre alla dirigenza, erano a conoscenza dell'intero processo e di cosa esso comportasse in termini di contratti e di navi, di trasporti interni e di manodopera.

La maggiore visione globale era, però, compensata da una minore conoscenza particolare.

Sulla stabilità interna della miniera, su quanto scavare per non andare incontro a crolli e cedimenti, persino gli ingegneri e i geologi della Società si rimettevano al giudizio dei capisquadra più esperti.

Di quelli che la roccia la conoscevano con i sensi.

L'aveva assaggiata e respirata, toccata e ascoltata, vista e percepita.

Si erano immaginati cosa ci fosse oltre il primo strato e comprendevano i gocciolamenti per le infiltrazioni di acqua dall'esterno.

Sebastiano stava per assurgere ad un ruolo del genere.

Quando si arrivava a quel punto, si era rispettati da tutti.

Visti in modo differente.

La parola di Sebastiano sarebbe contata molto più di quella di molti altri, persino di impiegati e di direttori.

Nonostante la paga modesta, il ruolo e l'esperienza elevavano l'uomo e gli donavano dignità.

Gli stessi riconoscimenti che poi venivano immediatamente dimenticati nel momento della malattia.

A quel punto, rimaneva solamente la solidarietà umana ed essa si sprigionava tra "gli uguali", come dicevano spesso i minatori, ossia tra di loro.

Mai un direttore si era fatto vedere di persona quando un minatore o un'ex-minatore si ammalava.

"Si scusano con i soldi", affermava qualche sindacalista.

Dove per soldi si intendevano anche i benefici alle famiglie, come la scuola o le cure mediche.

Tutte attività invidiabili dagli altri, ma non barattabili con la vita umana e ciò che la rende tale ossia il senso comune di appartenenza ad una medesima specie e la reciproca empatia che crea legami indissolubili, ben oltre la vita terrena.

Per tale motivo, Sebastiano non accolse con grande entusiasmo ciò che gli altri dibattevano da qualche settimana.

Un progetto faraonico, così dicevano.

Costruzione di strade e di acquedotti.

Verso il mare.

Una via nuova a nord.

E poi un nuovo fabbricato, moderno ed enorme.

"Il tutto per i nostri figli", si diceva.

Benefattori o un modo per lavarsi la coscienza?

Non si sarebbe mai scoperto.

L'uomo derubricò la notizia ad un misto di propaganda per tenere a bada eventuali rivendicazioni salariali e di speranza innovativa.

Forse non avrebbero necessitato di tutto ciò.

Forse il vero segreto sarebbe stato un altro.

Ritornando in superficie dopo l'ennesimo turno di lavoro nelle viscere della montagna, Sebastiano rivide la luce solare.

Fioca e debole come era normale per gli inizi di dicembre.

Una luce che illuminava il paesaggio in modo diffuso e non diretto, lasciando spazio alle sfumature infinite della sua terra.

Colori naturali di un tempo, in parte sovrastati dall'incessante attività umana.

Un modo come un altro di sfruttare ciò che ci era stato concesso in prestito.

Si trattava di un errore o di un grande affare?

Sorrise dentro di sé, pensando alla sua famiglia che attendeva fiduciosa il suo ritorno.

Le origini e le radici gli avrebbero parlato di altro.

"When you were here before
couldn't look you in the eye.
You're just like an angel.
Your skin makes me cry.
You float like a feather in a beautiful world."

XXI

Funtanazza, 13 maggio 1956

"She's got a smile
that it seems to me.
Reminds me of childhood memories
where everything was as fresh
as the bright blue sky."

La terra risplendeva sotto la luce proveniente da est, di prima mattina, di una domenica particolarmente incantata.

Sebastiano Sanna, assieme ai suoi figli, a sua moglie e a sua madre, era partito di buon'ora, come del resto tutti quanti.

Gli dispiacque solamente che suo padre non potesse essere presente.

Sarebbe stato felice di quel giorno.

Annibale se ne era andato un anno prima, morto per enfisema polmonare che si era manifestato durante l'inverno tra il 1954 e il 1955 e che non gli aveva permesso di respirare in modo regolare, portandolo ad un progressivo spegnimento.

Intere schiere di persone si erano mosse dai loro paesi, risalendo le strade tortuose con ogni mezzo.

Con le moderne autovetture o con i piccoli motocicli o con le corriere messe a disposizione dalla Società Montevecchio.

Teresa, Anna, Gavino e Sandra avevano usufruito, per un giorno, dello stesso mezzo che Sebastiano utilizzava ormai da anni.

Tutti quanti, però, non si sarebbero fermati a Montevecchio, né in qualche paese minerario della zona.

La fine ultima di quel tragitto era una spiaggia, posta a ben diciotto chilometri dal paese.

Una strada che era stata costruita dalla Società negli anni precedenti, assieme ad un allacciamento per l'acquedotto principale.

Il tutto non per inaugurare un nuovo giacimento o una nuova attività produttiva.

Non una fonderia o un porto, ma una colonia marina.

Una di quelle destinate ad ospitare i figli dei dipendenti, tra i quali si potevano annoverare sia Gavino sia Sandra.

A dodici anni, il primogenito stava per concludere gli studi del primo anno di scuola media.

Il suo rendimento, ben sopra la media e le aspettative, aveva permesso a Sebastiano di riscuotere cospicui premi che aveva messo da parte per fare studiare suo figlio.

Nessuna scuola di avviamento professionale, ma un percorso canonico di istruzione.

Già con la licenza media, Gavino avrebbe potuto ambire a posti nelle amministrazioni statali o a lavori di ufficio come quelli che si trovavano presso gli sportelli delle banche.

Vestito di tutto punto, come se fosse una festa comandata, teneva per mano sua sorella.

Sandra, nel pieno dei suoi nove anni, aveva dismesso i panni della gracile bimba e si era caratterizzata da una carnagione più colorita e da un'andatura più sicura di quella del fratello.

Le piaceva ancora che qualcuno si prendesse cura di lei e la difendesse, ma si era resa sempre più indipendente, ritagliandosi degli spazi propri all'interno della famiglia.

Nei suoi occhi rilucevano i colori delle colline che si dipanavano sia ad ovest sia ad est.

Il giallo delle ginestre e il classico colore del mirto, il rosa dei convolvoli, tutto era in netto contrasto con l'azzurro del cielo.

Un azzurro che avrebbe trovato il proprio corrispettivo nel mare, ancora lontano dalla vista di tutti, ma il cui odore stava risalendo lungo la strada, come se una via artificiale ne convogliasse meglio la fragranza.

Tendendo il naso, Anna poteva percepire nitidamente l'amaro del corbezzolo e il dolciastro del lentisco.

Arbusti e piante che sprigionavano essenze differenti in base alle condizioni atmosferiche, all'insolazione, all'umidità e alla pioggia.

Diede uno sguardo fugace al paese dove lavorava suo marito per poi ritornare a concentrarsi sulla strada.

Vi erano moltissime persone.

Come avrebbero potuto essere stipate tutte quante?

L'arenile di Funtanazza era sì spazioso, ma non quanto quello di Piscinas.

"Ci staremo tutti", la rassicurò il marito.

Sebastiano si era dedicato maggiormente a fare compagnia a sua madre. Sapeva che la dipartita di Annibale aveva procurato un vuoto nella sua vita.

Un vuoto di presenza e di cure da mettere in pratica.

A sessantadue anni, Teresa era ormai considerata anziana e si vestiva come tale, pur non portando il lutto come era d'abitudine nelle comunità interne dell'isola.

Per quel giorno, si sarebbe immaginata di essere ancora in compagnia di suo marito e di essere partecipe dell'ennesima costruzione che la Società metteva a disposizione dei dipendenti.

Quasi riconoscenti nei confronti di chi aveva offerto tanto lavoro, in cambio di lauti profitti, ma anche tanta sofferenza e malattia, distruzione del territorio e sventramento della Natura, migliaia di persone del popolo riverente sarebbe andate ad omaggiare i cosiddetti potenti.

Il Presidente della Regione Sardegna, il vescovo di Ales, il prefetto, il comandante militare della Sardegna, tutti quanti avrebbero preso posto sul palco accanto al Presidente della Società Montevecchio, il conte Carlo Faina e l'Amministratore Delegato, l'ineffabile Ingegner Giovanni Rolandi.

Tutta la dirigenza della società avrebbe squadrato la folla dall'alto verso il basso, in una trasposizione paternalistica e corporativa del senso stesso di fare industria.

Nessuna voce fuori dal coro, nemmeno da parte sindacale e di rappresentanza dei lavoratori.

D'altronde, si trattava di un evento fausto.

Di un regalo, fatto ai dipendenti e ai loro figli.

I minatori avevano ottenuto solamente una parziale vittoria con la dedica e l'intitolazione della Colonia Marina.

Si trattava dell'Ingegner Francesco Sartori, compianto e defunto padre della madrina della cerimonia, Maria Pia Sartori, moglie del medesimo Rolandi.

Le capacità dell'Ingegner Sartori erano state rinomate tra diverse generazioni di minatori.

Sia Sebastiano sia Annibale ne avevano conosciuto le doti e al minatore di Arbus apparve corretta la dedica.

La folla, composta per lo più dai dipendenti, si stava assiepando numerosa, cosicché, all'arrivo della famiglia Sanna, dovettero concludere a piedi l'ultimo pezzo.

Sebastiano conduceva i propri cari districandosi tra gli ultimi alberi di pino domestico, piantato per circa otto ettari attorno alla costruzione e al collegamento stradale.

Un odore di resina e di mare si spandeva leggiadro, come a voler segnalare il cambio totale rispetto alla miniera.

Tanto i lavoratori respiravano la polvere metallica, quanto i loro figli avrebbero inalato tutto quanto avrebbe accresciuto la loro resistenza e consistenza.

L'uomo si convinse, ancora una volta, della correttezza della propria decisione in merito al futuro di Gavino.

Nessun altro Sanna avrebbe mai varcato il cancello di Piccalinna o di qualunque altra miniera in zona.

Erano già stati predisposti i turni per i figli dei dipendenti.

Seicento ospiti che ogni estate si sarebbero alternati partendo da metà giugno fino a metà settembre.

E, ogni anno, si attuava una rotazione dei turni così da non creare disparità né privilegi.

Per quel primo anno, sia Gavino sia Sandra erano stati collocati in quello centrale, corrispondente al periodo di maggiore calura e insolazione.

Il fatto di non dividere fratelli e sorelle permetteva alle famiglie di meglio organizzarsi.

Sarebbe stato strano per Anna e Sebastiano trovarsi da soli in casa per un mese di fila, senza la presenza dei loro figli.

Avrebbero potuto ritrovare l'armonia e l'intimità di un tempo, sapendo che la prole era in buone mani e che l'avrebbero rivista in poco tempo.

Un mese sembra lungo all'inizio, ma poi si rivela essere un battito di ali.

La novità è, quasi subito, soppiantata dall'abitudine che fa scorrere in modo differente il tempo interiore, accelerandolo all'impazzata così da inghiottire intere giornate e settimane.

Alla fine di quel periodo, sarebbe rimasto il ricordo.

Dapprima evidente, poi accennato.

Fino ad una graduale dissolvenza sfumata di qualcosa di indecifrabile del passato.

Immagini e sensazioni accatastate e mischiate, sovrapposte e confuse.

In quel giorno, prima ancora dell'arrivo delle autorità e della Santa Messa officiata dal vescovo, si doveva ammirare la struttura esterna.

Solo successivamente sarebbe stato possibile visitare gli interni.

L'imponenza si comprendeva già dalla costruzione.

La struttura in cemento armato, simbolo della modernità e dell'innovazione del dopoguerra.

Progettata in Continente, da mano sapiente.

Un oggetto estraneo a quella terra, una specie di meteorite piovuto dal cielo.

Un fabbricato centrale immenso, di cinque piani, collegato con terrazze ad altre due costruzioni, poste anteriormente e posteriormente.

Due piscine laterali, una per i grandi e una per i piccini, e poi altre costruzioni minori, tra i quali si poteva scorgere un garage, le necessarie cabine elettriche, la casa del custode e il reparto per l'isolamento delle malattie infettive.

Nulla era stato lasciato al caso.

Il costo di cui si era vociferato, esorbitante per la mente di Sebastiano, aveva un senso se paragonato all'impatto esterno.

Per l'occasione, era stato allestito un palco e vi era la presenza dell'altare, dei microfoni, delle bandiere sui pennoni, degli altoparlanti e di una miriade di fotografi e operatori cinematografici.

La famiglia Sanna si dispose placidamente a metà strada tra tutto questo costrutto artificiale e l'inizio della Natura.

Sotto di loro, si apriva la visuale dell'arenile e della baia di Funtanazza.

Una mezzaluna solo leggermente incurvata che si affacciava verso ovest.

Tramonti stridenti avrebbero cullato le serate dei bambini, mentre durante le mattinate gli stessi avrebbero visto spuntare il Sole dalle montagne retrostanti, le stesse che, più a sud, i loro padri stavano perforando in lungo e in largo.

Nessun estraneo avrebbe potuto disturbare la colonia, visto che il paese più vicino era proprio Montevecchio.

La strada conduceva solo alla colonia, scendendo lentamente a mare, senza alcuna possibilità di proseguire verso l'interno.

Videro arrivare le autorità.

Sebastiano riconobbe il vescovo dall'abito e dalle fattezze il Presidente e l'Amministratore Delegato della Società Montevecchio.

Gli altri non erano noti ai suoi occhi, ma si sarebbero palesati nei discorsi che sarebbero seguiti alla Santa Messa.

Sebastiano strinse a sé Anna e pose una mano sopra i suoi figli.

Il rito fu semplice e abbastanza veloce, impreziosito dall'inno a Maria Stella del Mare.

Prima dell'inaugurazione ufficiale, le autorità marcarono presenza con parole e prolissità.

Sperticare di lodi e di reciproci complimenti.

Nessuno spazio a critiche e dissensi.

Tutto concorreva per il bene comune, tutto era stato fatto per il popolo.

"Questa opera è per voi", fu affermato più volte.

Vi era un misto di incredulità e di riconoscimento, un popolo ammansito da pastori saggi, i quali sapevano cosa fosse bene per loro e avevano scelto in loro vece.

In pochi si sarebbero alzati per reclamare libertà e volontà.

In pochi avrebbero espresso dubbi.

In pochi si sarebbero battuti per condizioni lavorative migliori, dopo una giornata del genere.

Quasi nessuno pensò a quell'evento come all'ultima grande opera della Società.

Il futuro, così evidente nella stanza dei bottoni, era nascosto alla visione di chi si stava ancora cibando del passato.

Sull'ignara folla si stava abbattendo il fiume in piena dei primi poteri, la politica, il clero e l'industria.

I tre Stati sul palco, supportati dal quarto potere dell'informazione.

In un crescendo di promesse, in parte elettorali e in parte profferite con il cuore, l'apoteosi si raggiunse con le parole del Presidente, il conte Faina.

"Certezza di continuità del lavoro."

"Sicurezza del pane per tutti."

"Tutto verrà realizzato per migliore le condizioni di vita di ognuno."

Ovazioni e applausi, ovunque.

Il rumore del consenso si alzò da quel luogo e avrebbe pervaso l'intero circondario.

Tutti ne erano partecipi, nessuno escluso.

Sebastiano applaudiva e lo stesso facevano i suoi familiari.

Sua figlia Sandra, divertita, poteva così scatenare la sua gioia da bimba senza dover rimanere ancorata ad un aplomb non consono per lei.

Altri interventi non spezzarono il ritmo.

Infine, la premiazione dei quarantatré anziani.

Sebastiano li conosceva tutti quanti e, tra pochi anni, sarebbe potuto divenire pure lui un anziano lavorativamente parlando.

Due mensilità e un distintivo, ecco come ringraziava il potere di fronte a probabili futuri segni delle malattie.

Infine, tutti i dipendenti sarebbero dovuti transitare sul palco per godersi i dieci secondi di gloria personale in quella giornata.

Sebastiano si scostò e si mise in coda, seguito dagli occhi orgogliosi di un'intera famiglia.

Fece la fila compostamente, come si addiceva ad un buon padre e buon lavoratore.

Ammansito e senza rimostranze, mise piede, per la prima volta, su un palco.

Ebbe la sensazione di vedere gli altri dall'alto, di dominarli.

Ecco cosa si provava ad esercitare il potere.

Un senso di onnipotenza e di eternità.

Eppure, persino i dirigenti e i direttori, i politici e i vescovi, sarebbero morti e avrebbero lasciato il posto ad altri.

Sarebbe accaduto su questa terra, in altro tempo.

Inesorabile e non procrastinabile.

Finita la teoria dei discorsi e delle sfilate, la Casa al Mare fu aperta a tutti.

Per tutti era stata edificata e tutti la dovevano ammirare.

Titubanti e ancora in stato di estasi, in molti non osarono.

Avevano paura di sporcare e di insozzare.

Di demolire l'aura di perfezione e nobiltà.

"E' per voi. È per tutti", si prodigarono le autorità nello spronare il popolo.

Qualcuno di loro pensò tra sé che bisognava pur dare una guida e un esempio e si mise alla testa.

Come un mare in piena, come un'onda che tutto inghiotte, ma senza trattenere nulla, l'intera folla si mosse.

Sebastiano notò subito la targa commemorativa e si fermò a leggerla.

"A Francesco Sartori,
minatore espertissimo, mite e buono,
modesto e coraggioso, che amò profondamente questa isola,
i suoi minatori e i loro bimbi.
La "Montevecchio" Società Italiana del Piombo e dello Zinco.
1956"

Un pannello di ceramica sovrastante l'ampio scalone di ingresso.

In parte, ciò che era scritto rispondeva a realtà.

L'amore per quella terra e le qualità dell'uomo.

In altra parte, però, era celato il sacrificio di molti e le imposizioni del regime.

In qualche modo, la democrazia repubblicana mise di lato il fatto che Sartori fu inviato e lavorò per il Fascismo, pur non condividendone fino in fondo l'ideologia.

La famiglia Sanna proseguì, in modo ordinato, come fecero tutti quanti.
Gli occhi scintillarono di fronte ai marmi e ai mosaici, ai grandi spazi del refettorio e alla semplicità delle camere.

La cura dei dettagli era stata massima e là sarebbero trascorsi giorni gioiosi per i figli dei dipendenti.

Vi sarebbero stati educatori e medici, infermieri ed esperti di salute.

Nulla era stata lasciato al caso, con un ponte radio direttamente collegato agli uffici centrali dell'amministrazione della Società, le cucine e il riscaldamento.

Si fermarono più volte di fronte alle ampie vetrate che davano sulla baia.

Dall'alto, si poteva notare ancora meglio la conformazione del territorio.

La luce e il Sole penetravano da ogni lato, lasciando spazio a giochi di colore sia verso il mare sia verso le colline interne.

Tripudio di fiori e di Natura, esattamente l'opposto di quanto avveniva lassù, oltre le montagne, perforate da generazioni di minatori.

In qualche modo, per la prima volta i nuovi virgulti avrebbero vissuto a contatto con la loro terra, senza per questo violarla, ma rispettandola.

Uno stridore immenso rispetto a quanto stavano facendo i loro padri e quanto avevano fatto, prima di loro, i nonni e gli antenati.

In molti, specie gli anziani, si erano recati a Funtanazza quasi per la prima volta.

Anni prima, un sentiero non battuto, percorribile solamente con carretti trainati da buoi, era l'unico collegamento e la distanza era tale da scoraggiare quasi ogni impresa.

Dalle parole delle autorità, sembrava che l'asfalto e il cemento avrebbero ora collegato ogni luogo, persino le frazioni più disperse dei villaggi.

Sebastiano era rimasto accanto a sua moglie e sua madre, mentre i suoi figli si erano leggermente distaccati.

D'altronde, la struttura era stata concepita per i bambini e per i fanciulli, non di certo per gli adulti.

Erano loro i fruitori finali ed era giusto che si prendessero le libertà del caso.

Nel giro di un mese, una schiera di duecento giovani avrebbe riempito quegli spazi e quella domenica non era che un piccolo assaggio.

Un modo di comprendere le loro future avventure.

Quante conoscenze si sarebbero stabilite in quel luogo?

Quante esperienze convergenti da villaggi distanti?

Quanta comunanza di ricordi futuri?

Sandra si rivolse a suo fratello.

"Verremo a stare qui per un mese?"

Gavino annuì.

Nessuno di loro pensò al necessario distacco dalle famiglie.

Non era quello il luogo e il momento di sondare eventuali lacerazioni e cambiamenti di abitudini.

Vi era uno spirito di avventura che aveva ammantato i più piccoli, unitamente allo stupore negli occhi dei loro genitori e della comunità adulta.

Più ancora che le parole, sproloquiate per un paio di ore dal palco, poté l'opera in sé.

La struttura architettonica era tutto fuorché anonima.

Si sarebbe notata a distanza, se non ci fosse stata la vegetazione.

Dal mare, o da altri lidi, sarebbe stata visibile da molto lontano.

Chiunque avesse solcato quelle acque, se ne sarebbe accorto e il cemento avrebbe ricordato a tutti la grande potenza del capitale minerario e quello che si poteva mettere in pratica con spirito di iniziativa e volontà.

Nessuno, in quel frangente, pensò al domani, intendendo con ciò il futuro della Società Montevecchio e delle miniere.

Era ormai già nota la potenza degli idrocarburi anche su suolo nazionale, ma al massimo ne avrebbe risentito l'estrazione del carbone, cosa che non avveniva lassù tra Ingurtosu e Montevecchio.

Come fare comprendere l'effetto valanga che ciò avrebbe avuto?

Come fare capire, proprio in quell'attimo, che si trattava degli ultimi respiri di una società che fu, di un mondo che ormai aveva solo il passato come ricordo e di fronte un futuro ignoto e non di splendore?

Impossibile.

Forse solo in qualche autorità, in special modo a livello presidenziale e dirigenziale, vi era stata un'idea simile, subito ricacciata indietro dai fatti e dalla realtà.

I fatti erano lì, visibili a tutti.

Una costruzione moderna come non se ne erano viste in tutto il circondario.

Forse il progetto più all'avanguardia presente sull'intero suolo sardo.

E, in un ambiente abituato a ragionare gradatamente, nell'arco di generazioni e non di decenni (tanto meno in anni), non si comprendeva come si stava per entrare in un'ottica diversa, di accelerazione vertiginosa e vorticosa di progresso e consumo.

Nessuno sapeva ancora cosa fosse il boom economico, tanto meno in quella landa dispersa e quasi dimenticata, che in quella domenica era stata messa al centro dell'attenzione e sotto i riflettori.

"Venite".

Il richiamo di Sebastiano attirò i due figli nel seno del consesso familiare.

Comprendendo quanto a lungo si sarebbero intrattenuti, sia Anna sia Teresa si erano premurate di riempire due sacche con del cibo e dell'acqua.

Presi da tutte quelle novità, nessuno aveva sentito i morsi della fame, ma l'ora di pranzo era già passata e adesso qualcuno sarebbe ritornato a richiedere una quotidianità concreta.

Uscirono temporaneamente dalla struttura e fecero, a piedi, un pezzo di strada verso l'arenile.

Si sistemarono in una zona tranquilla, laddove lo spazio riservato a loro permetteva comunque la costante visione dei due elementi principali di quel giorno.

La Casa al Mare, colonia marina per i piccoli Sanna, e il mare stesso.

Il Sole, alto nel cielo, spandeva un tepore rincuorante.

Un leggero vento spirava dall'interno, discendendo lungo il pendio e arricchendosi di aromi.

Mirto e lentisco, corbezzolo e pino.

In quel consesso, persino il cibo assumeva una diversa connotazione.

Più saporita e intrigante.

Tutti quanti finirono la loro porzione in rispettoso silenzio.

Si doveva rimirare senza troppi commenti.

Anna prese le mani di suo marito.

Mani di lavoratore, piene di calli e di rugosità.

Mani di uomo ormai adulto.

Grandi dita adatte ad una presa sicura.

Per quanto tempo sarebbe rimasto ancora una sicura roccia per tutti?

Avrebbe anch'egli subito il destino di Annibale, il grande assente di quel giorno?

Sebastiano fissò negli occhi sua moglie, senza dire nulla.

Avevano gioito assieme e affrontato le dure prove della vita.

Sicuramente, i loro figli erano la massima espressione di quell'unione e per loro avrebbero messo in atto ogni possibile azione.

Gavino osservò attentamente i suoi genitori.

Per la prima volta, gli apparvero sotto una diversa luce.

Non adulti, non autorità.

Pensò che anche loro fossero stati giovani e bambini.

Non riusciva ad immaginarsi la loro infanzia e come fossero le loro fattezze.

La mancanza di fotografie e reperti non aiutava di certo.

Di colpo, comprese come sarebbero divenuti vecchi.

Come sua nonna e come suo nonno, del quale serbava un ricordo nitido.

E poi sarebbero morti.

Come tutti.

Ma, in quel momento, focalizzandosi sulla morte dei propri genitori, evento futuro ed ineluttabile, non si sentì completamente felice.

A cosa servivano tutte quelle cose, le case e il lavoro, lo studio e gli averi, se poi il destino di tutti è quello?

Sua sorella Sandra gli tirò la manica del vestito.

Reclamava una corsa o dei giochi condivisi.

Il fanciullo non si tirò indietro.

Sandra aveva, su di lui, un potere immenso e totale, riuscendo a distoglierlo da ogni altro precedente impegno o pensiero.

Si lanciarono in una duplice corsa verso la spiaggia.

Per quel giorno, non sarebbe stato possibile bagnarsi piedi e gambe, ma solamente godere parzialmente di quell'ambiente.

Avrebbero avuto tempo, un mese interminabile per ogni estate a venire, per affinare quelle doti con l'acqua così poco consone alla loro natura e a quanto era stato loro insegnato.

Gli adulti volsero lo sguardo verso la struttura della colonia.

Le autorità se ne stavano andando, una ad una.

Ritornavano alle loro dimore, laddove sontuosi pasti sarebbero stati serviti in lussuose sale da pranzo.

Una specie di ulteriore divisione in classi sociali.

Se prima vi era stato il palco, e prima ancora i mezzi di trasporto, ora era il convivio del cibo a creare una spaccatura ulteriore.

Da un lato chi decideva e dall'altro chi subiva le conseguenze delle decisioni.

Di qualunque natura fossero, benevole o meno.

Rimaneva in quel luogo il popolo.

La massa maggioritaria, adeguatamente edotta e ammaestrata.

Prima del tramonto, tutti se ne sarebbero andati per tornare alle loro case, in attesa di un nuovo lunedì.

Di un giorno come un altro nel quale, dimenticati gli sfarzi della domenica, ognuno si sarebbe calato ancora nella propria parte.

Giù nei cunicoli o davanti ad un forno.

Oppure negli uffici.

O altrove, vivendo dei proventi della Società mineraria.

Proprio per tale motivo, vi era una forte inerzia a ritornare a casa.

Tutti quanti avrebbero voluto che quel giorno durasse per sempre, un modo per rendere eterna la beatitudine che avevano sperimentato.

Era difficile ritornare in appartamenti modesti, a tratti lugubri, ammobiliati con poche cose, senza alcun comfort interno, dopo aver visto quegli ampi spazi e quell'architettura.

A tutti era balzata all'occhio l'enorme differenza tra i due mondi.

Chi non riusciva a sopravvivere, o era sempre sulla soglia della sussistenza, e chi aveva così tanto denaro da potersi permettere un investimento del genere.

Benevolenza?

Oppure sperequazione di una società ingiusta?

Nessuna recriminazione si era, però, levata al cielo.

Non in quel giorno.

E mai dalla famiglia Sanna, la quale era stata sempre abituata a rimanere al proprio posto.

Il massimo della ribellione possibile era stato concepito da Sebastiano, con l'intento di fare studiare suo figlio Gavino.

Nel vedere i suoi figli giocare spensierati, il minatore si alzò in piedi per meglio assaporare gli odori del luogo e per stiracchiarsi un attimo.

Non era abituato a rimanere fermo troppo a lungo.

Il lavoro manuale era divenuto così preminente da renderlo insofferente durante le giornate di riposo.

"Lasciamoli fare ancora un po'", disse alla moglie.

Anna avrebbe voluto abbandonarsi al calore del Sole, sdraiandosi e addormentandosi sotto di esso.

Chiudendo gli occhi, avrebbe immaginato di essere altrove, ma non nei luoghi, quanto nei tempi.

Si sarebbe vista ancora bambina, al posto dei suoi figli.

Non si poteva lamentare della vita che aveva scelto, ma vi erano dei momenti durante i quali avrebbe preferito tornare indietro, se non altro per non andare incontro all'inesorabile legge del tempo.

Teresa non nutriva, invece, speranze di questo tipo.

Le sue aspettative erano quelle di vivere serenamente gli anni che le sarebbero rimasti, in particolar modo senza dover essere testimone della comparsa dei sintomi di una qualche malattia polmonare a carico di suo figlio Sebastiano.

Altri bambini si erano avvicinati ai suoi nipoti e si era formata una piccola combriccola, primo segno di quell'unione che avrebbe caratterizzato le estati da quell'anno in poi.

Camminando distrattamente in cerchio attorno al loro consesso, Sebastiano osservò Sandra.

Sua figlia si era caratterizzata in modo nettamente diverso dalle loro aspettative.

All'inizio fragile, ora dotata di uno spirito e una salute ferrei.

Sembrava ancora bisognosa di protezione, quando in realtà era molto determinata nelle scelte.

Non avrebbe tardato a manifestare le proprie preferenze e ad imporsi nella vita.

Quanto questo fosse compatibile con il modo di vivere ad Arbus e dintorni si sarebbe visto negli anni successivi, attorno alla fine degli anni Sessanta, quando la giovinezza di Sandra si sarebbe manifestata a pieno.

Trascorse quasi un'ora, durante la quale il numero di persone presenti andava via via diminuendo.

Il Sole si stava già avviando verso la normale discesa pomeridiana e quello fu il segnale, per Sebastiano, di chiamare a raccolta la sua famiglia.

Sapeva che il ritorno sarebbe stato lento.

Nessuno voleva mettere fine a quel giorno e l'inerzia sarebbe aumentata passo dopo passo.

Ciononostante, fece mente locale a tutte le tappe intermedie.

Radunarsi, riportarsi con una breve camminata laddove erano stati parcheggiati gli automezzi delle corriere e poi aspettare che il veicolo si fosse riempito prima della partenza verso Arbus.

Una trentina di chilometri e l'arrivo a casa.

Da quel momento, la fine di quel breve sogno e l'inizio della solita routine.

Fece un cenno a sua moglie e a sua madre.

Le donne compresero.

Più difficile sarebbe stato convincere i figli.

Dopo un paio di richiami, entrambi arrivarono, sempre di corsa.

La famiglia Sanna era di nuovo riunita.

Prima di lasciare quel posto, si necessitava un'ultima sosta presso la struttura della colonia.

Gli occhi di Teresa erano rimasti ammaliati per tutta la giornata e non avevano smesso di stupirsi.

Si trattava della migliore opera mai costruita dalla Società, un qualcosa che sarebbe sopravvissuto per secoli.

Anna si sentiva rincuorata nel sapere che i suoi figli avrebbero trascorso lì parte delle estati e sarebbero cresciuti in modo sano e robusto, assieme ad altri bambini e fanciulli, il tutto sgravando anche le economie familiari.

Sandra, da par suo, non poteva che immaginarsi come sarebbe stata la sua prima esperienza in quel luogo.

Il Sole, già caldo, adombrava una prima e fugace anticipazione dell'estate, la stagione dei grandi giochi.

Gavino si era già immedesimato nel rapporto che avrebbe avuto con l'acqua, un elemento a lui estraneo fino a quel momento ma che, grazie alle piscine e alla vicinanza del mare, non avrebbe più avuto alcun segreto.

L'unico a rimirare quell'opera con occhi diversi era stato Sebastiano.

All'uomo si erano palesati alcuni concetti che mai prima di allora erano stati chiari.

Cosa stavano facendo alla loro terra?

Perché l'uomo ha questa voglia di creare e di distruggere?

Deriva forse dalla nostra innata libertà o dalla nostra volontà di affermarci sul mondo e sugli altri?

Vi è un rispetto della tradizione o uno spirito innovatore?

Quali sicurezze può donare un artefatto del genere?

Tanti dubbi nella mente del minatore.

Dubbi che stessero facendo male alla propria terra e che tutto questo non sarebbe durato.

Così come si vedevano le rovine delle civiltà passate, quanto sarebbe trascorso prima che le miniere venissero abbandonate?

E, a quel punto, persino la magnificente e lucente struttura della colonia marina sarebbe scomparsa.

Abbandonata come un rudere, sventrata come stavano facendo da oltre cento anni con tutte le montagne della zona.

La Natura si sarebbe ripresa i propri spazi, andando a sanare, lentamente, lo scempio della mano umana.

Laddove ora vi erano macchinari e costruzioni, sarebbero tornati rigogliosi gli arbusti della macchia mediterranea.

Laddove ora si respiravano polveri di metalli, il profumo della terra e del mare si sarebbe sparso di nuovo.

Tutti vani gli sforzi di generazioni e soprattutto dannosi.

Per la terra.

La loro terra.
La Sardegna, l'isola delle loro famiglie e delle loro origini.
Sebastiano sentì su di sé il peso di un secolo di storia, come se in quel giorno si chiudesse un ciclo.
Cento anni prima, nella primavera del 1856, come si erano svolte le vite dei loro antenati, ormai tutti defunti e presenti solo nei ricordi?
Allo stesso modo del suo ultimo anno presente?
O di come, in futuro, si sarebbe potuto vivere un decennio?
Sentì di non avere risposte.
Rimise il giudizio alla terra, prendendone una manciata nella sua mano.
Alzò lo sguardo verso lo specchio luminoso della vita che si stagliava sul mare.

"You'll remember me
when the west wind moves
upon the fields of barley.
You'll forget the sun
in his jealous sky
as we walk in fields of gold."

"Been dazed and confused for so long it's not true
Wanted a woman, never bargained for you"

Milton Keynes UK
Ingram Content Group UK Ltd.
UKHW050001170224
437951UK00014B/687